チョコレートコスモス

恩田 陸

角川文庫
16872

チョコレートコスモス

1

神谷《かみや》がその奇妙な娘に気が付いたのは、今年の桜も終わり、どことなく間が抜けた、やたらと眠い四月も半ばの午後のことだった。

神谷が現在仕事をしている古い雑居ビルの前には、オーナーがビルを建てる時、切らずに残したという、些《いささ》か妖怪《ようかい》じみた味わいの染井《そめい》吉野《よしの》があった。今では古ぼけたビルの外観と一体化して、風景の一部となっている。

神谷は、その桜を密《ひそ》かに「桜ばあさん」と呼んで毎年花の時期に声を掛けていた。もっとも、現在の日本の桜はどれも皆老木で、接木《つぎき》も難しく一斉に死んでしまうのではないかと言われているから、この程度ではまだまだ現役に違いない。

仕事をしているといっても、ここは別に彼の仕事場でもなんでもない。

いや、数年前には仕事場だったこともあったのだが、今では単に時々押しかけてきて一部を占領しているだけだ。

ここは事務所である。何人かの男女が、雑然とした机の上で慌しく電話を掛けている。

半透明のガラスが入った入口の衝立《ついたて》には大判のポスターが何枚か貼ってある。古びて薄暗いオフィスの中で、そのポスターだけが、艶々《つやつや》して新しい。

電話はひっきりなしに鳴る。丁寧に答える声の隣で、何かトラブルでもあったのか、不穏な気配のひそひそ声もある。

その狭いオフィスの窓辺の作業机で、神谷はさっきから自分の書いたメモをぼんやり見つめていた。

ひらがなというのは不思議だ。じっと眺めていると、文字がばらばらになってきて、なぜ「ね」が「ね」なのか、なぜ「め」が「め」なのか分からなくなってくる。子供の頃、書き取りの練習で何度も同じ熟語を繰り返していると、しまいにはその文字が読めなくなり、頭の中が混乱して字が書けなくなってしまったことを思い出す。

こうしてみると、もうこんないい歳になってしまったのに、やっていることはほとんど変わらないな。

神谷は、自分が書き取りに混乱している小学生に戻ってしまったような気がした。

しかし、傍目《はため》には、ぼさぼさ頭が半分白い、銀縁眼鏡を掛けた五十男。机の上の一点を見つめてもっさり座っている黒いセーター姿の背中はかなり怪しい。

机の上には、ちびた鉛筆やちびた消しゴムが幾つか、広げたノートや付箋《ふせん》を貼った本や、ぎっちり予定の書かれた小さな手帳などが乱雑に置かれていた。

「カミさん、コーヒー飲む?」

彼の後ろで、早口で電話を掛けていたボブカットの女性が、受話器を置きしなに振り返り、ドスの利いた声で尋ねた。

「お構いなく」

神谷は背を向けたまま返事する。

「一、二杯淹《い》れたんじゃおいしくないのよ」

「じゃあ、有難く」

彼女がコーヒーを淹れるのはイライラしている時だと知っているので、軽く受け流して逆らわず、お相伴に与《あずか》ることにする。

彼は、ここでは「カミさん」と呼ばれている。むろん、平坦《へいたん》に読むと別の意味になってしまうので、「カミ」にアクセントが置かれている。

神谷は意味もなく座っている丸椅子をくるくる回してみるが、もちろん何も頭に浮かんでこない。ここ数日のぽかぽか陽気に感化されて、脳味噌《のうみそ》も一緒にぽかぽかになってしまったらしい。

「どう、進んだ？」

コーヒーの香りが鼻をかすめ、「浅虫温泉《あさむし》」と書かれたマグカップが机に置かれた。

なんで浅虫温泉なんだ。

「見ての通り、全然」

「あんたもおかしな人ね。家でやればいいのに。新築したんでしょ」

「長年の習慣で、外でないとできないんだよなあ」

神谷はコーヒーカップに口を付けながらぼやく。

彼は脚本家である。

元々、学生時代に旗揚げした劇団の座付き作者をやっていたが、卒業してメーカーに就職してからは、単なる趣味として後輩のために脚本を提供し続けていた。しかし、彼が就職したあとも地道に頑張っていた劇団の人気が出て、じわじわと観客動員数が伸びてくると、他からも脚本の依頼が来るようになった。試しに書いてみたTVの連続ドラマが何本か成功し、とりあえず家族を養うだけの収入は確保できるようになったので、とうとう会社を辞めて専業作家になってしまったのだ。昨年は、ついに某国営放送局の朝の連ドラも書き、実力ある中堅作家に数えられるようになっている。

劇団のほうも、小さいながらオフィスを構え、他にも幾つか伸び盛りの劇団のマネジメントを引き受けている。それが、今彼がコーヒーを飲んでいるこの事務所である。だから、事務所のメンバーは皆顔見知りだし、うち半分は学生時代からのつきあいなのだ。

窓の外では、春の風に葉桜が揺れていた。陽射しはあるが、中で見ているよりも寒いのかもしれない。

神谷には、原稿を書く時の癖がある。

自宅の机では書き始められない、という癖だ。

思い起こせば、予備校時代に端を発しているのかもしれない。薄暗いジャズ喫茶やコーヒーショップのほうが格段に勉強が捗《はかど》った。学生時代はもちろん喫茶店で暮らしていたと言ってもいいし、メーカーの営業マン時代は、ファミリーレストランや一五〇円コーヒーショップの小さなテーブルで原稿の枚数を稼ぐ癖がついた。

そのためか、せっかく昨年、親を呼び寄せ、二世帯住宅を新築して小さな仕事場も拵《こしら》えたというのに、全く寄りつかず、相変わらず駅前の喫茶店やファミリーレストラン、あげくの果てに昔の仲間のオフィスの隅にまで移動して原稿を書いているのだった。

書き出して終わりまで見通しが立ち、勢いがついてしまえば自宅でも書けるし、一日中でも籠《こも》っていられる。しかし、書き始めはいつも、からきし駄目だ。ちょっと書いては悩み、ちょっと直しては悩む。書き出してペースをつかむまでに、とても時間が掛かる。自分が器用なタイプではないことは知っていたが、何回書いても出だしがつらい。

こうして頻繁に移動し、場所を変えているのは、書き出しに苦しんでいる証拠である。かつての仲間もそれを知っているから、彼を放っておいてくれるし、こうして時々気晴らしにつきあってくれる。

今回の脚本は、久々に古巣の劇団への書き下ろしだった。このところ旧作のリメイクやよその作家のものが続いていただけに、劇団もファンも、そして神谷自身も期待が大きい。そのプレッシャーもあったが、神谷にはもう一つ、最近気に掛かっていることがあった。そのせいで、余計に書き出しに集中できないのだ。

それにしても、もう三日間もこんなことをしている。いい加減になんとかしなくては。

神谷は乱暴にマグカップを置いた。

内心かなりの危機感を覚えていたが、それでも脳味噌はぴくりとも生産活動を開始してくれない。「書けない作家」というのは、古今東西でストーリーの一ジャンルになってしまっているが、人のは笑えても、自分がそうなると非常に気が滅入るものだ。

神谷は、傍目には単にぼうっとしている表情で、やはり本人もぼうっとした頭で窓の外を見ながら座っていた。

そして、その時初めて、その娘に気が付いたのである。


このビルは、山手線の駅前にある。

それも、表玄関ではないほうの改札口を出たところだ。

人の出入りは多いけれど、どことなく「裏口」っぽい印象は拭《ぬぐ》えない。駅の周りはごちゃごちゃとして古いビルが並び、小さな飲み屋の並ぶ横丁の入口も見える。駅の正面には中途半端な広さのロータリーがあり、ガードレールに寄りかかっている人待ち顔の男女や、消費者金融のティッシュを配るOL、所在なげにたむろする若者など、雑多な年齢層の人々が行き交っている。

決して綺麗《きれい》とは言えないが、このところあちこちで暴力的な規模で街を根こそぎ変えてしまうような再開発が進められているのを見ると、この混沌《こんとん》とした生臭い営みに不思議な安堵《あんど》を覚えるようになってしまった。現に、眼下で繰り広げられる経済活動にヒントを得て、エピソードを書いたこともある。

一人きりの生産活動に閉塞感《へいそくかん》を覚えた時、このロータリーにどれほど慰めを得てきたことか。今度もまた、何かネタが転がっていないだろうか。いや、そんな贅沢《ぜいたく》は言わない。目に留まるような何か、イメージを喚起してくれる何かがないだろうか。

神谷は藁《わら》をもつかむ気分で身を乗り出し、汚れた窓越しに広場を見下ろした。

見るともなしに、動き回る人々を俯瞰《ふかん》する。

話し合い、笑い合い、頭を下げ、携帯電話を見ながら、ぶっきらぼうに、足早に、行き過ぎる人々。

ロータリーという池でミズスマシのようにひっきりなしの運動を続ける人々を見ていると、書き取りの練習と同じく、だんだん人という存在がばらけて意味が分からなくなってくる。この無秩序な運動。その一つ一つが脳と意思と感情を持っているのが、なんだか気味悪く思えてくる。この全員が何かを考えているなんて、なんと空恐ろしいことだろう。

そしてその中心にいるのは——

何かがバチッと放電したような錯覚があった。

うん？

ぼんやりと雑踏を眺めていた神谷は、びくっとした。

慌てて座り直し、しゃんと背筋を伸ばす。

今、確かに何かを感じた。

煙草を吸い、不機嫌に誰かを待つサラリーマン。打ち合わせに余念のない、些《いささ》か目付きの悪い男たち。コンパクトに映る自分の顔に夢中の、風俗系の女の子。サークルの待ち合わせなのか、揃って地味な服装の学生が固まって談笑中。

一人の若い女のところで目が留まった。

小柄でショートカット。二十歳そこそこというところか。まだ少女といってもいいかもしれない。細身のジーンズに、白のTシャツ。その上にオレンジ色のシャツを羽織っている。

顔立ちは整っているが、特に目立つ美人というわけではない。とてもスタイルがいいとか、身のこなしが洗練されているというのでもない。

しかし、神谷はその娘からなぜか目が離せなかった。

なぜだろう。綺麗でスタイルのいい子なら、その辺にいっぱいいるというのに。

少女は、ガードレールにもたれかかってじっと立っていた。周囲で動き回り、人待ち顔でいる人々からも一歩引いて、静かに時間を過ごしている。

が、少女の姿には緊張感があった。彼女を見ていると、彼女の持つ緊張感が、こんな遠い窓越しにでも、じわじわと伝わってくる。

なぜ？　表情は穏やかなのに。

神谷は首をひねった。少女から伝わってくる奇妙な緊張感を味わいながら、更に観察を続ける。やがて、その理由が分かった。

目だ。

少女の目は、片時もじっとしていなかった。顔も身体《からだ》も動かさないのに、その目は忙しくロータリーの中を飛び回り、何かを探している。

誰かを待っているのだろうか。それにしては、随分シビアな、鋭い視線だ。まるで、何かを物色しているような――そう、獲物とか――脱走犯とか――

神谷は、そういう物騒なものしか想像できなかったことにうろたえた。

ロータリーの中の人々は、誰もが自分のことしか考えていなかった。大勢の人とすれ違い、隣り合っていても、自分しか見えていない。

しかし、あの少女は、そこにいる全員を見ている。目まぐるしく視線を動かし、周囲にいる人々を全部視界に焼きつけようとしているかのようだ。だから、彼女が広場の中心にいるように感じたのかもしれない。

ふと、少女の視線が止まった。何かをじっとくいいるように見ている。

何を見ているんだ？

少女の視線の先に目をやると、そこには、コンパクトに見入るキャバクラ嬢と思《おぼ》しき派手な女の姿があった。ファンデーションを直し、睫毛《まつげ》を整える女。化粧はいかにもこれからお仕事行きますという戦闘モードだが、すらっとしていてなかなか綺麗な子だ。

その女を、少女はじっと見つめていた。その目に感情はない。ただしげしげと、興味深げに、しかしかなり真剣に見つめ続けている。

神谷は思わず咳払《せきばら》いをしていた。少女に聞こえるはずなどないのに、こそこそと身体を縮めてしまう。

突然、少女が動き出した。

さりげなく、ガードレールに沿って、キャバクラ嬢のほうに近寄っていく。むろん、キャバクラ嬢のほうは少女が近づいてきたことに気付く由もない。

少女は、キャバクラ嬢のすぐ後ろに立った。その目は、相変わらずじっと彼女の横顔に注がれている。

まさか、スリ？

そう思いついて神谷はどきっとした。なるほど、スリならば、あの鋭い目も、獲物を物色するような視界の広さも頷《うなず》ける。なんだかどきどきしてきて、キャバクラ嬢の持っている、何も入りそうにない小さなキラキラしたバッグを見た。

しかし、少女は動かない。

ただ、キャバクラ嬢の斜め後ろに立ち、じっと横目で彼女のことを窺《うかが》っているだけ。

神谷はハラハラした。

なんとまあ、無防備な子だろう。次の瞬間殴られても、刺されても、彼女は気付かずにマスカラを塗っているに違いないのだ。神谷は、口を開けてマスカラに集中している女を固唾《かたず》を呑《の》んで見守った。

それにしても、いったいあの子は何をしているんだ？

神谷がそう思った瞬間、少女が動いた。

いや、動いたと思ったのだが――

神谷はあっけに取られていた。傍《はた》から見たらあんぐりと口を開け、呆《ほう》けているように見えただろう。彼を知るスタッフならば、具合でも悪くなったのかと思ったかもしれない。

少女が消えた。

神谷の視界から、彼が見ていた少女が一瞬にして掻《か》き消えていたのだ。

理性はそんなことがあるはずはないと否定していたが、彼の目と意識は「消えちゃった。あの子、消えちゃった」と叫んでいる。

馬鹿な。そんな馬鹿なことが。

神谷は動揺して、更に身を乗り出す。

テレポーテーション？　まさか。

が、次の瞬間、それは自分の錯覚だと気付いた。

少女はいた。同じ場所に、動かずに。

神谷は思わず安堵の溜息《ためいき》をついた。そうだよな。まさか、一瞬にして人が消えてしまうなんてこと、あるはずないものな。

じゃあ、なぜ少女が消えたように感じたのだろう？

理性が意識の主役に戻ってくる。神谷は自分が冷静になったことを確かめ、もう一度少女を観察した。

彼女は、どこからか小さな鏡を取り出して、その中の自分の顔を見ていた。白のTシャツ、ジーンズ、オレンジのシャツ。小柄なショートカットの娘。記憶のままの彼女だ。

しかし、そこにいるのはまるで別の娘だった。表情が違う。目付きが違う。それはつまり、自分の顔にしか興味のない、周囲に無頓着《むとんちゃく》で他人の価値観などこの世に存在しないかのように振舞う——そう、ちょうど、彼女の隣に立っている女の子にそっくりな——

そう思って隣に立っている例のすれっからしなキャバクラ嬢と思しき娘を見たとたん、神谷は改めてギョッとした。

まるでそこに、双子の姉妹が並んで立っているような錯覚を感じたからだ。

どういうことだ？

神谷は再び混乱に陥った。小柄で華奢《きやしや》で目立たぬ娘だと、さっきこの子と見比べて断定したはずではないか。なのに、なぜ今はそっくりに見える？

神谷は、今やかなり苦しい姿勢で窓の外に見入っていることにも気付かず、まじまじと二人の女の子を見比べていた。

ところが、次の瞬間、再びあの子は消えうせていた。

もちろん、本当に消えたわけではない。今度は心の準備ができていた。

少女は、手に持っていた鏡を閉じたのだった。その瞬間、すれっからしの娘は消え去り、さっき最初に見た、静かだが鋭い目をした小柄な少女がそこにいた。

神谷は狐につままれたような心地になった。

少女は、急に緊張感を失い、周囲の全てに興味を失ったように見えた。きょろきょろと辺りを見回し、すたすた歩き出す。さっきは広場の中心にいたように見えたのに、たちまち彼女は有象無象の若者の一人となり、それぞれの目的を持って移動する人々の雑踏に紛れ、その姿を見失った。

神谷は今自分が見たものが何なのかよく分からなかった。混乱したまま、ぼんやりと駅前の雑踏を見守る。ひょっとして、白昼夢でも見ていたのだろうか。

「どうしたのよ、そんな中腰で」

そう声を掛けられてようやく、彼は自分がかなり長い間、相当苦しい体勢で立っていたことに気付いた。慌てて身体を動かした時には、なまった腰が厳しい抗議の悲鳴を上げ、むろん彼はその抗議の声に謙虚に耳を傾けたのだった。

神谷が再びその少女を見たのは、一週間ほど後の、同じ場所である。

同じく窓辺の机には、ちびた鉛筆やメモや付箋《ふせん》が更に増え、浅虫温泉のマグカップには冷たくなったコーヒーが入っているけれども、彼はやはりくるくると丸椅子を回し、どんよりした目で原稿用紙に見入っているだけだった。

しかし、その目は明らかに一週間前よりも落ち窪《くぼ》んでいた。

もはや、スタッフも彼を透明人間のごとく扱い、誰も話し掛けようとはしない。そのことが、神谷にとっては有難くも悲しかった。彼が完全に行き詰まっているのを皆が承知しているということだからである。

相変わらず、書き出しはいっこうに決まらない。危機感は強まっているが、脳味噌《のうみそ》は弛緩《しかん》しきったままだ。

彼にとって、新たなものを書き始める時、心の支えになるのは「これまでだって書けたんだから、今度だって書けるだろう」という理屈だけである。一見、正しい経験則に思えるが、よく考えてみると全く根拠のない理屈だということに毎回愕然《がくぜん》とする。「これまでは書けたかもしれないが、今度は書けない」かもしれないのだ。そして「今度書ける」かどうかは、神谷本人にも、お釈迦《しゃか》様にも分からないのである。

そうしみじみ再認識しながらも、手持ち無沙汰《ぶさた》のあまり鉛筆をナイフで削り始める。

彼は、週刊誌にエッセイも連載していたが、こと締め切りに関する限り、芝居の場合はその恐ろしさが倍増、いや二乗される。脚本がなければ、役者は稽古《けいこ》しようもないし、演出の準備もしようがない。文字通り、何も始まらないのである。しかも、多くの人間の時間を奪い、稽古場や劇場、宣伝スタッフらにも物理的な迷惑を掛け、なけなしの費用を無駄にし、しまいには稽古不足の芝居を披露するという、観客に対して、劇団としてあるまじき本末転倒の状況になる。

そのことを長年肝に銘じてきたつもりだったし、かつては、自分が叩《たた》き台を作らなくては芝居が始まらない、という恐怖からどんなに追い詰められてもきちんと締め切りには仕上げてきたはずだったのだが。

カリッという音を立てて、鉛筆の芯《しん》の黒い粉が散った。

もちろん、今ひとつこの仕事にのめりこめない理由が自分でもよく分かっている。

誰にも打ち明けていないが、先日、非公式に打診された別の仕事が、ずっと心のどこかに引っ掛かっているのだ。

やってはみたいが、期待と不安を秤《はかり》に掛けるときっかり同じくらい、下手すると不安のほうが下がりかねない仕事である。

これまでの仕事は、そこまでの不安はなかった。某国営放送局のドラマでさえ、長い時間を掛けて準備したし、ほとんど工場のような制作システムだったので、ディレクターら多くのスタッフに責任が分散され、思ったよりもプレッシャーはなかった。しかし、現在打診されているその仕事は、彼のこれまでの作風から言って、かなりの挑戦だった。これで失敗したら、積み上げてきた劇作家としてのキャリアが相殺されるほどのイメージダウンになるかもしれない。

そちらの返事の期限も近づいてきていることが、本人が考えている以上に彼を追い詰めていた。待ち受ける不安の大きさを心のどこかが予感していて常に浮き足立っており、集中力や緊張感を切り崩しているらしいのだ。

どうしたもんかな。

その時まで、彼は先週の出来事などすっかり失念していた。それどころではない状況だったというせいもある。

が、何気なく顔を上げ、ひょいと窓の外のロータリーを見下ろした時、見覚えのある顔を見つけてハッとした。

あの子だ。

見た瞬間、先週自分が見たものが鮮明に蘇《よみがえ》ってきた。

目が覚めたような心地になり、神谷は目をぱちくりさせると、背筋を伸ばし、身を乗り出した。あの時の不自然な姿勢で蒙《こうむ》った痛みを身体は覚えていたらしく、今度はやけによい姿勢になる。

確かに先週見た少女だった。

今日は黒いTシャツで、寒いのかデニムのジャケットを羽織っている。

しかし、広場で辺りを見回しているのはそっくり先週と同じだった。あの時と同じように、注意深く周りの雑踏を眺めている。

ひょっとして、このあいだの女の子を捜しているのかな。

神谷はそう思いつき、広場の中を見回した。似たような女の子は大勢いるが、先日の娘は見当たらない。

相変わらず、広場には大勢の人たちがいる。自分がこうしてぼんやり鉛筆を削り、停滞している間も、世界では生産活動が活発に行われているのだと思うと、心強いようでもあり、取り残されたようでもある。

少女も相変わらず、あの時感じたように広場の中心にいた。

この集中力、観察力はどこから出てくるのだろう。

神谷は感心し、ちょっと怖いような気もした。

彼女は全く端折《はしょ》ったりせずに、舐《な》めるように順番に広場にいる人たちを見つめていた。一人一人を吟味し、まさに選んでいるという感じなのだ。

いったい何を選んでいるんだろう。何を基準に？

新鮮な好奇心がむくむくと湧いてくる。

知りたい。あの子は、あんなに熱心に何を探しているんだろう。

なんだか懐かしい感覚だった。

自分は好奇心の強い人間だと思うし、いろいろなことに興味を持つほうだと思う。しかし、それは今や職業柄、第二の習性になっていた。本当は大して興味がないことにも、仕事に生かすために無理やり興味を持つ癖がついている。何か芝居に使えるのではないかと、どんな情報もとりあえずチェックする習慣になっている、というのが正直なところだ。

いったい何の時だったか、芝居のスタッフ関係の友人らと、どこかの温泉地の駅の喫茶店に座っていたことがある。あれも、こんなふうに駅前のロータリーが見下ろせるところだった。

やがて、駅前に立っている二人の若い男に気が付いた。堅いスーツを着た几帳面《きちょうめん》そうな二人である。見ていると、次々と到着する電車やバスから、大学生くらいの若い男女が降り立ってきて、大きなバッグを抱えてわらわらと歩いていく。二人の若い男は、その男女に声を掛け、何事かを説明していた。男女は頷《うなず》いて、そそくさと歩いていく。

最初は何だろうと思っていたが、出てくる男女は半端な数ではない。電車が着く度に大勢の若い子たちが吐き出され、男たちと言葉を交わし、どこかに向かう。それは、高齢者が大部分を占める古い温泉地の駅前の光景としてはかなり異様だった。

あれはいったい何なのであろうか、と喫茶店にいた神谷たちは話題にした。

何かスポーツ関係の大会でもあるのか、と誰かが言った。確かに学生たちは軽装だったが、この温泉地にそんな運動場や体育館があるという話は聞かない、と誰かが反論した。

何かの宗教団体の青年部ではないか、という意見もあった。あれだけ年齢が近い若い集団がこのような場所に大挙してやってくるのは解せない。説明に立っていた若い男たちは幹部クラスなのではないか。初めて全員が揃う全国大会だとか。

いやいや、これはひょっとして、催眠商法の一種なのではないか、と神谷は言った。どこかの会場に純朴な若者を集め、不透明な将来に不安を覚える彼らに、自己啓発セミナーと称して馬鹿高いテキストやテープを売りつけるのではなかろうか。

その他、いろいろな推理が披露されたが、ついに好奇心のあまり我慢しきれなくなった神谷は、喫茶店から外に出て、辛抱強く立っていたその若い男たちに質問に行った。いったいこれは何のイベントなのであるかと。

彼らはあっさりと答えた。それは、大手の就職情報誌が企画した、泊まりがけの就職セミナーだったのである。古い温泉地ならば、学生でも払える安いところは多いし、大人数でも収容できる。今はちょうど学生は夏休み、しかも暑い時期でお盆でもなく、温泉地としてはオフシーズンだし、首都圏からも近い場所だったのでここにしたという。

喫茶店に戻った神谷がそのことを報告すると、みんなはなるほどと納得した。需要と供給が一致した適切な例である。

かなり前のそんな出来事を思い出したのは、あの時のわくわくした気持ちを身体が覚えていたからに違いない。あの時の「知りたい」という気持ち、我慢できずに喫茶店を飛び出していった時の気持ち。

自分が今、わくわくしていることが、神谷には意外であり嬉《うれ》しくもあった。

まだ飛び出していって尋ねようとは思わないが、眼下の少女に対し、今の彼はとにかく興味津々である。

やがて、少女の視線が止まった。

何か見つけたのだ。

少女が動き出す。神谷はどきどきした。いったいどこに行くのだろう。

少女の移動はさりげない。明らかに、周囲に溶け込み、目立たないように動いている。一見ふらふらと、なんとなく目的もなしに歩き回っているように見せ、それでいて確実に人を押し分けてどこかを目指しているのだ。

少女がそっと近寄った相手は、煤《すす》けたプラタナスの木の陰に立って携帯電話を掛けている小太りの中年女性だった。

さっきから、ずっと携帯電話で喋《しゃべ》りっぱなしの女である。

一応周囲に気遣っているというポーズなのか、口に手を当てて、かがみこむような姿勢は取っているのだが、何しろ声が大きいので、窓越しにも大声で途切れなくお喋りをしている様子が伝わってきた。せわしなく瞬《まばた》きをするが、視線は目の前二十センチぐらいのところをギラギラ見つめている。むろん、周囲など全く視界に入っていない。

少女はその女に向かって、すうっと近づいていった。

先週と同じく、背後からそっと近寄り、少しだけ距離を置いて立つ。

もちろん女はそのことに気付かない。お喋りに夢中で、顔が紅潮している。

そして次の瞬間。

またしても少女が消えたのである。

あっ、と神谷は心の中で叫んだ。そうか、分かったぞ。

神谷はデジャ・ビュを見たような気がした。

少女は消えうせたが、そこにいた。

矛盾しているようだが、そう表現するしかないのである。

彼女は、携帯電話を取り出してどこかに電話を掛けていた。そして、その表情は——それまでの彼女とは全くの別人なのだ。いや、正確に言うと、隣で携帯電話に向かって口から泡を飛ばしている中年女性とそっくり同じなのだった。

なるほど。これじゃあ、消えたと思うわけだ。

そこにいるのは、少女の格好をした、生活の臭いのする中年女性だった。電話に没頭し、半径一メートル内に全世界があり、自分の行動を客観的に見ることはできないが、恐らくは自分のことを、普通で善良で常識があると信じている女。

つまりあの子は、広場で見かけた人間の「真似」をしているわけか。

神谷は胸の内で呟《つぶや》いた。

まず、広場にいる人々の中から真似をする対象を物色する。そして、その対象を決めたらじっくり相手を観察する。そして、近くまで行って、その人物になりきる。

そう考えれば、自分が見ているものの説明がつく。

頭の中に、いろいろな考えがめまぐるしく行き交った。

一人の人間の人格を印象づけるのは、その容姿ではない。

歳は若いのに、「なんだか年寄り臭い」と感じる女がいる。顔だけを見ていると確かに若い娘だ。しかし、全体の印象は妙にオバサンぽい。なぜか。

それは、一点から一点へ移る時のもっそりした動きや、話す時の身振り手振りや言葉遣い、何かを見る時の先入観に満ちた目付き、緊張感のない立ち姿などにそう感じさせられるのであって、決して着ている服や目鼻立ちのせいではないのである。

神谷は、眼下の少女が、そういった中年女性の特徴を完璧《かんぺき》に把握していることに舌を巻いた。この間はそんなに年齢の離れていない若い女の真似だったから、よく分からなかったのだ。

少女は背中を丸め、全身を弛緩《しかん》させていた。落ち着きのない、しかし興奮した目。こそこそして人目を避ける一方で、自分の家の延長線上にいるようなふてぶてしさもある。視野の狭さの表れた平べったい表情や、相槌《あいづち》を打っていないと不安なのかひっきりなしに「そうなのよ」と繰り返すところなど、本当によく隣の女の特徴を捉《とら》えている。

うまいもんだ。

不意に、高校時代の同級生を思い出した。

子供の頃からどんなクラスにも必ず一人くらい物真似のうまい子がいるものだが、彼のクラスの場合、それは平凡な顔立ちでぽっちゃりした容姿の女の子だった。しかし、彼女は天才的に物真似がうまかった。教師や級友の真似はもちろん、アイドル歌手や芸人の真似など、その鮮やかさが未《いま》だに目に焼きついているほどだ。普段は目立たない子だったが、しっかりしていて聞き上手で、人望のある子だった。

当時、二人の女性アイドル歌手が一世《いっせい》を風靡《ふうび》していた。片方は潤んだ瞳《ひとみ》で甘くねっとり訴えかけるSで、もう片方はクールで無表情に妖《あや》しく語りかけるAである。

彼女が学園祭のステージで披露したのは、その二人が互いの持ち歌を交換してメドレーで歌っているところという凝ったもので、その時のテープは今もどこかにあるはずだが、同窓生の間では、それは伝説のステージだ。

顎《あご》を引き、上目遣いで身をよじらせ、声に「泣き」を利かせるところはまさにS。だが、次の瞬間、表情を殺《そ》ぎ落とし、身体を斜め三十度に引き、同じく斜め三十度上の宙を見つめてマイクに囁《ささや》きかけるところはAそっくり。本当はどちらにも似ていない平凡な顔なのに、やがてその顔が、くっきりとSやAに見えてくる。彼女が熱狂的な拍手喝采《かっさい》を浴びたのは言うまでもない。

そう、似ている、似ていないを決めるのは表情や口調や仕草であり、顔やスタイルではない。それはまた、人間の個性を決めるのも表情や動きであるということなのだ。

物真似が上手な子は、観察力があるのはもちろん、間をつかむのがうまい子が多い。物真似がうまいというのは、他人に「似ていると感じさせる」のがうまいということなのだ。そのためには自分がどう見えるか知っていなければならないし、見る側の呼吸を感じられないと注目が集められない。

彼女は大きな仕出屋の一人娘だった。短大卒業後に婿を取り、今や三児の母でバリバリ店を切り盛りしていると聞いたっけ。彼女のステージはそちらに移ったというわけだ。今は子供たちに物真似を披露することもないのだろうか――

ハッと我に返ると、今度こそ文字通り、少女はいなくなっていた。

神谷は慌てて、きょろきょろと広場を見回す。

電話で喋り続ける中年女の隣は空っぽだった。

いつのまにか広場から出て行ってしまったらしい。

たちまち、広場は混沌《こんとん》としたいつもの雑踏に戻ってしまった。

神谷はじっと広場を見下ろしていたが、身体の中には不思議な爽快感《そうかいかん》があった。謎が一つ解けて、満足したからである。「それでは、いったいなぜ彼女はあんなところであんなことを繰り返していたのか」という疑問もあるにはあったが、高揚感がそれを心の隅に押しやっていた。

よし、もう一度オープニングを練り直すぞ。

神谷は原稿用紙の前に腰を下ろした。ようやく、ずっと霞《かすみ》がかかっていた頭の中が晴れ渡ったような気分になる。

そして、彼はとうとう原稿を書き始めた。

今度はいける。そんな手ごたえを感じ、何度も味わってきた懐かしい興奮に包まれる。

やっと物語の内側に入ることができた彼は、すぐに夢中になって物真似上手の娘のことなどすっかり忘れてしまった。

2

「ねえ、どっちがいい？」

薄暗い客席で、短い髪を金色にした男が振り向いた。格好は若作りだが、よく見るとかなりの歳である。

「えーっ。そんなことあたしに聞くんですか？」

すぐ後ろの席で、腕組みをして座って見ていた若い女はぎょっとしたように声を上げた。

「うん。迷ってんだ。ね、キョーコの第一印象はどっち？」

男は前を向き、頷《うなず》いた。

その声はのんびりしているようだが、最後のクエスチョン・マークが真剣だ。

あたしを試してるな、と響子《きょうこ》は直感した。

「まさか寺田《てらだ》さん、あたしの一言で決めるわけじゃないですよねえ？」

響子は些《いささ》か冗談めかして男の耳元に話し掛けた。

「やだね、そんなことするわけないじゃん。あくまでも参考意見よ、参考意見。キョーコなら先入観ないと思ってさ。あんた、あの子たち見るの、初めてでしょ」

男は笑ってヒラヒラと手を振る。

このタヌキめ、と響子は思う。

そんなことを言って、あたしがどちらかを選ぼうものなら、寺田は「キョーコがいいって言ったからさあ」としゃあしゃあと触れ回るに決まっているのだ。

実際、彼が迷っているらしいのは確かだった。いつものように軽口を叩《たた》いているようでいて、その首筋が強張《こわば》っている。彼の首筋が硬く見える時は、迷ったり悩んだりしている証拠であることを、響子は何度か一緒に組んだ経験から知っている。

近くの稽古場《けいこば》で読み合わせをしていたら、ひょっこり寺田が顔を出した。ちょっと寄って、というから飲みにでも誘われるのかと思ったら、いきなり客席に連れてこられたのである。仕事が終わるまで待ってて、と言うのでぼんやり舞台を見ていたら、いきなりあの質問だ。

響子が見ていたのは、夏に掛ける舞台の、子役のオーディションだったのである。

「今の子って、ほんと、みんなうまいですねえ。あたしの小さい頃とは段違いだわ」

響子は、とりあえず即答を避けて当たり障りのない話題から入ることにした。寺田のことだから、最終的には絶対響子の口からどちらかを言わせることは分かっている。しかし、もう少し考える時間を稼ぎたい。

「そうなんだよ。みんなうまいんだよ。だから困っちゃうんだよな」

寺田は珍しく、素直にぼやいた。

「逆に言うと、どれでもいいってことになっちゃうんだ」

「ああ、なるほど」

響子は頷いた。

明るい舞台の上では、十歳くらいの可愛い女の子が、母親役の女優と台詞《せりふ》をやりとりしていた。発声もきちんとしているし、品のある顔立ちだし、マイナス点は何も見当たらない。

だが、さっき出ていた別の子と、印象が全く同じなのだった。どちらもマイナス点はなく、そつなくこなしてくれそうなことは確かなのだが、どちらかを選べと言われた時に二者択一する相違点が見つからないのである。

そもそも、プロであれ素人であれどんな舞台でも観るのが大好きな響子が、こんなにもぼんやり流して観てしまったというのは、油断していたせいもあるが、どの子にも引っ掛かりを覚えなかったということだった。

「うーん」

響子はそのことを言うべきかどうか迷った。

二十歳そこそこでも、響子の芸歴は長い。それなりに役者を見る目は養われていると思うし、選ばれる、選ばれないということの残酷さはよく知っている。舞台の上の少女たちも、いろいろな時間を犠牲にして厳しい審査を勝ち残ってきたのだろう。こういう世界で生きていこうとするには、実際お金も掛かるし、家族も少なからぬ労力を彼女たちのために割いているはずである。生半可な気持ちで、彼女たちの運命を決するようなことは言えない。

しかし、その一方で、やはり人間には選ばれる人と選ばれない人、幸運な人と不運な人がいるのだということも事実だった。選ぶほうもシビアだが、観客はもっとシビアだ。彼らは役者たちに情けを掛けるために劇場に足を運んでいるわけではない。自分が楽しむため、楽しませてもらうためにお金を払っているのだ。これだけ情熱を掛けているから、とか、これだけ年数を掛けてきたから、といって、選ばれる人になるというのとは別問題なのだ。

ふと、閃《ひらめ》いて口を開いた。

「あのう、さっき出てたあの子は？　これの前の場面で、ちらっと出てた子がいるでしょう、おかっぱ頭の。あの子、気になったんですけど」

「ああ、あの子いいでしょう。Tさんの姪《めい》なんだよ」

寺田は頷き、新劇の大物俳優の名前を挙げた。

「へえっ、そうなんですか」

「実は、最初こっちの役でオファーしたんだけど、あの役のほうが屈折してて面白そうだからあっちをやらせてくれって言われちゃったんだ。出番はこっちのほうが断然多いんだけどね」

「へえー、しっかりしてますねえ」

響子は役の大きさよりも面白さで選ぶという少女に感心した。同時に、やっぱり気になる子、光る子というのはみんな同じなのだと実感する。そして、やはりそれにはそれなりの理由がある。新劇俳優の姪である、とか、映画監督の息子である、とか。俗に親の七光りなどと言われるが、実際にこうして目に留まるのは、そういう子であることのほうが多いのだ。

「うーん、やっぱりあの子に目ぇつけたか。そうなんだよな、こっちの役、どっちがやっても、舞台じゃあの子に喰《く》われちゃうだろうなあ」

寺田はぐるぐると首を回した。

彼は暫《しばら》く黙り込んだまま舞台を見ていたが、小さく溜息《ためいき》をつくと、ぱんぱんと手を叩き、舞台の二人に叫んだ。

「はい、そこまでで結構です。ありがとう」

演技を中断された少女はハッとしたように客席の寺田を振り返り、一瞬顔が歪《ゆが》んで不安そうになった。が、すぐにキッと負けん気を覗《のぞ》かせた表情になり、「ありがとうございました」と相手役と寺田に向かってお辞儀をした。

響子はおやっ、と思った。

それまでの「私はお芝居しています」という、取り澄まして引っ掛かりのなかった少女の顔に浮かんだ、生身の強い表情に心を動かされたのだ。

「なんだ、今の顔のほうがずっといいのに」

「うん」

響子が独り言のように呟《つぶや》くと、やはり同じことを感じたのか寺田が頷いた。

演技をすることに慣れてしまうと、普通の表情ができなくなる。パターン化された顔に自分の感情のほうを合わせてあてはめるようになり、本来あるはずのいびつな表情や、中途半端な表情ができなくなるのだ。特に勘のいい器用な子役など、望まれる表情を先回りして作ってしまい、「演技ずれ」していく結果となる。

「あの小手先で芝居する癖をぶっ壊して混乱させたら、結構面白いかもな」

そう寺田が呟くのを聞き、響子は、彼が今の少女にキャストを決めたのを悟る。

迷いが消えて、たちまち彼の首筋と横顔が生気に満ちてくるのを見ながら、残酷だな、と響子は思う。

こんな瞬間に、こんな些細《ささい》なことで、役は決まる。こんなところで運命は分かれ、少女の未来は左右される。なんてこの世界は残酷なんだろう。

だが、そんな残酷さに彼女は惹《ひ》かれてもいるのだった。

「よーし、ありがとう、キョーコ。飲みに行こか」

寺田は晴れ晴れとした顔になり、伸びをしながら響子を振り返った。

「すぐに出られるんですか？」

「ちょっとだけ業務連絡してくる。ロビーで待っててくれ」

「了解です」

腰を浮かせた寺田は、ふと動きを止めて何か思い出したように響子の顔を見た。

「そういや、あの噂聞いたか？」

「噂？　何の噂ですか」

響子はきょとんとした。

「芹澤《せりざわ》さんの芝居の話」

寺田は、その名前を出すのが憚《はばか》られるかのように、口に手を添えた。

「芹澤さん？　あの映画プロデューサーの？　そういえば、しばらくお名前聞かなかったですよね。お芝居もなさるんですか」

寺田は苦笑した。

「元々は芝居やってたんだよ。凄《すご》く作り込みたがる奴だったんで、完璧《かんぺき》主義が昂《こう》じて映画に行っちまったんだ」

「そうだったんですか」

「どうやら芝居に復帰するらしい。二十年ぶり、かな」

「へえー」

「夏辺り、大々的にオーディションをするらしい」

「話の内容は？」

「まだ分からん」

芹澤泰次郎《たいじろう》。

映画業界では伝説的な名前だ。

もう七十近いだろう。特定の組織に属せず、特定のスポンサーにも頼らず、コツコツと資金を集め、自分の気に入った作品を気に入ったスタッフで納得できるまで時間を掛けて撮り、配給まで行う。場合によっては、上映する小屋まで自分で建ててしまう。

だから、公開まではとても時間が掛かるし、頓挫《とんざ》した企画もいろいろあるというものの、出来上がった作品はどれも質が高く、内外で高い評価を得、映画好きの観客からは根強い支持を受けていた。キャスティングにも定評があって、うまい役者、いい役者を使うのはもちろんだが、初めて演技を行うような素人や畑違いの人間も斬新に起用しており、彼の作品に使われたのちに俳優として開花した者も多い。

数年前にも、彼自身がずっと温めていた企画という古い純文学作品の映画化で、脇役に使われた元プロ野球選手やコメディアンがよい演技を見せて評判になり、内容が暗く長《ちょう》尺《しゃく》のものにもかかわらず異例のロングランヒットを飛ばした。響子の知り合いも何人か出ていて、皆、それまでとは一皮むけた素晴らしい演技をしているのに映画館で目を見張ったものだ。スプリングボードとして役者の潜在能力を引き出す才能があるのだろう。彼と組みたがる人間はとても多いと聞いている。

響子は端役として何度か出たことがある程度で、映画というジャンルには、今のところそんなに思い入れはない。映画と舞台では演技の技術も思考のベクトルも異なるので、そこに興味は感じていたが、彼女にとって芹澤の名前はとても遠く、とりあえず関心の対象外に位置していた。

しかし、その芹澤が芝居をやるという。

舞台を。

ロビーで寺田が来るのを待ちながら、響子は内臓のどこかがざわっとするのを感じた。さっき寺田の話を聞いた時には何も感じなかったのに。

響子は隅のソファに腰掛け、煙草を取り出して火を点《つ》けた。

無人のロビーは殺風景で淋《さび》しいけれど、なんだかとても落ち着ける。

それは、空っぽの劇場と同じく、常に予感に満ちているからだ。何かわくわくするようなことがここで始まるという予感。この扉の向こうに、この世のものではない素晴らしい世界が広がっているという予感。今は誰もいないけれど、溢《あふ》れざわめく観客の息遣いが聞こえるような気がする。

響子はゆっくりと煙を吐き出す。

こうして一人で座っていると、自分が役者であるということが不思議になる。

ものごころついた頃から当たり前のように舞台に立ってきた。家族も皆役者だったし、周囲もそれが当然のように自分を扱った。それがあまりにも自然だったので、同世代の他の人間がこれから社会のスタートラインに立つというこの時期に、既にかなりのキャリアを積み、もう職業を選択してしまっているということにしばしば愕然《がくぜん》とさせられるのだ。

自分が何者になるのかを考える前に、そうなってしまっていたということが幸福なのか不幸なのか。友人たちが就職に悩む姿を見ていると、漠然とそんなことを考えてしまう。

奇妙な商売だ、と響子は自分の職業を思う。

一夜限りの、何の実体もないまぼろしを作るために、日々奔走する人々が世界中にいて、ほんの数時間のまぼろしのために人生を捧《ささ》げている。

ゆうべのさつま揚げ、おいしかったな。

ふと、昨夜寄った友人の店のことを思い出す。カウンターでさつま揚げを食べながら、自分の仕事は料理人に似ている、と考えたことも。

店（ハコ）があって、開店時間が決まっている。毎日同じメンバーで同じメニューを作っているのに、料理人の体調や仕入れの状況によって少しずつ味が変わってくるし、その日のお客のノリで店の雰囲気がまるっきり変わってしまう。ご大層な理想や理論があっても、とにかく一から仕込みをし、材料を切り刻み、丁寧に肉体労働を重ねていかないと完成しない。芸術的であるのと同時に、日々の客の入りにシビアに評価が左右される、実にダイレクトな経済活動であるところも似ている。そして、数時間で消えてしまうもののためにみんなが精魂を傾けているところも。

考えなくては。

さっきから、気が付くとそう胸の中で繰り返している。

この焦りはなんだろう。

響子は灰皿に灰を落としながら考える。

子供の頃から、舞台の上でどうすればいいか知っていたし、自分がそれをできることも分かっていた。だから、名子役と言われ、子役が壁に当たると言われる思春期もすんなりと乗り越え、やがては将来の大器と言われるようになった。

高校時代からＴＶドラマにも出て顔も売れ、徐々に大きな役も付くようになり、ここ数年は、何本かの連続ドラマで主役を演じているし、その華やかな容姿からアイドル並みの扱いを受けることもしばしばである。

だが、本人は実感がなかった。

最初からレールは敷かれていたし、あくまでも、自分ができると分かっていることを順番にやってきただけなのだから。

十八歳でオフィーリアを演じて、数々の新人賞を取った時のことを思い出す。

むろん、あの時は必死だった。慎重に準備を重ね、できる限りの努力をした。映像があるものは全て見た。資料を読み漁《あさ》り、『ハムレット』の全台詞《せりふ》を暗記した。しまいには同業者の家族ですらあきれ、気味悪がるほど稽古《けいこ》を繰り返した。

しかし、その一方で、どこかで彼女は醒《さ》めていた。必死に周囲からいろいろなものを吸収しながらも、最後の一点でのめりこむことを拒絶していたのだ。

まだそっち側に行ってはいけない。そっち側に行ったら、二度と引き返せない。

心のどこかでそういう声があった。

むろん、そんなことを計算していたわけではない。当時は無我夢中だった。それまでに感じたことのない、役作りの深さ、面白さ。まだその快楽のとば口に立ったばかりと承知していても、楽しかった。なにしろオフィーリアである。古今東西の女優が演じてきた役。役の重さが桁違《けたちが》いだ。先達《せんだつ》たちがおのれの解釈で作り上げてきた役に、今自分も一俳優として立ち向かっているという高揚感があった。

しかし、同時に彼女は恐れてもいたのだった。

この面白さには果てがない、ということに薄々気付いていたからである。

恐らく、この世界の面白さ、この職業の面白さはこんなものではない。もっと凄い、もっと恐ろしい面白さがこの先に続いている。一生かけてもそれは味わい尽くせない。それは果てしなく、ブラックホールのように役者たちを呑《の》み込んでしまい、どんなに求めても

求めてもきりがない。

その予感が彼女には怖かった。まだ自分にはあそこに足を踏み入れる覚悟ができていないと知っていたのだ。

至上の快楽を約束するが、最早一生やめることのできない麻薬、やめれば地獄の苦しみが待っている麻薬が目の前にある時、人はどうするものだろう。今使っている薬でさえ凄《すさ》まじい快感があるというのに、そんな薬を使ってしまったら、この先自分の人生はどうなってしまうのか。快楽と破滅が一体となった予感のあまりの大きさに、大抵の人間は手を出すことを躊躇《ちゅうちょ》するのではないだろうか。

生まれながらに選ばされていた職業について疑う気持ちがほんの少しだけどこかに残っていて、それを捨てきれない自分がいる。自分は間違っているのではないか、本当は他の選択肢があるのではないかと迷う気持ちがあるのだ。

ふと、響子は、そこまで考えてから、何が自分をこんなにもやもやさせているのか、ようやくその原因が思い浮かんだ。

昨夜観た試写会だ。

思わず顔を上げていた。

なぜ思い当たらなかったのだろう。あれのせいだ。あんなに衝撃を受けたのに。

葉月《はづき》ちゃん、凄かった。

普段は感じない嫉妬《しっと》と羨望《せんぼう》がじわりと込み上げてくる。

もっとも、響子はそういう感情が嫌いではなかった。響子には昔から妙に醒めたところがあって、自分を客観的に分析するのが好きなのである。むしろ、マイナス感情は分析のしがいがあって大歓迎だった。負の感情を隅々まで味わい、味わう自分を観察し、そんな時自分がどんな表情やポーズを取っているか鏡で確認したことも一度や二度ではない。

宗像《むなかた》葉月は響子よりも六歳上で、遠い親戚《しんせき》に当たる。

だから、子供の頃から行き来があってよく知っていた。彼女の家も響子と同じように芸能一家だったが、彼女はむしろそういう世界への反発があって、高校時代までずっと陸上競技一筋に打ち込んでいた。

しかし、その後やはり新劇の養成所に入り、一から修業を始めてからというもの、めきめきと力をつけ、地力を発揮していく。決して派手な顔立ちではないし、人目を惹《ひ》く容貌《ようぼう》ではないものの、ここ数年舞台での成長ぶりはめざましく、玄人受けが非常によかった。

その彼女が初主演した映画を、招待状を貰《もら》って昨夜家族で観てきたのである。

素晴らしかった。それは、上映が終わった時、父や兄が黙りこくり、一瞬不機嫌になったことでも証明されている。彼らも映画と彼女の出来のよさに嫉妬したのだ。

これまで響子は他人に対して自分が演技の技術で劣っていると感じたことはなかったが、ゆうべは本当に打ちのめされた。

そして、試写会の後で会った葉月は輝いていた。

決していい気になっているのではなく、静かな自信があり、自分の居場所を見つけたという充足感が滲《にじ》み出ていた。そのことに、響子は引け目を覚えたのである。そして、打ちのめされたその足で、生き生きと働く友人の小料理屋に行ったことで、更に自分の職業について考えさせられることになったのだった。

果たしてここは自分の居場所なのか。

響子はそんな疑問を抱いていた。

確かに、とても恵まれた環境で育ってきて、それを当たり前にやり遂げてきて、それなりの評価を得ているのだから、才能がないわけではないだろう。才能があってもこんなポジションを得られない人が大勢いることも知っているし、そんな人たちに自分が感じている疑問を知られたらさぞかし憎まれ、怒られ、バチが当たるだろう。

しかし、それでも響子は考えてしまうのだ。

ここは本当に自分のいるべき場所なのだろうか、と。

響子は自分が優等生タイプだと言われていることを知っているし、自分でもそういうところがあると思う。周囲に求められると先回りしてそれをやってしまう。望まれる像を自ら演じてしまう。これまでこの仕事をやってきたのも、そういう気質がたぶんに影響してきたのだろう。きちんとしていることが好きだったし、期待には応《こた》えたかった。二番目の兄のように、自分の境遇に屈折し反抗するのは意に染まなかった。

しかし、彼女は、自分の中にひどく天《あま》の邪鬼《じゃく》で破天荒な部分があることも昔から知っていた。時折何かの拍子にそれがぽんと飛び出すことがあって、その度に周囲が面食らったことを覚えている。もっとも、彼女はそんな自分を否定していたため、そういう部分が彼女のイメージとして周囲に定着しなかったのだ。

だが、高校を出て職業人として仕事を続けるうちに、自分の中のそういう部分が少しずつ膨らんでくるのを感じていたし、そんな自分とどんなふうに折り合いをつければよいのか分からず、混乱する瞬間が増えていた。

「お待たせー、キョーコー」

向こうから、寺田のガラガラ声が飛んできて、響子はハッとした。

煙草を潰《つぶ》し、勢いよく立ち上がる。

薄暗いロビーをふと何気なく振り返る。

予感に満ちた場所。世界一わくわくする場所。

あたしがこの扉の向こうの世界を愛していることは確かだ。けれど、ここは本当にあたしの場所なのだろうか。

響子は伊達《だて》眼鏡を掛け、小走りに駆け出した。

芹澤泰次郎の芝居。彼女は心の中でそう呟《つぶや》いてみた。

それに出られたら、ここがあたしの場所だと覚悟できるかもしれない。

3

ほんの少し走っただけなのに、たちまち手で絞れそうなほどTシャツが汗で重たくなった。

梶山巽《かじやまたつみ》はげんなりした表情で足を止め、眼鏡を外すと首に巻いたタオルで顔を拭《ぬぐ》った。

まだ四月だというのに、ひでえ蒸し暑さだ。今からこれじゃあ、夏はどうなっちゃうんだろう。

「たつみぃ、サボるなあっ」

たちまち後ろからでかい声が飛んでくる。巽は肩をすくめ、眼鏡を掛け直し、再びよろよろ走り出した。

都心のビル街の谷間にある、大きな公園を囲む歩道である。

公園の中はかなりの広さがあり、大きく育った木々が木陰を作っているが、季節外れの暑さになんだか木陰もどんよりして息苦しそうだ。

それでも、昼下がりの明るいスペースで、人々が思い思いに寛《くつろ》いでいる。時折木立を揺らして風も吹く。もっとも、蒸し暑い空気を掻《か》き回すだけで余計に暑さを倍増させ、ちっとも涼感を運んでこない。

首や頭にタオルを巻いた、Tシャツとジャージ姿の若者が十人ばかり、真っ赤な顔をして歩道を一列に走っている。

大学の運動部員に見えないこともないが、それにしては、彼らには、アスリートの爽《さわ》やかさや、同じ部の統一感や、勝利のために邁進《まいしん》するという明快さがない。確かに身体は鍛え上げられているけれど、どこか胡散臭《うさんくさ》く怪しげなのである。

「はい、ダッシュじゅっぽーん！」

ランニングを終えた彼らは一休みすると、二人で並んで地面に手を突き、眉《まゆ》の濃く背の高い男が手を叩《たた》くのに合わせ、順番にダッシュを始めた。

更にそれが終わると、彼らはぞろぞろと公園の中に入ってゆき、石の壁からちょろちょろと水が流れるところに集まった。浅い池の周囲は階段状になっており、ちょっとしたコンサートでもできそうなスペースである。

若者たちは池の周りに整列して、唐突にアカペラで歌を歌い始めた。

なぜか曲は「ユー・アー・マイ・サンシャイン」。テンポに乗り、息が合っていてなかなかうまい。それに、少し前までランニングをしていたとは思えないほど呼吸が整っている。

子供たちが寄ってきた。通行人が足を止めて聞き入っている。

なるほど、彼らはグリークラブのメンバーなのか。合唱団なら、身体が楽器なのだから、鍛錬するのも当然である。

歌が終わった。

別の歌を歌うのかと思いきや、今度は呼吸を整え、二人ずつ組むと柔軟体操を始める。みっちり三十分。随分と熱心に身体を鍛える合唱団員だ。

それが済むと、彼らは輪になって座り、おもむろにハンカチ落としを始めた。

他愛のない遊びだが、彼らはすこぶる真剣である。身体が大きく、筋肉の発達した連中が必死に鬼を追っているところは、むしろ鬼気迫る雰囲気すら漂っている。

やがて、パンとさっきの眉の濃い男が手を叩き、ハンカチ落としは終わった。たちまち弛緩《しかん》した雰囲気が漂い、輪がばらけて、みんなが離れて座る。

眉の濃い男がリーダーのようだ。

「それでは、本日のエチュード」

お題目のように唱え、一瞬黙り込む。そして、みんなの視線が集まったところで顔を上げて叫んだ。

「実演販売でーす！」

「実演販売——？」

一斉に周囲から声が上がった。

「ガマの油売りとかバナナの叩き売りとかのこと？」

「そう。なんでもいい。客を前にしてるつもりで、喋《しゃべ》りながらモノを売ってみせろ。三十分時間をやる」

「さんじゅっぷーん」

不満そうな声が上がるが、たちまちみんな立ち上がり、そこここに散ってぶつぶつ何事か口の中で呟き始めた。身振り手振りを加える者、空に向かって叫ぶ者。誰もが集中していて、通行人の視線などどこ吹く風だ。

梶山巽も素早く頭の中でいろいろな商売を思い浮かべる。

実演販売、実演販売。

デパートの料理実演、地方の職人の実演、手品の道具を売る道端の外国人、TVショッピングも広い意味では実演販売じゃないか。

素早く自分に真似できそうなものを探す。

売れそうもないものを売るというのはどうだろう。空気とか、電信柱とか、殺し屋とか。ブラックユーモアと風刺を効かせて。そうだ、いっそ現実のものでなくてもいい。架空の商品でも面白い。例えばタイムマシン。例えば他人の思い出。そういうモノを売るセールスマンがいれば、これはもう芝居になる。

いけないいけない、と巽は慌ててその考えを打ち消した。

今はエチュードなんだから、自分にできるものを考えないと。

傍《はた》から見ると、青年たちが口々に何か呟いているところは不気味である。

そう、彼らは役者なのだ。日々たゆまぬ肉体の鍛錬、息の合った動き、丈夫な喉《のど》。そのどれもが役者には欠かせぬものなのだ。そして、この梶山巽もそれを習得しようと励んでいるわけなのである。

巽は頭を切り替えようと努力するが、今思いついたアイデアが捨て切れない。

やれやれ、もう役者は卒業できると思ったのに。

巽は密《ひそ》かに溜息《ためいき》をついた。

元々、脚本家希望だった。役者の経験があったほうがいいだろうと思い、この二年役者もやってきたが、彼の計画ではぼちぼち創作のほうに重点を移すはずだった。なのに、状況が変わって、役者が足りず、未《いま》だに足が洗えない。役者も面白いけれど、やっぱり自分には今いち向いていないし、脚本のほうに興味があるのは否定できない。

ふと、眼鏡の汗を拭おうとして、少し離れた児童遊園のところにいる一人の少女が目に入った。

あれ、あの子、また来てる。

他にも小さな子供が何人か巽たちを遠巻きに眺めているが、その少女はジャングルジムの上に腰掛けて、じっとこちらを見ていた。

眼鏡を掛けてさりげなく観察するが、やはり先週も来ていた子だった。

若いなあ。二十歳そこそこ。まだ十代かも。

赤いシャツにカーゴパンツ、黒のスニーカーというカジュアルなスタイル。小柄な印象だ。

少女は真剣だ。ぴくりとも動かずこちらを見つめていて、離れているのに視線が痛いほどだ。巽は思わず自分の動きがぎくしゃくするのを感じた。

パン、と新垣《あらがき》が手を叩く音がしてハッとした。やばい、まだ考えてないのに。慌てて巽は池の周りに集まった。

練習当番の新垣がやってる間にネタ考えなくちゃ。

「では俺から。時間は五分。時計見ててくれ」

新垣はずいっと前に立つと、「ガマの油」ならぬ「親父の油」を売り始めた。

この男、新垣剛《つよし》はメンバーの中では最年長だ。長身な上にくっきりと濃い眉、四角い顔、骨ばった身体。輪郭の強烈な、一目で顔を覚えてもらえるタイプである。落語マニアで、高校時代は落語研究会と演劇部を掛け持ちして主宰していたという男だ。息が長く、朗々と声が通る。

「それではこの親父の油、いかなる効能があるのでしょうか？　お待ちなされい、これから一つ一つ順に説明いたしましょう。まず、なんといっても他にない優れた特徴は、全く他の生物を寄せつけないことでありましょう。山に入れば熊が避け、海に入れば鮫《さめ》が避け、町に入れば女が避けまする。例えば受験生にこの油を塗ればあら不思議、全く婦女子が寄ってこない。もちろん、うら若き女性はてきめんでございます。ああ、禁欲生活を強《し》いられている受験生にとってはなんともはや有難い有難い、これで受験勉強に集中できますれば、ご両親もさぞや安心でございましょう」

時代がかった生真面目な口調に思わず引き込まれ、笑ってしまう。

笑ってる場合じゃない、考えないと。しかし、感想を言うという決まりもあるので、ちゃんと見ていなければ。

新垣の番が終わり、ひとしきり感想が述べられた後、次に立ったのは、草加《くさか》という中肉中背の男である。一見甘い顔立ちのかなりの二枚目だが、中身は常に受けを狙う三枚目。商売をやっている家に生まれ、両親や三人のきょうだいに構ってもらいたい余り、子供の頃から自作のコントを演じていたという男だ。幼児期に染みついた過剰なサービス精神を、本人も時折持て余すことがあるという。

草加は、若い男性客にハンカチを売り始めた。恋のきっかけを作る魔法のハンカチという設定である。「お嬢さん、ハンカチ落としましたよ」という古典的な台詞《せりふ》を始め、涙を拭《ふ》く、洟《はな》をかむ、縛って止血する、喫茶店で残ったお菓子を包む、メッセージを書いて窓に貼る、船着き場で振る、端っこを噛《か》んで悔しがるなどめまぐるしく動き回りハンカチの用法を喋り続ける。やはり、彼もどうしても話をお笑いに持っていきたがるのでついつい笑ってしまう。

笑いながら、ふと、巽は何かの気配を感じて後ろを振り向いた。

演じ終えた草加も、何かに気付いたように視線を向ける。

巽のすぐ後ろに、あの少女が立っていた。

近くから見ても小柄だ。

みんなが黙り込み、少女に注目する。

「ええと、何か御用でしょうか？」

新垣が尋ねた。

少女はぐるりとみんなを見回す。

「ここの劇団に入れてもらいたいんですけど」

全く臆《おく》することなく、少女はそう言った。声は、予想に反して結構低めだ。

みんながびっくりして目を見開く。

「ええと、その、君、大学生ですか」

新垣はしどろもどろになった。少女は大きく頷《うなず》く。

「はい。W大の一年です」

「俺たちと一緒じゃん。学部どこ？」

「法学部です」

「演劇研究会とか行ってみた？」

「はい。いろいろ見せてもらいました」

少女は落ち着いた声ではきはきと答える。

新垣と巽は思わず反射的に顔を見合わせた。

「うちの劇研は大きいし、新人は基礎からきっちり教えてもらえるから、あっちに行ったほうがいいと思うけどなあ」

新垣は当惑した声で言った。

実は、元々、彼らも演劇研究会に所属していたのだ。

W大の演劇研究会は、学生の演劇サークルでは最大級である。歴史も長く、多くの人材を輩出している。何しろ大所帯なので、その中で幾つかの劇団に分かれて活動している。

彼らはそれぞれ異なる劇団に所属していたのだが、皆どことなくいつのまにかその枠からはみ出してしまった者どうしだった。

そんな連中が寄り集まり、この春ついに研究会から独立して一つの劇団を作った。それがここにいる男性十人なのである。演劇研究会には、有名な劇団、人気のある劇団、伸び盛りの劇団が幾つもある。なぜよりによって彼女がこんなところにやってきたのか、それが不思議でならないのである。

少女は小さく首をかしげた。

「いろいろ見たけど、ここがいいと思ったんです」

そう言いながら、本人も不思議そうな顔をしていた。

小柄だけどバランスのいい子だ。美人とか派手だというわけではないけれど、目には力がある。

新垣はふと興味をそそられた表情になった。

「なぜ？　どこがよかったの？」

「ええと。顔かな」

「顔？」

「ここのメンバーが、一番面白い顔してた」

座っていたメンバーがどっと笑った。

「ひでーなー」「面白い顔ってどういう顔だよー」と皆口々に叫ぶ。少女はきょとんとしている。

しかし、新垣の目は真剣だ。

「ふうん。顔か」

「それに、ここだけ、他のところより空気がほっこり明るかった」

少女も真顔で考えながら答えた。

「ふうん」

新垣は、じっと少女を見下ろした。三十センチ近く身長差があるが、少女も臆せず彼を見上げる。

「芝居の経験は？」

「初めてです」

「じゃあ、とりあえず入団テストしよう」

「おい」

新垣がいきなりその気になったので、巽は慌てて声を掛けた。女は入れない。必要な時は客演にする。そういう方針だったではないか。

新垣は、彼を見てチラッと目配せした。

そうか、入団テストをして、落としてあきらめさせるつもりなのだ。巽はそう解釈し、黙り込んで身体を引っ込めた。新垣は少女に向き直る。

「今の、見てたろ。同じことやってみて。実演販売。売るものはなんでもいいから」

少女はますますきょとんとした。まるで、自分が何を言われたか分かっていないかのようだった。

「なんでもいいんですか？」

少女は訝《いぶか》しむように聞いた。

「うん。なんでもいい」

新垣は念を押した。

意地悪だな、と巽は思った。芝居経験のない娘に、いきなり架空の実演販売をしろというのは無茶だ。普通の人間は、人前で声を出すことでさえ抵抗がある。特に、子供の頃から人前で話す訓練を受けていないシャイな日本人にとっては、それは大きな苦痛である。まあ、芝居を目指す人間であれば、その辺りは平気なのかもしれないが。

みんなが興味を持って少女の顔を見ていた。ためらうか、恥じらうか、破れかぶれで体当たりしてくるか、何かサマになることができるのか。

少女はその黒目がちの印象的な目で地面を見て、ほんの一瞬考え込んだが、すぐに顔を上げた。

「分かりました。バサラを売ります」

「バサラ？」

新垣は面食らった顔になる。

「なんや、そら」

「うちの、実家で飼ってる犬です」

少女はそう言うと、いきなり右手の人差し指と中指をくわえ、ひゅうっと鮮やかな指笛を吹いた。

みんなが「おっ」という顔になる。

その指笛には意表を突かれたが、その後少女は動かなかった。

腕組みをしてぼうっとその場に立っている。

みんなが顔を見合わせ、新垣と巽も顔を見合わせた。ひょっとして、演技を放棄したのだろうか？　それとも、続きをまた考え始めたのか？

が、巽は、少女の目に気が付いた。

身体は動かさないが、少女の目は遠くを見ている。

彼女を取り囲んでいる十人の青年の後ろ、遥《はる》か遠くを。

何もしてないんじゃない。今まさに何かしているところなのだ。

他のメンバーも、そのことに気が付き始めたようだった。ざわついていた皆が、徐々に口をつぐみ、少女の目に注目している。

じりじりとみんなが何かを待っていた。

暑い。とても暑い。けれど、今この場を何か異様な緊張感が覆っている。これはいったい何なのだろうか。巽は混乱した。

少女の目は、相変わらず遠い一点を見つめている。

その視線は揺るぎない。

どういうことなのだろう。混乱は、彼女を見守る十人にも広がっていた。

と、少女の目がほんの一瞬揺れた。

あくまでもほんの一瞬。身体は全く動いていない。しかし、確かに、その目は何かを見つけたように揺れたのだ。

彼女を見ていた全員が反応したのが分かった。

ほとんどのメンバーがとっさに後ろを振り返ったことでも、それは証明された。

がらんとした公園。そこには誰もいない。

ベンチに座っている老人やサラリーマンはいるが——犬なんて、どこにも。

しかし、少女はガラリと表情を変えた。

「バサラ！　こっち！」

少女は満面に笑みを湛《たた》え、大声で叫んだ。よく通る声。自信に満ちた、明るい声だ。

パンパンと手を叩《たた》き、腕を広げる少女。

みんなが混乱した顔で、顔を輝かせる少女と何もいない広場とを交互に見た。

「そこ、空けて！　今こっち来る！　バサラはでかい犬なの！」

いきなり睨《にら》みつけられて、巽はぎょっとした。

ためらいのない、自信に満ちた目。

少女は、巽とその隣のメンバーに向かって、間を空けるように手で指示した。思わずつられて、身体を引いてしまう。

馬鹿な。何も来ない、何も見えないのに。何してるんだろう俺は。巽は頭の隅でそう自嘲《じ ちょう》した。

「バサラ！　こっちよ！」

少女は朗々たる声で叫んだ。

ちらっと新垣を見ると、彼は恐怖に満ちた顔をしていた。その表情を見て、巽も背中が冷たくなる。

なぜだ。こんな蒸し暑い昼間に。

ヒュッと何かが耳をかすめたような気がしたのと、少女が何かにぶつかってどしんと尻《しり》餅《もち》をついたのはほぼ同時だった。

えっ。

巽はまじまじと少女を見た。

「いてて。バサラ、行儀よくして」

少女は腰をさすりながら身体を起こした。むろん、彼女のそばには何も見えない。

巽は、ぞっとした。さあっと全身に、くすぐったさにも似た鳥肌が立つのを感じた。

今、何か通った。

確かに、それを感じた。まるで、大きな獣みたいな何かが、そばを通って、あの子にぶつかったのだ。

むろん、それが錯覚であることは理性で理解していた。自分は何も見ていないし、少女には何もぶつかっていない。しかし、そうとしか思えないような動きをあの子はした。

頭がこの事態についていってない。

そのことだけは確かだが、それでも巽は目の前の少女を見つめていた。

「さあ！　寄ってらっしゃい、見てらっしゃい。これがバサラだよ」

少女は目を輝かせ、青年たちをぐるりと見回した。

誰もがぽかんと口を開け、少女を見つめている。

いや、正しくは、少女の右手を。

「この毛並み！　体力！　足も速いし持久力もある！　ねえ、バサラ」

そこには何もいなかった。が、確かに何かがいた。大きくて獰猛《どうもう》な生き物が。

そして、それを少女の右手が必死に押さえつけているのだ。

「言っとくけど、血統書はないよ。うちのじいさんの話によれば、秋田犬と紀州犬との雑種らしい。噂によれば、マタギの飼ってた犬が先祖だったとも聞く。だから、丈夫さは保証付きだ。犬は雑種が一番。丈夫だし、病気しにくいし、長生きだし。一緒に暮らすのには気楽だよ。おまけにこの子は賢くて、人間の言葉がよく分かるんだ。方言も聞き分けられる。狩りのお供に、ボディーガードに、一家の番犬に、是非このバサラを！　あんたが虚弱体質だったり、アスリートを目指していたりするんなら、毎日一緒に走るだけでたちまち体力アップさ」

少女はにこやかに正面を見ていたが、その手には筋が立っていた。何かを押さえつけている手。時折、その生き物に揺さぶられ、身体が飛び上がり、また押さえつける。

その様が、明らかに見て取れるのだ。

しかし、もちろんそこには——何もない。何も。空っぽの空間があり、少女の手が何かを押さえつける形で宙に浮いているだけなのだ。

誰もが魅入られたように少女を見つめていた。

まるで、こんな都会の片隅に、白昼、見たことのない悪魔が現れたかのように。

「嘘や」

突然、声が響いた。

少女がハッとして顔を上げる。少女を見ている者たちも同じである。

とたんに、彼女の手がだらりと下がり、たちまちそこにいたはずの大きな犬が消えうせてしまった。

「おまえ、芝居初めてゆうの嘘やろ。何かやっとったやろ。パントマイムか、踊りかなんか」

新垣が、思わずお国言葉丸出しでそう叫び、彼女の「実演販売」を中断していた。彼は、普段はほぼ標準語を話すが、興奮したり混乱したりすると関西弁丸出しになる。

少女はぱちぱちと瞬《まばた》きをし、新垣の顔を見上げている。

「そんな。特に何も」

「じゃあ、今のはなんや。そんなパントマイム、絶対訓練せんとできるはずないぞ」

新垣は濃い顔をますます暑苦しくして叫ぶ。

しかし、少女はいよいよきょとんとするばかりだ。まるで宇宙人でも見るような顔で、新垣を見上げている。

「えーと。その」

「正直に言うてみ。どっか児童劇団とか、所属しとったやろ」

問い詰められて、少女の顔が困ったように歪《ゆが》んだ。

「ええと、組み手とか型とかは、やったことがあるんですけど」

「はあ？　なんやと？　組み手？」

新垣が固まるのが分かった。この男は、理解不能の物事に突き当たると、思考停止した上で固まってしまうのである。

「ええと、君」

無意識のうちに、巽は新垣を押しのけて少女に話し掛けていた。

新垣の見開いた目が巽を見たことで、彼はそのことに気付いた。

自分でも意外だ。いつのまにか話し掛けていたことすら気付かなかったのだ。

少女の目がこちらに向いた。

あどけない、ほんの子供の顔だ。だが、巽は、目が合った瞬間、その大きな黒目に恐怖を感じた。

未知の領域。そんな言葉が頭に浮かぶ。

何も見えない。俺の知っているものは何も。この目が見ているのは、もっと遠くて、もっと大きな、もっと空恐ろしいものに違いないのだ。

そう直感した。

が、その直感とは別に、口が動いた。

「風になってみて」

「――は？」

そう答えたのは、新垣と少女とほぼ同時だった。

「あほか、巽。何寝ぼけたこと言うとんねん。風やとぉ？」

新垣に思い切りどつかれる。

「ええと」

巽は頭を掻《か》いた。

「今の、凄《すご》かったから。ほんとに。今さ、俺のそばを犬が通ったような気がした。びっくりした。そんな体験、初めてだったよ。だから、もうちょっと見たいと思って」

ぼそぼそとそう呟《つぶや》いていた。何を言ってるんだ、俺は。

今度は、新垣と少女を含め、みんなが巽の顔をまじまじと見ていた。巽は、自分がおかしなことを言ったのだと思い、口ごもった。顔がかあっと熱くなる。

「無生物のエチュード。この子の、見たくない？」

そう言い添えて、新垣を見る。

一瞬、沈黙があってから、新垣もみんなもゆっくり頷《うなず》いた。

「そやな。確かに」

新垣は、自分に言い聞かせるように呟いた。

「ちょっと見たいかも。そや、別に、芝居やるのに、経験のあるなしなんて関係ないもんな。問題は、できるかできないか、や」

新垣は、奇妙な表情になった。それは、さっき少女が指笛を吹いて仁王立ちになっていた時に見せたものと同じだ。

「よし。やってみい」

「風、ですか？」

少女は少し顎《あご》を突き出して、怪訝《けげん》そうな顔になった。

それはそうだろう。人間以外のものになってみるというのは、演技の練習ではスタンダードなものだが、風になってみろと言われて、役者以外の人間で当惑しない者がいないはずがない。

なるほど、新垣は、彼女が経験者だと判断したらしい。更に、今のは練習してきたものだと見なしたようだった。これまでのエチュードを見ていれば、予想できるものかもしれないと思ったのだろう。だから、巽の唐突な提案に乗ったのだ。

改めて、みんなが少女に注目した。

唐突に、蟬《せみ》の声が聞こえた。

まだ四月なのに。季節外れの、先走った蟬だ。

少女は唇に指を当て、相変わらず落ち着いた表情で考え込んでいる。

その表情に、巽は引き込まれた。なんという集中力だろう。こんな場面でよく熟考できるものだ。

この子は、何かやってくれる。

じわじわとそんな確信が湧いてきた。それは彼だけではない。今や、みんなが自分よりもずっと小さな、この少女が動き出すのを待っているのだ。

不意に、少女はスタスタと歩き出した。

えっ。

みんながあっけに取られて少女を見る。

どこ行くんだ。

少女は迷う様子もなく、まっすぐにみんなから離れて進んでゆく。

まさか逃げたわけじゃないだろうな。

巽は期待と失望と半々に、彼女の行き先を見守る。

少女が向かったのは、公園の片隅にある児童遊園だ。

その中央にある、黄色く塗られた球体。地球儀の形をした、鉄の枠でできた回る遊具である。

彼女はためらうことなくパッとその球体に飛びつくと、するすると登り、てっぺんにぺたりと座り込んだ。

青年たちはあっけに取られる。

「何やっとんねん、あいつ」

新垣が、当惑した顔で巽を見た。巽も無言で新垣を見る。

もちろん、そんなことを聞かれても彼に分かるはずがないのだが、そう誰かに聞きたくなってしまう気持ちは巽にもよく理解できた。

「ひょっとして、あいつ、電波系かもしらんな」

「そうかなあ。でも、うちの法学部に入ったんだからアホじゃないでしょう」

「勉強の頭と電波系の頭は別や。おかしな奴やな。さっきのアレには確かに驚いた。一瞬、天才かと思うたぞ。けど、単なる天然なのかも。女神かと思うとったら、実は疫病神だったりしてな」

十人もの青年が遠巻きに少女を眺めているところは、傍目《はため》には随分奇妙な光景に違いない。現に、通行人が怪訝そうに彼らを見ていく。

「とにかく度胸がいいことは確かだなー」

草加が呟いた。

「声もいい。さっきのあれ、よく声が出てた」

　別のメンバーも頷いた。

「おーい、どうしたー」

「どうするつもりだ、若者」

「なんとかもおだてりゃ木に登るっていうやつか」

「早く始めろー」

　元々一言多い、黙っていられない連中ばかりだ。少し前まで身構えていたのも忘れ、遠慮なくわいわいと騒ぎ始める。

　が、その注目を集めている本人は、遊具のてっぺんでのんびりと風に吹かれているのであった。これだけ挑発されているというのに、ちっとも動揺する気配がない。みんなと一緒に叫んでいた新垣も徐々にあきれ顔になり、拳《こぶし》を下ろす。

「なんか、俺、だんだんアホらしゅうなってきた」

「待って」

　巽は新垣の腕をつかんだ。

　少女が、ふと片手を上げた。

　宙に向かって、何かをつかむように身体を伸ばしたのだ。それは、あまりにも自然で無意識の動きに見えたので、見ていた巽たちも思わず一緒に背筋を伸ばしてしまったほどだった。

青年たちは同時に黙り込み、辺りはしんと静まり返った。

更に、少女は宙を見つめたまま伸ばしていた手を曲げて、何気なく髪を押さえた。

あたかも、今そこに風が吹いてきたかのように。

巽は、少女の姿に風を感じた。離れているのに、この暑い公園を吹きぬける風が見えたような気がした。

キイッ、という音がして、遊具が回り始めた。

「えっ」

「回ってる」

驚きの声が上がった。

確かに遊具が回っている。少女はてっぺんに座っているのに、少しずつ遊具が回り始めている。誰も手など掛けていないし、周りに誰もいないというのに。

「どうして？」

「ほんとに風のせいなのか？」

「あそこだけ？」

みんな、狐につままれたように回る遊具を見つめている。

そんなはずはない。どこかに力が加わっているはず。

巽は、少女の手がこちらから見えないことに気付いた。

そうか、あの子が回しているのだ。

彼女は相変わらず宙を見ているが、いつのまにか両手は後ろに回されている。恐らく、その後ろに回した両手で遊具の一番高いところをつかみ、密《ひそ》かに動かしているのだろう。こちらからそれが見えないことも、計算のうちだ。遠目に、まるで遊具がひとりでに回っているかのように見えることも。

再び、鳥肌が立つのを感じた。

そんなことまで、いきなり言われて計算できるのか。突然風になれと言われ、たまたま近くにあった遊具に飛びつき、みんなの視線や、遊具を回すタイミングまで計算していたというのか。まさか。あんなあどけない女の子がそこまで計算しているはずがない。芝居は初めてだと言ってたじゃないか。そんなことができるのは――

その先の言葉をゴクリと呑《の》み込んでしまい、巽は冷や汗を感じながら少女を見つめた。くるくると回っている遊具のてっぺんに、すっと少女が立ち上がった。

彼女は遠巻きにしている巽たちを見るともなしに見た。

巽はどきっとする。

不思議な表情だ。アルカイック・スマイルとでも言うのだろうか。全てを承知しているようなかすかな笑み。遠いところにいるのに、しっかりとこちらの心が見抜かれているような気がした。

彼女は、もう巽たちに興味を失っているようにも見える。

しかし、それはまだ続いていた。

少女は、パッとしゃがみ、回っている遊具にひょいと取り付き、一緒に回り始めた。時折地面を蹴《け》り、回るスピードを衰えさせない。

「うわっ」

思わず皆がどよめく。

彼女の動きは自在だった。なんと軽やかに遊具の上を動き回ることだろう。片手を離し、時には両手を離して足だけで支え、あるいは腕だけで身体を支える。フィギュアスケートのスピンを見ているように、そこここに彼女の残像が回っている。まるで何人もの少女が遊具の上にいるみたいだ。

みんながあっけに取られてそれを見つめていた。

体力がある。筋力も。でなければ、あんなポーズで身体を支えてはいられない。

巽は少女の動きを知らず知らずのうちに分析していた。

彼には四歳上と三歳上の二人の姉がいて、子供の頃は一緒にバレエとピアノを習っていたのである。友人たちと遊べない上に女みたいだと馬鹿にされるので、当時は嫌でたまらず、常にサボる機会を窺《うかが》っていたのだが、必ずどちらかの姉が見張っていてレッスンに引きずっていかれたものだ。

現在、姉は一人がバレエダンサー、一人は音楽関係の道に進んでいる。巽は中三の夏でどちらも止《や》めてしまったが、両方を経験させてもらったことに今では感謝している。

バレエで難しいのは、跳躍や回転よりも、むしろゆったりした動きや静止してポーズを取ることである。サマになるポーズを作るには、地道な基礎訓練によって改造された肉体が必要なのだ。

あの少女は、ちゃんと空中で身体を静止させている。あんな体勢で、数秒でも止まっていられるのは、かなりの筋力がある証拠だ。

芝居をやっていたかはともかく、何かスポーツでもやっていたのは確かだろう。身体を鍛えていなければ、そもそもこのひどい蒸し暑さの野外で、あんなに身体を動かしていられるはずがない。

少女の笑顔が陽射しの中で回っている。

なんて楽しそうなんだろう。

巽はその表情に打たれた。

思いつくままに身体を動かしているのだろう。ポーズそのものは稚拙だし、子供みたいにあどけない。けれど、その動きは伸びやかで、同じ世代の巽から見ても、天真爛漫《てんしんらんまん》な若さに溢《あふ》れていて、ずっと眺めていたいという気持ちになった。鼻の先に、子供の頃、日暮れまで無心に駆け回った時に嗅《か》いだお日さまの匂いが蘇《よみがえ》る。

それは、巽だけでなく、他のメンバーもそうだったらしい。

「あっかるいなあ」

「無邪気だなー。ほんと、ようやるわ」

「器用だな。ガキんちょがいっぱい遊んでるみたいに見える」

「まあ、風になったと言えないこともないよな」

皆、口調は皮肉っぽいのに、声や表情が華やいでいる。

巽はチラチラとみんなの顔を盗み見た。

魅了されているのだ。少女の動きには、つい見入ってしまう、引き込まれてしまう何かがあった。媚《こ》びも打算もない動き。素材そのままの、天然の動き。それが、日頃演技という概念に囚《とら》われている彼らには新鮮だった。いつもはめちゃめちゃ口の悪い連中なのに(彼らがはみ出し者になったのは、そのせいとも言われている)、そんな彼らが素直になってしまうものが、彼女の動きの中には存在している。人間とは、本来こうも自由に動けるものなのだと納得させられてしまうものが。

ひょっとして、今、何か凄《すご》いものを見ているのかもしれない。

巽はふとそんなことを考えた。

この瞬間を、ずっと先になって、あれがそうだったのだと思い起こす時が来るのかもしれない。

巽は反射的に空を見上げていた。

不思議な感覚だった。自分を遠くから見下ろしているような。今を未来から眺めているような。

パッと少女が遊具から飛び降り、回る遊具を押さえてキッと止めた。

巽は我に返った。

少女は遊具の前に足を揃えて直立し、ぺこりとお辞儀をした。

一瞬、みんながしんとする。が、すぐに拍手が起きた。

「いいぞー」

「すげえ」

「面白かった」

少女はぱたぱたと新垣に向かって駆けてきた。見ると、さすがに顔には玉の汗が浮かび、肩で息をしている。

彼女は子供のように期待で目をキラキラさせていた。

「どうですか？　入れてもらえますか？」

新垣を正面から見上げると、彼がウッと詰まるのが分かった。

どうするつもりなんだ、新垣。

巽は反射的に彼の顔を見た。皆も、不安そうに彼を見ている。

「うん、まあまあやな」

新垣は、平静を装い、大したことではない、という顔をした。少女は落胆するでもなく、喜ぶでもなく、大きな目を見開いてじっと彼の言葉の続きを待っている。

新垣が迷っているのが分かった。

女は入れない、必ず色恋沙汰《ざた》の面倒が起きるから。

それは、かつて所属していた劇団で、そういうトラブルに悩まされてきたみんなで決めたことだった。

外ではどんな女に入れ込んでも構わない、この劇団では芝居のみに集中し、そういうプライベートなトラブルを持ち込まない。

彼の頭にも、皆でそう誓ったことが念頭にあるだろう。しかし、好奇心に駆られて入団テストをやると言ったのも彼だ。落とすつもりだったのだろうが、今のパフォーマンスを見せられてしまっては、落とすのも無理である。第一、新垣たちだって、今の彼女以上のパフォーマンスができるかどうか分からない。そのことを、みんなが無言で認めているのが分かった。

新垣はコホンと咳払《せきばら》いをし、小声で呟《つぶや》く。

「ま、仮入団てことで、やってみよか」

「ありがとうございますっ」

少女はぺこりと頭を下げた。

誓いを破ることになるのをみんな承知していたはずだが、なぜかその時はみんなホッとした顔をした。

「おお、久々のニューフェイスだ」

「凄いぞ」

みんなが再び小さく拍手をする。

新垣は、自分の決断がみんなに受け入れられたことに安堵《あんど》の表情を見せた。が、すぐに先輩の威厳を見せて身体を反らす。

「メンバーはこの十人で全部や。君は十一人目。『11人いる!』やな」

「ねえ、君、本当に芝居初めてなの?」

巽は思わず聞いていた。

「はい。見て真似するのは好きでしたけど、実際にやったことはなかったです」

少女は無邪気にそう答える。

本当だ。巽はその目を見て確信した。

あれは本当に、アドリブでいきなりやったことなのだ。強い確信は、すぐにまた身震いするような肌寒さに変わった。

これは、恐怖だろうか? それとも驚き? ひょっとして興奮? もしかして、嫉妬《しっと》なんだろうか。

巽は、目の前の少女に強く興味をそそられている自分と、できれば関わりあいたくない、と思っている自分とに混乱した。

女神かと思うとったら、実は疫病神だったりしてな。

巽の頭の中には、さっき新垣が何気なく呟いた一言がなぜか鮮明に蘇っていた。

「じゃ、まあ、連絡先と名前だけ聞いとこう」

新垣は自分の携帯電話を取り出し、少女の顔を見た。

少女もカーゴパンツの膝《ひざ》の近くのポケットからごそごそ携帯電話を取り出す。

「名前は？」

「佐々木《ささき》です」

「下の名前は？」

「あすかです。飛ぶ鳥と書いて、飛鳥《あすか》です」

少女は例によってはきはきと答えた。

「佐々木飛鳥、か。なんや強そうな名前やな」

「ありがとうございます」

少女は、いや、佐々木飛鳥はにっこりと笑ってもう一度ぺこりと頭を下げた。

4

おかしい。

響子は、ゆっくりとアキレス腱《けん》を伸ばしながらそんなことを考えていた。

この稽古場《けいこば》は、なんだかヘンだ。

首をぐるりと回し、蛍光灯の並ぶ白い天井を見上げる。身体が徐々に温まってきて、全身にゆっくりと汗が噴き出してくるのを感じる。

渋谷の中心部からちょっと離れたところにある稽古場である。

坂の途中にある、直方体のビル。私鉄を有する大企業のグループがオーナーである、都内有数の劇場の、専用の稽古場だ。

むろん、この稽古場は演劇人にとって非常に贅沢《ぜいたく》かつ恵まれたものだ。自分たちの稽古場を欲しがっている演劇人が、世界中にどれほどいることか。響子は決してこのロケーションがヘンだと考えているわけではない。

言葉にならないけど、ずっとこの感じ、消えないのよね。

響子は、ストレッチをしたり、発声練習をしたりしている他のメンバーを見るともなしに一瞥《いちべつ》した。

立ち稽古が始まって一週間。これだけのプロが集まっているのに、まだ一体感がない。いや、表面上は順調に芝居が作られていっているように見えるのだが、どこか不穏な、不協和音に似たものがずっと足元で鳴っているように感じられる。通常あるべき緊張感とは別種の緊張を孕《はら》んでいるのだ。

どうしてだろう。

「素」の顔で準備運動をしている役者たちを眺めながら、響子は考える。

大丈夫かな、この芝居。

ここに来る途中で、毎日不思議と胸が苦しくなる。もやもやした不安があって、一瞬稽古場に足を踏み入れるのをためらってしまうのだ。

こんなこと、初めてだ。

響子は困惑していた。

世の中にはいろいろな芝居があり、いろいろな雰囲気の稽古場がある。

メンバーやスタッフの名前を見て、稽古が始まる前に「こんな感じかな」と予想はしていても、現場に行ってみないといつもどんな雰囲気になるのか分からない。

最初からワッと盛り上がって、まるで学生サークルみたいに本番まで一気に突っ走る時もある。かと思えば、もどかしいくらいに少しずつしか進歩せず、みんなが手探り状態でイライラする稽古場もある。問題山積、こんなので大丈夫なのかと、みんなが疑心暗鬼に陥り、険悪な雰囲気のまま初日にもつれこむ時もある。

面白いのは、稽古場の雰囲気が、必ずしも本番の雰囲気や芝居の評価に直結しないことだ。

稽古場の雰囲気が楽しく、盛り上がったまま一気に本番まで突っ走った時は、本番になったとたん、自分たちがいかにおのれを過大評価していて、浮かれた気分のまま努力していなかったかを悟った。現実とのギャップに皆が愕然《がくぜん》となり、必死に頑張ったが、稽古でそのことに気付かなかったツケは大きく、最後まで取り戻せず、「未熟な舞台」というコメントを貰《もら》うはめになった。

稽古中はもどかしく、手探りでイライラしていた芝居は、幕が上がってみると、みんなが落ち着き、非常にアンサンブルのいいものになり、日一日と進歩していくのが分かるほど手ごたえのあるものになった。実際、評価も高く、得るものの多い舞台だったと皆が口を揃えて懐かしむ作品となった。

険悪な状態のまま本番にもつれこんだ時は、幕を開けてみたら、非常にスリリングで面白い芝居になった。みんなの危機感や疑心暗鬼さえもがエネルギーに転化されてしまい、ハイテンションで客が興奮する舞台になったのである。

こういう体験をしてしまうと、つい現在の稽古場での雰囲気が、いったいどういう理由によって醸し出されるものなのか考えるようになるし、本番のイメージを自分なりに予想してシミュレーションする癖がつく。

不穏な空気や険悪な状態も、決して悪いものではない。役者がまとまる過程での軋轢《あつれき》だったり、芝居が進化する時の産みの苦しみだったりする。しかし、実はただの反目だったり、技術の未熟さだったりすることもあるのだ。

今回はどうなのだろう。

響子は床に身体を伸ばしつつ、目を閉じて稽古場の雰囲気を感じた。

「なーにジロジロ見てんだよ」

いきなり耳元で声がしたので、ぎょっとして振り向く。

いつのまにか、すぐ後ろで演出家兼俳優の小松崎《こまつざき》がニヤニヤ笑っていた。

「あーびっくりした。いつからいたんですか」

「さっきから」

響子が胸を押さえてみせると、華奢《きゃしゃ》な小松崎は響子の隣に来て、子供のようにぺたんと体育座りをした。

「何考えてた？」

「何って――」

響子は口ごもる。

「嚙《か》みつきそうな顔で、みんなのこと見てたぞ」

「えっ、そうですか」

「もしくは、凄《すご》く不安そうに」

小松崎は童顔の目をくりくりさせて、響子の顔を見た。響子は絶句する。

小松崎稔《みのる》は、「天《あま》の邪鬼《じゃく》」という言葉がぴったりの男だ。学生時代に率いた小劇団で脚本・演出・主演を務め、文字通り一世を風靡《ふうび》した。独特の言語感覚とスピーディな動きは他の小劇団にも大きな影響を与え、似たような作風の劇団が続出した。現在は解散し、新しい脚本を書く度に役者を集めるワークショップ方式で公演をしているが、いつもチケットはすぐに売り切れる。

今回の、シェイクスピアの『真夏の夜の夢』を小松崎流に書き換えた『ララバイ』は、ベテランから若手までの人気役者と、いわゆる元アイドルなど話題性のある面子を揃えただけあって、公演三週間のチケットは瞬《また》く間に完売した。

「なんか、今いち乗れない稽古場だなあと思って」

「いきなりはっきり言うなあ、東《あずま》響子は」

小松崎は軽く天を仰いだ。

「最初は芝居の内容のせいかなって思ったんですけど、なんだか違うみたい。これまでに何度もシリアスものやったけど、こんな雰囲気にはならなかった」

響子は首をひねった。

『ララバイ』は、設定が現代になっている。一夜の人間模様と複雑に変化する恋愛相関図というのは原作と共通しているものの、隔離された療養所で、向精神薬の実験のために集められている人々という、現代的なシチュエーションに書き換えられているのだ。妖精《ようせい》パックが目に塗る惚《ほ》れ薬が、ここでは研究者から投与される薬であり、記憶や人格すらも歪《ゆが》めてしまう劇薬なのである。

だから、内容はかなりダークだ。原作の恋愛相関図は、現代人の刻一刻と変わる依存関係に置き換えられており、刹那《せつな》的な感情の応酬が続く。台詞《せりふ》も非常に多く、凄絶《せいぜつ》な心理戦の趣がある。

「さすが、勘がいいよな、東響子は。他の連中も薄々気付いてると思うけど、まだ東響子ほどはっきりとは気が付いてないよ」

小松崎の声は独特だ。明るく甲高くて、無邪気でもあり人を食っているようでもある。そのキラキラした目を見ていると、その奥にあるのが善意なのか悪意なのか分からなくなる。拒絶されているようにも感じるが、同時に強い吸引力も感じるのだ。

彼は、この芝居で妖精パックを演じるのだが、妖精パックの性格はそのまま小松崎の性格に当てはまる。とらえどころがなくて、悪戯《いたずら》好きで、残酷で、頭がよくて、テンポが速くて、中性的。やっぱり、一種の天才なんだろうなあ、と響子は思う。

「どういう意味ですか。何に気が付いてるんですか。あたし、ちっとも分かりませんけど」

「そうかあ。東響子は分かってると思うけどなあ」

響子が問い詰めても、小松崎はどこ吹く風だ。どうしてこう、演出家には食えない親父が多いのだろう。

「みんな上手だからね。俺、そろそろ飽きてきちゃった」

「飽きるって何が？」

「上手な芝居」

「ええ？」

響子はまじまじと小松崎の顔を見た。

何言ってるんだろう、この人は。前から変わった人だとは思ってたけど。

小松崎はへへっと笑った。

「矛盾してるんだけどね。上手でなきゃ芝居の内容は伝わらない。だけど上手なだけじゃつまんないんだよなあ」

「素人のほうがいいって言うんですか？『手垢《てあか》のついてない』役者？」

響子は多少の皮肉を込めて言った。

誰もが新鮮な顔を求めている。安定感と技術のあるベテランよりも、「旬」なイメージを優先するのだ。その気持ちは分からないでもない。しかし、「旬」はすぐに終わる。みんながいっぺんに飛びつき、あっというまに消費し尽くされて捨てられるのだ。スターの賞味期限はどんどん短くなっている。

「違うんだよなあ」

小松崎は響子の皮肉を受け流し、真顔になって話し始めた。

「技術っていうのは、使えばうまくなるし、うまくなればもっと使いたくなるでしょ」

「そりゃそうです」

響子は頷《うなず》いた。

「殺し屋にあるじゃん、得意な殺人方法が。『荒野の七人』で、ジェームズ・コバーンはナイフ使いの名人だった」

話が飛ぶので、今いちついていけない。

「確かに、ナイフを使うのが上手だという評判だったら、ナイフを使うの、頼むよね。でも、そんなにいっつもナイフ使うことばっかり頼んでていいのかなあって思うんだよね」

なんとなく分かってきた。

自分なりの方法を持っているプロの役者たちは、ついそれまでの経験に頼り、無難にまとめてしまおうとする。自分は芝居の一部であるとわきまえ、鑑賞に堪える作品を作り上げようといういわばプロ意識ゆえの行為なのだが、逆にそれが芝居を平板にしてしまう。観る前から、きっとこんな感じなんだろうと予想がつき、観終わってからも、どこかで観たような気がする芝居になってしまうのだ。

「居心地よすぎるのって考えもんだよ。むしろ、俺は、居心地悪いほうが、人間、よく考えると思うんだ」

「だから、居心地悪いんですか、この稽古場《けいこば》」

小松崎は、あははっと笑った。

「居心地悪い、かあ。それはよかった。俺の狙い、少しは当たってるってことだもんな」

「狙い？　何が狙いなんですか」

「教えなーい」

小松崎は子供のようにつんと顎《あご》を上げる。

「俺さあ、東響子に期待してるんだあ」

キラキラした目で、響子を見る。

「なにしろ、東響子は何でもソツなく使える。ナイフも銃も、毒だって使える。頼むから、あたしの得意技はこれって決めないでくれよな。せっかくキミはいい殺し屋になれる資質があるんだから」

響子は、胸のどこかが鈍く痛むのを感じた。

「キミさ、迷ってるでしょ」

小松崎はズバリそう指摘した。

胸の痛みを見抜かれたようで、響子はハッとする。

「恵まれた人って、ほんと、大変なんだよね。なんでもできちゃうし、できて当然。それが当たり前の状態なんだから、仕方ない。周囲のビンボー人には僻《ひが》まれるしさ。馬鹿だよな、ビンボー人は。人の持ってるモノばっかり欲しがってさ、結局何にも手に入らない。同じモノを手に入れたからって、おまえらなんか、絶対その重さに耐え切れないっつうの」

小松崎の冷たい声に、響子は苦笑した。

「新境地、新境地って批評家は簡単に言うよ。馬鹿言うなよ、人間ってのは毎日毎時間連続してて、いきなり変わったりしねえよ。それこそ、向精神薬でも使ったりしない限り。俺は、生まれ変わったとか、ふっきれたとか言う奴は信用しないんだ」

「でも、急に変わる人っていますよね」

響子は葉月の顔を思い浮かべていた。

自信に満ちた、充足した表情を。

「急に変わったように見えても、それは違う」

小松崎は断言した。

「そいつの内部ではずっと変わり続けていたんだ。ある日突然変わったんじゃなくて、一滴ずつ変化を貯めてるうちに、ある瞬間外に溢《あふ》れ出して、人目につくようになっただけだと思うよ」

なるほど、と響子は思った。

「どうして、居心地悪いんでしょう」

もう一度尋ねる。

小松崎はニヤッと笑ってみせる。

「それは、俺が、みんなが居心地悪くなるようにしてるからだよ」

「えーっ。どうやって？　そんなの、答えになってませんよ」

響子は文句を言った。

「じゃあ、一つだけヒントをやる」

小松崎は身軽にひょいと立ち上がった。

「俺が、今回、東響子のために探してきたのがあの子さ」

小松崎の視線の先を見て、響子はぎくりとした。

視線の先に、一人の少女がいる。

彼女はいっしんに準備運動を繰り返していた。遠目にも、頬で汗が光っているのが分かる。

安積《あづみ》あおい。舞台は初めてという新人だ。

新人といっても、ドラマやCFにはよく出ているし、ずぶの素人ではない。大手の芸能プロダクションに所属している、いわゆる「アイドル」系の娘である。しかも、現在かなりの人気がある。今回が舞台初挑戦、しかも小松崎の芝居とあって話題にもなっているし、本人も気合が入っているようだ。

確か十八歳だったと思う。この春高校を出たはずで、響子の三歳下だ。顔は小さく、くりっとした目には愛嬌《あいきょう》と力があって、あどけなく見える。家の中で飼う、毛並みのいい機敏な小動物みたいだ。誰の目から見ても、可愛い妹分という感じで、実際そういうポジションのアイドルとして売られているという印象がある。

芸能人と一口に言っても、出自から内容まで千差万別だ。子供の頃からあらゆる種類の芸能人を自宅の内外で見ている響子は、あまりにも見慣れてしまっていて、今更色眼鏡で他人を見なくなっている。とにかく、役者ならば、実際に舞台の上に顕《あらわ》れる姿、お客が見たものが全てだ。舞台の上の姿を見てどうか、一緒に仕事をしてみてどうか、という体験だけが彼女の他人に対する評価を決めてきた。

それでも、アイドルと呼ばれる人間には二種類いるな、というのが、仕事を通して少なからず彼らとつきあってきた響子の実感であった。

それはつまり、それが「仕事」であることを理解しているかいないか、という一点である。

スタートの早い芸能人は、それが「仕事」であることを「本当に」自覚するのが意外に難しい。躾《しつけ》をきちんとなされていても、自分の中で「仕事」と認めるまでにはかなりのタイムラグがある。響子自身もそうだったし、正直、今でも完全に認められないがゆえに、このところもやもやしているわけだ。

アイドルと呼ばれる人種の場合、更に話は複雑である。本人にアイドルもしくはプロとしての自覚があるからといって、アイドルとしての魅力があるかどうかは別だからだ。本人に自覚がなく、ただ言われるままにポーズを取り、笑顔を見せているだけだとしても、ある時期奇跡のような魅力を放つアイドルは確かに存在する。自分が何をしていたかも分からずに引退していく者も多いだろう。けれど、そのきらめきの栄枯盛衰自体が、アイドルという存在の面白さとも言える。

一方、アイドルという人種には、恐ろしいくらいに自分の価値や仕事について早い時期から意識している人間もいる。

安積あおいは、明らかにこちらの人種だった。芸能界で生きていく覚悟ができていて、とにかくしっかりしている。見た目のあどけなさと裏腹に、かなりシビアでしたたかな子だった。そのプロ根性には、響子ですら時に感心させられていたほどだ。

響子はそっと小松崎を見る。

が、小松崎は知らん顔のまま、さっさとスタッフのところに行ってしまった。

どういう意味？　あたしのために探してきたって——安積あおいを？

響子が怪訝《けげん》そうに見送っているのを、小松崎だって感じているはずだ。しかし、あえて宙ぶらりんの状態にしたまま、彼女を残していったのもわざとに違いない。

どういうつもりなんだろう。

響子は些《いささ》か憤慨しながら、再びストレッチを始めた。

すると、今度はTシャツにジャージ姿の月岡圭吾《つきおかけいご》が、すうっと彼女に寄ってきた。

老舗《しにせ》の新劇系劇団の養成学校を出た、若手の実力派である。スラッとしていて甘いルックスで、女性ファンも多い。一緒に仕事をするのは今回が初めてだ。

「おはようございます」

「おはようございます」

個人的に言葉を交わすのは初めてだったので、愛想よく挨拶《あいさつ》はしたものの、なぜわざわざ自分に近づいてきたのかが分からなかった。そんな当惑が響子の顔に出ていたのか、月岡は一瞬躊躇《ちゅうちょ》したが、声を潜めて話し掛けてきた。

「ね、今、小松崎さん、なんて言ってた？」

「なんてって」

響子は口ごもった。

「ごめんね、ヘンなこと聞いて。でも俺、なんでもいいから、ヒントが欲しいんだよ。東さんとどんなこと喋《しゃべ》ってんのかなあって思ったら、どうしても聞きたくなっちゃって」

月岡は零《こぼ》すように呟《つぶや》いた。その口調で、響子は目が覚めたような心地になった。月岡もまた、この稽古場に戸惑っているらしい。

「正直言って、今いちテンポがつかめないんだよね」

月岡は率直に言った。響子は意外に思った。役者には弱みを見せない者や駆け引きする者も多いのに、正直だなあという感想を抱いたのだ。

「やっぱり？　月岡さんでも？」

響子が思わず共感すると、彼はホッとしたような顔で響子の隣に腰を下ろした。

「よかったあ、俺、自分が下手糞《くそ》なのか、時代に乗り遅れてるのかなあと思っちゃって、ずっと不安だったんだ」

月岡は苦笑した。

「まさかあ、月岡さんが？」

彼は人柄もいいしうまいという評判をあちこちで聞いている。

月岡は首を振った。

「俺、小心者だし、不器用だもの。小松崎さんの演出、すっごく楽しみにしてたんだけど、ああいう小劇団系の人の演出って初めてで、ついていけるかどうか心配してたんだ」

月岡の言っていることはよく分かる。彼は役者としてはまっとうな——言い換えれば「非常に保守的な」道を歩んできたので、小松崎のような、時代の最先端を走ってきた実験的かつ前衛的な芝居は未経験なのだ。

小松崎の芝居は独特だ。テンポもリズムも台詞《せりふ》回しもその内容も、いわゆる古典とは全く異なっている。生理的に乗れない、理解できないという声も、彼の劇団の人気が出た頃から根強く残っている。

「そしたら、案の定、どうもうまく乗れなくって。もう立ち稽古《げいこ》に入ってるのに、今いちとらえどころがないっていうか、取り付く島がないっていうか、すっごく不安なまま。みんな初顔合わせだし、俺以外はうまくやってるように見えるし——こんなこと初めてで」

同じだ、と響子は思った。

彼も自分と同じように感じている。

「あたしもですよ」

響子が頷《うなず》くと、月岡は驚いたように響子の顔を見た。

「なんだか嫌な稽古場だなあ、どうも一体感がないし、来るのが憂鬱《ゆううつ》なところだなあって思って、今小松崎さんにもそう言ったんですよ」

「ええっ」

響子があっさりそう答えると、月岡は素《す》っ頓狂《とんきょう》な声を出した。が、すぐに気を取り直して身を乗り出した。

「そしたら、小松崎さんは、なんて？」

「それでいいんですって」

「それでいいっていうのは？」

響子が声を潜めると、月岡もつられて声を低める。

「教えてくれないんです。俺がわざと居心地の悪い稽古場にしてるんだ、としか」

「居心地の悪い稽古場にしてる――なんで？　分からないなあ」

月岡はあっけに取られ、考え込む表情になる。

響子は、小松崎が安積あおいのことを響子のために探してきた、と言ったことは月岡に話さなかった。なぜか、そのことは言わないほうがいいような気がしたのだ。

ふと、響子は鏡の前で屈伸をしている青年を見て、月岡に尋ねた。

「月岡さんは、風間《かざま》さんとの共演は初めてですか？」

そう聞くと、なぜか月岡はぎくっとした顔になり、黒いTシャツで身体を動かしている風間忍《しのぶ》をほんの一瞬振り返った。その時の、僅《わず》かな時間に見せた表情が印象に残ったが、それが何なのか分からなかった。

「初めてだよ」

月岡は不思議そうな顔で響子を見た。

「みんなそうでしょう。今回のメンバーで、これまで一緒に舞台に立ったことがある人は誰もいないって聞いてるけど」

「そうですよね」

響子は考え込む。

「もちろん、キャスティングは小松崎さんですよね」

「うん。今、小松崎さんに声掛けられて断る役者なんていないよ」

つまり、小松崎が望み、考え抜いた布陣だということだ。あおいを響子のために探してきた云々《うんぬん》というのも、そのことを表している。

「本当に、人によって演出の仕方って随分違うものなんだね。思ってたより、あまり細かいこと言わないんだね、小松崎さんて」

月岡は、スタッフと談笑している小松崎をちらっと見た。響子も同感だった。

それが、彼らの不安を増幅させていることは間違いない。小松崎は、細かい注文をつけない。同じ場面を何度も演《や》らせ、あの善意と悪意を混在させた不思議な目で役者たちの稽古をじっと見つめていることがほとんどなのだ。台詞回しや動きに注文はつけるものの、その内容について説明することはめったにない。役者たちがいろいろと質問をするのだが、禅問答のような答えが返ってくるだけで、いつもはぐらかされている。それも、例の「教えてあげない」という悪戯《いたずら》っ子のような笑みでするりとはぐらかすものだから、役者たちの不安とフラストレーションはますます募るのである。

小松崎が、わざとそうしていることは明らかだった。役者たちの間で何かが起こるのを待っている、という感じがする。それをみんなも気付いていて、その何かが起きる前にこちらから問い質《ただ》すのはタブーだというような雰囲気が漂っていた。

「どうもありがとう。自分だけじゃないと分かって、しかも小松崎さんにも何か意図があるんだと教えてもらえただけでも凄《すご》く楽になったよ」

月岡が、ストレッチを中断させたことを詫《わ》びて立ち上がった。

「分かりませんよ」

響子は冗談めかした笑みを浮かべて月岡を見上げた。

「あたしたち二人が、小松崎さんの芝居についていけてないだけかもしれないし」

月岡はアハハ、と軽く笑った。

「そうかもね」

にこやかに戻っていく月岡を見て、仕事に対して真摯《しんし》な人だな、と響子は思った。

ふと、月岡が風間から対角線上の場所に戻っていったのが目に留まる。

月岡と風間。

なぜさっき月岡に風間のことを尋ねたかといえば、この二人が芝居の中で対になるポジションを占めるからだ。つまりは、『真夏の夜の夢』の中のライサンダーとディミートリアスのポジションを二人が演じるのである。

どちらも同じ比重の役で、なおかつ比べられやすい役だ。

実際、演じる月岡と風間も対照的な雰囲気を持っている。どちらも長身で二枚目を張れる俳優だが、月岡が陽性で甘いルックスなのに対し、風間は神秘的でクールなイメージが強く、女性に熱狂的なファンがいた。

さっき、風間のことを尋ねた時に月岡がほんの一瞬見せた表情が頭に浮かぶ。

あの複雑な表情。あれは何だったのか。

むろん、こういった役どころに力の拮抗《きっこう》する役者を配し、ライバル心を煽《あお》るのは当然のことだが、月岡の表情はそういう対抗意識からのものではなかった。

そういえばあたしたちもそうだな、と響子は思い当たった。

響子とあおいが演じるのは、『真夏の夜の夢』のハーミアとヘレナに当たるポジション。

これもまた、芝居において同等の比重を占める役である。

そう気付いた時、何かが氷解したような気がした。

もしかしてあたしも、月岡と同じような表情を見せていたのではないか。

響子はそう直感した。

さっき、小松崎が「東響子のために探してきた」と言った時、あたしもあんな顔をしていたのではないだろうか。

それはつまり——

この人はなんとなく苦手だ。どうもこの人とは、どことはっきり言えないけれども、なんだか反りが合わない。

そう心の奥で、相手に対して感じている表情である。嫌悪とも、遠慮とも違う、本能的な忌避の感情。

ひょっとして、小松崎は、相性が悪いと感じる者どうしを、芝居の中で組ませているのではないか。それが、この不安と居心地の悪さを醸し出しているのではないか。

まさかね、と響子は考え直した。

いくら小松崎の観察眼が鋭いからといって、そこまで考えて役者を組ませるはずはない。この役者とこの役者の相性がいいとか悪いとかなんて、組ませてみなければ絶対に分からないはずだ。

そんなところまで計算できたら、それこそ悪魔だ。それに、相性の悪い者どうし組ませて、芝居の雰囲気が悪くなってしまったら逆効果ではないか。

矛盾してるんだけどね。

小松崎の声が蘇《よみがえ》る。

まさか。まさかね。響子は自分にそう言い聞かせ、立ち上がった。

スタッフがぞろぞろと集まり始めたのだ。

役者たちも準備運動をやめ、稽古場《けいこば》の中央に寄ってくる。

小松崎が、パンパンと手を叩《たた》き、叫んだ。

「始めるよー」

この瞬間、いつも空気が変わる。

照明が変わったわけではないのに稽古場が明るくなったような気がするし、空気そのものの密度が濃くなったように感じる。要は、自分の中でアドレナリンが分泌されるせいなのだろう。

「じゃあ、第二場からねー」

小松崎が叫ぶ。

ぞろぞろと進み出る役者たち。

まさか狙っていたわけではないのだろうが、この第二場に出るのは響子と安積あおい、月岡圭吾と風間忍だ。この場面を抜き出して集中的にやるのは初めてである。

それともわざと？　あたしに声を掛けておいてここをやるのは。

響子は頭の片隅でチラッとそんなことを考えた。

「位置について」

小松崎が、稽古場に並べられた六つの長方形の箱を指さした。ベッドを模した練習用の箱だ。

四人は中央の四個の箱にそれぞれ腰掛けた。

美術プランはかなり早くから聞かされていたし、模型も見せられていた。

舞台の中央には六台の病院用ベッドが並べられていて、それらは白いカーテンで区切られている。ベッドはどれも上下するようになっていて、下がっている時はベッドだが、上がるとギリシア風の円柱がついた小さなあずまやになる。

つまり、登場人物がベッドに座ったり横になっている時、そこは薬物実験を行っている現代の病院だが、ベッドが上がり登場人物があずまやに出入りする時、そこは妄想の中の夏の夜の森にいることになるのである。カーテンに当てる照明の色でも現実と妄想を分けるということだった。白は現実、緑は妄想の中の森である。クライマックスには、ベッドに座ったままの人物とあずまやの中で過ごす人物が混在するらしいので、立ち位置や移動は特に重要である。

目の合ったあおいがニコッと笑って会釈した。

確かに可愛いし、完璧《かんぺき》な笑顔だ。

笑みを返しながら響子は思った。

商品として完成されている。どの方向から見ても使えるし、隙がない。それでいて、どこかで無垢《むく》さをさりげなくアピールして、すれた感じを印象に残さない。

「始め！」

小松崎が手を叩く。

ごろんと横になっていた月岡がむくりと起き上がり、隣のベッドに顔を向ける。

ハルオ　あのさあ、さっきからそこでボソボソ喋《しゃべ》ってんだけどさ、被験者どうしの接触はなるべくしないようにって言われなかったの、あんたら？

フユキ（ハルオの声のするカーテンに向かって頭を下げる）あ、そうでしたね、すみません、つい。

ハルオ　あんたら、知り合いなの？　カップルでこんなのに参加するなんて変わってるね。念書書かされたでしょ、念書。もし副作用が出たり、後遺症が残ったらどうするの。二人してそんなことになったらヤバイんじゃない。

フユキ　………………

ハルオ　お金欲しいんだね。二人して。ひょっとして、何かいけないこと考えてない？

ハナ（むっつりと）いけないことってなんですか。

ハルオ　さあね。俺には想像もつかないよ。

ハナ　あたしたち、近所の幼馴染《おさななじ》みなだけです。特別な関係じゃありません。

ハルオ　そんなこと聞いてないよ。聞きたくもないし。

ユキ（唐突に叫ぶ）目玉。

ハルオ・フユキ・ハナ　えっ？
ユキ（叫ぶ）め・だ・ま。
ハルオ・フユキ・ハナ（怪訝《けげん》そうに周囲を見回す）
ユキ　一九九八年夏、都内のとある病院で、某私立大学医学部の学生十人が新しいビタミン剤を六時間置きに一週間投与を受けた。無事に戻ってきたのは七人。後の三人は未《いま》だ家に帰らず行方不明である。家族は病院に対して説明を求めたが、病院側は十人全員が無事に実験を終え帰宅したと説明。三人は実験とは関係なく勝手に消息を絶ったのだと主張。
ハルオ　何言ってんだよ、あんた。
ユキ　それがこの病院。
ハナ　何ですって？
ユキ　行方不明の学生の家族が病院を見張っていたところ、定期的に深夜、一つのポリバケツを都内某所に運ぶことを発見。
フユキ　それで？
ユキ　家族が事故で渋滞した際にトラックの中を覗《のぞ》いたところ、ポリバケツの中には人間の目玉がぎっしり詰まっていたという。
フユキ　それがこの病院？
ユキ　そう。
ハルオ　あんた、なんでそんなこと知ってんの？

ユキ　噂で聞きました。
ハルオ　そんな話聞いてるのに、なんでここにいんの？

この第二場、現実パートはまだ普通のやりとりなので演じやすい。

月岡がハルオ、風間がフユキ、響子がハナ、あおいがユキである。

四人の間にはカーテンがあることになっているので、身振り手振りを加えている時に視線を合わさないようにするのが意外と難しい。

月岡はさすがだ。自然に芝居を引っ張っていく求心力がある。

風間も影のようにそれに合わせているし、あおいは素《す》っ頓狂《とんきょう》な雰囲気がよく出ている。

響子はこのハナの役を、ぎすぎすした神経質な堅い女、というイメージで演じようと決めていた。まだまだ未完成だけれども、そういう印象を与えることはできていると思う。

流れはいい感じだ。こうして演じている限りは、そんなに居心地の悪さを感じない。芝居を始めてしまえば、その中のパーツの一つになるだけだからだ。

じゃあ、さっきの居心地の悪さは何なのだろう。自分があおいに感じている苦手意識、忌避の感情は。

演じながらも、響子の頭の片隅には、それを見極めたいという気持ちがあった。

第二場の終わりで第一回の薬が投与され、四人は眠る。

続いて第三場。

四人の夢の中、妄想の中での話が始まる。

ユキ　ねえ、あたしよ。フユキ、あたしよ。

フユキ　え？　なんのことだい？　君は誰だ。

ユキ　覚えていないの。あなたの恋人よ。ずっとずっと昔から、あたしたちはいつも恋人どうしだったのよ。

フユキ　そんなはずはないよ。君に会うのは初めてだ。

ユキ　いいえ、あなたは忘れたふりをしているの。そうやって、不実な恋人を装うの。

フユキ　人違いだ。でなければ、何か勘違いをしているよ。

ユキ　あなたっていつもそう。あたしがあなたに首ったけなのをいいことに、いつもあたしのことを焦《じ》らすの。あたしのそばにいる、他の女を愛しているふりをして、あたしを困らせることが好きなのよ。ねえ、そうでしょう？

フユキ　僕はハナを愛しているんだ。

ユキ　でも駄目ね、あたしは何度もそれを経験して慣れているはずなのに、いつも初めての恋のように新鮮な痛みを覚えるんだもの。あなたが他の女を見る目に傷つき、あなたが他の女を口説く声に引き裂かれる。

フユキ　君の気持ちは分からなくもない。僕も今は似たような境遇にある。親の代から将来を約束していたはずなのに、今は僕のものじゃない声が彼女を口説いているんだから。

うになる。

あいつが猫なで声でハナに話し掛けているところを想像すると、確かに胸が引き裂かれそ

ユキ　ああ、どうしてあなたにはいつも分からないのかしら。彼女は今また、あたしから

あなたを奪おうとしている。あなたにつれなくして、あなたを愛してもいないのに、自分の魅力を証明するために、あなたを惹《ひ》きつけようと無意識のうちに媚《こ》びている。だけどあなたにはそれがたまらなく魅力的に感じるというわけね。

フユキ　彼女を貶《おとし》めるのはやめてくれ。君が何を言おうと、今の僕には彼女しか見えない。むしろ、君が彼女を貶《けな》せば貶すほど、彼女が輝き出す。君も、自分を惨めにするのはおよしよ。

ユキ（淋《さび》しげに笑う）

ここでフユキは去り、響子演じるハナが現れてユキとの絡みになる。

現実のハナはぎすぎすした神経質な女だが、妄想の中のハナは奔放で多情な女だ。その対比をくっきり出せるかどうかがこの役の見せどころである。

ハナ　こんにちは、ユキ。どうしたの、憂鬱《ゆううつ》そうな顔をして。

ユキ（悲しげにハナを見る）

ハナ　何よ、何か言いたいことでもあるの。そんな辛気《しんき》臭い顔をしていると、つかまえられたはずの幸運も逃げていくわよ。

ユキ　ごめんなさい、今のあたしはあなたの顔を見て笑うことができないわ。あなたはフユキの心を虜《とりこ》にしているんだもの。
ハナ　ああ、そうみたいね。
ユキ　そんなふうに簡単にあしらわないで。あたしには大問題なの。今この瞬間も、あなたと交代できたらどんなにいいかと思っているの。あなたになりたい。今すぐ、あなたに成り代わりたい。
ハナ　あたしだってできるものならそうしたいわ。だけど、あなたは自由じゃない。そうやって、自分の意思でフユキを愛することができる。あたしはそうじゃない。親が決めた結婚なんてナンセンスよ。無理強いされた恋愛なんて不自由で不条理以外の何物でもないわ。あたしが今愛しているのはハルオなの。フユキじゃない。フユキが好きなのがあなたでなくあたしであるように、あたしが好きなのはフユキじゃなくてハルオなの。
ユキ　なんて残酷な現実かしら。
ハナ　ねえ、そんなに思い詰めないで。そんなふうに思い詰められると、男はすぐ窮屈になって逃げちゃうものよ。ねえ、もっとフユキにつれなくしてみたらどうかしら。
ユキ　あたしがつれなくしたって、今の彼は喜ぶだけだわ。
ハナ　いいえ、そんなことはないわ。男はなんのかんの言っても自尊心の強い生き物だから、昨日まで好きだと言われていた相手に興味をなくされると、面白くないものよ。絶対に、あなたのことが前よりも気になるはず。

ユキ　そうかしら。
ハナ　そうよ。あなた、『赤毛のアン』読んでないの？
ユキ　読んだわ。
ハナ　あの中の、アンの親友ダイアナの台詞《せりふ》にもあったでしょ。男の子って、そっけなくするほど夢中になってくる。冷たくすればするほど、あたしのことを好きになるみたいなのって。世界中、どんな世代の男女にも通じる法則なのよ。
ユキ　そうね。その通りね。現に、フユキに邪険にされればされるほど追いかけたくなるもの。
ハナ　でしょ。だから、あなたも仕掛けていかなくちゃ。遠慮することはないわ。大昔から男と女はいつも手練手管《てれんてくだ》を使って戦ってきたのよ。戦略と駆け引きは大事。何かを手に入れたいのなら、綺麗《きれい》ごとを言ってないでその手でつかみ取るのよ。
ユキ　あたしには、あなたのようにはできないわ。

再び、居心地の悪さが戻ってきた。

あの、そこはかとない嫌な感じ。苦手意識がじわっと身体の奥から染み出してくる。

どうしてだろう？

響子は台詞を言いながら考えた。もう台詞はすっかり入っているので、身体の隅っこで考える余裕がある。

さっきの四人の場では感じなかった。この子と二人での絡みになってからだ。やっぱり、相性が悪いのだろうか。いったい何があたしとこの子の相性を悪くしているのか。

キラキラ光るあおいの目が響子を見つめている。吸引力のある、強い目。彼女は舞台でも成功するだろう。

別に嫌いじゃない。嫌な女でもない。逆に、これだけプロとして割り切れる人間なら、遠慮しないで済むし、やりやすいはずだ。

あおいとの絡みを終えて、響子は脇に引っ込んだ。

ユキとフユキとハルオの場面になる。

絶対に何か理由があるはずだ。もし小松崎がそれを知っていてあたしと組ませたのならば、何か理屈で説明できるものがあるはず。

響子は三人の演技を見つめた。

ふと、三人の絡みを見ていても、あの居心地の悪さが消えないことに気が付いた。へんね。さっきの四人の場面では感じなかったのに。

四人でベッドに腰掛けている時はなかった違和感が、あおいとの絡みや、今の三人の絡みでは存在する。

ということは。

響子はじっと考えた。そして、突然思い当たった。

そうか、立ち位置か。

動物に縄張りがあるように、人間も無意識のうちに他人との距離を計っている。親しい人ほど近くなるし、嫌な人とはつい距離を置く。他人との適正な距離はなんとなく意識下で共有しているもので、普段はあまりそういうことを意識していない。しかし、たまに、「この人、やけに近くに寄ってくるな」「なれなれしいな」と感じることがある。

親しげに身体に触れてくるのとは違う。時代劇で剣術者などが言う「間合い」みたいなものである。不意に、もしくは不用意に侵入したら切りつけられても仕方がないような、その人固有の縄張り。そこに入っていることを意識しない人がいるのだ。

あおいは、どうやらその傾向がある。他人との距離がやや近いのである。はっきりと指摘できるほど近くはないけれど、ほんの少し近すぎるところにいつも立っている。相手が無意識のうちに警戒する、脅威を感じ始める場所に必ず立っているのだ。

ふうん。面白いじゃない。

響子はかすかに興味を覚えた。身体のどこかがほんのり温かくなる。

本人は、分かってやっているのか。気負いのせいでああなっているのか。それとも、ただ単に距離感が人より小さいのか。

月岡と風間はそのことに気付いているだろうか。

演技する二人の表情をじっくり観察するが、見た目では分からない。あとで機会があったら、月岡に聞いてみよう。だが、とにかく彼女のあの位置が、微妙に響子にプレッシャーを掛けていたことは間違いない。

――憧《あこが》れてたんですう、ずっと。

初めて顔合わせをした時の、あおいの声が蘇《よみがえ》る。ぺこんと勢いよくお辞儀をして、パッと上げた顔は少女らしく上気していた。キラキラした小動物の目。

東響子さん、近くで見ても肌綺麗ですねえ。

まんざらお世辞でもなさそうだった。素直に礼を言うと、あおいは響子の出ていたTVドラマや舞台の名をすらすらと挙げ、どれも観ていたと熱心に言った。役の名前も出してきたので、観ていたのも本当だろう。

舞台、ずっとやりたかったんですよ。ご一緒できて、本当に嬉《うれ》しいです。

へえ、舞台やりたかったんだ。

響子も話を合わせた。

そうですよー。だって、舞台は「役者のもの」なんでしょう？

あおいはニコニコしたままそう答えた。

響子はなんとなく絶句した。

それは有名な言葉だ。映画は監督のもの、舞台は役者のもの。確かにある意味では当たっている。だが、響子はある意味では当たっていないとも思う。映画は監督のものかもしれないが、舞台はひょっとして観客のものなのではないかと思うのだ。

ふうん、役者になりたいのか、この子は。

ちょっと意外な感じがした。舞台に出てみたいという気持ちは分かるけれど、はっきり「舞台は役者のもの」と口に出したことに驚きを覚えたのだ。逆に、アイドルの彼女が「役者」という言葉を口にし、それに自分を含めるのは大胆とも言える。

——あの時は、そんなに深く考えなかったけど。

響子は、あおいの言葉を意外に感じた時のことを思い出しながら、動いているあおいを見つめる。

あたしが考えていた以上に、彼女はこの舞台に野心を抱いているのかもしれない。これを機に、役者と呼ばれることを本気で望んでいるのかも。

ぼんやりそう考えて、響子はハッとした。

やっぱり、あたし、あの子のことアイドルだと思ってちょっと馬鹿にしてたのかな。舞台の上だけで評価しているつもりだったけど、しょせんアイドルの余技だと思っていたところがあったかも——ひょっとして、それが彼女にも伝わっていたりして。

響子は反省した。共演者を舐《な》めると、必ずあとでしっぺ返しが来ることを経験上知っていたのに、いつのまにか油断していたようだ。

「ストーップ」

突然、小松崎が手を叩《たた》き、大声を上げた。

響子は思考を中断され、思わず小松崎の顔を見る。演技を止めた小松崎の声に苛立《いらだ》ちを感じたからだ。

同じものを、他の役者たちも感じたらしかった。

月岡が不安そうに小松崎を見るのが目に入る。

「なんかさあ、見苦しいね。君たち、ほんとにプロ？」

小松崎はにこやかに歯を見せて頭を掻《か》きつつも、全く笑っていない冷ややかな目でぐるりと稽古場《けいこば》を見回した。

瞬時に稽古場の温度が下がり、凍りつく。

「そんな上っつらの芝居やってて虚《むな》しくない？　ただの台詞マシーンじゃん。あんまり意味とか考えてないみたいだし」

小松崎は、淡々とそう言うとパイプ椅子を稽古場中央に引きずってきて、そこで後ろ向きに椅子を置くと、座面をまたぐようにして腰掛けた。

彼は決して感情的にはならない。むしろ、気に障ったり、腹を立てたりするとますます冷ややかになり、その一方で言葉は妙に親しげになる。

「君らが俺の舞台を踏み台にするのは全然構わないけど、俺の舞台を君らの箔《はく》付けに使おうと思うのはやめてもらいたいなあ」

相変わらず笑みを浮かべているものの、吐き出す言葉は相当にシビアだ。

今の言葉にどきりとした者も多いだろう。確かに、舞台の経歴に小松崎の名前を入れられればどんなにいいかと思う者は大勢いるし、今回、これで名前を書き加えられると安堵《あんど》している者もいるはずだ。

「やめ、やめ。中断。『ララバイ』のことは忘れてもらって、ちょっと別の練習しようね。舞台は初めての人もいることだしさ」

小松崎は手をヒラヒラと振ったあとで、あおいを手招きした。

「あおいちゃん、世の中には、いろんな練習があるんだよ。歌うとか踊るとか、君の場合、これは分かるよね。だけど、芝居の練習の場合、梅の木になれとか椅子になれとか言う奴もいる。登場人物の履歴書を書けとか、家族構成を説明しろとかいうのもある。みんなそうやって、いろんなことをやって、立派な役者になっていくわけだよ」

小松崎はあおいに向かって話し掛けていたが、明らかにそれは他の役者に対する嫌味だった。響子は思わず苦笑していたが、あおいは戸惑った顔で、中途半端に頷《うなず》いた。同意していいものかどうか、迷っているらしい。

「で、エチュードというものがあるんだ。芝居の前段階みたいなものかな。それをちょっとやってみましょう」

小松崎はニッと笑うと、立ち上がってスタッフの机のところに行き、赤いプラスチックのペン立てを持ってきて、パイプ椅子の前の床に置いた。

「これ、林檎《りんご》ね。実は、金の林檎なの」

再び、椅子に座り、ペン立てを指さす。

みんながきょとんとして床の上のペン立てを注目した。

スタッフも怪訝《けげん》そうに顔を見合わせる。

小松崎は、爪先《つまさき》を床と垂直にしてゆらゆら動かしながら、リラックスした口調で言った。

「俺は林檎の見張りね。俺からこの林檎を手に入れてごらん、フユキ、ハルオ、ハナ、ユキ、四人、誰からでもどうぞ」

「えっ」

あおいが助けを求めるように、月岡を見た。

月岡もあっけに取られているが、気を取り直して質問した。

「その林檎は、何かケースに入ってるんですか？　どういう状態で置かれてるんです？」

「そうだな、鍵《かぎ》の付いたガラスケースに入ってることにしようか。鍵は俺が持ってる」

「あなたは、通いでこの林檎を見張ってるんですか？　それとも、住み込み？」

「通いにしようか」

「分かりました」

「一人ずつ、順番にね。十分毎にしようか。誰か、時間計ってくれる？　十分毎に合図して。そうそう、君らは、それぞれが林檎を手に入れたいと思ってるけど、互いに他の奴にはそのことを知られたくないと思ってるし、他の奴が手に入れるのは困ると思ってる。そんなところ、忘れないでね。さあ、誰から行く？」

「じゃあ、僕が」

月岡が、真剣な表情で言った。

「ハルオからね。どうぞ。十分経《た》ったら教えてよー」

小松崎はスタッフを振り返り、叫ぶ。「はい」という声が聞こえた。

「スタート」

もう立ち稽古に入っているというのに、いきなりこんなことを始めるなんて聞いたことがない。

響子は、他の三人と同様に当惑していた。

林檎を手に入れる。小松崎から。

悩んでも始まらない。とにかく、やるしかない。

なんとなく、森の番人、という言葉が頭に浮かんだ。小松崎は森の番人。森の番人が小さなガラスケースに入った金の林檎を見張っている。響子のイメージの中では、その番人は「白雪姫」の小人のような扮装《ふんそう》をしていた。手に槍《やり》みたいなものを持っている。

「こんにちは」

月岡が陽気に話し掛けた。

「こんにちは」

小松崎も椅子の上から愛想よく答える。目は林檎に向けられたままだ。

「いい天気だねえ」

空を見上げ、月岡は小松崎の注意を惹《ひ》こうとする。

「そうだね」

相槌《あいづち》は打つものの、小松崎の目は林檎から離れない。月岡は、林檎に目を留める。

「おや、そこにあるの、林檎だね。綺麗《きれい》な林檎だ。こんな林檎は見たことがない」

「だろうね」

「さぞかし珍しいものなんだろうね。朝日にキラキラ輝いていて、とっても綺麗だ。あんたのものかい？」

「違うよ」

「あんたはこの林檎の持ち主じゃないと？」

「そう。俺は見張ってるだけ」

「ちょっとその林檎を見せてくれない？　是非この手に取って、目の前で眺めてみたいんだけど」

「駄目だよ」

「どうして？　見せてもらうだけだよ。すぐに返すから。他に誰もいないし、あんたが見てるんだからいいじゃない」

「駄目、駄目。このケースから出しちゃ駄目って言われてるんだ。林檎をケースから出したとたんに、俺はクビになっちまう」

「誰にそう言われてるの？」

「俺の雇い主さ」

「今どこにいる？」

「さあね。そんなことは知らないよ」

月岡は大袈裟《おおげさ》に周囲を見回してみせる。

「誰もいないじゃないか。君の雇い主がしょっちゅう見回りに来るわけでもなさそうだし。だったら、ちょっとくらい見せてくれたって構わないだろう」

「駄目だよ。ガラスケースから出したらクビなんだ」

「ねえ、鍵は？」

「鍵？」

「そのケースに、鍵が付いてるだろう。鍵は誰が持ってるの？」

「俺さ」

「じゃあ、ちょっとその鍵を貸してくれないか」

「どうして？」

「だって、君はその林檎をガラスケースから出したらクビなんだろ？　だったら、俺が出すよ。俺がガラスケースから林檎を出す分には構わないだろう」

うまいな、と響子は思った。ちゃんとハルオの性格を反映しているし。

「そうかな」

「そうさ。君は規則を破ってない。だからクビにはならない」

「そうかな。ちょっと考えさせてくれ」

小松崎はのらりくらりと月岡の頼みをかわす。押し問答が続くうちに、たちまち時間は過ぎた。月岡は目に見えて苛立《いらだ》ちを増していたが、それは演技ではなく、彼自身の苛立ちのように見えた。彼の苛立ちは、見ている響子たちにも伝染してくる。

小松崎は林檎を与える気があるのか否か。それはつまり、いきなり立ち稽古を中断してこんなことを始めた小松崎が彼らをどこに連れていこうとしているのかという不安に他ならなかったのだ。

十分が過ぎ、更に声を張り上げようとした月岡を、スタッフの鳴らしたベルの音が止めた。一瞬、憮然《ぶぜん》とした地の表情を覗《のぞ》かせ、それを繕ってから彼は脇に引っ込んだ。

「お次は？」

風間が出るだろうと思っていたが、それよりも早く「私が」とあおいが前に出た。こういうのは初めてだろうに、果敢な攻めに打って出たらしい。響子はちょっと感心した。

「スタート」の声を聞いても、あおいは暫《しばら》く躊躇《ちゅうちょ》していた。が、おずおずと小松崎に近づき、「あのう、ちょっとよろしいですか」と声を掛ける。どうやらそれは、あおいの躊躇ではなく、ネガティブなユキの性格を演じていたらしい。

「何」

小松崎は林檎に目をやったままそっけなく答える。

あおいは上目遣いに小松崎を見た。

「お城に行く道を教えてほしいんです」

小松崎が、ぴくっと反応するのが分かった。

「お城？　何しに行くの？」

「お願いごとをしに」

あおいが低く答えた。

「駄目駄目、俺はここを離れられないんだよ。ここでこの林檎《りんご》を見張ってるのが俺の仕事なんだ」

小松崎は首を振った。やはり目は林檎に向けたままである。

「だけど、あたし一人ではとてもこの先の森を抜けられないわ。道は暗いし、狼や山賊がいるって噂だもの。お願い、あなたなら森の道を知っているでしょう？　お願いよ、怖くて怖くてたまらないの。あたしを連れていってちょうだい」

あおいも森の番人をイメージしているのだ、と響子は意外に思った。

いや、そもそもが『真夏の夜の夢』を下敷きにしているのだから、彼女が似たようなイメージを持つのは不思議ではない。だが、道案内を頼んで、林檎から引き離そうという作戦ならば、なかなかそれはいい思いつきに思えた。

「駄目だよ」

「ねえ、お願い。あなただけが頼りなの。どうしても、直《じか》に王様にお願いしたいことがあるのよ」

そっけない小松崎に、指を組んであおいがにじり寄っていく。

「仕事だからね。他を当たってくれよ」

「そんなこと言わないで」

「駄目ったら駄目」

「そう。じゃあ、仕方ないわね」

あおいはそっと小松崎の脇に立ったと思ったら、いきなり椅子に座っている彼の喉元《のどもと》に何かを突きつける仕草をした。小松崎が、ぎょっとした。驚いたのは、響子たちも一緒である。意外な展開だ。

「動かないで。動くと喉をナイフが切り裂くわ」

あおいは低く囁《ささや》いた。

「さっさと鍵《かぎ》を開けて。急いでその林檎をあたしに渡しなさい」

「わ、分かった。ちょっと待ってくれ」

小松崎は、慌てて自分の身体を触り、鍵を探し始めた。

「あれえ、ヘンだなー。ここに入ってたはずなのに」

小松崎は臨機応変に合わせてくる。あくまで林檎を渡さないつもりなのだ。

「早く」

あおいは冷たく促す。その冷ややかな表情も決まっている。

響子は、驚きと焦りを感じていた。

あおいが暴力的手段に訴えて林檎を手に入れようとしたことに意表を突かれ、意外とやるなという驚きと、ユキの内向的だが思い詰めると暴走してしまう性格を、あおいがきちんと自分のものにしていたことに対する焦りだった。

この子、できる。きっと、舞台での演技もモノにする。

不意に、奇妙な興奮が身体の中を駆け抜けた。

このままではこの子に林檎を取られてしまう。

武者震いのような、怒りのような。一瞬の閃光《せんこう》が頭の中を白く照らす。

ごくたまに、こんな瞬間が訪れることがある。

身体の底の、普段は意識していない暗いところから、むくむくと激しい衝動が込み上げる瞬間。

何かが彼女を突き動かし、別の人間へと変わる瞬間。

響子は無意識のうちにスッと前に進み出ていた。

小松崎とあおいが「えっ」という顔で響子を見る。

何かが響子を喋《しゃべ》らせていた。

「あら、何してるの、ユキ」

響子は腕組みをして二人の前に立つと、にっこりと微笑《ほほえ》んでみせた。

小松崎は十分毎に一人ずつと言った。いきなり割り込んだ響子を咎《とが》めるだろうか。そうはならないという自信があった。彼はハプニングを望んでいるのだ。

「穏やかならないわねえ。あなたがそんな物騒なもので、そんなことするなんて驚いたわ」

二人はまだぽかんとしていた。響子は構わず、二人を見比べながらぶらぶらと林檎の周りを歩き回る。

「およしなさいな、可愛い顔に似合わないことは。そこまでしてその林檎が欲しいの？　なぜ？　分かった、フユキにあげたいんでしょう。彼にその林檎をプレゼントして、喜ぶ顔が見たいのね。違う？」

響子はあおいを遠巻きにチラチラと見ながら、ねっとりと喋った。

あおいの目に、さっきの冷たい表情が戻ってきた。

まだ彼女の演技を継続している。彼女は、響子の突然の乱入を受けて立ったのだ。

「あなたには関係ないでしょう」

あおいは暗い声で答えた。

よし、いい度胸だ。響子は内心にんまりと笑った。ここで受けてもらわなければこっちが困る。

「放してあげなさいよ、その人、怖がってるわ。あなた、こんなところをフユキに見られたらどうするの？　こんなことをしてあなたがその林檎を手に入れたと知ったら、フユキはさぞかし悲しむでしょうねえ」

響子は悠然と言い放ち、小松崎に流し目をくれた。

あおいは、渋々手を下ろす。

小松崎は大袈裟に喉をさすり、よろよろと椅子から立ち上がった。

「いやー、びっくりしたなあ、もう。喉搔《か》っ切られるかと思ったよ。いや、お嬢さん、ありがとう、助かったよ」

目をくるくる回し、小松崎は感謝の目で響子を見る。これで彼も響子の介入を受けて立ったわけだ。

スタッフが、当惑して顔を見合わせるのが分かる。十分過ぎたらベルを鳴らしたものか、悩んでいるのだろう。小松崎が、スタッフに手を振るのが見えた。鳴らさなくていいという合図だ。よし、と響子は心の中で叫んだ。これでこのまま続けられる。

「いいえ、どういたしまして。当然のことをしたまでよ」

響子はにっこり会釈する。そして、ちらりとあおいを見た。

あおいは唇を噛《か》み、上目遣いに暗い目でこちらを見ている。一瞬、バチッと小さな火花が散ったような気がした。

彼女は今何を考えているだろう。林檎を取れるところだったのに、いきなり響子が割り込んでくるとは思っていなかったはずだ。腹を立てているかもしれない。

だけど、課題は林檎を手に入れることだ。小松崎はありきたりの解答では満足しない。あたしは林檎を手に入れてみせる。

「さあ」

響子は勝ち誇ったように叫んだ。

「もしこのことをフユキに言われたくなかったら、このままさっさとここから立ち去るのよ。そうすれば、フユキには黙っていてあげる。誰にも言わないわ」

あおいは逡巡《しゅんじゅん》していた。むろん、フユキに首ったけということになっているのだから、フユキの名を出されたら彼女はこの申し出を受け入れざるを得ない。それは頭で理解しているのだが、もうすぐ林檎を手に入れるところだっただけに、なかなか立ち去り難いのだ。

「ねえ、あなただって、誰かに訴えたりしないわよね？」

もう一押し、とばかりに響子は小松崎の顔を見た。

「うん、今日のところは見逃してやる」

小松崎は喉を撫《な》でながら頷《うなず》いた。

「ほら、ああ言っているわ。ラッキーだったわね、ユキ」

響子はとどめを刺すようにニッコリとあおいに笑いかけた。

とうとうあおいも、あきらめたように引き揚げ始めた。名残り惜しそうにこちらを振り返る。

よし、これで退場させた。邪魔者は消えた。

響子は小松崎に笑いかけると、彼の代わりに優雅に椅子に腰掛けた。

「これが金の林檎かあ。噂には聞いてたけど、本当にあったのね」

「本当さ。これが正真正銘の金の林檎だよ」

小松崎は、腰に手を当てて誇らしげに胸を張る。

「ねえ、開けて見せてくれない？」

響子はさりげなく頼んだ。

「見せてよ。本当に、金なの？　ただの金メッキじゃない？」

「違うよ、本物だよ」

「こうして見てるだけじゃ分からないわ。手で持ってみなくっちゃ」

響子は肩をすくめてみせた。

「駄目駄目。ガラスケースからこの林檎《りんご》を出したら、俺はクビなんだ」

小松崎はぶんぶんと首を振る。

「ふうん。そうなんだ。それは可哀相ね」

響子は椅子の背にもたれかかり、組んだ足をぶらぶらと揺らした。

「どうすればこの林檎を出してくれるの？」

「どうしても駄目だよ」

「そう」

響子はサッと立ち上がり、小松崎に近づいていくと、そっと腕を取った。

小松崎がおや、という顔をする。響子は媚《こ》びを含んだ目で彼を見る。

まだ勝負はこれから。驚くのもこれから。林檎を取ってみせる。

「疲れたでしょう、座ったら」

小松崎の腕を取ったまま、響子は彼を椅子に連れていき座らせた。

そのまま、彼の肩にそっと手を置く。

「何か交換条件、というのはどう？」

「交換条件って？」

「そうね、林檎を見せてもらう代わりに何かを提供するというのはどうかしら」

「何かって？」

「それはあなた次第よ――例えば、どこかで一緒に過ごすというのは？」

「あんたとかい？　お嬢さん」

「ええ、もちろん」

響子は色っぽく頷いてみせる。小松崎は考える表情になる。多情なハナ。目的のためには色仕掛けも辞さない。自分の魅力を信じているし、女の武器を使うことにはなんの罪悪感もない。

「いやいや、駄目だ」

考えた末に、小松崎はきっぱりと手を振った。

「お嬢さんとの一夜は魅力的だけど、それで職を失っちまったら、元も子もないもんな。俺にも家族がある。残念だけど」

響子の手を振り払い、小松崎はパッと立ち上がる。

色仕掛けじゃ駄目か。響子は心の中で舌打ちし、素早く頭《かぎ》を巡らせる。

林檎を手に入れたい。ガラスケースから出したらクビ。鍵は彼が持っている。林檎はガラスケースに入っている――

パッと閃《ひらめ》いた。

「残念ね」

響子は後ろで指を組み、ぶらぶらと林檎を遠巻きに歩き出した。小松崎はニヤニヤしながら響子を見ている。次にどう出るか見ているに違いない。

「じゃあ、こうするわ」

響子はサッと地面にかがみ込み、大きな石を持ち上げる仕草をした。

「何するんだ！」

小松崎の叫び声を聞きながら、響子は見えない石を振り上げ、林檎の上に投げ下ろした。見えないガラスケースが砕け散る。

響子は破片を避ける仕草をし、顔の前に上げた手の間から林檎を見下ろす。

「あーあ、ケースが粉々だ」

小松崎は、林檎の脇に膝《ひざ》をつき、溜息《ためいき》をついた。ガラスの破片を拾い上げて見ているさまなど、さすがにうまい。

「あなたは林檎をガラスケースから出したらクビなんでしょ。ガラスケースが割れてしまった場合は？　あなたが割ったわけじゃないし、あなたは林檎をガラスケースから『出して』はいないわ」

響子はにこやかにそう宣言し、ゆっくり林檎の上にかがみこんで、そうっと取り上げた。

「ほら、あたしだってガラスケースから『出して』はいない。あたしは地面に置いてある林檎を取り上げただけよ」

大切そうに林檎を腕に抱え、響子は小松崎に微笑みかけた。

響子は微笑んだまま、気取った足取りで引き返す。

やった。手に入れた。ハナが、あたしが、小松崎から、この林檎を手に入れたのだ。

身体の芯《しん》が熱い。爽快《そうかい》な興奮が全身を包んでいる。

小松崎がやれやれという顔で溜息をつき、「アハッ」と小さく笑うと、パンパンパンと大きく拍手をした。

「取られたね」

続いてスタッフも拍手をする。響子はにっこり笑ってお辞儀をし、赤いペン立てを優雅な動きでスタッフの机に戻した。ドッと笑いが湧く。

一緒に拍手をしたものの、他の三人の役者の顔は硬かった。あおいの顔も引きつっている。チラッと彼女の顔を見た瞬間、明らかな闘志と負けん気が目に顕《あらわ》れていた。その目を見て、響子は満足する。

そう、これは戦いなのだ。そして、彼女は一緒に舞台で戦うにふさわしい、闘志まんまんの戦士なのだ。

5

「おい、今、なんて言った？」

巽はまじまじと新垣の顔を見つめた。

「旗揚げ公演の日程が決まったぞって」

「旗揚げ公演って――俺たちの？」

「当たり前だよ。他に誰がやるんだ？」

新垣は大きく頷いた。巽は余計に混乱する。

「日程って――いつ？」

「五月二十日と二十一日の二日。木曜と金曜。いいだろ」

「場所、どこ？」

「中谷《なかたに》劇場」

巽は絶句した。私鉄のターミナル駅にある、小劇団ならみんなが出たがる中規模の劇場だ。駆け出しの学生劇団がいきなり使えるようなところではない。第一、公演に掛かる費用はどうするのだ？

「あそこ、ホール代幾らするんだ？」

「今回はただ」

「ただ？　おまえ、冗談にしてはひどすぎるぞ。それに、五月二十日と二十一日って、どういうことだよ。たったの二週間先じゃないか。できるわけないだろうが」

巽はほとんど腹を立てていた。

新垣は苦笑し、「まあまあ」と宥《なだ》める仕草をした。

「ちょっとわけありなんだよ。十尺玉《じっしゃくだま》、知ってるだろ。あそこが本当は二十日から中谷劇場で公演を始めるはずだったんだ」

十尺玉は、巽たちがいた演劇研究会のOBが中心になっている劇団だ。固定ファンもいるし、安定した集客力を誇る。

「あれ、最近、その話どこかで聞いたな」

「竹本《たけもと》さんが、急病でぶっ倒れた。今回の芝居、ほとんど三人しか出てなくて、台詞《せりふ》膨大で、そのうちの一人が倒れたっていうんで、公演中止かと言われた」

「ああ、そうだそうだ。払い戻しするかもって話、聞いた」

「でも、ホールは押さえてるし、チケットは完売してるし、急遽島川剣《きゅうきょしまかわけん》に交渉して、彼が出ることになったらしい」

島川剣は、元々十尺玉に所属していたが、今はフリーになっている。勝手知ったる古巣だし、人気があるし、確かに彼なら代役ができるだろう。

「だけど、今、彼は大阪で公演中なんだ。終わって戻ってくるのが十七日らしい。それから台詞入れるから、死ぬ気で頑張っても最低五日はないと無理だと言われたんだって。だから、初日を三日ずらすことにした」

「なるほど。だんだん話が見えてきたぞ」

「だろ。ホールは押さえてあるが、上演はない。仕込みの一日を除き、前の二日を、誰か使わないかと探していて、たまたま俺んとこに話が来たんだ。なにしろあと二週間だし、逆にある程度名の知れたところは使いにくい。俺たちくらいのポジションがちょうどいいんだ。まあ、前座みたいなものさ。宣伝期間もないんで、劇場と十尺玉のホームページで宣伝してくれるそうだ」

「確かに」

巽は苦笑した。偶然空いた劇場。名前のある劇団よりも、後輩で気心が知れていて、実績もないうちみたいなところのほうが声を掛けやすいだろう。新垣は存在感があるので顔が広い。愛想がいいわけではないのだが、アクの強いタイプの大人に可愛がられる。以前から、OBや学外の人間とつきあいが多く、彼のところにそういう話が来たというのは人徳なのだろう。

「ただ、条件は厳しい。極力シンプルな芝居をすることになっている。大道具なし、音楽なし、一幕もの。言い換えれば、劇場の中のものは一切動かさない。十尺玉の公演準備の邪魔をしない」

巽は再びあっけに取られた。というより、新垣の頭を疑ったと言ってもいい。

「本気で言ってるのか。よくもまあ、そんな条件受けてきたな。いったいどんな芝居ができるっていうんだ」

「なんだってできるさ」

新垣は落ち着き払っていた。そのことが、巽には余計癪《しゃく》に障る。

「だって、考えてもみろ。願ってもないチャンスだろ。中谷劇場でデビューできるんだぞ。

宣伝までしてくれる。大道具なし、音楽なし、一幕もの。それのどこが難しい？　俺たちが普段やってるのとどこが違うんだ？　野外劇をやると思えば同じだろ」

「それはそうだけど」

巽はぐっと詰まる。

新垣の言うことはもっともなのだ。芝居は一人でもできる。何もなくてもできる。何もないところに何かあるように見せるのが芝居であり役者なのだから。だが、巽が腹を立てているのは別のところなのだ。話が来た時点で誰にも相談せずに、一人で決めてきてしまう新垣、いつも事後承諾になってしまう新垣、そして結局彼に従わざるを得ない状況に追い込まれる自分に腹を立てているのである。

「でもさ、二週間で何を準備するっていうの？　何をやるんだ？　ホンはどうする？」

「それなんだよな。おまえ、何か書いてない？」

これも、腹の立つ原因の一つだった。たぶん、巽の脚本をあてにしているだろうことは、最初から薄々予感していたのである。彼はいろいろと習作を書き溜《た》めていたので、その中から使えそうなものをピックアップする魂胆でいたのだと思うと、有難いような悔しいような複雑な気分なのだ。

「うーん。もし使えるものがあったとしても、かなり手直ししないと駄目だよ。それより、早くみんなに言ったほうがいい。みんなに同意を得てから、考えようよ」

「だな」

さすがに、新垣もその点では素直に頷《うなず》いた。

二週間で旗揚げ公演をする、と聞かされて、やはり他のメンバーも絶句した。

ゴールデン・ウィーク明けで、世間的には五月病の季節である。

新たに劇団を発足させ、ようやく一体感が出てきた。むろん、誰もが早く自分たちの劇団の名を冠した公演をやりたいと思っていたはずだが、いきなり二週間後に旗揚げ公演だなんて、そんなことは全く予想していなかったのだ。

もちろん、不安の声は大きかった。

「付け焼刃で旗揚げ公演して、いきなりぽしゃっちゃったらどうするんだよ」

「慌てて公演して、最初からケチついたら嫌だな」

「もっとゆっくり準備して、満を持してデビューしようや」

どれももっともだ。ハコが立派なだけに、内容がしょぼかったら旗揚げ公演として目も当てられない。劇団自体がしょぼいという烙印《らくいん》をしょっぱなから大きく押されてしまう。自分たちの芝居をしたいなんて大口叩《たた》いてたけど、しょせんははみ出し者の集まりで、大したことないじゃん、という演劇研究会のメンバーの声が聞こえてきそうだった。

みんなの声を聞いているうちに、巽はますます不安が強くなってきた。

自惚《うぬぼ》れではなく、自分たちの劇団が密かに注目されていることを知っていたからである。

図らずも、あの日佐々木飛鳥が「面白い顔が集まっている」と言ったように、このメンバーは一人一人の輪郭が濃く、個性的な面子であることは事実だった。もしあのまま演劇研究会にいたとしても、それぞれが属していた劇団で、いずれ看板俳優になれたのではないか。それだけに、古巣の連中は、無関心を装ってはいるものの、彼らがどんなことをしでかすか、どのくらいの実力があるのかと興味津々で初公演を待っている。これで失敗したら、いったいどんなことを言われるか、想像しただけでゾッとする。

慎重論が出尽くすと、今度はポジティブ派の意見が台頭した。

草加が「やろやろ」ときっぱり言った。

「チャンスじゃん。こんなチャンス、めったにない。俺らだから、俺らの今のポジションだから回ってきたチャンスじゃん。使わない手、ないよ。俺、中谷劇場、立ってみたい。うんと準備して完璧《かんぺき》な公演やろうなんて、そんなの百年経ったってできないよ。目の前のチャンスもつかめないのに、くよくよ失敗した時のことばかり考えてるなんてナンセンスだ」

草加が明快にそう言うと、みんなの気持ちが動くのが分かった。

「その二日間、他の劇団に取られちゃうとしたら？　悔しくないか？　俺は悔しいぞ。人がやるのを指くわえて見てるくらいなら、大変でも、失敗しても、俺が出たい」

草加はぐるりとみんなを見回した。

更にみんなの気持ちが公演のほうに傾く。が、別の声が言った。

「でも、実際問題として何をやるんだ？　二週間で客に見せられるものが作れるのか？

俺だって中谷劇場に立ちたいのはやまやまだけど、こっちの自己満足だけじゃ客に失礼じゃないか」

その反論は、再び不安と動揺を呼び起こした。

みんなが一斉に話し始める。

「普段やってるエチュードをそのままやるっていうのはどうだ」

「練習見せてどうするんだよ。カネ貰《もら》って未完成品見せるのか？」

「この際、翻訳モノで市販されてるホン買ってきてやるのは？　ホン作る手間が省ける」

「なんのために劇団結成したんだよ。オリジナルやりたいからじゃん」

「二人ずつ組んで、オムニバスでコントやろう。これなら同時に別々のところで稽古《けいこ》できるし、ホンもいらないし、練習時間の節約になるぞ」

「プレ旗揚げ公演にしよう。予告編をやる。これからやる芝居のさわりのところだけ、何本かやって、宣伝するってのは？」

「条件厳しいよなあ。一幕ものって結構大変なんだよな」

「おい、巽、なんかホンないの？」

「そうだよ、おまえ。脚本家に専念したい専念したいっていつも飲んでぼやいてるじゃん」

「こういう時こそ、何か出してこいよ」

いきなり矛先が向けられて、巽はびくっとした。

座付き作者を目指しているのだから、巽にとってもこの展開はチャンスのはずだった。しかし、二週間後に公演できるものを出せと言われても困る。自分の作品が中谷劇場での旗揚げ公演に使われるとなると、冷や汗が出てきて「ちょっと待ってくれ」と言いたくなる。プロ脚本家デビュー、という文字が頭の中に浮かんできて、胸がどきどきする。中谷劇場で、いきなり。

「家に帰って、探してみるよ。手を加えればすぐに使えるのがあるかもしれない」

巽は必死に平静を装いながら答えた。

「直す時間あるか」

「やりながら直していくしかないだろう」

「待てよ、そもそも旗揚げ公演はどういうコンセプトなんだ」

「俺たちのカラーをどう出すか決めないで、ただ、今できるものってことで決めていいのかよ。やっぱ、方向性って必要だろ。でなきゃ、劇研から出てきた甲斐《かい》がないじゃん」

再びみんなが一斉に話し出す。コンセンサスの一致は重要な問題だ。劇団の存在意義に関わる。旗揚げ公演と一口に言うが、決めなければいけないことは山ほどあるのだ。

やはり、無理だ。この主張の激しい面子で、劇団をどういう方向性に持っていくか決めるだけで時間を取られてしまう。

巽はそう確信した。下手をすると、公演する前に空中分解してしまうかもしれない。

新垣を見ると、彼も難しい顔をしている。この公演が、劇団の根幹の問題に関わると痛感しているのだ。

「あのー」

突然、間延びした声が聞こえた。

みんなが話すのをやめ、声の主を見る。

佐々木飛鳥。

彼女は、いつものようにみんなより少し下がって話を聞いていた。

そうか、この子がいたな。巽は後ろできちんと体育座りをしている飛鳥を振り返った。

不思議な子だ。入団してからというものきちんと練習に出てきている。意識していないとその存在を忘れてしまうほど場に溶け込んでおり、かといってほとんどお喋《しゃべ》りもせず、自己主張もしない。恐らく、高校まで体育会系のクラブにいたのだろう。年長者とのつきあいや下働きにも慣れていて、稽古の準備や後片付けなど、いつも黙々とこなしている。運動神経や反射神経は抜群で、体力もある。しかし、あの入団テストの時に見せた尋常ではない閃《ひらめ》きは影をひそめ、毎日じっと巽たちのエチュードを見つめていて、一緒にやってみるが、その内容は可もなく不可もなくという感じだ。小柄で痩《や》せていて動きも機敏なので、女の子がいるというよりも、歳の離れた弟がいる、という感じだった。

「なんや、佐々木」

新垣がギョロ目で飛鳥を見た。

「名前、なんていうんですか」

「名前？　なんの名前だ」

飛鳥が淡々と尋ねたので、新垣が眉《まゆ》をひそめた。

「この劇団の名前です。まだ教えてもらってません」

みんなで顔を見合わせる。

実は、まだこの十一人の劇団の名前は決まっていない。いろいろ提案はあったのだが、いつも誰かが気に食わず、未《いま》だに名無しなのだ。

「なんでそんなこと聞くんだ」

新垣は飛鳥をもう一度睨《にら》みつけた。

飛鳥は無邪気に答えた。

「だって、旗揚げ公演するんだったら、名前が必要だなあって思って」

巽はハッとした。

飛鳥はもう出るつもりでいる。

もちろん、彼女は芝居の上演の準備がどんなに大変か知らないだろうし、舞台に立つことの恐ろしさも面白さも知らない。それでも彼女は舞台に立つつもりでいる。

彼女が本当に演劇について無知であり素人であることは、入団して何日か経つうちに分かってきた。とらえどころのない、不思議な子だと思う。

地味だし目立たないと言う団員もいる。でも、巽は彼女が現れた時に見せた閃きが忘れられない。この少女の中にある、何か揺るぎのない芯《しん》のようなもの、それが真実であると彼のどこかが告げてくるのだ。

「劇団名って、おまえ」

新垣も絶句した。たぶん、巽と似たようなことを考えているに違いない。他のみんなもだ。

「やっぱ、やろうよ、公演」

巽はそう口に出していた。みんなが彼を見たのでそのことに気づく。

「これがチャンスだってことには変わりないよ。迷った時は大変なほうを選べって、うちのおばあちゃんが言ってた」

「おまえのばあさんは冒険心に富んでたんだな」

新垣がそう言ったのでみんなが笑った。その笑い声には、ホッとした響き、何かが決まる気配があった。巽はその瞬間、みんなが公演をする決心をしたことを悟った。

「俺は多数決が必ずしも民主的だとは思わんが、ここでちょっと聞いてみたい。公演に反対の奴、手を挙げて」

新垣がみんなの顔を見回した。

口の中でもごもご何か文句を言いかけた者はいたが、誰も手を挙げなかった。

「じゃあ、公演に賛成の奴」

さっとみんなの手が挙がった。「条件付きで」と半分だけ手を挙げた者が一人いたが、あとの十人は高く手を挙げている。もちろん飛鳥もその一人だ。

「決まりだな」

新垣は呟《つぶや》いた。

始まる。巽はそう思った。将来、きっとこの時を振り返る時が来る。思えばあの時、全てが始まったのだと思う時が。そんな予感がした。

「佐々木は何がいい」

新垣が不意に飛鳥を見た。

飛鳥は、自分がみんなに重大な決心をさせたことに全く気付いていない様子で、きょとんとして新垣を見た。

やっぱり不思議な子だ、と巽は改めて思った。でも、この子には妙なツキみたいなものがある。本人が意識していないにもかかわらず、運命の分かれ目にいつも居合わせてしまうようなところが。

「何がって……、何ですか？」

飛鳥は尋ねた。

「アホ。おまえが今聞いたことだ。うちの劇団名だ。佐々木は何て名前がいいと思う？　おまえ、うちの連中の顔が気に入ってうちに入ろうと思ったんだろ？　うちの印象に名前を付けるとしたら何だ？」

新垣の目は真剣だった。巽も思わず飛鳥の顔を見る。

みんなもこの少女に注目していた。彼女が何と言うか、興味をそそられているのだ。

飛鳥は考え込む表情になった。

巽は入団テストの時のことを思い出す。この集中力。吸引力。大きな黒目がスッと透きとおって、神々しさが宿る。

「ゼロ」

飛鳥はそう呟いた。

「なに？」

みんなが聞き返す。

「ゼロ、です」

飛鳥はもう一度、今度は顔を上げてまっすぐに答えた。

「ゼロって数字のゼロ？」

巽が尋ねると、飛鳥は頷《うなず》いた。

「どうして」

新垣が顔を突き出して聞く。飛鳥はちょっとだけ首をひねった。

「さあ。なんとなく」

「演技力ゼロ、とか。オカネゼロとか」

草加がそう突っ込んだので、みんながどっと笑った。

すると、飛鳥はきっぱりと首を振って否定した。

「違います。そういう意味じゃありません」

「じゃあ、どういう意味だ」

新垣が畳みかける。

「まっさらというか、見えない大きなものが先にある、みたいな感じです。あたしはそう思いました」

飛鳥は淡々と答えた。新垣の表情に、さざなみのようなものが揺れる。心を動かされた証拠だ。彼女の返事は、彼らに対する最大の讃辞《さんじ》だった。

「いいじゃん」

草加が呟いた。

「ゼロ公演。響きもいい。旗揚げ公演だし、両方の意味でちょうどいいよ。いつも初心で、ゼロからスタート。うちにはピッタリの名前じゃん」

草加の意見に反対する者はなかった。

こうして、彼ら十一人の劇団名と、二週間後に旗揚げ公演を行うことが決定したのだった。

「ゼロ」公演が全員一致で決定し、皆の気分が高揚したのもつかのまで、この時間は長くは続かなかった。実際に何をやるか、どうやるか、という大問題が彼らの前に立ちはだかっていたからである。

一幕もの。大道具なし。照明もシンプル。できるだけ手の掛からない芝居、という大きな制約がある。しかし、どのみちあと二週間しかないのだから、逆にその制約は必然でもあった。

最初に出た大問題は、オリジナル脚本についてだった。

旗揚げするからには、もちろんオリジナル新作劇を上演したい。その新作については、巽が座付き脚本家として皆に期待され、本人もやる気ではあるのだが、いかんせん時間がない。以前所属していた劇団で何本か彼の脚本を上演してもらったことはあるけれども、まだ作品の出来がいいとは言い難い。

本来ならば、時間を掛けて練り上げた脚本を更にみんなで検討してフィードバックを繰り返し、内容も少しずつ変えて完成度の高いものを作り上げてゆきたいのだが、とてもそんな余裕はない。

だが、ここで失敗するわけにもいかない。やるからには、観客の印象に残る、できれば伝説になるような舞台にしたい。たった二日間の、前座のような芝居だけれど、あっちのほうが良かったと言わせたい。誰もがそんな野望を抱いていた。

とにかく、今日明日の二日間で上演作品を決めなければならない、ということでは皆の意見は一致していた。

公園が真っ暗になるまで話し合いは続いた。その結果、今日は皆家に帰り、巽が使えそうな脚本を三本に絞って皆にメールで送り、今夜中にその三本を読んで翌日上演作品を決定することになった。

そうと決まれば、一刻も早く家に帰りたい。

巽は焦った。自分の作品に旗揚げ公演の成功がかかっていると思うと気が気ではない。みんなの期待と責任の重さを感じ、これまで密《ひそ》かに自負を持って書き溜《た》めてきたものが、どれもこれもつまらないものに思えてくる。

みんなも、真剣に批評してくるだろう。彼らの目が厳しいことを身に沁《し》みて知っている巽は、胃が縮むような心地になった。

巽の顔色が変わっているのを見た新垣が、彼の家までついてきた。なぜか佐々木飛鳥も一緒である。

「なんで佐々木まで連れてきたんだよ」

巽は半ば非難を込めて新垣に囁《ささや》いた。

コンビニエンスストアで、簡単に食べられるものを物色しながら、新垣は聞こえないふりをした。

「いいじゃないか」

「よくはないよ。素人なのに脚本選びさせるなんて」

巽は苛立《いらだ》った。

「素人だけど、劇団名を決めてくれたぜ」

カップめんをプラスチックのかごに放り込みつつ新垣が答える。

「あれは――確かにそうだけど」

巽は口ごもった。自分は彼女のことを誰よりも評価していると思っていたのに、新垣もそうであることが意外であり、口惜しくもあった。同時に、自分が、飛鳥に自分の作品を読まれること、彼女に内容を評価されることを恐れていることに気付いた。もう一つ言えば、彼女に馬鹿にされたくないと願っていることにも。

「あいつにはツキがある。そう思わんか？」

新垣はおにぎりをかごに放り込んだ。チラッと、飲み物のペットボトルを選んでいる飛鳥に目をやる。巽もつられて彼女を見た。

「疫病神かもしれないって言ったくせに」

「まだ結論は出てないけどな。でも、妙なツキがあるよな」

「うん」

巽は渋々合意した。彼も感じていたことだけに、人に言われるのはなんとなく気に入らなかった。

「まあ、カッコ悪いところ見せたくないだろうけど、なんとなくあいつに読ませたいんだ。頼むぜ」

「別にそんなこと」

痛いところを突かれ、巽は動揺した。

「これくらいでいいですか？」

飛鳥がかごを持って小走りにやってきた。

「ええんとちゃう。行こか」

新垣が頷き、二人がレジに向かうのを巽は複雑な気分で見送った。

巽の住むアパートは、祐天寺《ゆうてんじ》の商店街を抜けた外れの民家の二階である。とても古いけれど、ゆったりした間取りの1DKなので、生活空間と眠る場所を別にできるところが気に入っていた。自然、友人たちの溜《たま》り場になることも多い。一階は商店になっていて大家は何軒か離れたところに住んでいるので、夜遅くまで話し合っていても気が楽だ。

ダイニングキッチンのテーブルの上に、買い出ししてきたものをどっかりと載せ、新垣が口を開いた。

「まずは、おまえがいいと思うやつを五本くらい見せてくれないか」

巽は緊張しながらパソコンを立ち上げる。

どれを見せるかは道々考えていたが、ここ二年で書き上げている、まがりなりにも最後まで書けているものから選ぶことにした。随分前に書いたものもあるが、仕方がない。

祈るような気分で原稿をプリントアウトしている間にお湯を沸かす。新垣はどっかりと椅子に座り、公演までの日程表と必要事項を書き出し始めた。

巽が芝居を始めてまず痛感させられたのは、芝居というものが待ったなしの実務能力を求められることである。何かを目に見える形にするということは、大勢の人間と打ち合わせをし、批判をし、仲違《なかたが》いをし、胃が痛くなり、けんかをし、時間に追われ、肉体的にも精神的にもへとへとになるということなのだ。

新垣はそういう点でも非常にタフだった。感情が安定していて、交渉ごとや理詰めの説得にも長《た》けている。芝居以外の分野でも成功をおさめられるだろうな、といつも思う。

飛鳥は一人控えめに、きょろきょろと興味深げに部屋の中を見回している。巽は落ち着かない気分になった。何か女の子に見られてマズイようなものはなかったっけか。

「綺麗《きれい》に片付いてますね、巽さんのおうちって」

飛鳥は感心したように呟《つぶや》いた。

「こいつ、綺麗好きなんだよ。大傑作を書くためには身の周りを綺麗にしとかんといかんのだとさ」

新垣が口を挟んだ。巽は苦笑する。これからその大傑作を彼らに読ませなければならないのだ。

お湯が沸き、プリンターが大傑作を吐き出し終わると、三人はインスタントコーヒーやお茶を飲みながら、順繰りに回し読みしていった。飛鳥も、最初はなぜ自分が一緒に原稿を読まされるのか分からず多少困惑を覗《のぞ》かせていたが、読み始めると真剣になり、いっしんにページをめくっている。その表情に侮蔑《ぶべつ》が混ざっていないかと、巽は時々そっと顔を盗み見たが、彼女は例によってあの集中力で原稿に没頭しているので、少々安堵《あんど》した。むろん新垣はギョロ目を大きく見開いて原稿を読み込んでいる。彼とのつきあいは長いが、こんなに多くの作品を読ませるのは初めてだったので、巽の緊張はなかなか解けなかった。

他人と一緒に改めて自分の原稿を読むというのは非常に気分が悪いもので、普段は意識していないアラや、独りよがりの部分や、台詞《せりふ》の癖などがひどく目に付いて、巽は暗澹《あんたん》たる気持ちになった。これで本当に、座付き作者になんてなれるのだろうか。

長短の違いはあれど、五本もの原稿を読むのは大変だった。それでも全部を、三人が読み終えたのは二時間半ほど経った頃だったので、相当集中していたらしい。いつのまにかおにぎりの包み紙や空のペットボトルがいっぱいテーブルの上に転がっていた。

「まず、この二本は却下だな」

原稿をテーブルの上に並べ、新垣は単刀直入に言った。

「登場人物が三、四人で少なすぎる。今回は旗揚げ公演だし、全員がなるべく均等に登場するようにしたい。これでも、工夫して同じ役をみんなで振り分けるとか演出の方法があるのかもしれないけど、検討する時間がない。となると、この二本は除くことになる」

巽は頷《うなず》いた。それは、彼も考えていたことだったからだ。

「あと、この二本も難しいと思う」

新垣は、先に避けた二本の上にもう二本分の原稿を重ねた。

上演の条件がシビアなだけに、巽も薄々、内容に無理があると感じてはいたが、自分の書いたものを撥《は》ねられるのは、あまりいい気持ちはしない。特に、そのうちの一本は自分でも気に入っていた作品なだけに、我が子を否定されたようで胸が痛んだ。

「とすると、可能性があるのはこれだな」

新垣は、巽のそんな気持ちにも気付かぬ様子で残った一本を取り上げた。

『目的地』。その表紙にはそう書かれていた。

やっぱりな、と巽は思った。

彼は、一本ごとにいろいろなスタイルのものを試していた。テンポの速いコメディ・タッチのもの、少人数が長台詞を駆使する心理ドラマ、古典を下敷きにした文芸タッチのものなど、あまりこれというスタイルを決めずに毎回違ったものを書こうと心掛けていたのだ。アマチュアだし、若いし、まだスタイル云々《うんぬん》を口にするなどおこがましい。時には誰かのタッチを真似したり、翻訳調のものを試したりして、可能性を限定せずに書いているうちにスタイルもできてくるだろうと思っていた。

『目的地』は、不条理なタッチのブラックユーモアに満ちたものにしたいと思って書いたもので、どこかに護送されるトラックの中の十人の囚人らしき男たちを描いたものだ。「乾いた笑い」という当初の狙いがなかなか表現できなくて苦労したものだが、とりあえず一本の作品として仕上がっていると思う。

巽自身も、今回みんなでやるとしたらこれだな、と密かに考えていた。むろん、これを書いた時は劇団員は十人だったので、今回上演するとしたらキャストをもう一人分増やさなければならないだろう。それでも、一番改稿せずに使えそうなのはこれだった。

「そうだよね。これなら、とりあえずそのまま叩《たた》き台にできる」

巽はいろいろなことを考えながらゆっくり答えた。

直したいところは沢山ある。これにするのであればすぐに少し手を入れ、それからみんなにメールしたかった。

「——あのう」

その時、飛鳥が恐る恐る口を挟んだ。

巽と新垣は同時に彼女を見た。二人とも、それまで飛鳥があまりにも静かにしていたので、彼女の意見を聞くことなどすっかり忘れていたのだ。

「なんだ」

自分がわざわざ連れてきたくせに、新垣は思考を中断されたことが気に食わなかったのかぶっきらぼうに答えた。飛鳥はちょっと肩をすくめたが、巽を見て尋ねた。

「他の話の粗筋を聞いてもいいですか？」

「他のって？」

巽は怪訝《けげん》そうな顔で聞き返した。

飛鳥が頷く。

「すみません、さっきフロッピーディスクを開いてるところを見ちゃったんですけど、面白そうなタイトルがあったもんで」

「えっ？」

巽はぎくっとした。

「なんや、巽。出し惜しみしてるのか？」

新垣がぎろっと睨《にら》んだ。見慣れているが、やはり迫力がある。

「してないよ、まさかそんなこと。自分でも現時点のベストのものをこうして出したつもりなんだ。旗揚げ公演は、俺のプロ作家デビューでもあるんだぜ。座付き作者としての世間の評価が出るっていうのに、出し惜しみしてどうするんだよ」

巽は慌ててそう言ったが、飛鳥はいったいいつタイトルを見たのだろう、と頭のどこかで考えていた。

フロッピーを開いたのなんて、ほんの短い時間だ。確かに彼女はそばにいたけれど、じっと見ていたという感じはしなかった。何度かチラッとこっちを見たという印象はあったが、画面を読んでいるとは思えなかった。

たったあれだけの時間で、タイトルを読み取ったなんて。

なんだかふっと気味が悪くなった。時々、こいつには、ぞっとさせられる瞬間がある。

「それに、この中には、未完のものや書きかけのものもいっぱい入ってるんだ。話として完結してないものも多いんだってば」

巽は更に言い訳をした。弱々しい口調になってしまうのが我ながら情けない。これは作品として出せない、読ませられない、ときっぱり言えばいいものを。

「なんてタイトルだった、佐々木」

新垣は、巽の抵抗を無視して飛鳥に尋ねた。

「ええと、幾つかあって」

飛鳥はそう前置きした。

幾つか、だと。巽は心の中で目を剝《む》いた。

「『戦争と電話』」

新垣が笑った。

「なんちゅうタイトルだ。『戦争と平和』のパロディか？」

巽は顔を赤らめた。

「まあ、タイトルはね」

「どういう話や」

「間違い電話を掛けていくうちに、戦争になっちゃうっていうスラップスティック風のコメディだよ」

「ふうん。面白そうじゃないか。設定は？」

「電話だけ。舞台の上にいっぱい電話があって、いろんな人が電話を取って、電話のやりとりだけで話が進んでいくって設定なんだ」

新垣は身を乗り出した。

「いいじゃないか。小道具が簡単だ。使えるぞ」

「でも、まだ二十枚しか書いてないんだもの」

「なんだ」

新垣はがっくりとうなだれた。飛鳥が口を開く。

ほんとによく覚えてるな、と巽は舌打ちした。

「説明しろ」

新垣が容赦なく頷く。

巽は渋々口を開く。

「引退した大女優の自叙伝を書くライターが、大女優の暴露話と嘘に翻弄《ほんろう》される話だよ」

「『サンセット大通り』か？」

「まあね。でも、最近似たような芝居掛かったでしょ、大物作家とその伝記ライターって設定で」

「ああ、あったな。内容かぶるな」

それは、大物俳優の親子を使って最近大ヒットした芝居で、当代きっての人気作家が書き下ろしたものだった。そんなのに敵《かな》うはずがない。

巽は溜息《ためいき》をついた。

「でしょ。これ、登場人物はたったの二人だし。書いてて、ああ、これはまだ俺には書けないなって思った」

「どうして」

新垣が間髪《かんはつ》を入れずに聞き返したので、巽は苦いものでも呑《の》み込んだような顔になった。

「だって、どうしても大女優って設定にすると、ステレオタイプのキャラクターになっちゃうんだもの。プライド高くて、過去の栄光に浸ってて、嫉妬《しっと》深くて、なんてあまりにも定番でしょ。それこそ、グロリア・スワンソンになっちゃう。歳とった女書くのって難しいよ。みんな映画とかドラマから借りてきたような人物になっちゃって」

「ちなみにそれは何枚書いてあるんだ？」

「これも二十枚」

「なんでどれもこれも二十枚なんだ」

新垣は変なところに難癖をつける。

「どうしてと言われてもなあ」

巽は苦笑した。それは、痛いところでもあった。

彼が書きかけて放置している戯曲はいっぱいあった。

これは素晴らしいアイデアだ、面白い設定だと興奮し、勇んで書き始めるのだが、書き始めても世界が広がっていかず、登場人物も動いてくれない。

その理由は自分でももう分かっている。

話の構成や内容はともかく、人物を書くことで巽は行き詰まりを感じていたのだ。

書きやすいので、どうしても、つい若い人物——それも、自分と同じ大学生ばかり書いてしまう。たまに年配の男女を出そうとしても、その性格づけができず、どこかで聞いたような台詞《せりふ》しか書けないのだ。

かといって、個性的な、社会からドロップアウトしたような人物にすると、漫画の登場人物のようなエキセントリックな存在になってしまって、キャラクターとしてのリアリティがない。

俺はまだ本当の登場人物を造り出していない、と巽は感じていた。もっと幅広い世代とさまざまなタイプの人間を書けるようでないと先はない。

「やっぱ、これかなー。これなら、セットも簡単そうだし」

新垣は『目的地』の表紙を指で弾《はじ》いた。

「あのう、もう一つあるんですけど」

飛鳥が控えめな声で言った。

「もう一つ？」

巽はあきれて飛鳥を見た。飛鳥が肩をすくめる。

「よく見られたねえ。俺がファイル開いてたのなんてちょっとの間だったのに」

巽は思わず毒づいてしまう。

「あたし、動体視力いいんです」

飛鳥は巽の嫌味に構わず、妙なところを自慢した。

「スポーツ、何やってたの？」

「えっ。まあ、ちょっと」

巽が何気なく聞くと、飛鳥は急に口ごもり、サッと下を向いた。

あれ、と思う。

考えてみると、この子はこれまでにほとんど自分の話をしていないし、聞かれてもさりげなく話題を変えて答えない。なんとなく感じてはいたが、どうやら自分の話はしたくないようなのだ。

複雑な家庭事情でもあるのかな、と巽は思った。

まあ、芝居をやる上では関係ないことだし、どうでもいいけど。

「もう一つ、なんだ」

新垣はそっちのほうが気になるようだ。

「ええと、それがよく覚えてなくって」

飛鳥は視線を泳がせた。

「カタカナで、シネなんとかってタイトルだったんですけど」

「覚えてないくせに、よく面白そうだなんて思ったなあ」

巽は嫌味を言った。

「でも、『あれ』って思ったんです。嘘じゃありません」

飛鳥はちょっとだけむきになった。

「なんだ、そのシネなんとかというのは。どういう話だ」

「そんなのあったかなあ。実は、俺もよく覚えてないんだけど」

「おい」

「待って、開けてみるよ」

新垣の表情が険悪になったので、巽は慌ててパソコンを立ち上げた。

今度は新垣と飛鳥の二人が画面を覗《のぞ》き込むので、恥ずかしいやら、照れ臭いやらでひやひやする。これでまた、二人が「これは」「こっちはどういう話だ」と言い出すのではないかと気が気ではない。

「ぎょうさん書いてんだな、おまえ」

「どれも二十枚だよ。完成してんのなんて、ほとんどない」

「書き始めたら、それが難しいんだって。完成させせんかい」

「書くことだろ」

「そう。とにかく一冊、最後まで書くことだって。最後まで一冊書ければ、誰だって作家だと名乗れる。一冊最後まで書くのって、本当に難しいよ」

「あ、それです、それ」

飛鳥が画面を指さした。

シネラリア

「ああ、これ」

巽は、少し考えてから大きく頷《うなず》いた。

「こんなのもあったな。すっかり忘れてた」

「おまえなー」

「大学入る前に書いたんだ。春休みで、大学で芝居やるんだって燃えてた頃だなー。懐かしいなあ」

「懐かしがってないで説明せい」

「いや、全然戯曲になってないよ。ほんの短い、スケッチみたいな話で。タッチも幼いし、全然使えるようなもんじゃないよ」

「これ、どういう意味ですか？」

飛鳥が尋ねる。

巽は「ああ」と呟《つぶや》いた。

目の前に小さなピンク色の花が広がるのが見えたような気がした。

「花の名前だよ。キク科の植物で、小さい花をいっぱいつけるんだけど、今はこの名前、使われてないんだ。確か、名前に『死ね』って文字が入ってるのが嫌われて、サイネリアって名前に変えられちゃったんだよね」

「ふうん。それで？」

ちょっとばかり感傷に浸っていた巽の夢想を破り、新垣が突っ込みを入れる。

「まあ、それでその、これも書きかけでさ」

巽は両手を広げてみせた。

「また二十枚か？」

「いや。これは大部分書いたけど、きちんと終わってないんだ」

「どういう話なんですか」

飛鳥が口を挟んだ。よほど内容が気になっていたらしい。

シネラリア。そんなに興味を惹《ひ》くタイトルだとも思えないのだが、彼女は何に惹かれたのだろうか。

「ええと、一人の女の子の話だよ。その子が花を贈ると、なぜか贈られた人間が死んでしまう。なぜかは分からないし、彼女が呪いを掛けているというわけでもない。だけど、彼女が花を贈ると相手は死んでしまう。彼女はそのことに気付いて苦しむ。そういう話だよ」

「なんでそいつが花を贈ると死ぬんだ？」

新垣が現実的な質問をぶつけてきた。

「うーん。それはまだ考えてない」

「それが重要なテーマじゃないのか」

「それはそうだけど、花を贈られると死んでしまう、というシチュエーションが気に入って書き始めた話なんだもの」

「最後はどうなるんですか」

飛鳥が真面目な顔で尋ねた。

「それも考えてない。どうするか考えてて、思いつけなくって、寝かしてるうちに忘れちゃったんだ」

「ハッピーエンドですか、それとも悲しい終わり方ですか」

「うーん。どちらかといえば、悲しく終わるつもりだった。書いてる当時は、ね」

「そうなんだ」

飛鳥はチラッと暗い表情になる。

その表情に巽はぎくっとした。

似てる。かつて知っていた少女の顔に。

むろん、見間違いだろうが、見覚えのある表情を飛鳥の中に見たことに、彼は動揺していた。

実は、この脚本は、彼が高校時代、ほのかに憧《あこが》れていた少女を主人公にしたものだった。とにかく愛想の悪い子だった。心臓が悪かったと聞いていたし、実際体育の授業はいつも見学していた。時折、何ヵ月も休むことがあった。いつも一人でいた。

しかし、彼女には奇妙な威厳があった。虚弱体質だと決して他人に言わせないような、存在感や迫力みたいなものが。

長年病気と闘ってきたことで、彼女には同年代の子にはない大人っぽさがあった。全く感情を表に出さず無表情なのに、積み上げてきた歳月の凄《すご》さみたいなものが全身から漂っていて、みんなが遠巻きにしていた。

口をきいたことすらないし、向こうが巽のことを知っていたかどうかも分からない。だけど、あの存在はずっと気に掛かっていた。

いつどこでだったか忘れたが、彼女がコスモスの咲いている土手を歩いていたのを見たことがあって、そのイメージが強く焼きついていたのだ。花と少女。少女と死。

イメージが死の使いというのは、彼女に対してあまりに失礼かもしれない。だけど、巽にとって、それは彼女に対する畏怖《いふ》であり、尊敬であった。同い年の彼女が、自分よりもずっと厳しい切実な世界にいることに対する恐れと同時に憧れがあったのだ。

巽は当時のことを懐かしく、鮮やかに思い出していた。

「それに出てくるのは何人？」

再び、新垣の声に回想を中断される。

人数。巽は素早く指を折って勘定した。

「四、五人かな。いや、もうちょっと出てくる。でも、女性が多い」

「じゃあ、今回は無理だな」

あっさり却下される。

「よし、やっぱりこれだ。『目的地』。佐々木も満足したろ？　これ、みんなに送っといてくれ。もういい時間だし」

新垣がちらっと時計を見る。もう十一時近くになっていた。みんな、脚本が送られてくるのをまだかまだかと待っているだろう。

しかし、まだ送るわけにはいかない。巽はそう決心していた。

実は、『シネラリア』について話している時に閃《ひらめ》いたアイデアがあったのだ。

「あの、ね。これ、ちょっとだけ手を加えたいんだ。いったん脚本送ってからだと、最初のイメージが強くなっちゃうし、少しだけ手直ししてからみんなに送りたいんだけど」

巽は新垣の顔色を見ながら頼んだ。

新垣は渋い顔をしたが、「それでよくなるんなら」と頷いた。

「メールするの朝になるかもしれないから、眠っとけって先にみんなにメールしとくよ」

「おい、あんまり遅くなるなよ。それに、根詰めるんじゃないぞ」

珍しく、新垣が心配そうな顔になるのを、巽は笑って受け流した。

「旗揚げ公演だもの。そんなこと言ってらんないよ」

「分かった。引き揚げるぞ、佐々木」

「はい。頑張ってください」

飛鳥はぺこりと頭を下げた。

「あとさ、『戦争と電話』も、続き、書いといてくれよ」

新垣が、靴を履きながらぼそっと言った。

「——次回の公演で使えるかもしれないしさ」

巽は意外に思った。まさか、新垣がそんな先のことまで考えていようとは。

次回。次回の公演なんて、いつのことになるのだろうか。

ドアが閉まって一人部屋に取り残された後も、巽は暫《しばら》くぼんやり玄関に佇《たたず》んでいた。旗揚げ公演ですら、本当に上演できるかどうか分からないというのに。

6

受話器を置いたあとも、暫く神谷はそこから手を離せなかった。

ついに、受けてしまった。

興奮と、恐怖と、不安とで、全身に冷や汗を掻《か》いている。

電話から手を離してしまったら、もう取り返しがつかないとでもいうように、彼は暫くその場でじっとしていた。

あの仕事を受けてしまった。これから一年後、このことを後悔しているのか、満足しているのか。

思わず、電話台の前に貼ってあるカレンダーに目をやる。そこには、仕事の予定がびっしり書き込んであった。ここに、もう一つ仕事が加わる。なるべく秘密裡《ひみつり》に、気付かれないように書き上げなくてはならない仕事が。そして、彼にとってはエポックメイキングな仕事となり、やがては大きな話題になるであろう仕事が。

幸運と不運は糾《あざな》える縄のごとし。そんな言葉が頭に浮かんだ。これを幸運とするか不運とするかは、俺の筆に掛かっている。

神谷は大きく溜息《ためいき》をついた。

ま、受けてしまったものは考えても仕方がない。これからはその内容について考えなければならない。

仕事場は、新築してそんなに時間が経っていないというものの、既にカオス状態に陥っていた。会社員時代、彼の机は非常に綺麗《きれい》で整理整頓《せいとん》されているので有名だったが、営業という仕事だったからこそ片付いている必然性があったためで、脚本を書く場所は昔からこんなふうに雑然としていなければ落ち着かない。

以前から欲しかった大きな机を新調したものの、その上はありとあらゆる種類の書類や紙屑《かみくず》に埋もれており、使えるスペースはほんの僅《わず》かだった。

隅っこにある小さな冷蔵庫を開け、缶ビールを取り出し、煙草に火を点《つ》ける。

肘掛《ひじか》け椅子に深く腰掛け、ビールを一口飲んだ。

その冷たさに、ようやく気持ちが落ち着いてくる。

女二人の芝居、か。

依頼を受けるかどうか決める前から、その課題が頭から離れなかった。

仕事を受けてしまった今、どうしても考えることはそこに戻ってくる。

演技力のある女優二人ががっぷり対等に渡り合う芝居。作品世界に広がりがあって、あらゆる世代に見ごたえのある芝居。普遍性があり、世界中の女優がこぞって演じたがるような、スタンダードになりうる芝居。

あの男の声が脳裏に蘇《よみがえ》る。

そんなものを作りたいんです。ご協力いただけますよね。

至極丁寧な、物腰柔らかな声は、噂や伝説とは全く異なっていた。しかし、その一方で、絶対に失敗できない、生半可なものを作ったらただでは済まされないという凄味のようなものも漂っていた。

神谷は思わず一人苦笑した。

そんなものが書けたら、それこそ死んでもいい。そういうものを書くことこそ、世界中の脚本家の夢ではないか。書けと言われて書けるなら、誰も苦労はしない。

しかし、あの男はそれを依頼し、俺もそれを受けたのだ。というよりも、あの男の夢見る力に俺は感化されてしまったのだろう。

苦笑しつつ、ゆっくりビールを飲み、煙草を吸う。

俺に、あれだけの夢見る力があるのだろうか。もし、それがないと分かってしまったら。ちっぽけな、身の丈の世界を書く程度の力しかないと露見してしまったら、この先それでも書き続けることができるだろうか。

恐れていたのは、この仕事に失敗することではなくそのことだったのだと、神谷は今初めて気付いた。自分の限界を思い知らされたら、モノを作る仕事を続けていく自信がない。とても恐ろしい。恐ろしいけれど、試してみたい。

結局は、そういう意見が彼の中で勝った。

得意なもの、手馴《な》れた世界ばかり描いていても仕方がない。冒険しなくては。今冒険しなくていつするというのだ。そう自分に言い聞かせ、ついに電話を掛けたのだ。

しかし、理性では正しい選択をしたと思っていても、現実問題として本当に自分に書けるのかという不安は拭《ぬぐ》い切れない。秋のＴＶドラマはもう半分以上できていたが、後半苦しみそうだという予感があった。

煙草を吸い、深く呼吸して、こめかみを揉《も》む。

不意に、震えるような焦りが込み上げてくる。時間が欲しい。じっくりあの仕事について考える時間が。どこかに籠《こも》ってゆっくり構想を練りたい。

実は、もう一人お願いしているんです。

あの声が再び脳裏に蘇る。

それは、今回電話を掛けて初めて聞いた話だった。自分一人が名指しされたのではないと分かってショックだったが、安堵《あんど》したのも事実である。とりあえず、俺が書けなくても穴を開けずに済む。そう思い、保険を掛けたような心地になった。

しかし、あの男はそう神谷が思ったのを見透かしたかのように言った。

完成したら、互いに読み比べてもらおうと思っています。みんなで、上演作品を決定したいと思っています。

なんというシビアさか。競合する作品を自分で確かめろというのだ。「みんなで」というのは、スタッフ一同ということらしい。全力で戦え、おのれの限界に挑戦しろ。つまりはそう言われているわけだ。

ただ、もう一人の脚本家が誰なのかは分からない。聞いてはみたのだが、「向こうにもあなたの名前は教えていません」とのことで、とうとう教えてもらえなかったのだ。名前を聞けば、相手の芸風や得意分野を予想することができるから、マイナスだと思っているのかもしれない。

いったい誰なんだろう。

いろいろ名前を思い浮かべてみるが、TV・映画・演劇だけでも名のある脚本家は大勢いる。自分のような小劇団出身の脚本家を指名してくるくらいだから、彼は相当幅広いジャンルの脚本家を研究しているはずだ。全く見当もつかない。

女二人の芝居。

不安に怯《おび》えているうちに、やはり思考はそこに戻ってくる。

時代劇はやりたくない。

それだけは、念頭にあった。スケールの大きな芝居、普遍性のある芝居、と言われた時に、時代もののコスチューム・プレイに頼ったり、古典を下敷きにするという常套《じょうとう》手段は避けたかった。もっとシンプルで寓話《ぐうわ》的で、よく知っている事柄、卑近な世界から大きく広げていけるようなもの。そういう芝居が今回の彼のイメージだった。

かといって、具体的に何かネタがあるわけではない。

女二人の芝居。

ふうっと神谷は溜息をついた。

とりあえず、他の仕事をやろう。そう決心して大きく伸びをし、鉛筆を取り上げようとした瞬間、携帯電話が鳴った。

携帯電話は、いつも留守電にしているが、番号表示によく知っているTV局のディレクターの名前があったので、何気なく着信ボタンを押した。

「こんちは、ご無沙汰《ぶさた》してます」

「お元気ですか。今どこの書いてるんです?」

「相変わらず煮詰まってるよ」

「じゃあ、ちょっと出てきませんか。新しい劇団が旗揚げするんですけど、見とこうかと思って」

「偉いねえ。きちんと劇場通いしてるんだ」

「これはっかりは、足運ばないとね」

彼は、まめに小劇団の公演を回り、面白い顔の役者を探してくるのが得意だった。彼がドラマのチョイ役で起用して、有名になった役者も大勢いる。

「何て劇団?」

神谷は新しい煙草をくわえたが、ほとんど行く気になっていることに自分でも驚いていた。

「『十尺玉』って劇団の公演だったんだけどね」

電話の向こうの声が意味ありげになった。

「なんだよ、その『だったんだけど』ってのは」

神谷は怪しむ声を出す。何かわけありなのだろうか。

「出演予定だった役者が急病になって、代役立てたんで、初日を三日ずらしたんだよ。で、急遽《きゅうきょ》そこを埋める劇団が二日だけ公演するってことになったらしい。W大の演劇研究会からはみ出した連中の、旗揚げ公演だとさ」

「へえ。そりゃ大変だったろうな」

たったの二日のみ。急に決まった芝居。しかも旗揚げ公演。舞台裏のてんてこまいが目に浮かぶ。気概と理念ばかりは肥大しているのに、目の前に公演という事実と締め切りを突きつけられ、現実問題に忙殺される団員たち。このままではとても幕など開けられないと絶望しつつ、徹夜を続ける若者たち。かつて通ってきた道が頭に浮かび、懐かしさと苦笑が同時に込み上げてきた。

「うん。空っぽにしとくよりは何かさせようって企画だから、一幕もので、音楽も美術も最小限にって条件なんだとさ」

「ふうん。劇団名は?」

「さあね。これには〝ゼロ公演・『目的地』〟としか書いてないなあ。『目的地』は演目らしいな。どうする?」

電話の向こうでチラシを見る気配がした。

「行く行く。外に出たかったところでさ。いいねえ、旗揚げ公演。希望に満ちた若者を拝もうじゃないの。場所どこ？」

神谷は勢い込んで言った。中谷劇場、という返事が戻ってくる。学生時代、さんざんたむろしたホームグラウンドだ。二人の知り合いがやっている居酒屋で待ち合わせ、一杯引っ掛けていく算段をつけた頃には、彼はすっかり気分が明るくなり、さっき引き受けた大仕事は頭のかなり隅っこに追いやられていた。

夕暮れの街は、近づく低気圧のせいかじめっとしていた。

いつもこの街を埋めている所在なげな若者たちに混じって、馴染《なじ》みの居酒屋で夕食を済ませようとする帰宅途中のサラリーマンの姿もぽつぽつ増えてきている。

小さな劇場が幾つか集まっているエリアでは、整理券を受け取る順番を待つ列も伸びていた。劇場の前に並ぶ客たちを見ていると、この歳になっても、甘酸っぱい愛《いと》おしさで胸が鈍く締めつけられる。

今となってはそれを生業《なりわい》にしてしまっているが、なんと不思議な商売だろう。

神谷は奇妙な感慨を覚える。

こんなふうに、全く何の縁故もない見知らぬ一人一人が劇場に足を運んでくれて自分たちの商売が成り立っているのだと思うと、あまりにも不確かで何の保証もないことに愕然《がくぜん》とする。彼らには、そうする義務はどこにもない。食べたり飲んだりするように、毎日の生活に必要なわけでもない。彼らが「観たい」と思い立ってわざわざチケットを買い、足を運んでくれない限り、劇場は埋まらず、我々は食っていけない。

そう考えると、こうして目の前に立って談笑している客たちが、有難くも恐ろしくてたまらなくなるのだ。

中谷劇場は、既に開場していて、多くの人々がたむろしていた。

その客層を見て、神谷は「おや」と思った。

「濃い」客だ。言い換えると、同業者が多い。恐らく大部分はW大の演劇研究会の連中だろうが、それに混じって、結構年齢の高い客が混ざっている。明らかに堅気ではない、芸能関係らしい面々だ。無名のアマチュアの役者たちの旗揚げだから、身内や関係者がほとんどなのは当然だが、そこにはなんとなく異質な空気があった。こういう場合にありがちな、「おつきあい」という感じではないのだ。抑えた興奮、期待、もしくは神経質な緊張感のようなものが漂っている。

単なる気のせいか。久しぶりにこんな空気に触れたからだろうか。

神谷はそっと客たちの表情を観察した。

それとも、この劇団に、本当に何かあるというのか。

「なんかちょっと雰囲気違うな」

同じことを感じたのか、並んで席に着いてから、彼を誘った田野上《たのうえ》が呟《つぶや》いた。神谷は驚いて彼の顔を見る。

「やっぱりそう思うか？」

「うん。やけに客が玄人臭い。別に内輪受けだとか、すれてるってわけじゃないんだが」

「なんでだ？　ここ、何か話題になってるのか？」

「さあねえ。『十尺玉』の公演が延期になったのは話題になってるけど」

田野上は首をひねった。

二人で舞台の上を見る。舞台は、既に小さな明かりが点《つ》いていた。

置いてあるのは、背もたれのない十個の椅子のみ。舞台装置も背景もなく、がらんとしている。二日後には『十尺玉』の仕込みをしなければならないからとはいえ、本当にそっけない舞台だ。

同じくそっけないチラシに目を落とす。

田野上が電話で言ったこと以外には何も書かれていない。劇団名すらもなく、ずらっと十一人の団員名が並んでいるだけだ。

　ゼロ公演・『目的地』

ひょっとすると、この「ゼロ」というのが劇団名なのだろうか。それとも、「ゼロ回目」という意味なのか。

ふと、何か情報を得ようとしている自分に気付く。いつのまにか、先入観なしに何かを鑑賞するということができなくなっているのだ。つい、付帯情報や、芸能界の力関係や、裏の事情を知ろうとしてしまう。

神谷はひやりとした。

時にはそういう情報が必要なことも確かだ。自分はプロなのだし、客商売をしているのだし、そういう情報を収集していないことが命取りになることもあるのだから。

だが、それだけではあの仕事はできない。

どこかでそんな囁《ささや》き声がした。

やはり、おまえの夢見る力はとっくに衰え、枯渇しかかっているのだ。

そんな冷たい声を聞いたような気がして、神谷はゾッと身震いした。ほんの数時間前にあの仕事を引き受けたばかりだというのに。始める前から既に戦意を喪失しかかっている自分に、彼は心の奥で密《ひそ》かに怯《おび》えた。

「本日は〝ゼロ公演・『目的地』〟にご来場いただきまして、誠にありがとうございます。間もなく開演いたします。お客様にお願い申し上げます。お手持ちの携帯電話は電源をお切りください。携帯電話をお持ちのお客様は、今一度電源のご確認をお願い申し上げます――」

機械的なアナウンスが入り、ざわついていた客たちが自分の席に戻ろうとスピードを上げた。

「なお、本日の公演は、演出の都合上、場内の照明を全部落とすことがございます。非常の際は、係員の指示に従いますようよろしくお願い申し上げます」

客席が落ち着いて静かになる。

開演一分前、と舞台の裏で誰かが叫んでいるだろう。いつものことながら、開演前の緊張感というのは変わらないものだ。それが他人の芝居であっても。

場内がすうっと暗くなった。

懐かしい闇。密度の濃い、つかのまの沈黙と静寂。

これから始まるものへの期待。舞台が始まる時のわくわく感。この瞬間を、自分はずっと愛してきたのではなかったか。

神谷は劇場の暗がりの中で自問する。

これから目の前に展開する未知の世界。思いもよらぬ歓びや哀しみの待つ虚構の世界。あれっぽっちの空間に、過去も未来も、日々の営みも国家も、遠い世界も果てしない宇宙も造ることができる、驚きの世界が待っている——はずだった。

しかし、いつしかその可能性は自ら狭めた。予算や義理やプロダクションやTV局の人事に振り回され、「書けるもの」「できるもの」へと舞台の内容は変貌《へんぼう》していく。与えられた制約の中でベストを尽くすことこそがプロの仕事であることは事実だけれど、自ら何かを限定し、枠を嵌《は》めていることは否定できない。

もしその枠を取り払い、書きたいものを書けと言われた時、そんな題材が自分の中にあるのだろうか。

つかのまの闇の中で、神谷はじっと考えていた。闇の奥に、自分の顔や、自分が机に向かって原稿を書いている姿が浮かんでくるような気がした。

突然、パッと舞台の明かりが点いて、神谷はハッとした。

十個の椅子に、十人の男が腰掛けていた。

照明は絞ってあり、どこか殺伐とした雰囲気が漂っている。

十人は、椅子に座って、かすかなリズムで身体を揺らしていた。

黙り込み、硬い表情で揺れている十人。

どうやら、車の中という設定らしい。

隣り合って座ってはいても、皆視線を合わせない。偶然目が合っても逸《そ》らし、咳払《せきばら》いをする。気まずい雰囲気の男たち。

が、ついに中の一人が口を開く。大柄な、眉《まゆ》の太い男だ。

「おい、おまえは何でだ」

話し掛けられた長髪の男がギョッとしたようにその男を見る。

「え？」

「おまえは何でこの車に乗せられたんだよ？」

「何でって——」

話し掛けられた男は口ごもった。他の男たちが、二人に注目する。

「手紙はいつ来た？」

「一週間前」

渋々答えた長髪の男の表情には構わず、眉の太い男は考え込んだ。

「一週間前か」

「乗せられたんじゃありませんよ、乗ったんですよ」

そこに、離れたところにいた眼鏡の男が割り込んだ。最初の二人は、同時に怪訝《けげん》そうにその男を見る。他の男たちも、そのやりとりを見ている。

「乗った？　自分から？」

「そうですよ。だって、皆さんもあそこに行くんでしょう」

「あそこ？　あそこってどこだ？　この車はどこに行くんだ？」

「フル里ですよ」

眼鏡の男は平然と言い放った。

「ふるさと？　誰の故郷《ふるさと》だよ」

「やだなあ、故郷じゃありませんよ、フルは英語のｆｕｌｌ、いっぱいって意味です。里は童謡『里の秋』の里。今度新しくできた保養施設じゃないですか。七色の温泉があるって評判の。私たち、懸賞に当たったんですよ。無料宿泊ご招待の。そうでしょ？　そういう手紙が来たはずでしょ。少なくとも、私はそうです。私はそれでこの車に乗ったんです」

「嘘だ」

突然、思い詰めた声で、それまでうなだれて聞いていた小柄な青年が叫んだ。

みんなが彼に注目する。彼は、細かく震えている。

「俺たち――俺たち、殺されるんだ」

「何言ってるんですか、あなたは。何で懸賞に当たったのに、殺されなきゃならないんです？」

「罠《わな》だったんだ。俺たち、ひとまとめに連れていかれて、人目につかないところで、みんな殺されるんだ」

「ちょっと待ってくれ。確認したいことがある」

また一人、それまで聞いていた髭面《ひげづら》の男が掌《てのひら》を広げてみせ、口を挟んだ。

「確かに、うちにも『フル里無料ご招待券に当籤《とうせん》した』ってハガキが来たのは事実だよ」

「そうでしょう」

眼鏡の男は胸を張った。が、髭面男はもう一度掌を広げた。

「だけどねえ、実は、俺、こうして指定されたから来てみたものの、何かに応募した覚えが全くないんだよ。ねえ、これ、何の懸賞？　あんた、何に応募してこれが当たったの？」

「分かりませんよ」

眼鏡男は平然と言い放つ。

髭面男は身体を反らした。

「分からない？　何で？」

「実は私、懸賞マニアでしてね」

眼鏡男は得意げに鼻をうごめかすと、眼鏡を掛け直した。

「子供の頃に『おもちゃのカンヅメ』を当てたのを皮切りに——ねえ、会ったことありますか、『おもちゃのカンヅメ』当てた人に？——そもそも、金のエンゼル見つけた人、会ったことないでしょう？——ええ、当てたんです、ほんの五歳の時にね。それですっかり病みつきになっちゃいましてね、今では月に五十枚もハガキを書くんです。TV、雑誌、街角や店頭、懸賞と名のつくものを見ると、ほとんど条件反射的に応募してしまう。ポケットにはいつもハガキが入ってるんですよ、ほらね」

眼鏡男はポケットから、ハガキを取り出し、ざあっと二十枚くらい器用に広げてみせた。

みんなが思わず引くが、眼鏡男は気にしない。

「ですからね、私、しょっちゅういろんなものに当籤してるんです。毎月、いろんなものが送られてきます。携帯ストラップとか、スタジアムジャンパーとか、お茶一年分とか、猫とか木魚とか。だから、どれに当たったか分からない」

「あんた、賞品を確かめて応募しないのかい？」

髭面男はあきれた声を出した。が、眼鏡男は澄まして答える。

「しませんよ、そんな面倒臭いこと。ほとんど習慣で応募してるんですから」

無言。眼鏡男を除き、みんなが顔を見合わせる。

ふうん、と神谷は思った。

つかみはまあまあだ。すぐに本題に入るところも好ましい。

内容はともかく、神谷が惹《ひ》きつけられたのは、役者の顔だった。

実力はまだ未知数だが、キャラクターの粒が揃っている。そう感じたのである。

誰か明らかなスター役者がいて引っ張っていくとか、優秀な座付き作者がいてその作品を演じるために平均的な役者が集められた、というタイプの劇団ではなく、それぞれの存在感が拮抗《きっこう》しているのだ。

また、顔の印象もバラエティに富んでいる。

いろいろな顔がいる、というのは大事なことだ。劇団は美人コンテストをしているわけではないので、なるたけいろいろな顔がいるほうが有難いのである。それでなくとも、瞬時に情報が行き渡り、みんなが同じような暮らしをする現代は、顔やファッションがどんどん均一化してくる。かつては、時代劇やちょっと昔の芝居をするための古い顔を探すには地方に行け、と言われていたものだが、今やどこに行っても「今風の」顔になってしまっている。

話はテンポよく進んでいく。

脚本もなかなかよくできていた。一種の不条理ものらしく、時折入る笑いにもセンスが感じられる。

何処《いずこ》とも知れぬ「目的地」に向かって運ばれる男たち。何かの懸賞で「フル里」なる保養施設の無料宿泊券が当たったらしいのだが、どうやらそこには不穏な企《たくら》みがあるらしい。

実は、この芝居の中の世界は奇妙な管理社会であることがだんだん明らかになってくる。そして、ここにいる十人はかつてそのタブーに触れたことがあり、これまでに当局に目を付けられた経験があるということが判明する。「俺たちはどこかに連れていかれてまとめて殺されるんだ」と主張する男。最初はその主張に取り合わなかった他の男たちも、徐々に疑心暗鬼になっていく。

舞台上の制約と車の中という密室状況も合っているし、十人の役者それぞれにうまく台詞《せりふ》が振り分けられている。

自分も座付き作者の経験があるだけに、劇団の役者を想定してあて書きをする苦労は身に染みていた。恐らくこの作者も苦労しているに違いない。

チラシには演出も脚本も特にクレジットはなかったから、劇団員みんなで作ったということだろうか。即興やワークショップで芝居を作る劇団もあるが、神谷は経験したことがないし、相当時間が掛かる。誰かが書いた脚本に肉付けするほうが遥《はる》かに楽だ。どんなふうに作っているのだろう、と興味を覚えた。

ふと、視界の隅で何かが動いた。

うん？

舞台の端。いや、客席の最前列で誰かが動いている。

他の客もそのことに気付いたらしく、舞台の上の役者たちを見ながらも、観客の注意はそこに惹きつけられていた。

白いTシャツを着た娘が、舞台に這《は》い上がろうとしていた。

動きはぎくしゃくしており、ちょっとフラフラしている。

痩《や》せた小柄な子で、髪もぐしゃぐしゃだ。

周囲の客が戸惑っており、その戸惑いは広がっていった。顔を見合わせ、先行きを訝《いぶか》しむ気配がある。

しかし、観客の懸念をよそに、ついに娘は舞台の上によじのぼってしまった。

事故なのか？ 演出なのか？

一瞬、神谷にも分からなかった。隣で田野上も緊張しているのが伝わってくる。

芝居は続いている。

舞台の上の男たちは、誰もが娘のことなど素知らぬ顔で台詞を続けていた。

少女はよろよろと、背中を向けて舞台の奥に歩いていく。

神谷は台詞を頭の中で追いながらも、その小さな背中から目が離せなかった。

少女は糸の切れた人形のように、ぎくしゃくとした動きで進んでゆき、十人の青年たちの後ろをよたよたと通り過ぎ、スッと舞台の袖《そで》に消えた。

思わずホッとする。

客席の混乱と当惑も消え、秩序が戻ってくる。

そこでようやく、演出だったのだと気付いた。

劇場係員も制止しなかったし、舞台の袖からも混乱した気配は伝わってこない。計画的なものだったのだ。

そう納得してしまえば、何のことはない。客席から役者が闖入《ちんにゅう》するという演出など、古今東西珍しいものではなく、むしろ手垢《てあか》のついた方法に過ぎない。

だが、あまりにも異様だった。

神谷は、自分が感じたものを反芻《はんすう》していた。

あの少女の動きには、事故ではないかと思わせる生々しさがあったのだ。

電車の中や群衆の中で、あんな異様さを感じることがある。

明らかに「あぶない」、周囲とは異なる世界に棲《す》んでいると思われる人物に遭遇した時だ。あれは不思議なもので、ただ立っていたり、ぶつぶつ独り言を言っているだけなのに、遠くにいてもそのことに気付く。誰もが遠巻きに、そっとその場を離れ、辺りは無言の「目を合わせてはいけない」という共感に包まれる。

神谷は、そんな人物に興味を覚える。無言でいても、離れていても、耳目を集めてしまうというのはどんな人物なのか。どうすれば、そんなことができるのか。その理由を言葉で説明したいといつも試みるのだ。あの異様さはどこから来るのか。

観察の末、得た結論は単純なものだ。つまりは、その人物の中にある、精神世界のオーラが周りに噴き出しているのである、と。

そんなオーラが、あの少女から滲《にじ》み出ていた。尋常ではない雰囲気が、あの小さな背中から漂っていた。それを観客も察知して、客席が混乱したのだ。

ここにいるのは、一般人よりもかなり芝居を観慣れた客だろう。奇抜な演出など慣れっこになっているはずだ。また、役者のほうも、たとえ客席から闖入してきたにしろ、「これは芝居の一部である」「自分は役者である」というオーラを身に纏《まと》っているので、観客もそれを受け取り、すぐに演出だと気付く。

しかしあれは――

頭の隅では気に掛かっていたが、注意は芝居の内容に惹きつけられていた。

舞台の上では緊迫したやりとりが続いている。

逃げ出すべきか、そのまま目的地まで行くべきか、決断を迫られているのだ。

意見はまっぷたつに割れている。疑心暗鬼に駆られ、このツアーが怪しいという意見にほとんど傾いているものの、まだはっきりそうと確信できない者と、身の危険が迫っているから早く逃げ出すべきだという者と。

もっとも、走る車は相当なスピードを出しており、山の中の一本道のため、信号もなく全く止まる気配はない。逃げ出すならば、車から飛び降りる覚悟がいる。しかし、目的地に到着し、次に扉が開く時は、取り返しのつかない状況になっているかもしれないのだ。

彼らはジレンマに苦しむが、到着予定時刻は少しずつ迫ってくる。

やりとりに聞き入っていた神谷は、青年たちの後ろで何かが動いたのでハッとした。

誰か、いる。

ぼうっと白い影が、薄暗い舞台の中に浮かんでいた。

白いTシャツを着た少女。

いつのまにそこにいたのか、青年たちの後ろに、さっきの少女が膝《ひざ》を抱えて座っていた。元々舞台の上の照明はそんなに明るくないし、青年たちの座っている椅子の後ろに小さくなっているので、観客席からはろくに顔が見えない。

それがまた、不気味だった。

照明が当たっているわけではないのに、何か白いものがぼんやりと光っているように見えるのである。

これが話の進行に必要な演出ならば、きちんと客席から見える場所に彼女を座らせるはずだ。しかし、客席から見えるのは、彼女の顔以外の僅《わず》かな部分だけだった。お客の中には、そこに彼女がいることを気付かない者もいるのではないだろうか。

しかし、瘴気《しょうき》のようなものが、そこから漂っていた。少女はぼんやり座っているらしいが、時折ごそごそと動き、膝をぽりぽりと掻《か》いたり、床の上でゆらゆら身体を揺らしたりしている。

相変わらず、十人の青年たちは彼女を無視している。その存在に全く気付いていないとでもいうように。

ますます事態はせっぱつまり、紛糾する。

照明が下から当たり、青年たちの表情がグロテスクに照らし出される。険悪になり、唾《つば》を飛ばし、罵《ののし》り合う青年たち。

ついには、つかみあいに近い状況になる。話はクライマックスにさしかかっている。

唐突に、神谷は自分が緊張しているのを感じた。

知らず知らずのうちに、全身が強張《こわば》り、足をぎゅっと踏ん張っているのだ。

彼は混乱し、助けを求めるように隣の田野上に目をやった。しかし、その横顔に目をやった瞬間、ゾッとして背中がもわっと温かくなった。

彼の表情にも、恐怖に似たものが浮かんでいたのだ。神谷は努力して頭を動かし、客席に目をやった。

みんなだ。俺たちだけではない。客席全体が、痛いような緊張感で息苦しいほどだ。

どこからこんな緊張感が湧いてくるのだろう。話の内容か。確かに、クライマックスにさしかかり、皆熱演している。迫力もある。だが、違う。客席が緊張しているのは彼らのせいではない。

白い影。

舞台の中心は、そこにあった。

少女はいつのまにか立ち上がっていた。それこそ、影のように青年たちの後ろにぼんやりと、無表情に立っている。感情も何もなく、無作為に。

しかし、客席全体を覆うほどの異様な恐ろしさを醸し出しているのはやはり彼女だった。

全ての注目を、その少女が集めている。

ただそこに立っているだけの少女そのものが、ブラックホールのような暗黒だったのだ。

ふいに、彼女は青年たちの後ろに隠れた。まるで消えたように見え、ハッとする。が、次の瞬間、真ん中にいた青年の肩に白い指が現れ、ぎょっとした。

細い小さな指が、青年の両肩をしっかりとつかんでいる。つかまれた青年は相変わらず何も気付かぬ様子で、唾を飛ばして主張を続けているが、のろのろと小さな頭が青年の後ろから現れ出てくる。

そんな単純な演出が、たまらなく怖かった。あそこから目が出てくるのだと思うと、その瞬間が恐ろしかった。

が、目は出てこなかった。頭が覗《のぞ》いたまま、じっとしている。やがて、そろそろと肩を押さえていた指も引っ込められた。

思わず溜息《ためいき》をついていた。

しかし、その後も、少女は青年たちにまとわりついた。腕を絡めたり、足元にかがみこんだり、気まぐれに彼らに触れていく。

顔もろくに見えず、身体の一部しか見えない少女は、とにかく異様な不気味さを漂わせていた。

突然、閃《ひらめ》いた。

あの少女は、「死」なのだ。

神谷はそう確信した。

恐らく、あの少女はこの作品の中で「死」そのものを表しているに違いない。青年たちはその存在に気付かないが、徐々に彼らに「死」が忍び寄っている。彼女はそのことを示すシンボルなのだ。あの禍々《まがまが》しさは、そのせいなのだ。

青年たちが黒いTシャツで統一されている中で、唯一白いTシャツを着ている彼女が「死」だとは。シンプルでストレートだが、少女の白さは不吉だった。

ついに予定到着時刻が五分後に迫る。

道が逸《そ》れて、狭いところに入っていく気配。目的地が近づき、運転手が何事か無線で連絡しているのが聞こえてくる。

黙り込み、息を呑《の》む青年たち。

もうすぐだ。もうすぐ、目的地に着く。

立ち上がって議論していた全員が、凍りついたように動きを止める。もはや、車から飛び降りることなど誰も言い出さない。ただじっとして、外の様子を必死に感じ取ろうとしているのみだ。

少女は、今や、ぐるぐると彼らの周りを回り始めている。

さっきまでのろのろと、足取りもおぼつかなかったのに、今では速足で、落ち着かない様子だ。まるで、獲物を虎視眈々《こしたんたん》と檻《おり》の外から窺《うかが》っているみたいに、時折指を舐《な》め、髪を引っ張りながら、卑しい猫背でぺたぺたと音を立てて回っている。

青年たちの顔が恐怖に歪《ゆが》む。

ざわざわと人の声が聞こえる。兵士たちなのか。彼らを待ち受けるものは何なのか。

車がひときわガタガタと揺れ、青年たちはバランスを崩し、シートに座り込む。

いよいよ少女は彼らの周りを回っている。彼女は走っている。ハンカチ落としに夢中になっている子供みたいに、凄《すご》い速さで青年たちの周りを走り回っている。

なんて足が速いのだろう。神谷は頭の片隅で考えていた。昔、国分寺《こくぶんじ》のほうだったか、走る子供の幽霊の噂があったっけ。長い石垣の続く道を歩いていると、後ろから子供がひたひたとついてくる。気が付いて気味が悪くなり、逃げ出そうとすると、石垣の上を並んで走ってついてくる。それが、物凄いスピードなのだ、という噂。怖いものは足が速い。逃げても、すぐ後ろに迫ってくる。

キキーッ、という激しいブレーキの音。

がっくんと大きく車が揺れ、ついに止まった。

目的地に着いたのだ。

バタン、バタン、と車のドアが開く音がする。

青年たちが一斉に振り返る。

彼らが乗り合わせていた車の後ろの扉が、ついに開かれたのだ。

次の瞬間、舞台はパアッと眩《まばゆ》いばかりに明るくなった。

その眩《まぶ》しさに、青年たちは反射的に身体をかがめ、手を上げて目を隠す。

眩しいのは客席も一緒だ。それまでの薄暗い舞台、下から当てられた光に慣らされていた目が一瞬見えなくなり、視界が真っ白になる。

「何だ？」

「ここはどこだ？」

青年たちは客席に向かって瞬《まばた》きをし、混乱した声があちこちから漏れる。それは、観客たちの呟《つぶや》きでもあった。ここが目的地なのか。そして、目的地はどこだったのか。

その時だ。

誰かがさあっと客席の間を走ってくると、ほんのワンステップで軽やかに舞台に駆け上った。

小柄な少女が、舞台の真ん中でパアン、と特大のクラッカーを鳴らし、くるっと客席に向き直った。

神谷はどきっとした。

満面の華やかな笑み。

照明のみならず、その自信に満ちた表情が、舞台の雰囲気をがらりと変え、文字通りパッと舞台を明るくしたのである。

お仕着せの事務服を着て、黒のパンプスを履いた小柄な少女。髪も整えられ、いかにもしっかり者のOLといった風情。キラキラした目。にこやかな唇。

だが、それは、さっきの「死」の少女だった。

神谷は目を見張った。背格好からいって、間違いない。しかし、今の彼女には、さっきの荒《すさ》んだ異様な雰囲気は微塵《みじん》もない。

ふと、奇妙なデジャ・ビュを感じた。

あれ？　この子、どこかで見たことがあるような気が。


『『フル里』へ、ようこそ！』


少女は両手を広げ、高らかに叫んだ。

青年たちは、顔を見合わせ、彼らの中央に駆け込んできた少女をおどおどと見る。

少女はにっこりと笑い、青年たちをぐるりと見回した。その揺るぎない自信のオーラが彼らを睥睨《へいげい》し、照射する。その屈託のなさに、青年たちはあっけに取られる。

「長らくのご乗車、誠にお疲れさまでございました。この度、幸運にも『フル里』モニターに当籤《とうせん》なさった皆様！　遠路はるばる私どもの『フル里』へお越しいただき、本日は本当にありがとうございます！」

少女は朗らかに宣言し、みんなにぺこりと頭を下げる。

「さあ、ご覧ください、この最新設備で皆様をお迎えする『フル里』、皆様のつらい憂き世を忘れさせ、心と身体のリラクセーションをお届けする、我々自慢のこの素晴らしい『フル里』、ごゆるりとご堪能《たんのう》ください！」

少女は振り返り、キラキラした目で客席のほうを見る。

他の青年たちも少女の見ているものに目を合わせる。

僅《わず》かな間があり、徐々に彼らの目はうきうきした感嘆の表情に変わっていく。

「うわあ、すげえ」

「随分広いなあ」

「豪華じゃん」

興奮した声が口々に上がる。

「あれ、なんだろ」

「湯気上がってる。温泉じゃないか？」

「その通り！」

少女は大きく頷《うなず》く。

「あれが我々『フル里』最大の自慢、七色の湯でございます！　それぞれ異なる場所の源泉からお湯を引いておりまして、神経痛、ストレス、更年期障害、婦人病、花粉症、悪夢などに効くと大変評判でございます。一つの湯に浸《つ》かる度、一年ずつ寿命が延びると言われております。それに、なんと七色の湯の中央にある露天風呂《ろてんぶろ》は、常に大きな虹《にじ》を見ることができる場所なんでございます。その美しさときたら！　さあ、前置きはこのへんにして、早速皆様をご案内いたしましょう！」

はきはきと喋《しゃべ》る少女の後について、青年たちはぞろぞろと進んでいく。

少女は椅子を並べ替え、位置を変えながら、施設を案内し説明する。食べたいものを念じると出てくるレストラン、聴きたい音楽が流れてくるラウンジなど、夢のような施設が次々登場してきて、その都度青年たちは「おお」とか「わあ」とか歓声を上げる。

いつのまにかすっかり和気藹々《わきあいあい》とした雰囲気に包まれ、親しげに会話を交わしていた彼らは、廊下の奥の角にある一つの部屋の前にやってくる。少女はその部屋を無視して通り過ぎようとする。が、青年たちの一人が足を止め、尋ねる。

「ねえ、あの部屋は？　あの部屋は何の部屋なの？」

「ああ、あれは、ちょっと」

少女はそれまでのにこやかな表情を曇らせ、押し黙った。

「何、あれは？」

「特殊な部屋なんで、ちょっと。それより、早く七色の湯に行きましょう」

少女は皆を連れていこうとするが、青年たちの顔にサッと不安が過《よぎ》る。

「いや、教えてくれよ。気になって仕方がない」

青年たちは粘る。

「でも、あそこに連れていくと、私が叱られちゃうんです」

少女は声を低めた。

「どうして」

青年たちも声を低める。少女は暫《しばら》く逡巡《しゅんじゅん》していたが、あきらめたように口を開く。

「じゃあ、こっそりあなたたちだけに教えてさし上げますけど、あの部屋の中では未来が分かるんです」

青年たちは驚愕《きょうがく》し、是非その部屋に入ってみたいとせがむ。少女は頑《かたく》なに拒むが、あまりに彼らがしつこいので、ついに渋々ながら、誰にも口外しないという条件でその部屋に入れることを承諾する。むろん、青年たちも同意し、こっそりと部屋の中に入る。

そこには十個の椅子が並んでいる。

青年たちは、客席に背を向け、並んで座る。

「それでは、前に置いてあるヘルメットをかぶってください」

少女は彼らの後ろに立ち、指示する。青年たちはおとなしく指示に従う。

「さあ、ゆっくり息を吸って――吐いて――吸って――吐いて。楽にして。はい、心を透明にするところをイメージして」

舞台は徐々に薄暗くなってくる。最初の車の中のように。

「見えてくるはず」

少女は夢見るような声で呟く。

「遠くからそれは忍び寄ってくる。最初は気付かないほど離れていたのに、やがてそれはすぐ後ろに近づき、いつのまにか背後に立っている」

少女はゆっくりと青年たちの後ろを歩き回る。客席に背を向けたまま、顔を見せぬまま。その足取りは、徐々にぎくしゃくとし、ふらつき始める。

「そう、誰だってそれに気付かない。遠い雷鳴に、嵐の予感に、洪水の前触れに。あたしたちはいつも気付かない。だけど、それは静かにやってくる。すぐそばまで、目を開けばそこに、息が掛かるほど近くに」

静かに音楽が流れ始める。上品なオーケストラ。

「さあ、ご覧なさい。そろそろ見えるはず。あなたたちの未来が」

呻《うめ》き声が漏れる。「なんだ、あれは」「信じられない」という声の上に、音楽がかぶさる。

「ご覧なさい、あなたたちの行き先を。あなたたちの真の目的地を」

音楽はますます大きくなる。暗闇でもがく青年たちが見えるが、その声は音楽に掻《か》き消され、舞台の上はいよいよ暗くなり、しまいには、薄暗いスポットライトの中に浮かぶ少女の後ろ姿だけになる。

観客は静まり返り、少女の背中を見つめていた。

神谷はごくり、と唾《つば》を呑《の》んだ。

またしても、全身が強張《こわば》っているのを感じる。

オーケストラの大音響の中、それでも舞台は静まり返っていた。大雨の日に家の中にいる時感じるような不思議な静けさが、会場全体を覆っている。

静寂。そこにあるのは静寂だった。そして、唯一オレンジ色のライトを浴びているはずの彼女のところだけが暗かったのだ。

さっきの華やかなオーラは微塵もなく、かつての異様さが戻ってきていた。いや、今は異様どころではなく、まるでこの世の終末のような虚無が、そこにあるように思えた。

突然、少女は振り返った。

客席全体が息を呑み、さざなみのような痙攣《けいれん》が走った。

彼女は笑っていた。

悲鳴のような凄《すさ》まじい声を上げ、哄笑《こうしょう》していたのだ。

声はオーケストラの音と重なりあってよく聞こえなかったが、恐ろしいのはその表情だった。この世のものではない、何かが壊れた笑い。その目はどこを見ているのか分からない。観客なのか、それとも客席を突き抜けてどこか遠くなのか――

凄まじいボリュームのオーケストラがクライマックスを迎え、最後の和音を鳴らした瞬間、ライトは消え、シャッターでも閉めたかのように、闇と沈黙が訪れた。

幕。

しんと静まり返る会場。

荘厳な静寂。

少しして、拍手が湧き起こった。やがて、わあっという大きな拍手になる。

再び照明が点《つ》き、そこでは十一人の役者たちが最敬礼で客席に頭を下げていた。

ますます拍手は盛大になる。

素に戻った役者は、ただのニコニコした気のいい青年たちだ。あの少女も、拍子抜けするほど普通の女の子で、すれ違っても気に留めないような平凡な顔に見えた。

なんだったんだ、あの異様さは。全身に感じた緊張は。

神谷は、混乱したまま手を叩《たた》き続けた。

ともあれ、今夜の出し物は終わったのだ。


暫く席を立たず、神谷はチラシを見つめていた。隣の学生たちが、アンケートを記入していたせいもあるが、なんとなく席を立つ気になれなかったのだ。

「あれ、どうなのかな。演出なんだろうけど、あそこで芝居の雰囲気、壊れちゃったろう。ああいうの、どう評価すべきなのかなあ。芝居がブッブツ切れちゃうのはまずいよな、やっぱ」

田野上が低い声で聞いてくる。あの少女が舞台によじのぼった演出のことを言っているのだ。

「うん、それはそうだろう。だけど、あの子、なんだか凄《すご》くなかったか?」

「そうかなあ。俺は素人臭いと思ったけどな。あれだけ雰囲気壊せるってのは、ある意味凄いけど」

田野上は首をひねっていた。彼にはそう見えたらしい。

確かに、買いかぶりすぎかもしれない。

神谷は少し考え直した。久しぶりにアマチュアの芝居を観たので、素人臭さを新鮮さと勘違いしたのかもしれないのだ。

「まああだったたな。この先、伸びそうだ。ここ、面白い顔の子が多いから、使えるかも」

田野上が立ち上がった。まだ立ち去り難かったが、神谷も立ち上がる。

佐々木飛鳥。

ついつい、キャスト表のその名前に目がいく。

出演していた女性は一人で、他に女性らしい名前がないところを見ると、あれがあの少女の名前なのだろう。

名前に見覚えはなかった。

佐々木飛鳥。どこで見たんだろう。

神谷は記憶を探る。仕事柄、いろいろな女優に会っているし、仕事で会った顔は、たとえ一度しか紹介されていなくても覚えているという自信があるのに、どうしてもその名前は記憶の中にない。

しかし、あの顔、どこかで見たことがある。

神谷は、喉元《のどもと》に何かがつかえているような気がして、後ろ髪を引かれつつも会場を後にした。

戸惑っていたのは、巽も同じだった。

一応、舞台は成功だったと言えるだろう。実際、思ったよりもうまくいったし、観客の反応もよかった。みんなも同じように感じたとみえ、高揚して肩を叩き合い、心地好《よ》い疲労と達成感に酔い、ロビーでOBや演劇研究会の連中や、クラスの友達なんかと興奮してお喋《しゃべ》りをしている時は、最高の気分だった。みんな、芝居の内容や脚本を誉めてくれたし、それが決して お世辞だけではないという手ごたえが伝わってきた。

しかし、何かが頭に引っ掛かっていた。

戸惑い。違和感。もう一日あるということだけでなく、何かが手放しで喜ぶことを押しとどめていたのだ。

明日の打ち上げの場所を聞いて客が引き揚げていき、まだ興奮冷めやらぬメンバーと後片付けをする。食事がてら近くの居酒屋で反省会と駄目出しをすることにした。

巽は一足早く出て、早めに店に着き、みんなの席を確保してから、回収したアンケートに早速目を通した。回収率がいいのは、客が芝居を気に入った証拠だ。もっとも、たまに逆の場合もあるが。

急いで目を通すうちに、彼は自分が感じていた戸惑いの正体に思い当たった。

やっぱり、そうか。

巽は、満足と不安とを同時に感じた。

巽はアンケートに見入った。

アンケートの内容は、概《おおむ》ね好意的なものだった。が、その一方で、客のほとんどが、佐々木飛鳥について言及していた。それは、好意的なものではなく、「やけに気になった」「注意を削《そ》がれた」「芝居の雰囲気を壊した」というマイナス評価だったのだ。

巽は胸の奥がどんよりと重くなるのを感じた。

やっぱり、あとから付け加えた部分が余計だったんだろうか。あの部分を付け加えないで、元の十人の台詞《せりふ》から、もう一人分を捻出《ねんしゅつ》すべきだったのか。

この芝居でデビューした飛鳥や、他のメンバーへの申し訳なさでいっぱいになり、手を加えたことで作品を台無しにしたのではないかという後悔がふつふつと湧いてくる。

あの時は、いいアイデアだと興奮したのに、それは独りよがりだったのか。

巽は腕組みをして椅子に寄りかかり、小さく深呼吸した。

冷静になれ。そう言い聞かせ、自分の書いたものを客観的に評価しようと試みる。

あの時感じたインスピレーションは間違いだったのか。

自分の部屋で、新垣と飛鳥とで演目を決めた晩。

飛鳥が「気になった」という、昔の作品、『シネラリア』。

死の使い――死を運んでくる少女。

巽は新垣と飛鳥を帰したあと、かつて高校時代の知り合いの少女に感じた「死の天使」のイメージを、『目的地』の佐々木飛鳥の役として書き加えたのだ。

『目的地』は一種の不条理もので、結局最後までその「目的地」が何だったのか、登場人物がこの先どうなるのかはっきり示さないまま終わっている。一応、「フル里」という保養施設に着いたことになっているが、それが本当にただの保養施設なのかどうかは客の想像に委《ゆだ》ねているのだ。

当初、飛鳥の役はなかった。最後に現れる保養施設の女性ガイドの台詞は、十人の青年たちが聞いたことを繰り返すという手段で説明することになっていた。それを、実在するガイドにして、飛鳥に演じさせることにしたのである。

なにしろ彼女は初舞台だし、登場させるのはその最後の部分だけでもよかった。もしそうしていても、彼女は文句を言わなかっただろう。しかし、ガイドを実際に演じさせることを決めた時点で、巽はあの「死の天使」のイメージを彼女にやらせよう、とも決心していたのだ。

『目的地』という戯曲には、足りない部分がある、と巽は感じていた。

密室劇であり、十人の登場人物のみで閉じている話であるゆえに、どこかに第三者の視点が必要だ。あのまま終わってしまっては、世界は閉じたままだ。多少SF的設定でもあるので、それこそ夢オチか、単なる彼らの妄想で片付けられてしまう可能性がある。だから、あの世界に深みを出すために、最後に第三者のガイドを実際に舞台に登場させたかった。しかし、それまでに登場していない新たな人物をいきなり出すのは、観ているほうからすれば抵抗があるし、唐突な感じがある。そのずっと前から――せめて芝居の途中から、どこかでその存在を、彼ら以外の醒《さ》めた視点を、客に感じさせていたい。

それを担うのが、あの「死の天使」のイメージだった。白いTシャツを着て、彼らの周りをうろつく少女。客だけが気付き、彼らはその存在に気付かない。そして、「死の天使」と最後に現れる第三者を同一人物が演じる、というのは、我ながらいい思いつきだと思った。新垣も、みんなも同意見だった。あの演出にしても、「第三者」が外から舞台に侵入する、というのは間違いではなかったと信じている。彼女が舞台の袖《そで》から出てきただけでは、「第三者」の印象を与えられなかったと思うからだ。

しかし、その演出が徒《あだ》になったようなのだ。飛鳥がすっかり浮いてしまい、観客に違和感を与えてしまったらしい。

いや、そもそもあれを——佐々木飛鳥を、「浮いている」という言葉で言い表していいものなのかどうか。

巽は、自分が困惑しているのはその点なのだと気付いた。

彼女の演技。

あれを演技と言うならば、もしかしてあれは——突出している、と言うべきなのではないだろうか。

リアルな演技。そういう言葉自体が矛盾している、と巽はつねづね考えていた。

映画ならともかく、芝居の場合、虚構性は歴然としている。舞台がそこにあり、ここに観客がいる。ライトがあり、幕があり、非常口の誘導灯がある。すぐ見えるところに、虚構と分かる全ての証拠があるのだ。それなのに、芝居における「リアルな」演技とは何だろう、と彼は一時期真面目に悩んだものである。

芝居の場合、役者のみならず観客も演技することを必要とされる。舞台の上で起きている世界を信じ、舞台の上で役者が演じていることを信じる演技である。芝居は役者と観客との共犯関係によって成立するものなのだ。うまい演技、下手な演技はあっても、芝居に「リアルな」演技はないのではないか、と考えたこともある。

しかし、今日の舞台での飛鳥は「リアル」だった。文字通り、「リアル」としか言いようのない存在だったのだ。

これまでにも何度か感じてきた肌寒さを感じる。

実は、さっきの舞台の上でも、恐怖を覚えた。恐らく、それは巽だけではない。他のメンバーも感じていたはずなのだ。

客席から這《は》い上ってきた影。

演出だと知っていたはずなのに、ぞくっとした。まさに彼女は闖入者《ちんにゅうしゃ》であり、不吉な禍々《まがまが》しい「死の天使」そのものに思えた。巽は、自分の台詞を話しながらも、鳥肌を抑えられなかった。自分が造り出したキャラクターが、現実になってしまったという恐怖。フランケンシュタインや、ゴーレムの生みの親になったような気分になった。

共同幻想を作り上げることを前提としている劇場で、あんな素のままの「リアル」が現れたのだから、観客が違和感を覚えるのも当然である。飛鳥が「浮いて」しまったのはその結果なのだ。

「おう、巽。ここか」

新垣が手を挙げて入ってきたので、巽は現実に引き戻された。

「みんなは？」

「もう少ししたら来る」

新垣はどすんと巽の向かい側に腰掛けた。

巽は新垣の表情を盗み見た。何かに気を取られている様子だ。既に一回目の公演を終わらせた興奮から冷めて、彼はもう次のことを考えているように見えた。

「なあ、巽。これって、成功なのか？」

ぼそっと新垣が呟《つぶや》いた。

「これって、今日の公演のこと？」

「当たり前だろ」

「旗揚げとしては、まずまずじゃないの。お客の反応も悪くなかったし。アンケートも概ね好評だったよ」

巽は言い訳するように言った。アンケートの束を、新垣のほうに押しやる。

「概ね、か」

新垣は独り言のように繰り返した。

「あいつがぶち壊したけど、概ね好評だった、と」

「あいつって？」

「分かってるだろ」

新垣はジロリと巽を睨《にら》んだ。巽は肩をすくめる。

「佐々木飛鳥、ね。アンケートでも、みんなそう書いてた」

「やっぱりな」

「でも、ぶち壊したのかな。ひょっとすると、あの子が俺たちよりも凄《すご》かっただけなのかも」

「それでもぶち壊したことには変わりない。あいつが出てくると、みんなあいつに持っていかれる」

「それって、役者として凄いってことじゃないの？」

「実は、それがよく分からん」

新垣はドスンと椅子の背に背中を押しつけた。その顔には、理解できないことに直面した時の彼の苛立《いらだ》ちが浮かんでいる。

「あまりに下手糞《くそ》な素人が混ざってると、そいつがうんと目立つことがあるだろ。予想できないぎくしゃくした動きをするから、目についちまうんだ。あいつに舞台経験がないのは確かだ。単なるビギナーズ・ラックに過ぎないいんじゃないか、と思うこともあるし、もしかして大天才なんじゃないかと思うこともある。いったいどっちなんだ。はっきりせい」

新垣は誰にともなく毒づいた。

「でもさ、役をつかんでたことは確かだよね」

巽は控えめながらも弁護を試みる。

「不吉な、禍々しい、死の天使。最後の能天気なガイドの役も、きちんと把握してた。それって、役者としてはじゅうぶんじゃない」

「気に食わん」

新垣は小さく首を振った。

「みんなに合わせろと？」

巽はチラッと新垣を見た。新垣は、その視線を非難と受け取ったようである。

「芝居はアンサンブルだからな」

口調が冷たい。巽はそのことに気付かないふりをして、話を続ける。

「本人、分かってるのかな。自分が浮いてるとか、合ってないとか」

「分かってもらわないと困る」

「でも、なんかもったいないような気がして」

「もったいない？」

新垣が怪訝《けげん》そうな顔になる。巽は頷《うなず》いた。

「だってさ、そもそも俺たちみんなが、既存の劇団のカラーに染まるのを嫌がって飛び出してきたんだよ。なのに、俺たちのアンサンブルとか、カラーとか、『ゼロ』から始まったばかりなのに、そんなのを強要するなんてヘンだよ」

「それとこれとは話が違う」

新垣は顔をしかめて首を振った。巽はムッとする。

「違わないよ。俺たちのほうが、もっと弾《はじ》けなきゃなんないんじゃないのかな。俺たちが、あの子のスケールの大きさについていけてないだけなのかも。むしろ、旗揚げってことで、俺たちは無難にまとめようとしてた気がする。もっと一人一人はみ出さないと」

新垣は黙り込んだ。巽の言うことにも一理あるということだ。

つかのまの沈黙ののち、新垣は再び巽を睨みつけた。

「あいつ、うまいのか、下手なのか？」

「それは俺にも分かんないや。実は、ずっと悩んでるんだけどさ」

巽は頭を掻《か》いた。

「おまえもか」

二人で顔を見合わせ、顔色を窺《うかが》う。

新垣も、佐々木飛鳥に対する評価を迷っているのだ。

巽は内心苦笑した。

二人は、自分たちの鑑賞眼に、密《ひそ》かになみなみならぬ自信を持っていた。芝居、映画、ドラマなど、年齢の割にはよく観ているほうだし、本も読んでいるほうだと思う。役者を見る目だって、少しはあるつもりだ。

しかし、彼女はそこからはみ出してしまうのだった。どう評価していいのかさっぱり分からないし、自分の目が間違っているのではないかと不安になってしまうのだ。

決して、エキセントリックな子ではない。むしろ、地味で古風な子だし、激しく自己主張したり、「あたしって」とおのれを特別に見せようとすることもない。

だが、彼女には、とらえどころのない大きなものがある。知っているものさしでは測れない、何か特別なものが。それを言葉にできず、新垣も巽も苛立っているのだ。

「だけど」

新垣が、ふと思いついたように顔を上げた。

「もし、あいつが本当に天才なら、あれは本能でやってるってことだよな」

その目に、好奇心のようなものが浮かんでいたので、巽は興味をそそられた。

「だろうね。だったら？」

「じゃあ、変えられるはずだ。本能でやってるんなら、臨機応変に」

「どうするんだよ？」

巽はなんとなく不安になった。新垣がとんでもないことを思いついた時の顔になっていたからだ。

「明日は、全く違うのにしてもらおう」

「ええ？　違うのって、何を」

新垣の目がキラキラしているのを見て、巽はますます不安になる。まさか。

「あいつの演技さ」

「どうやって」

「解釈を変える。不吉な禍々しい、死の天使。それがみすぼらしい嫌な奴とは限らないからな」

どやどやと明るい声の集団が入ってきたのが分かった。

もちろん、それは旗揚げ公演の一回目を終えて、高揚した気分の仲間たちである。その中には、やはり初舞台を経験して珍しく頬を上気させている飛鳥も含まれていた。

ビールで乾杯してから、夕食を兼ねて、賑《にぎ》やかに反省会が始まる。

飛鳥が目立ってしまい、客席の注意を不必要に惹《ひ》いてしまったことも俎上《そじょう》に載せられたが、他のメンバーは、新垣と巽のような違和感ではなく、単に彼女が初舞台で稚拙だったためととらえていたようだった。飛鳥はひたすら恐縮し、小さくなって聞いている。

うまいのか、下手なのか？

巽の頭に、さっきの新垣の言葉が過《よぎ》った。

「おまえ、明日はイメージを変えろ」

突然、新垣が、何でもないことのように飛鳥に言った。

「同じ死の天使でも、一見そうと分からない死の天使だ。優しく、上品に、目立たないようにみんなに忍び寄れ。絶対に芝居の雰囲気を壊すな。だけど、それでもやっぱり死の天使だからな。ちゃんと死の天使だと客に分かるようにするんだぞ」

飛鳥はきょとんとして聞いている。

なんちゅう無理な注文をするんだ、と巽は内心呟いた。

「芝居の雰囲気を壊さずに——」

飛鳥はぼんやりと繰り返す。

新垣はめちゃめちゃ高度な注文をしている。

演技をいきなり変えるなんて、経験のある役者でも難しい。台詞《せりふ》が入ってしまっているのだからなおさらだ。自分が周囲から浮いているかどうかも理解していない飛鳥にそんなことを命じるのは酷だし、かえって混乱を招きかねない。むろん、新垣だってそんなことは承知の上であえて言っているのだろうが、彼の要求していることが彼女に正しく伝わることからして困難に違いないのだ。

しかし、彼女はそれがどんなに難しいことか、全く気付いていないようだった。いきなりの指示に戸惑ってはいるものの、相変わらず素直に聞いている。

「優しく、上品に、目立たないように」

飛鳥はそう呟《つぶや》いて、新垣を見た。

「でも、死の天使？」

「そうだ」

新垣は大きく頷いた。

飛鳥は考え込んだ。

なぜか、巽は、彼女が真剣に考え込むと怖くなる。最初の、入団テストの時からこうだった。彼女が考え込むのは、勝算がある時のように思える。自分にできると思うからこそ、吟味しているのだ。

まさか、できるというのか？　今日初めて舞台に立った十代の女の子が、いきなり翌日に全く異なる演技を要求されているというのに？

巽は、飛鳥の表情をうすら寒いような気持ちでそっと盗み見た。

しかし、彼女は周りのメンバーの会話など全く耳に入らないかのように、一人でいつまでも考え込んでいた。

7

なぜ来てしまったのだろう。

神谷は座席でもぞもぞと居心地悪そうに足を組み替えた。

客席はほぼ満席だった。昨日観た客の評判を聞いてやってきた者が、かなり含まれているのだろう。

最初は、来るつもりではなかった。連続ドラマの打ち合わせがあって都心に出てきたのだが、思ったよりも早く終わって、新宿に出て書店で資料を漁《あさ》っているうちに、ふらふらと足が駅に向き、電車に乗って再びこの中谷劇場に来てしまったのだ。

もう一度観たい。

昨日、ここを出た時から、そんな気持ちが残り火のようにどこかで燃えていたことは分かっている。あのあと田野上とゆっくり飲み、いろいろ仕事の話や業界の話をしているうちに、観た芝居のことなどすっかりどこかに行ってしまっていたが、ずっと心のどこかで引っ掛かっているものがあったのだ。

あの娘の演技が、素人臭さによるものなのか、才能によるものなのかを見定めたい。

それがここに再び来てしまった目的だった。

あの時考えたように、もしかして、昨日は久しぶりにアマチュアの舞台を観たせいで、稚拙さを新鮮に感じてしまっただけなのかもしれない。もう一度観れば、それを見極める自信はあった。単なるフロックかもしれない、という気持ちが、席に着いてから少しずつ強まってくる。まあ、それが確認できれば、がっかりするだろうが、なんとなくすっきりできるというものだ。

まだ開演まで時間がある。買ってきた本を広げようとしながら、彼は何気なく客席を見回した。

あれ？

何かが気に掛かった。なんだろう。

もう一度そっと周囲を窺う。

ひょっとすると——俺だけではない。

神谷は愕然《がくぜん》とした。客席の中に、昨日見た顔が明らかに何人か混ざっていたのだ。それも、比較的歳を食った、自分と同年輩の、同じ業界の人間と思われる客である。

彼だけでなく、他にも、もう一度この芝居を観に来た客がいるのだ。やはり彼と同じように何か引っ掛かるもの、確認したいことがあって、今夜もここに足を運んだのだ。

彼はそう確信した。そして、恐らくは、その理由も自分と同じに違いない、と直感した。小さな安堵《あんど》と、ほのかな興奮が込み上げてくる。

同じように感じた奴が他にもいる。ざらざらした、形容することのできない可能性を、夢を発見したのではないかと感じた人間が、俺以外にも、昨日の客席に何人か居合わせたのだ。

神谷は、今度は共感を込めた視線で客席をゆっくりと見回した。

ふと、最後列の端のほうに座っている男に気が付いた。

静かに座っている、老年に近い男だが、なぜか強く目を惹いた。やはり同じ業界の人間に違いない。知っているような気もしたが、名前が浮かばなかった。

こんなふうに、同じ日の同じ時間に同じ場所に居合わせる、ということ自体が一種の奇跡なのだ、と前を見ながら神谷は考えていた。

芝居は、「事件」であり、共有される「体験」なのだ。

ベルが鳴った。ロビーから、慌てた様子で速足の客が流れ込んできた。

不思議なもので、二日目となると、客席も舞台も安定する。

初日は演じる側も観る側も自分のポジションがつかめずに手探りしているのだが、二回目になると、どちらも落ち着くのだ。この芝居を観るのが初めてのお客がほとんどでも、それは変わらない。ハコと演目が馴染《なじ》む。劇場のほうが、演じられる芝居に慣れてくるのである。

昨日の評判を聞いて、客の側も安心しているためか、今日は幕が上がった時から劇場全体に親密な一体感があり、役者もリラックスして演じているようだった。

神谷も、安心して観ていられた。

概《おおむ》ねよくできているが、二回目になると、脚本の細部や、役者たちの演技も見えてきて、いろいろ注文をつけたくなる。やはり、新しい劇団だな、と冷静に判断している自分がいた。

そのせいもあったのかもしれない。

それに、あの異様な雰囲気が念頭にあったので、絶対分かると思っていたのかもしれない。

だから、彼は気付かなかった。

舞台に、いつのまにかあの娘が腰掛けていたことを。

それに気付いたのは、話が進み、青年たちが議論を交わしている最中だった。

そういえば、この話をしていた頃には、もうあの子は出ていたんじゃなかったっけ。

ふとそう気付き、何気なく舞台の隅に目をやった時、彼女はもうそこに腰掛けていたのである。

あれ。

少女は、ぼんやりと座っていた。舞台の隅に、客席のほうをぼうっと眺めたまま、ただそこにじっと腰掛けていたのである。

そんな。

神谷は慌てた。いったい、いつのまに、あそこに。

全くそのことに気付かなかった。昨日は、舞台の下に現れた時から気付いたのに、今日は、彼女が舞台によじのぼったことにも気付かなかったのだ。

そんな馬鹿な。

神谷は、少女を見つめた。

奇妙なことに、他の観客も、彼女がそこに座っていることに全く気付いていないようだった。昨日は客席の雰囲気が目に見えて混乱したのに、今日は、彼女のすぐ近くにいる観客すら、彼女に気付いていないように見える。

実際、神谷も、そこにあの少女が座っているのに気付いてからも、全く彼女が存在感を示していないことに戸惑っていた。

やはり、昨日はフロックだったのか。こんなに存在感のない娘だったのに。

神谷は少女を見つめた。

が、徐々に考えが変わってきた。

昨日とは演出が違う。昨日はよじのぼってすぐに、青年たちの後ろを歩いていったのに、今日はひっそり舞台に座っているだけだ。昨日、彼女が舞台の雰囲気を壊してしまったので、演出を変えたのかもしれない。

それに、昨日とは全く彼女自身の雰囲気も違う。昨日は、見た目にも髪がぼさぼさで異様な感じだったのに、今日は身なりも整っているし、むしろ、きちんとした格好になっている。明らかに、気配を消しているのだ。

少女は、舞台の上でそっと立ち上がった。そして、ぶらぶらと青年たちに向かって歩いていく。

それでも、客席は全く反応しなかった。

いや、それどころか、彼女が歩いていったことにも気付いていないようなのである。第一、注目して見ている神谷も、そのことになかなか気付かないくらいだった。

見ているのに、存在感がない。動いているのに、それがちっとも動きとして認識できない。こんなことがあるだろうか。昨日は、そこにいるだけで、他の役者たちから根こそぎ視線を奪い、息詰まるほどの異様な雰囲気を醸し出していたというのに。

それは、舞台の上の役者たちも同じだった。昨日はあえて知らんぷりをしているという気配があったが、今日は完全に無視している。本当に、見えていないのではないかと思うほどだ。

少女は、青年たちの後ろを静かに歩き、姿を消した。

気配がない。

舞台が進むにつれ、それはいよいよはっきりしてきた。

昨日は、彼女が現れた瞬間から、がらりと舞台のムードが変わったのに、今日は、彼女が現れたことすら気付かないほどなのだ。

気が付くと、いる。

そういう表現がぴったりだった。

いつのまにか一人増えて、そっと誰かの後ろに立っている。

あるいは、舞台の隅に横たわり、じっと客席を見つめている。

その表情は無機質で、ただじっと全てを観察しているという感じだ。

つまり、やはり昨日のは演技だったのだ。

舞台が進むにつれ、今度はそういう確信が湧いてきた。あれは、新人のぎくしゃくした動きのせいではなく、あえてああいう雰囲気を出していたのだ。

今日の少女を包んでいるのは、ある種の静謐《せいひつ》さだった。

奇妙な淋《さび》しさを湛《たた》えた、静けさ。昨日とは別の意味で人間離れした、しんとした空気が彼女を覆っている。

昨日はまとわりつき、肩に手を掛けただけで息の詰まりそうな恐怖を感じたのに、今日は、なんだかやけに淋しそうだった。手つきは優しく、その表情には憐《あわ》れみすらこもっていて、指先はいとおしげに青年たちを撫《な》でている。

やはり、変えている。

演技を昨日とは全然違うものにしているのだ。

それは、舞台の雰囲気をも異なるものにしていた。

昨日の舞台は、青年たちのやりとりにサイコ・ホラーのような緊張感が漂っていたのに、今日はもっと不条理な、虚無感のようなものが漂っている。

青年たちの周りをぐるぐると少女が回り始めた。

静かなスキップ。

昨日は、何かにとりつかれたように凄《すご》い勢いで走り回っていたのに、今日は、ゆったりとしたスキップだった。まるでスローモーションのようで、彼女だけ別の時間にいるようだ。青年たちの激しいやりとりの周りで、彼女だけがひどく静寂を感じさせた。

それでも相変わらず、気配はなかった。

大きな動きで、舞台いっぱいを駆け回っているのに、ほとんど目に留まらない。まるで、彼女が残像か何かで、他の客たちに見えていないかのよう。

神谷は混乱していた。

彼女がわざとそうしていることは間違いない。しかし、どういうつもりで演技しているのだろう？　どういう目標で？　どういう演出で？

昨日とは全く異なる演技なだけに、余計分からなくなってきた。

演出なのか、演技なのか。これだけがらりと違っているのは、どういうことなのか。単なる、天然なのか。彼女をどう判断すればよいのか。

苛立《いらだ》ちに近い衝動を感じ、神谷は動揺した。

どうして俺はこんなに苛立っているのか。何が俺をこんなに苛立たせるのか。

心のどこかでそう分析しようとしている自分がいるが、動揺は増すばかりである。

いよいよ「目的地」に到着する青年たち。

いつのまにか姿を消していた少女が、明るいガイドとして突然飛び込んでくる。昨日と同じ、晴れやかな笑顔。ここは同じだ。

神谷は、食い入るように少女を見つめていた。

「フル里」の施設を案内され、歓声を上げる青年たち。

明朗に彼らを案内していく若い女性ガイド。

禁じられた部屋が気になり、無理に中に入れてもらう青年たち。

昨日と同じだ。もう結末は知っている。

だが、神谷はどきどきしていた。次第に緊張してくるのを抑えられない。

昨日とは全く異なる演技の少女。それでは、あのラストシーンはどうなるのか。昨日の殺伐としたキャラクターだからこそ効果のあった、あのラストシーンの哄笑《こうしょう》は。

舞台が少しずつ暗くなり始めている。

青年たちは、舞台の上で並んで座っている。ヘルメットをかぶる仕草。

彼らは、未来が見えてくるのを待っている。

少女は舞台の上に立っている。こちらに背を向け、暗くなる舞台の真ん中に棒立ちになっている。

さあ、どうする？

「――見えてくるはず」

少女は呟《つぶや》いた。

「遠くからそれは忍び寄ってくる。最初は気付かないほど離れていたのに、やがてそれはすぐ後ろに近づき、いつのまにか背後に立っている」

少女はゆっくりと歩き始めた。

その足取りはふわふわしていた。やはり、昨日とはまるで違う。まるで体重がないかのような、軽い動きなのだ。

筋肉が柔らかく、強靭《きょうじん》だ。

神谷はそう気付いた。ゆっくりした動き、羽根のごとき軽さを感じさせる動き。相当な肉体の訓練を積んだ人間でなければそう他人に感じさせることはできない。例えば、プロのバレエダンサーがそうだ。彼らがいかに鍛えられているかは、全身筋肉の塊であるあの身体を見れば一目瞭然《いちもくりょうぜん》だ。

いったい何者なのだ、この子は。

神谷は、またしても苛立ちを覚えた。今見ている少女の中にあるものを、把握できない。評価できない。理解できない。そのことが、彼をひどく苛立たせる。

「そう、誰だってそれに気付かない。遠い雷鳴に、嵐の予感に、洪水の前触れに。あたしたちはいつも気付かない」

少女は夢見るような声で話し続ける。

「だけど、それは静かにやってくる。すぐそばまで、目を開けばそこに、息が掛かるほど近くに」

音楽が流れてくる。そっと静かに、オーケストラの演奏が。

少女は手を広げ、天井を見上げて踊り出した。

奇妙な踊り。体重を感じさせない踊り。まるで、ふうっとそのまま宙に浮かび上がってしまいそうな――

「さあ、ご覧なさい。そろそろ見えるはず。あなたたちの未来が」

青年たちが、身体をくねらし、呻《うめ》き声を上げる。

音楽が大きくなる。

少女は踊り続け、暗くなる舞台で回り続ける。

中心にスポットライトが当たっている。

が、少女はなかなかそこに姿を現さなかった。スポットライトの周りで、大音響の中、影のように舞っている。

無人のスポットライト。それは虚無感を募らせる。今日の舞台は、やはり昨日とはテーマが違う。この殺伐とした荒涼感は、昨日はなかったものだ。

突然、少女がすうっと後ろ向きにスポットライトの中に入ってきた。

神谷はぎくっとする。

一瞬、少女が透けているような気がした。彼女のホログラフィーか何かがそこにあって、向こう側が透けて見えたように感じたのだ。

少女はゆっくりと手を広げた。

「ご覧なさい、あなたたちの行き先を！」

少女は叫んだ。

「あなたたちの真の目的地を！」

少女は手を広げたまま振り返った。

えっ。

神谷は息を呑《の》んだ。いや、神谷だけでなく、客席が一瞬引き、凍りついた。


顔がない。


ざあっと全身から血が引くのを感じる。本物の恐怖が、身体の表面を走る。

顔がない。少女の顔がない。髪、首、手足はあるのに、顔のところだけぽっかりと穴が開いている。何もない。

まさか。まさかそんな。神谷は混乱し、客席も混乱した。恐怖に満ちたざわめきが、客席に渦巻き、オーケストラの演奏と重なり合う。

少女は動かない。顔のないマネキン人形のように、こちらを向いてじっと立っている。

ひょっとして、あれは、本当に人形なのでは？　暗闇の中から人形を光の下に押し込んだとか？

神谷は目を凝らし、必死に冷静になろうとした。

いや、人間だ。あの手足、人形なんかではない。

しかし、客席のどよめきは大きくなっていく。

それらを断ち切るかのように、幕が下りた。拍手とどよめきが混じり合い、音楽の代わりに劇場を埋《うず》めていく。感動なのか、恐怖なのか、衝動なのか分からない。神谷は手を叩《たた》きながらも呆然《ぼうぜん》としていた。客たちが、皆周囲の客の顔を見回している。その目に浮かんでいるのは、「何かヘンなものを見た」という、衝撃である。

何を見たんだ、俺は。

神谷は、なかなか上がらない幕をぼんやりと見つめていた。


「おまえ、何やったん？」

新垣が舞台で飛鳥に叫ぶ。

幕の向こう側では、騒然としていた。観客が喜んでいるのか、怒っているのか分からない。とにかく、騒然として、殺気にも似た拍手が聞こえてくる。

飛鳥は、その剣幕に、思わず身体を縮めた。

「えっ。その——あの、これを着けただけなんですけど」

飛鳥が手に持っているものを、汗だくになったメンバーが注目する。

みんながあんぐりと口を開けた。

金属のお面。お面といっても、目鼻はなく、のっぺらぼうだ。鏡のように、それを覗《のぞ》き込むメンバーの顔が小さく映っている。

「なんだ、これ」

「いつのまに」

「勝手に演出、変更したんか」

みんなが口々に叫ぶ。客席の雰囲気に共鳴して、混乱し、興奮しているのだ。

「でも——でも、死の天使だから、ええと、その」

飛鳥は泣きそうな顔になり、しどろもどろになった。

「おい、挨拶《あいさつ》だ。幕上げないと」

「佐々木隠せ、そのお面」

新垣が袖《そで》に合図する。飛鳥は慌てて、事務服のベストの後ろにお面を突っ込んだ。

幕が上がった。歓声が剝《む》き出しに飛び込んでくる。

怖い顔をした客の姿が視界に入ってきて、巽はぎょっとする。昨日とは全然違う。昨日は、好意的な、温かい拍手だった。だが、今日は——

平然と笑顔を保つふりをし、みんなで頭を下げる。

怒号のような拍手。

今日のこれは、なんだ？　怒ってる？　ひょっとして、この激しい拍手は嫌がらせの拍手なんだろうか？

顔が熱くなり、頭が混乱する。

客の顔を見ても、なんだかよく分からない。みんな、怒っているような顔をしているが、かといって非難しているわけでもないらしい。

頭を下げながらも、巽は必死に何が起きたのかを理解しようとした。

最後のあのシーンで、飛鳥はあのお面を着けて出たという。

彼女が振り返った瞬間、客席で息を呑む気配がした。あれを着けて客席を見たら、客席からは——

巽はその場面を想像した。

客席からは、彼女の顔は見えない。しかも、鏡のように、暗い客席が映るはず。舞台に立っているのは、顔のない少女なのだ。

巽はかすかな肌寒さを覚えた。

単なる小細工に過ぎない。だが、あの時の客席の反応はまるで——まるで、「むじな」だ。町外れの道を歩いていて、本当に「顔のない少女」に遭遇したかのようだった。

必死に笑顔を作って頭を下げている飛鳥の顔をちらっと見る。新垣に叱られたことがこたえているのだろう。あんな大胆なことをやってのけたくせに、叱られただけでこんなにしょんぼりするなんて。

巽は驚きを通り越してあきれ、そしてまた怖くなった。

やっぱり、この子は本能でやっているのだ。

——でも、死の天使だから。

さっき、この子はそう言った。あのお面は、彼女が「死の天使」というイメージに対して出した解答なのだ。新垣の提示した問題に、答えたのだ。

巽は、飛鳥の度胸に舌を巻いた。

第一、彼女は、新垣の無理な注文に、見事に応《こた》えていた。

客席に手を振りながら、巽は今日の舞台を反芻《はんすう》する。

彼女は見事に気配を消していた。「芝居を壊すな」という注文に完璧《かんぺき》に応えた。彼自身、彼女が舞台にいないのではないかと思っていたくらいである。

優しい、上品な死の天使。彼女はそれをつかんでいた。

彼女の舞台の上の動きが、頭の中に残像となって見えるような気がした。そして、巽は、ふと、あることに気付いた。

そうだ、足音がしなかったのだ。

なぜかゾッとした。

今日は、あれだけ動き回っても、彼女は全く足音をさせなかった。だから、余計に気配を感じなかったのだ。

そして、あのラスト。巽は記憶を巻き戻す。

彼女は台詞《せりふ》を切る場所を変えていた。彼女の、最後の台詞だ。

彼が書いた、彼女の最後の台詞はこうだ。

女性ガイド　さあ、ご覧なさい。そろそろ見えるはず。あなたたちの未来が。ご覧なさい、あなたたちの行き先を。あなたたちの真の目的地を。

これで一つの台詞。これが、青年たちがヘルメットをかぶって見ている未来に呻《うめ》き声を上げているところにかぶさることになっていた。そのあと、彼女は彼女のみを照らすスポットライトの中で暫《しばら》く立ち尽くしたのち、客席を振り返って笑う。そして、幕。脚本ではこうなっていたのだ。

ところが、今日、彼女はこの部分を変えてしまった。

「さあ、ご覧なさい。そろそろ見えるはず。あなたたちの未来が」でいったん切り、この部分のみを青年たちの呻き声にかぶせ、残りをスポットライトの中での台詞にしてしまったのだ。

更に、彼女はその台詞を二回に分けた。

彼女は「ご覧なさい、あなたたちの行き先を！」と「あなたたちの真の目的地を！」に分けて言い、それからあのお面を着けて客席を振り返ったのである。

すると、どういうことになるか。

巽はすっかり自分が分析モードに入っていることに気付いていたが、芝居を終えた興奮よりも、そちらが心を占めてしまっていた。

昨日のこの台詞は、俺たち十人に向けて放たれていたのに、今日のこの台詞は、まさに客席に向かって――「観客たち」に向かって放たれたことになるのだ。

しかも、振り向いた死の天使には顔がなく、顔があるべき部分には、「観客たち」そのものが映し出されている。誰もが自分たちの人生の虚無を見せつけられたような気になり、ぎょっとするに違いないのだ。まさに、芝居のタイトルでもあり、テーマでもある登場人物の「目的地」は、観客の「目的地」へと変貌《へんぼう》を遂げたのである。

このほうが、演出としては上等だ。それまで舞台の上の虚構と思ってのんびり鑑賞していた客たちに、ふと彼らの現実を、おのれの人生を振り返らせることができれば、作品はぐっと深化する。

彼女はそれを、ほんの少し台詞を喋《しゃべ》るタイミングを変え、自分で作った小道具を使っただけで成し遂げてしまったのだ。

巽は苦笑した。

まさか、そこまで計算していたわけではあるまい。いくらなんでも、彼女が演出のことまで考えていたはずはない。

カーテンコールの時間がやけに長く感じられた。

これも本能なのだ。指示された「死の天使」を演じるためにしたことに過ぎない。だが、そんな本能を持っている人間が、この世界にどのくらいいるのだろうか。

やっぱり、今俺の隣に立っている少女は、稀有《けう》な才能の持ち主なのだ。

巽はそう確信した。

彼と同じことを考えている男が、今目の前の客席で手を叩《たた》いていることを、今の彼はまだ知らなかった。

8

そろそろこの辺りで、佐々木飛鳥なる少女がいったいどんな人間なのか、彼女の側から語っておく必要があるだろう。

巽や新垣が、彼女のことを感嘆したり気味悪がったり、いろいろ深読みをして勘ぐっていたことに、彼女自身は全く気が付いていなかった。

なにしろ、大学生になり、芝居を始め、新しい環境の中で目の前のことを片付けるのに精一杯だったからである。初めて新しい世界に出てきて大量の情報を処理しなければならない時に、自分がどういうポジションにいるか客観的に把握することは難しい。

彼女のような新人が出てきた時に、人は言う。

驚異の新星、期待のニューフェイス、彗星《すいせい》のごとく現れた天才。もしくは、素人は怖い、知らないということは恐ろしい、怖いもの知らず、ビギナーズ・ラック。

前者は崇《あが》めたて、後者は誹《そし》る言葉だが、実は両者の言っていることはあまり変わらない。

そして、佐々木飛鳥はその全ての言葉が当てはまっていた。しかし、同時にどれも正しくはなかったのだ。

恐らく、彼女がなぜ芝居をやることになったか、本人の口から熱く語られることはあるまい。誰かがそう水を向けても、「さあ、なんとなく」としか答えないだろうし、実際そうとしか答えられないからだ。

飛鳥は、子供の頃から「あがる」という体験をしたことがない。子供の頃にピアノを習っていたことがあって、何度か舞台にも上がったが、緊張したのは母親のほうで、本人は至って平気だった。音感もリズム感もよく、教師は続けるように勧めたけれど、飛鳥自身他のことに夢中になってしまい、やがてはレッスンを止《や》めてしまった。

彼女が夢中になったこと。

それは、空手である。

佐々木家は、江戸時代から続く武道家の家柄であったのだ。

空手にもいろいろな流派があるが、佐々木家の場合、それは少し特殊だった。文化活動の一部としての武道であり、なぜか佐々木家では茶道や書道、日本舞踊なども一緒に習わされた。当然、躾《しつけ》は厳しく、飛鳥も兄や弟と同じように育てられた。

冷静だが迫力じゅうぶんの兄、血の気が多いけれど気のいい弟に挟まれた、三人きょうだいの真ん中の飛鳥は、どちらにも似ていなかった。

ひとことで言えば、とてもおとなしく、存在感がなかったのだ。

なにしろ、彼女は目立たなかった。両親は、彼女が兄弟と一緒に並んでいても、いないように感じることすらあった。ましてや、大勢の子供たちの中にいると、完全に溶け込んでしまってどこにいるか分からない。

しかし、日々の稽古《けいこ》メニューや与えられた訓練課題など、厳しい鍛錬にも音を上げることもなく淡々とこなし、どれもそつなくこなす彼女に、父は密《ひそ》かに目を掛けていた。別に不満を溜《た》め込んでいるわけでもなく、我慢しているわけでもなく、無口で愛想はないが、極めて情緒が安定している娘に興味を覚えていたと言ったほうが正確かもしれない。

彼女には友達がいなかった。父親が各地に指導に行く際、必ず子供たちを連れていったので、なかなか近所の子と遊べなかったせいもあるが、どうも飛鳥の場合、友達が必要だと思っていなかったふしがある。周囲の大人たちはひどく一人遊びが上手な子だ、と評した。けれど、そのことに不自由を感じているとか、孤独には見えなかったし、周囲から浮いているわけでもないところが不思議である。

幼時から空気のように型を叩き込まれ、徐々に対面して組み手をするようになってくると、それまでは至って従順に、定規で測ったように淡々と稽古を繰り返していた飛鳥は、急速に空手に興味を示すようになってきた。

その変化は劇的で、父や兄も、飛鳥が「勝つこと」「相手を倒すこと」になみなみならぬ執念を見せることに非常に驚いたものだ。

彼女はめきめきと強くなった。

稽古にも熱心だったが、彼女は研究にも余念がなかった。その集中力、観察力には父も一目置くほどである。

ある日、一歳下の弟が、半ばべそをかき、半ば恐怖を浮かべて父の元に駆けてきたことがあった。

月に一度、佐々木家の道場では勝ち抜き戦が行われる。かなりの真剣勝負で、ここで進歩しているか否かが厳しく判定されるのだが、ある時飛鳥と弟が当たったのである。

結果は、飛鳥の圧勝であった。

対戦相手は一週間前には知らされる。むろん、兄弟なのだから、飛鳥はこれまでも弟の戦法や弱点を知り尽くしていたが、更にこの一週間、入念に彼の弱点を研究し、対戦当日、ことごとくそこを攻めてきたのであった。かつて怪我したところ、古傷のあるところを執《しつ》拗《よう》に攻めるなど、そのやり方は徹底していたのである。弟は、それが卑怯《ひきよう》である、と父に訴えたのだった。

父親は、その話を聞いてどことなくゾッとした。下の息子の言うことは正しくもあったし、正しくなくもあった。

父親は、彼に「常に真剣勝負なのだから、相手の戦い方を調べて、相手の弱いところを突くのは当たり前だ」とすげなく答えたものの、内心穏やかでなく、後で飛鳥を呼んでその真偽のほどを確かめた。

飛鳥は当然のごとく、「もちろん勝利のために」弟の古傷を攻撃した、と言い放った。

父親は、それも確かに一つの手段である、と言い置いてから彼女を諭した。

意図的に怪我した箇所を攻めるというのは、礼儀としては美しくなく、それで勝っても決して後味はよくないだろうと。

飛鳥は明らかに不満そうな顔になった。いや、不満というよりも、父親の言うことがとても意外だったらしく、むしろ不思議そうな表情と言ったほうが当たっている。

美しさなんてなんになるの？

彼女はそう反論した。

相手を倒すことのほうがよほど重要だし、それがあたしの目的なのに。

父親は危ういものを感じた。文化活動としての武道を重んずる佐々木家では、礼にかなった作法で、相手に敬意を持ち、おのれの欠点を見つけ、互いに高めあうために美しく戦うということが重要なのである。それから折りにふれ、彼は娘にそのことを説明したが、彼女にはなかなかそれが理解できないようだった。

飛鳥はますます格闘技としての空手に熱中し、ますます強くなっていった。

血気盛んな弟はなかなか飛鳥に勝てなかった。すぐにカッとなって、自滅してしまうのである。飛鳥のほうも、彼を肩慣らしのためのカモにしていた。

しかし、兄となると飛鳥のほうがなかなか勝てなかった。たまに勝てそうになることもあるが、技術的には全く遜色《そんしょく》がないはずなのに、どうしても勝てないのである。

勝負に執着し、相手を倒すことに全身全霊を傾けていた飛鳥は、兄を倒すことが人生の目標となった。兄を倒せば、その先に父がいる。言い換えれば、父と対戦するためには、兄を倒さなければならないのだ。

兄は若いながらも妙な風格のある男で、いつもじっと飛鳥を見ていた。

そして、ある日彼はおもむろに言った。

おまえ、マシーンだな。空手マシーン。

飛鳥は、何を言われたのかよく分からなかった。

おまえ、怖くないだろ？　対戦相手を前にした時に、恐怖心がないだろう。

飛鳥はきょとんとしたが、すぐに答えた。

そんなことないよ。負けちゃったら、とか、怪我したら、とか思うもん。でも、恐怖心を克服しろって、お父さんだって言うじゃん。

ううん、違うんだ。

兄は左右に首を振った。

そういう恐怖心のことじゃない。じゃあさ、話変わるけど、人間が痛みを感じるのってどうしてだと思う？

飛鳥は、兄の発言に面食らった。

なんでもいいから答えろよ。

兄は畳み掛ける。

兄は普段から物静かで、飛鳥とはまた違ったタイプの無口な人間であり、あまり無駄口は叩かない。きょうだいどうしでも、こんなふうに話し掛けてくることなど珍しかった。

痛いって感じないと、身体のどこかが傷ついてることが分からないからでしょ。

飛鳥は口ごもりながら答える。

そうだよな、と兄は頷《うなず》いた。

身体のどこかに異常があることを、痛みが知らせてくれる。痛まなきゃ、その異常に気付かないもんな。それとおんなじだ。おまえ、空手が怖くならないと、これ以上強くなれないぞ。

どういう意味？

飛鳥は愕然《がくぜん》とし、猛然と腹が立ってきた。

日々精進し、研究を重ね、稽古だって欠かさない。なのに、これ以上強くなれないとは？　空手が怖くならないと駄目？　だって、恐怖心を克服し、おのれに打ち勝つために頑張っているのに、いったいお兄ちゃんは何を言い出すのだろう。きっと、あたしがこれ以上強くなって、お兄ちゃんを倒すようになったら困るんだ。だから、こんなことを言って、あたしを混乱させようとしているのだ。

腹が立ったものの、飛鳥はそれを口には出せなかった。やはり、長男であり、家を継ぐであろう兄にはそれなりの敬意を払っていたからだ。

兄は、そんな飛鳥の気持ちを見透かすようにじっと彼女を見ていたが、やがて、それまでの会話など忘れたように、あっけらかんとした口調で話題を変えた。

あのさ、知りあいの空手部にすっごい強い子がいるんだ。おまえ、そいつと対戦してみろ。そいつとやって勝ったら、お父さんと対戦できるように頼んでやる。

ほんとに？

飛鳥は、パッと顔を上げた。腹を立てたことなど、半分どこかに飛んでいってしまった。お父さんと対戦できる。そのことだけが頭の中で輝いている。

父親は、決して飛鳥と対戦しようとはしなかった。まだ早い、まだ早いといつもそっけなくあしらわれてきたのである。

本当だ。

兄は大きく頷いた。彼は嘘はつかないし、できない約束はしない。飛鳥の希望は大きく膨らみ、彼女は二つ返事で対戦を受けた。

しかし、その試合当日、彼女はあっさり負けたばかりか、大怪我を負ってしまったのである。

右ひじに、何か熱いものが走ったと思ったら、次の瞬間、爆発するような痛みが弾《はじ》け、体験したことのない痛みに、さすがの彼女も床でのたうち回った。おまけに、その弾けるような痛みは、腕だけではなかった。右足の爪先《つまさき》もひどく痛む。腕と足で、交互にバーナーの火花が炸裂《さくれつ》しているようなひどい痛みである。

右腕と足の指、二箇所を骨折したのだった。しかも、決して打ち合ったせいではなく、彼女がよろけて変な転び方をしたせいである。

　これまで、彼女はあまり怪我をしたことがなかった。身体を鍛えているし、型もしっかり入っているので、打ち身や軽い捻挫《ねんざ》はしょっちゅうだったものの、怪我らしい怪我をしたことがなかったのだ。

　入院して、手足をしっかり固定されてベッドに横たわりながらも、飛鳥は不思議でたまらなかった。

　なぜよりによってあんな相手で。

　兄が道場に連れてきた対戦相手を見て、飛鳥は拍子抜けした。

　あの兄があれだけ言うのだから、よほど強い相手だろうと身構えていたのに、目の前に現れたのは、彼女よりも二歳ほど年下の、あどけない女の子だったのだ。

　いや、油断は禁物だ、と気合を込めて臨んだものの、どう見てもせいぜい二年くらいしか経験がなさそうだ。いったいなぜこんな相手とあたしを対戦させようとしたのだろう？

　飛鳥は混乱し、当惑し、不愉快になった。さっさと勝負をつけてしまいたかったが、相手は非常に緊張していて初心者丸出しで、さすがに弟のようにこてんぱんにやっつけるわけにはいかない。そのくせ、妙に隙がない。

　そんなこんなでいろいろ考えているうちに、彼女はすっかりテンポが狂ってしまっていた。それが油断に繋《つな》がったのだろう。彼女は自ら転び、思わぬ怪我を負ってしまったのだった。

悔しかったが、狐につままれたようだった。

とてもじゃないが「すっごい強い子」には思えなかった。じゃあ、なぜ兄は「すっごい強い子」と言ったのか。実際、彼女は負けてしまった。兄の心理的作戦に引っ掛かってしまったということなのか。

飛鳥は天井を見ながら考えた。

おまえ、空手が怖くならないと、これ以上強くなれないぞ。

あれはいったい、どういう意味だったんだろう。

飛鳥は、来る日も来る日も恐怖心について考えた。

その答えは出なかったが、彼女はそこで新たに別のものに出会った。空手と同じくらい、心惹《ひ》かれるものに。

それは、病室のベッドに備え付けられていたTVである。

飛鳥はそれまで、あまりTVを観たことがなかった。

稽古《けいこ》で疲れきって大体夜は早く寝てしまうのと、親にTVを見る時間を制限されていたためだ。何より、彼女自身、TVにほとんど興味がなかった。彼女は興味のあるものとないものがいつも明快に分かれていて、興味があるものにはのめりこむが、興味がないものには見向きもしないのである。

しかし、病院というところは退屈なところだ。重病人ならともかく、身体自体はぴんぴんしている上に日頃鍛錬を欠かさなかった少女が、骨がくっつくのをひたすらじりじり待っているのは、これまでに体験したことのない苦痛だった。

みんながお見舞いに持ってきてくれた本は全部読んでしまったし、とにかくじっとしていることに飽き飽きしてしまった。

退屈な時間、目的のない時間とはなんと長いことだろう。普段は稽古して学校行って稽古してご飯食べて、あっというまに一日が、一週間が過ぎ去ってしまうのに、それと同じ一日がこんなにも長く、こんなにもつまらないなんて。

飽きることにも飽きて、飛鳥はこれまで感じたことのない苛立《いらだ》ちと、鬱屈《うっくつ》した気分とを味わっていた。

そんな時、ふと、隣のベッドの入院患者が観ているTVの音が耳に入ったのである。

その患者も、足を骨折していた。四十代半ばか五十代に入ったくらいの年齢の男性だったが、なんとなく常人とは異なる雰囲気があった。

日焼けしてがさがさした肌は、いかにも普段野外活動に従事しているという感じだったが、一方で、ひどく思慮深く、知的な雰囲気があった。とても寡黙で、ほとんど話すところを聞いたことがない。常に本を読んでいて、時々ページを折ったり、鉛筆で線を引いたりしていた。「本は綺麗《きれい》に、丁寧に扱いましょう」と言い聞かされていた飛鳥は、男がそんなふうに本を扱うのをびっくりして見ていた。

彼を訪ねてくる人々も、同じ空気を纏《まと》っていた。ぶっきらぼうで愛想がなく、ギラギラした殺気を漂わせているが、どこかに静かで思索的なものも感じられる。

彼らの間では、しきりに「撮影が」「監督が」という言葉が繰り返されていた。

今にして思えば、彼らは映画のロケか何かに来ていたスタッフで、そのうちの一人が撮影中に怪我をしてしまったということらしい。当時はそんな事情など分からず、なんだか他の人たちとは違う、と思っただけだった。

最初に耳を惹かれたのは、ダイナミックで、これまで聴いたことのない音楽だった。日頃巷《ちまた》に溢《あふ》れている能天気なポップスとは全く違う、ざらざらして心騒がせる音楽。

それに心を動かされ、TVの画面を見ると、やはりざらざらして、横長の白黒画面に、角張った男の背中が映っていた。画面に並ぶ、白い筆書きの名前。

ススキのような枯れ草が生えた野原の分かれ道で、棒切れを投げ、その落ちた方向に向かって歩き出す男。

飛鳥はその男の雰囲気に惹かれた。ごつごつして、豪放磊落《ごうほうらいらく》で、そのくせ不思議と愛嬌《あいきょう》のある男。彼女は魅入られたようにその映像に引き込まれていった。

それは、黒澤明《くろさわあきら》監督の映画『用心棒』だった。

それまでも、映画に感動したことがなかったわけではない。

家族と一緒にTVで観た映画にも、面白いものは幾つもあった。しかし、それよりも飛鳥の印象に残ったのは、それが「作り物」であるということだった。

今拳銃《けんじゅう》で撃たれて死に、みんなで悲嘆にくれ、悼んでいたはずの人間が、別の日に観た映画の中では生き返り、全く別の人間になっている。彼女はそのことに驚いた。あの苦しそうな表情、流された大粒の涙はどうやら「作り物」だったらしいのだ。

まさか、そんなことがあるだろうか。どう見てもこのあいだのあの人は死にそうだったし、とても悲しそうだった。あれが、「死んだふり」や「悲しいふり」だったなんて。それが彼女には信じられなかった。

だがしかし、世の中には、そういうことのできる役者という人種、そういうことで生計を立てている俳優という商売があるらしい。彼女の中にはそういう認識だけが残ったのだった。

そして、歳月を経て、病室のTVで『用心棒』を観た時は、「作り物」であるということも忘れて彼女はドラマに没頭した。

その患者は、「仕事に使うので」と言って病室にビデオデッキを持ち込んでいたらしい。彼は、飛鳥が映画に没頭しているのを知ってか知らずか、次々と名作ビデオを掛けてくれ、やがてボソボソと監督や出演者について話をしてくれるようになった。

黒澤明の映画をリメイクした『荒野の用心棒』や『荒野の七人』も観せてくれたし、オーソン・ウェルズの『市民ケーン』やキャロル・リードの『第三の男』、フランシス・コッポラの『ゴッドファーザー』も観せてくれた。飛鳥は、まだ「象徴」や「暗喩《あんゆ》」の意味がよく理解できなかったので、「薔薇《ばら》のつぼみ」云々《うんぬん》という『市民ケーン』よりは『ゴッドファーザー』のほうがお気に入りだった。飛鳥は入院生活に退屈していたことも忘れ、ひたすら画面に映る名作の数々に集中した。

一方、あまりにも恐るべき集中力で映画に観入っていた隣のベッドの少女に圧倒され、ついなんとなく続けてビデオを観せていた男のほうでも、彼女に興味を覚えていた。

空手の試合で怪我をして入院していることはなんとなく知っていたから、当然アクション映画が好きなのだろうと思っていたが、ぽつぽつ話をしてみると、必ずしもそういうわけではないと気が付いたのである。

彼女はストーリーの構造に敏感だった。もしくは、ストーリーで描かれている力関係に面白さを感じていた。例えば『用心棒』なら、宿場町で拮抗《きっこう》する二つの勢力の対抗心や疑心暗鬼を利用して潰《つぶ》しあいをさせるところなど、力関係が「動く」ところに派生する心理やドラマに興味を覚えていた。単なるアクション映画好きなら、三船敏郎《みふねとしろう》の格好よさや、クライマックスでのピストルとの対決などに目を奪われそうなものなのに、この年代の女の子で、いや男の子でもそういうところに惹かれるのはかなり珍しい。

オーソン・ウェルズの作品に対して「なんだかすわりが悪い。終わった気がしない」と言ったことにも驚いた。

ウエルズの作品は、場面場面は有名だし強烈なものがあるが、いわゆる起承転結がはっきりせず、「結」から始まったり、いきなり「転」の部分から話し始めたりという奇抜なところがある。いかにも起承転結が明快な西部劇ばかり観ていたせいもあるだろうが、話の構造というものをきちんと理解していることに驚かされたのである。

彼は面白くなって、恋愛ものやコメディ、フランス映画やイタリア映画、文芸大作なども少女に観せてみた。彼女は相変わらず凄《すさ》まじい集中力でそれらを観ては、鋭いコメントや質問をしてよこした。

二人がリハビリを始めて退院するまでそれは続き、最後に二人で観た映画はビリー・ワイルダーの『サンセット大通り』だった。

観終わった少女はぽつんと尋ねた。

女優さんて、みんな本当にこういう人たちなの？

男は答えた。

みんながみんなそうとは限らないけど、でも大なり小なりどこかに必ずこういう部分はあるだろうな。

少女は、ふうん、とだけ呟《つぶや》いた。

そして二人は退院し、二度と会うことはなかった。

日常に戻り、再び鍛錬の生活が始まったが、そこにTVと映画が加わった。

飛鳥は、何でも観た。ミステリードラマ、連続メロドラマ、ホームドラマに時代劇。映画も観られるものは片っ端から観た。内容の選《え》り好みもせず、とにかく時間が許す限りなんでも観た。

いったん興味を持つととことんまで究めずにはいられない飛鳥の性格を承知していたものの、退院後のあまりののめりこみように家族も面食らっていた。しかし、ドラマを観るようになったからといって、稽古《けいこ》をおろそかにするとか、特に変わった様子はなかったので放っておいた。

けれど、退院後の彼女の空手に対する考えは変化していた。

相変わらず、兄の言った「恐怖心」については考えていたけれども、必ずしも空手は「相手を倒し続ける」ことが目的のものではなくなっていた。要するに、これまで彼女の中で一番の地位を占めていた空手は、そこから滑り落ちてしまったのである。代わりに何がそこを占めたのかは彼女にもよく分からなかったが、入院前のようながむしゃらな勝利への執着はもうなかった。

皮肉なことに、そのことで飛鳥は佐々木家の流儀に噛《か》みあうようになった。空手への執着が薄れたことで、バランスのよい、美しい空手ができるようになったのである。

相変わらず映画やドラマ三昧《ざんまい》の日は続いた。

しかし、奇妙なことに、だからといって、飛鳥のことを映画好きであるとかドラマ好きであると呼ぶのには些《いささ》か躊躇《ちゅうちょ》しなければならなかった。

彼女が熱心に映画を観ているのを知ったクラスメイトが、映画に向けて話を振っても、飛鳥は「ああ」と気のない返事をするばかりだったからだ。

友人たちが映画スターや人気俳優の話をするのに、全く飛鳥は興味を示さなかった。映画について語ったり、細部を確認しあったりという行為にも関心がなかった。

映画好きの友人たちは、そのことをひどく不思議がったが、飛鳥からしてみれば、なぜ彼女たちがそんなことばかりに興味を示すのかが不思議だった。

それに、飛鳥自身、なぜ自分がこんなにも映画やドラマに惹《ひ》かれるのか、よく分からなかった。

なぜあたしは、こんなにも、あらゆる時間を割いて、とりつかれたように映画を観ているのだろう？

映画が好きだから。ドラマが好きだから。そんな理由で片付けるのは違うような気がした。

だが、彼女は何かを求めていた。目の前に映し出される大量のドラマの向こう側に、何か彼女の欲しいものがあるはずなのだ。それがいったい何なのか、何を求めているのか分からないまま、彼女は来る日も来る日もビデオに観入っていた。

春が来て、飛鳥は高校生になった。

成績はよかったので、地元の公立でも一番の進学校に入った。古い伝統のある校舎は威厳があり、大人っぽい上級生たちの姿にどきどきしながら新しい教室に入る。

相変わらず、飛鳥は地味で目立たない生徒だった。高校に入ったからといって、別段生活が変わるわけでもない。家に帰ってからの日々の修行は続く。

しかし、一つだけそれまでとは異なることがあった。

友人ができたのである。

玉置龍子《たまおきりゅうこ》という、一見日本昔話のような名前の少女は、たまたまクラスで席が隣り合わせになった娘だった。とても大人っぽい、聡明《そうめい》さがくっきり顔に顕《あらわ》れている彼女は、なぜか飾り気のない飛鳥が気に入ったらしい。飛鳥のほうも、これまでの交友範囲には見られなかったタイプの知性を持った龍子に惹かれるものを感じ、次第に親しく言葉を交わすようになった。

ある日、飛鳥は龍子が読んでいる文庫本に目を留めた。

テネシー・ウィリアムズの『欲望という名の電車』。

映画で観たわ、ヴィヴィアン・リーが出てたのでしょう、と飛鳥が言うと、龍子は目を輝かせた。

へえっ、飛鳥、観てるんだ。初めて会ったわ、これの映画観てる人。

それまでも龍子は三島由紀夫の本などを読んでいたが、それらがどれも戯曲だったことに気付いたのはこの時が初めてだったし、飛鳥が実際に戯曲を目にするのも初めてだった。

そこで、龍子が中学時代から演劇部に入っていたこと、高校でも演劇部に入ったことを聞いて、飛鳥は意外な感じがした。

演劇部。そういうものが世の中に存在するということ、自分と同い年の、同じ学校の人間がそんなことをしているということがなんだか奇妙に感じられたのだ。こんな身近に、役者をやろうという人がいる。そのことがひどく奇異に思えた。

彼女は、芝居を観たことがなかった。芝居と名の付くものは学芸会くらいでしか目にしたことがなく、自分とは全く縁遠い世界にしか思えなかった。

龍子は龍子で、親しくなるにつれ、飛鳥が夥《おびただ》しい量の映画を観ていることに驚き、しかし、映画を語ることに全く関心を示さない彼女をしきりと不思議がった。

映画好きなんでしょ？　それとは違うの？

たびたび龍子は飛鳥にそう尋ねた。

飛鳥はその度に首をひねる。

うーん。分からない。とっても魅力を感じてることは確かなんだけど。

好きと魅力を感じるとは違うの？

龍子は眉《まゆ》をひそめて畳み掛ける。

違うよ。違うことは分かるの。

飛鳥はもどかしげに首を振った。その件については、ずっと自分の中でも言葉を探しているのだが、未《いま》だに見つからない。

なんていうのかなあ、昔からみんなしてこんなふうに凄《すご》い情熱を傾けて、苦労して、借金して、そこまでして作らなきゃならないものはなんなんだろうって、思うの。

へえー。そんなこと、考えたことなかったわ。

龍子は、あきれ顔と感心とが混ざった表情で呟いたが、少ししてふと真顔で言った。

もしかして、飛鳥って深いかも。

二人は暫《しばら》く無言で歩いていたが、龍子は何か思い出したように飛鳥を振り返った。

ねえ、今度の土曜日、お芝居観に行こうよ。すっごく楽しみにしてたんだ。チケット取るの、大変だったんだから。

龍子は学生鞄《かばん》から、大事そうに細長いチケットを取り出した。

飛鳥はチケットを受け取り、そこに書かれた演目を見た。


『ハムレット』

話題のキャスティングよ。この東響子って、凄いんだって。

龍子が興奮した表情でチケットを指さした。

ふうん。飛鳥はチケットに見入った。

東響子。

それまで飛鳥は、自分が観ている映画やドラマの監督や役者の名前を特に意識したことがなかった。よく見る役者であるとか、どうやら有名な役者らしいとか、この監督のものは話の作り方に癖があるとか、うまが合うとか合わないとか。その程度の感覚的なものしか印象に残っていなくて、特定の一人をクローズアップしたことがなかったのだ。

龍子は、戯曲などもよく研究していたが、ミーハーでもあって、どこの劇団の役者がカッコいいとか、今度のドラマの脇役がどうのと先物買いをするのが得意だった。

この人、東創治《そうじ》の娘よ。

龍子は目をキラキラさせて続けた。

誰、それ。

飛鳥はぶっきらぼうに尋ねる。

役者よ。この人のお母さんが、川村華子《かわむらはなこ》っていって、歌舞伎役者の娘なの。宝塚出身で、役者の東創治と結婚したの。お兄さん二人も役者なのよ。

へえー。

歌舞伎も宝塚も未知の世界だったが、そういう独特な世界に生きている人がいるというのはなんとなく知っていた。しかし、飛鳥は役者の出自に興味はなかったし、それが芝居の出来に影響することなど理解できなかった。

芝居かあ。しかもシェイクスピア。

帰り道、飛鳥はあまり気乗りがしなかった。それまでちゃんとしたお芝居を観たことがなかったし、シェイクスピアが古典だとは知っていたが、古典はどちらかと言えば苦手だったからだ。

だけど、龍子があんなに楽しみにしているんだし、せっかく誘ってくれたのだから観てみよう。

しかし、劇場に着いた彼女は、全ての先入観を引っくり返されることになる。

ライブ感。

それまでコンサートにも行ったことのなかった飛鳥は、会場のざわめきや、人々の期待と興奮にまず驚かされた。みんなでじっと座っていて、何かの体験を共有するということが新鮮だった。特別で華やかな空気。こんな世界があるなんて。飛鳥は、舞台の緞帳《どんちょう》や、チラシを見ながらお喋《しゃべ》りをする目の肥えた客の表情にきょろきょろと目を走らせた。

そして、幕が上がる。

闇の中に照らし出される、ぽっかりと開けた空間。

目の前に一つの世界がある。すぐそこにあり、同じ空気を吸っているのに全く異なる世界が。

飛鳥はそのことに魅了された。同じ場所にいるのに、そこは明らかな別世界なのだ。

彼女はすんなりとその世界に入っていった。例によって、目の前で展開される世界の構造を感じ取り、ドラマの進行や、人物相関図に興味を覚える。

重厚な台詞《せりふ》も、時代がかった言い回しもさほど苦にならなかった。

目の前で人が動き回り、ライトがそれを追い、実際口にされる台詞を聞くということがこうも面白いものか。飛鳥はただその事実に圧倒されていた。

そして、彼女はこれまでに観てきた映画やドラマの向こう側に感じてきたものを、ここでまた、より一層強く感じた。

こうまでして、時代を超えて、労力を掛けてこういうものを行わねばならぬという何ものかの意志。虚構の世界を、人間に演じさせる何かの存在。

そう身体の中で言葉にしたわけではないけれど、彼女は舞台の奥の、登場人物の向こう側に広がる果てしない闇のようなものを確かに感じ取ったのだ。

舞台に一人の少女が現れた。

ぞくり、とした。

あれが東響子だとすぐに分かった。

なぜ鳥肌が立ったのかは分からなかった。しかし、その少女から目が離せなかった。本当に、この世にはオーラを持つ人間が存在するのだ。飛鳥には、少女が淡い光を放っているように見えた。

少女は美しかったが、それ以上に、動きや表情の一つ一つにキラキラしたエネルギーが漲《みなぎ》っていた。どれもが本質的な聡明さに裏打ちされた豊かな感情に溢《あふ》れていて、観る者の心をざわめかせるのである。

飛鳥はいつしか少女に感情移入していた。彼女の苦悩を、彼女の絶望を、彼女の狂気を共に体験した。そんな経験は初めてのことだった。飛鳥は、誰かが何を考えているかは隅々まで想像できるくせに、感情移入をしたことはなかったのだ。

それは強烈な体験だった。

少女の身振り手振り、さまざまな表情が飛鳥の中に焼きついた。

その夜を境に、飛鳥の興味は芝居へと移った。

『ハムレット』が飛鳥に鮮烈な印象を残したことに気をよくして、龍子はしきりに彼女を演劇部に誘ったが、飛鳥は言葉を濁して首を縦に振らなかったし、結局最後まで演劇部に入らなかった。

自分でもなぜなのか分からなかった。お芝居にひどく興味を覚えていることは確かだったが、かといって、龍子たちと一緒に練習している自分の姿が全く想像できなかったのである。

自分が実際にあんなことをできるとも思わなかったし、やりたいとも思わなかった。

それでも、観られる芝居はみんな観た。龍子と一緒に行ったり、地元の大学の学園祭に潜り込んだり、それこそアマチュアでもプロでも何でも観た。地方に住む高校生にとって、そうそう芝居を観る機会はないし、チケット代も決して安くはなかったが、彼女は新聞配達という体育会系の十代に最も向いているアルバイトでそれを捻出《ねんしゅつ》した。

飛鳥って、徹底してるわねえ。

龍子があきれた顔で言った。

それでも、自分でやりたいとは思わないのね？　飛鳥が目指すのは評論家なわけ？

龍子のいつもの質問に、飛鳥もいつものように当惑していた。

分かんない。ほんとに分かんないの。

飽きずに同じ返事を繰り返す。

龍子はシャープペンシルをくるりと回した。

よかったよね、東響子のオフィーリア。彼女、あれでいっぱい賞貰《もら》ってた。あたしたちと二、三歳しか違わないのよ。あたし、あんなふうになりたいと思う。あんなふうにオフィーリアをやってみたい。飛鳥だって、よかったって言ってたじゃない。自分ではやってみたいと思わないの？

うーん。

飛鳥はいつも真剣に考える。

やりたい、というよりは知りたい、なんだよねえ。

知りたいって？

飛鳥は黙り込んでしまう。この先はいつも言葉にできない。あの舞台の奥に、登場人物の向こうに何があるのか。なぜそれはそこにあるのか。どうすれば知ることができるのか。どうしてそれがそんなに知りたいのか。

飛鳥が言いよどんでいるのを見て、龍子は言う。

やってみればいいのよ。知りたいのなら、理解したいのなら、とにかくやってみれば？なんだってそうよ、最初は真似っこして、見たものを再現すればいい。そうすれば、ちょっとかもしれないけど、分かった気分になれるかもしれないじゃない。

真似っこして、再現。

龍子の言葉が何かに触れた。

確かにそうだ。空手だって、最初に仕込まれるのはとにかく型、型、型。姿勢に立ち位置、指先の形や視線まで決まっていて、それがさまになるまで型を叩《たた》き込まれる。

型、ね。

飛鳥は、その日の午後の授業のあいだ、その件について考え続けた。

その晩、飛鳥は一人で薄暗い道場に立っていた。

明かりを点《つ》けると、道場を使っていることがバレてしまうので、窓から差し込む街灯だけを頼りに中央に立つ。

真似すれば、あの時観たものを再現できるのだろうか。

飛鳥は勝手知ったる床の上をぶらぶらと歩き回る。

同じことができれば、あれをやっていた彼女の気持ち、そしてオフィーリアの気持ちが分かるのだろうか。

飛鳥はすうっと息を吸い込んだ。

これまで、この道場がこんなふうに使われたことはなかっただろう。

わたくしが、忘れるとでもお思いになるの？

それは、彼女の声ではなかったので、飛鳥は驚いた。

自分からそんな声が出るとは思わなかった。

今のはまぐれかな？　そんなことを考えたが、声は続いていた。

まあ、それだけでしょうか。

身体が動いていた。脳裏には、東響子の大きな瞳《ひとみ》が浮かんでいる。キラキラと光るあの目。悲劇の予感に既に悲しみを湛《たた》えている、表情豊かなあの力強い瞳。

自分が何をしているのか分からないし、何も分からないけれど、彼女はそれを止《や》められなかった。

今のご忠告、胸の奥にしまっておいて、わたくしの心を見張らせますわ。けれど、お兄様、大丈夫でしょうか、罪深き神父様のように、わたくしには天国への険しい茨《いばら》の道を指し示しておいでになるのに、ご自身はもはや誰も振り向かぬ放蕩《ほうとう》者のように、快楽の花に縁取られた道を進み、今おっしゃったことを忘れてしまわれるのでは？

意識もしていなかったのに、台詞は次々と溢れてくる。

不思議な感覚だった。

頭は真っ白だ。なのに、手が動き、言葉が口から出てくる。

奇妙な興奮を感じていたが、同時に飛鳥は幻滅も味わっていた。

これじゃあ、分からない。

飛鳥はがっかりした。台詞《せりふ》を口にすれば、何か特別なことが起きると思っていたのに、魔法のように、目の前に見えてくるものがあると思っていたのに。

しかし、飛鳥は続けていた。流れるような台詞が、夜の道場に響き渡る。


わたくしはこの胸にしっかりと鍵《かぎ》を掛け、その鍵をお兄様にお渡しいたします。


これじゃあ、駄目だ。再現はできても、ちっとも分からない。

幻滅は強まるが、飛鳥は魅入られたように台詞を続けていた。

あの時東響子が何を感じていたのか。彼女の演じたオフィーリアは何を考えていたのか。いったいどうしたら知ることができるのだろう。いったい、どうしたら。

飛鳥は心のどこかで、ひどく冷静にそう考えていた。

この晩の飛鳥をもし龍子が見ていたら、さぞかし驚いたことだろう。

薄暗い道場で、朗々と台詞を話す一人の少女。

飛鳥は、東響子そっくりだった。身振り手振りも、表情も。そして、彼女のオフィーリアの台詞を全て覚えていた。その記念すべき晩、飛鳥は、東響子の台詞を全て、とうとう最後まで暗唱してしまった。

しかし、達成感はあったものの、それ自体は飛鳥にとって大したことではなかった。それが彼女にとって「舞台の奥に広がる何か」を理解する手助けにはならなかったからだ。

けれど、だからこそ、飛鳥はその晩を境としてその行為にのめりこんでいった。誰かの動きや表情をそっくりそのまま再現して、誰かになりきる。いや、なりきっているところを想像する。飛鳥の興味は、徐々にそちらに向き始めたのだった。

飛鳥のいっぷう変わった練習方法がいつ確立されたのかは定かではない。

彼女は「他の人になるというのはどういうことか」に異様なほどの興味を感じていたので、その延長線上に、独自の方法を発見したのだ。

『ハムレット』以降も、龍子と芝居を観に行き、その中の気に入った役の一つの台詞を覚えて深夜の道場で再現してみることが、しばしばあった。

どの芝居を観てもそうするわけではない。全くそんな気にならないものもあるし、全部の役を再現したいと思うものもある。

ただ、自分の中で芝居を反芻《はんすう》しているだけでは飽きたらず、どうしても夜中の道場に立たずにはいられないのだ。

それでも、彼女には自分が役者の真似ごとをしているという意識はなかったのだから、奇妙と言えば奇妙である。また、彼女はそんなことをしていることを、家族には露ほども感じさせなかった。なぜか人には知られたくなかったし、その行為はあくまでも個人的な趣味、興味に過ぎなかったのだ。

この世を生きる誰もが他人の前ではさまざまな顔を演じ分けているのだから、ある意味誰もが役者である。しかし、人にはそれぞれ特徴があり、その人がその人であるということ自体が飛鳥にはなんだか不思議なことに思えた。

なぜ自分は他人ではないのか。なぜ他人にはなれないのか。なぜ一人の人は一つの一貫した人格であり続けるのか。彼女はそんなことを漠然と考えていた。いわば、彼女の自我の確立は、「他人になるということ」を考える過程で為《な》されたのかもしれない。

飛鳥って変わってる。これまで知ってる友達の中でも、かなり変わってるほうかもしれない。

龍子が時々しげしげと飛鳥の顔を見つめてそう言ったが、飛鳥は「そう?」といつも首をかしげて受け流すだけだった。

龍子はなかなか人間に対する洞察力が優れていて、一見地味でおとなしく平凡な見かけをしている友人の中に、つかみきれない大きなものがあることに気が付いていた。それを言い表す言葉を、彼女はとうとう卒業するまで見つけられなかったのだが。

きっかけは、龍子が待ち合わせに遅れたことだった。

その日は一緒に買い物をして、それから芝居に行く予定だったのが、龍子の都合で待ち合わせの時間が三十分ずれることになったのだ。

バスの時間もあるし、飛鳥は当初の予定通り出かけた。繁華街を散歩しようかと思ったが、それも億劫《おっくう》に思えて、駅前のターミナルで文庫本を読みながら時間を潰《つぶ》そうと考え、ぶらぶらと歩いていった。

暖かい日曜日の午後だった。

ターミナルのそこここで、待ち合わせをする人たちが思い思いに過ごしている。

飛鳥はガードレールに腰掛け、文庫本のページをめくっていたが、ふと、近くにいる女性が目に入った。

若い女性だった。

見るからにお洒落《しゃれ》をしていたから、恋人とでも待ち合わせていたのかもしれない。しかし、彼女は異様にせわしなかった。イライラと駅の時計を見、腕時計を見、険しい表情でその辺りをヒールをコツコツ鳴らして歩き回る。

なんだか変な人だな。

飛鳥はそう思い、彼女をじっと見ていた。

彼女は辺りを見回し、時計を気にし、じっとしていられないように歩き回る。それが、まるで漫画の登場人物みたいで不思議だった。そう、まるで――何かの話に出てくる、変わった脇役みたいだ。

そう思った時、自然と身体が動いていた。

駅の時計を見上げる仕草、腕時計に目をやる仕草。

自分が、その女性の真似をしていることに気付いたのは、少し経ってからだった。

何してたんだろ、あたし。

飛鳥はどぎまぎした。馬鹿みたい。

だが、彼女は、自分が満足していることにも気付いていた。人の真似をすると、ある種の達成感、爽快感《そうかいかん》がある。

その女性は暫《しばら》くうろうろしたあげく、怒ったように何事か呟《つぶや》きながら凄《すご》い勢いで駅の中に消えていってしまった。

なぜだろう。何が面白いんだろう。

飛鳥は文庫本を閉じて考え込んだ。

彼女は造られていないからだ。

そう思い当たった。

お芝居の中の人たちは造られた人格で、ある意味、誇張された存在である。しかし、あの女の人は、現実に生きている。あたしの前から姿を消したこれからあとも、ずっと存在し続ける。そういうリアルな存在を真似すると、その人の人生を自分のものにしたような気がする。

そんなことを考えた。

次に顔を上げた時、飛鳥は、今度は意識的に対象を探していた。

真似したくなるような個性的な人。これまでも、これからも存在し続ける市井の人。

それ以来、しばしば彼女は繁華街に出て人が溜《た》まっているところに出かけていくようになった。他人の真似。他人のふり。それをすることに、明らかな快感を覚えるようになったのだ。

気持ちは動きに表れる。

飛鳥はそのことを発見した。

逆に、動きを真似すると、気持ちが追体験できる。

年配の人のゆっくりとした動き。中学生の直線的な動き。それを真似すると、気持ちのテンションも下がったり上がったりする。

なるほど、型から入るというのは、こんなところでも有効だ。外側に見える動きを真似すると、そのうち中身の気持ちがついてくる。普段の自分なら決してしないポーズや動作をしてみると、普段の自分ではなくなったような気分になる。

慣れてくると、動きと気持ちとが同時に入ってくるようになった。型に内容が追いついてきたのである。

あまり派手なアクションをすると目立つし、実際奇異な目で見られたこともあったので、飛鳥は用心するようになったが、その頃には、徐々に真似したいと思う人物の基準が変わってきていた。

いかにも特徴のある個性的な人物よりも、平凡な人物の真似をするようになったのである。ただそこに立っている人、じっとしている人。その人になりきるというのはどういうことなのか。どうすればその人に似ていると言わせることができるのか。

飛鳥はじっくりと観察し、じっくりと考えた。

表情だ。

彼女の得た結論はそれだった。

人には、その人を象徴するような表情がある。写真を見て、「そうそう、この人ってこういう表情するよな」と頷《うなず》くような表情。誰かを思い出す時、記憶の中に残っている表情。そんな表情が、どんな人にも必ずある。その表情を真似できれば、「似ている」という印象を与えることができるのだ。

表情を真似るとはどういうことなのか。

飛鳥は鏡を見ながら考えた。

顎《あご》の角度、目の見開き方、目線の動き、眉《まゆ》や口元のカーブ。そういった、細かで些細《ささい》なことが積み上げられて、人の表情は出来上がっている。

最初のうちはそんなことを考えていたが、そのうち何も考えずに真似できるようになった。瞬時に特徴を捉《とら》え、再現できるようになったのだ。

自分でも説明できない衝動に駆られて、ただ黙々と鏡で表情を研究し、「他人になる」練習は続いた。

だが、それでもなお、彼女は自分が芝居をやりたいとか、役者になるという大それた望みは全く持っていなかった。

舞台に立つ龍子を見ながらも、自分がやっていることと結びつけて考えたことがなかったのだから、やはり飛鳥という少女、少し他人とは思考回路が異なっている。

高校時代は飛ぶように過ぎた。

龍子は地元の国立大学に、飛鳥は東京の私立大学に進むことになった。

なんか、ちょっとだけ分かったわ、あんたのこと。

卒業式を終えて、龍子が一人で頷きながら呟いた。

どう分かったの？

飛鳥も興味を覚えて尋ねる。

龍子は考え考え答えた。

飛鳥は、分析はするけど、客観視はしないのよね。

どういうこと？

飛鳥は抽象的な言葉に面食らう。

でも、飛鳥って客観的な人なのよ。

龍子は構わず続ける。

それって、矛盾してるじゃん。

飛鳥は不満そうに言った。

そう、矛盾してるのよ。だから変わってるんじゃないの。

龍子はしたり顔で頷いた。

飛鳥って、なんでも凄く冷静に分析するのよね。自分のことも、他人のことも。だけど、

「見て」はいないの。自分のことを、感情を込めて外側から「見る」ってことはしないの

よ。他人に対してもだけど。

えー。

飛鳥は鼻を鳴らした。

なんだかそれって、機械みたいじゃん。サイボーグみたい。

そんなふうに聞こえるかもしれないけど、だって、実際そうなんだもん。

龍子は肩をすくめた。

「見て」はいない。龍子のその言葉は、飛鳥の中に印象深く残った。

街角でも、劇場でも、鏡の中でも、あたしはいつでも何かを観察して、研究していた。

何でもじっくりと「見て」きたつもりだったのに、龍子にそんなことを言われるなんて。

ふと、かつて兄に「怖くならないと強くなれない」と言われたことを思い出した。

なんだかあの時の気持ちに似てる。

飛鳥はおぼろげな不安を感じた。もしかして、あたしのどこかが間違っているのだろうか。あの怪我をした試合の時のように、何か決定的な間違いを思い知らされる瞬間が来るのだろうか。

漠然とした不安だけが心をかすめていく。

家を離れ、東京に出てきて、いざ大学生活を始めてみてから、飛鳥は初めてその大学が、演劇が盛んな学校であることを思い出した。

不思議なことに、それまで全く眼中になかった演劇部が、ここにきて初めて彼女の興味の範疇《はんちゅう》に入ってきたのである。それでも、芝居をやりたいとか、役者になりたいという明確な意識はなかった。ただ、その世界に身を置いてみたいという単純な理由で、彼女はサークル巡りを始めた。

しかし、なぜかどこもしっくり来なかった。自分がそこにいるところを全く想像できないのだ。

やっぱり、自分は演劇サークルには向いていないのだろうか。入学してかなり経つし、いい加減どこかのサークルに入らないと、人間関係を築けそうにない。体育会系なら慣れているし、空手部にでも入ろうか。

そんなある日、たまたま通りかかった公園で彼らを見た。

飛鳥はどきっとした。

一人一人の顔が、くっきりと目に飛び込んできたのだ。

彼らの表情や、声や、彼らの放出しているエネルギーが。

いきなり声を掛けることはできなかった。しかし、奇妙な胸騒ぎのようなものを感じ、それから何度も公園に足を運び、彼らを観察した。

確信が高まる。

ここに入りたい。ここの中にいる自分なら想像できるし、それが自然に思える。

彼女は意を決して、彼らに近づいていった——そして、彼らの中に入り、初舞台を終えた。彼女は無我夢中であり、芝居という新たな「型」を獲得するのに必死だった。自分がどんなふうに見えるか、うまいのか下手なのか、素質があるのか、などということにはちっとも関心がなかった。

新垣が演技を変えろ、と言ったことにも、ただひたすら馬鹿正直に考え、本能のままに思いつきを実行したに過ぎないのだ。

だが、そこが彼女の場所であることは確かだった。この先に、何かがある。舞台の奥にある何かをつかむことのできる何かが。そのことを本能で知ってはいたが、とにかく目の前にあることを片付け、新しい技術を覚えるので精一杯だった。

龍子とはメールをやりとりしている。

飛鳥が大学で演劇サークルに入ったことに彼女は驚いていた。龍子も大学で大きな演劇サークルに入ったという。それぞれの舞台をいつか観よう、とメールの終わりはいつもそうしめくくられた。

分析はするけど、「見て」はいない。

龍子にそう言われたことを、今の飛鳥はすっかり忘れてしまっていた。龍子のほうでも、新しい生活に追われて、忘れていたに違いない。

しかし、彼女が言ったことは正しかった。

冷静に分析し、正確に再現する。飛鳥はその技術によって他人を驚嘆させたけれども、やがてそのことが彼女を苦しめ、じきに壁となって彼女の前に立ちはだかることになる。

9

響子がタクシーで家に帰ると、居間のほうから賑《にぎ》やかな笑い声がした。

お客様かしら。

子供の頃から客の多い家だったので、誰かしら家にいることは珍しくない。

顔を出して挨拶《あいさつ》するかどうか迷ったが、響子が帰ってきたのは分かっているはずなのに母が出てこないところを見ると、どうやら気の置けない客らしいし、今響子も公演中だからこのまま自分の部屋に引っ込んでも文句は言われないだろう。もしも響子が挨拶しなければならないような客だったら、真っ先に母が飛び出してきて、今誰が来ているか教えてくれるはずだからだ。

公演中の響子の生活、いや大部分の役者の生活は極めてストイックである。人によっては普段と変わらず毎晩芝居がはねてから飲んで公演を乗り切るつわものもいないわけではないが、それはその人にとってそのほうが区切りや気分転換になるからで、公演中の体調をキープするために規則正しい生活をする者のほうが圧倒的だ。

学校ならばどんよりと自分の席で一日が過ぎるのを待っていればよいが、この稼業では、前日のお遊びのツケは翌日の不調やトチリという形で確実に回ってくる。

響子は丁寧にうがいをし、洗顔をして自分の部屋に戻った。

「響子」

廊下で声を掛けられ、響子は振り向いた。

「なんだ、葉月ちゃん。来てたんだ」

トイレに立ったところだったらしく、奥で宗像葉月が手を振っていた。結構飲んでいるらしく、頬が赤い。

「お疲れさま。楽はいつ？」

「あと一週間。それから大阪」

「一番疲れが出る頃だね」

「おじさまも？」

「うん。おたくのお父さんと盛り上がってる」

葉月は居間を振り返ってみせた。奥からドッと笑い声が漏れる。

二人の父親は若い頃からの大の仲良しだ。

「葉月ちゃん、あたしの部屋で少し飲まない？」

響子はグラスを傾ける仕草をした。

「いいの？　公演中でしょ」

葉月は気を遣った。響子は頷《うなず》く。

「いいの。毎晩、寝る前に少しワイン飲むのが習慣だから」

「分かった。行ってて。あたし、自分の酒持ってくる」

響子が部屋で着替えて待っていると、葉月が焼酎《しょうちゅう》と柿の葉鮨《ずし》を持って入ってきた。

「あら、おいしそう」

「親父が奈良で買ってきたのよ。つまみにはちょうどいいわ」

響子は部屋に備え付けてある小さな冷蔵庫から赤ワインのボトルを出した。

酒には強いほうだ。かなりの量でも平気だが、公演中は緊張をほぐして熟睡するために、数杯だけ飲むことにしている。

「響子、高いの飲んでるんでしょ」

葉月はくしゃくしゃになった煙草の箱をティーテーブルの上に放り出すと、ボトルのラベルを覗《のぞ》き込んだ。

「まさか。近所の量販店で、千円もしないやつよ。毎日寝酒にするんだもの、そんな高いの飲めないわ」

「そりゃそうだ。吸ってもいい？」

「いいわよ。一本頂戴《ちょうだい》。今、切らしちゃって」

煙草も公演中は寝る前に一本だけ。これがうまい。

じっと白い煙を見ていると、今日の公演がフィルムを早送りにしたようなイメージで頭に蘇《よみがえ》る。あそこがああで、ああなって。明日は飛び降りるのを少し早めにしてみよう。

この一本の時間が、自分なりの反省会だった。

葉月は赤い顔でじっと宙の一点を見つめている。

二人でゆっくり煙草を吸っていると、高校時代に戻ったような気がする。

女きょうだいがいなかった響子には、時々やってきて部屋でこっそり煙草をくれる葉月は、姉のような存在だった。親ならば絶対に教えてくれないようなことを伝授してもらうには、彼女はぴったりの先輩である。

「葉月ちゃん、暫《しばら》く見ないうちに随分髪が真っ赤になったわねえ。また染めたの？」

響子は、蛍光灯の下の葉月の髪の色にしげしげと見入った。

葉月は乱暴に髪を掻《か》き上げる。

「そ。映画の撮影が終わったから、思いっきり変えたくなって赤くしてみたのよ。だけど、薬が強かったみたいでバリバリになっちゃってさあ」

「凄《すご》い枝毛」

「そうなのよー、ブラシが通らなくって、毎朝気が滅入るの。今度ばっさり切るわ」

「職業柄、髪は傷むわよね。あたしの行ってる美容院で売ってるヘアコンディショナー、いいわよ。今度一緒に買ってきてあげる」

「頼むわ」

二人で鮨をつまみ、のんびり酒を飲んでいると、ようやく一日の終わりが来たという感じがした。

「評判いいわね、『ララバイ』」

葉月が煙草の灰を落としながら呟《つぶや》いた。

「ありがとう」

響子は神妙に頭を下げた。

『ララバイ』の公演は二週間目を終えるところだった。葉月の言葉はお世辞ではなく、評判は上々で、当日券には連日大勢の客が並び、新聞のレビューでも大きく取り上げられている。ワークショップ方式で行ってきたここ数年の小松崎の作品の中でも、出色の出来と言われていた。

響子自身も、よい緊張感を持続できて、毎日充実感を味わっていた。

「いいなあ。こないだ観てて、羨《うらや》ましくなっちゃった。あたしも小松崎稔の舞台、出てみたいなあ」

葉月は素直に羨望《せんぼう》のまなざしを向けた。

響子はなんだかくすぐったくなったが、葉月がこんなことを言えるのも、彼女の主演した映画がロングランのヒットとなり、演技が高く評価されている余裕からだというのも分かっていた。

幼い頃から見てきた世界だし、長じて二人とも同じ稼業に就いている。いい時もあるし、悪い時もある。互いにいい状態でいられるからこそ、心から相手の成功を祝福することができる。そのことを、二人は身に染みて知っていたので、今こうして互いの仕事を羨むことができる自分たちの幸運をも、強く嚙《か》み締めていたのだ。

「ねえ、どんな人？　小松崎さんて」

葉月は好奇心を滲《にじ》ませて尋ねた。

響子は肩をすくめる。

「見た目通りよ。無邪気で意地悪で、予測不能の動きをする人」

「ふうん」

響子は小松崎のニヤニヤ笑いを思い浮かべた。

「きっと、頭が良すぎるんでしょうねえ。あまりにも遠くを見ているから、スタッフも役者も、誰もあの人が見ているものを一緒に見ることができないんじゃないかって思う。そのことを本人も分かってて、なんとか自分が見ているものを説明しようとするんだけど、あまりにも我々とギャップがあって、時々説明するのが面倒臭くなるらしくって、一人でどんどん先に行っちゃうの」

「なるほどね。なんとなく分かる」

「だから、最初はすっごい不安よー。みんな初顔合わせだから、疑心暗鬼に陥っちゃって。まとまるの、大変だったんだから。ただでさえそんなふうになっているのに、これがまた、小松崎さんが、みんなの不安を煽《あお》るようなことを次々と言うのよね」

響子は、あの林檎《りんご》のレッスンを思い出す。

林檎を手にした時の快感。響子を見つめる他の役者たちの、嫉妬《しっと》と驚嘆のまなざし。

結果的に、あのレッスンは成功だったらしい。あれ以来、皆の目の色が変わり、明らかに稽古《けいこ》の空気が変わった。誰もががむしゃらに、貪欲《どんよく》におのれのアイデアをぶつけあうようになったのだ。「みんなの居心地を悪くする」という小松崎の狙いは、見事に当たったことになる。

「あの子、意外とよかったね。ほら、あのアイドルの子」

葉月が思い出したように言った。

「安積あおい」

響子は大きく頷く。

「あの子、うまいわよ。毎日伸びてる」

それは実感だった。稽古の後半、一番伸びたのは彼女だろう。

響子は彼女に「役者の目」を感じた。何がそうなのかと言われても説明できないけれど、自分を突き放して見られる、ひどく冷静な第三者の視点で役や自分を分析できるように思えるのだ。

これまで口にしたことはないが、響子には持論があった。彼女が好きな役者には三つの目がある。役者自身の、個人の目。それを客席から観る客観的な目。そして、その両方を少し高いところから――もしくは、少し深いところで分析する第三の目。この三つの目をバランスよく持っていると感じられる役者が彼女の好みだった。役者によっては、一番目の目や二番目の目しか持っていない人もいるし、その両方を持っている人もいる。それだけでもやっていけないことはないし、それも個性だろう。

だが、やはり第三の目はある、と響子は思う。それを歳月を掛けて獲得する人間もいれば、最初から持っている人もいる。そして、あおいにはそれがあると感じるのである。

「確かにうまいけど」

葉月がそこでなぜかクスリと笑った。

響子が不思議そうに彼女を見る。

「うまいと言えば、東響子は本当にうまいわねえ。なんだか、あたし、もうあきれちゃって」

葉月は愉快そうに煙草を灰皿で押し潰《つぶ》した。

響子は葉月の表情を盗み見た。別に、自分たちのポジションを自慢しあい、讃《たた》え合おうというつもりではないらしい。

葉月はロックグラスに焼酎《しょうちゅう》を注いだ。

「よかったわよ、あの役。のびのびしてて、自在に演じてた。あの伸びやかさはあんたにしかないものよ。芸歴長いくせに、すれたところがなくて、いつもみずみずしい。あたしとは全然タイプが違う。面白いわねえ」

葉月は独り言のように呟いた。

話がどういう方向に行くのかつかめず、響子は黙って彼女の話を聞いていた。

「響子、TVドラマの予定とかあるの？」

葉月は急に響子を見た。

響子は首を振る。

「ううん。当分は舞台に専念したいなと思って」

正直言って、それはなんとなく口にした言葉だった。いろいろ話は来ていたが、まだどれも本決まりではない状況で、マネージャーと相談しなければならないと思っていたものの、『ララバイ』が終わるまではそんな気分にならないだろう。

「たぶんさあ、まだあまりはっきりしたこと分からないんだけど、あんたんところにも、話が来ると思うのよ。もしかすると、お父さんとか知ってるかもしれないけど」

葉月が言葉を選びながら慎重な口調で言った。

「何が？」

「きっと、『ララバイ』の公演が終わるまで待とうと思ってるのかもね」

葉月はチラッと響子を見た。

「仕事の話？」

「そうよ、当たり前じゃない」

葉月は笑った。が、真顔になって響子を振り向いた。

「なんか、すっごく面白い芝居やるらしいのよ。夏前に、オーディションやるんですって。オーディション受ける人間も、向こうで勝手に選んで連絡してくるみたいなの」

葉月の目はキラキラしている。

響子はハッとした。

いつか演出家の寺田がチラッと言っていた件ではないか。そう直感した。

「ねえ、ひょっとして芹澤泰次郎って人のお芝居？」

響子は勢い込んで聞いたが、葉月は首をかしげた。

「さあ、そこまでは聞いてないわ。でも、来年柿落《こけらお》とする、新国際劇場のオープニング企画で掛けるらしいのよ」

新国際劇場は、都心の一等地の再開発事業の目玉となる施設で、随分前から商業施設の宣伝を流していた。本格的なオペラハウスと、コンサートホールや、芝居専用のホールなど、複数の専門ホールを持つ国立の劇場という触れ込みである。

「それでね、噂によると、女二人が主役の芝居なんだって」

葉月は、誰も聞いていないのに声を潜めた。

女二人の芝居。

響子は身体のどこかが震えたような気がした。

「あたしさあ、それに響子と出たいのよ」

葉月は、溜息《ためいき》のように呟《つぶや》いた。

響子は驚いた。彼女の話があまりに思いがけないものだったからだ。

女二人の芝居。あたしと葉月ちゃんが一緒に、同じ芝居に。

葉月は更に目をきらきらさせて響子を見た。

「これまでずっと別々で、一緒に仕事したことなかったじゃない？　あたし、あんたと一緒に、その芝居で、舞台に立てればいいなあって思ってるの」

　葉月が帰った後も、響子は暫《しばら》くぼうっとしていた。

　もう眠りに就いていなければならない時間なのに、つい、もう一杯ワインを注いでしまう。

　いつもは気分をリラックスさせるためのワインが、今夜は気分を高揚させるばかりで、なかなか眠気を催させてはくれなかった。

　葉月は長居はしなかった。公演中の役者を気遣ってのことだと承知していたものの、その話の内容が強烈な印象を残していたため、まだ彼女の気配が部屋の中に漂っているような気がした。

　葉月と舞台に立つ。

　彼女に言われてみると、これまでそのことについて考えてみなかったことのほうが不思議に思えてきた。技術を蓄え、場数を踏んできた二人がこの先共演する可能性はおおいにある。

　ええい、煙草ももう一本吸っちゃえ。

　響子は、葉月が置いていった煙草の箱からもう一本抜いた。

　煙をくゆらせていると、徐々に興奮が冷め、シビアに分析する気持ちが目覚めてくる。

　さっき葉月から、一緒に舞台に立つというアイデアを聞いた時は他愛のない興奮に気持ちが盛り上がったが、実際二人で舞台に立つということはどういうことなのか。

　二人が舞台の真ん中に立っているところを思い浮かべる。

葉月が言った通り、全く違うタイプだから、役柄でかちあうことはないはずだ。むしろ、対照的な役どころを与えられるに違いない。

実力も——遜色《そんしょく》はない。

響子は思わず小さく息を吸い込んだ。

自惚《うぬぼ》れではない。実力は拮抗《きっこう》しているはず。あえて強気でそう自分に言い聞かせる。

葉月は確かに最近めきめき力を付けているけれど、あたしだって成長している。決して舞台で見劣りすることはないはずだ。葉月のほうでも、自信をつけ、響子を認めているからこそあんな話を口にしたに違いない。

しかし、どこかで尻込《しりご》みをしている自分がいる。心の隅っこにいる、弱気な自分。

今勢いのある上り坂にいる葉月と同じ舞台に立つのは、かなりの真剣勝負になるはずだ。本当にあたしが太刀打ちできるのだろうか。

響子はゆっくりと煙を吐き出す。

だが、その一方で面白がる自分もいる。安積あおいと組んだことは、一つの発見だった。思いがけぬ力を持った共演者と芝居をすることで、自分も飛躍できるという可能性を見つけたのだ。葉月と共演できれば、それは大きな財産になるに違いない。それに、正直なところ、彼女がどのくらいの実力を持っているのか、共演して確かめてみたかった。

女二人の芝居。

響子は改めて、純粋な好奇心を感じた。

いったいどんな芝居なんだろう？

新国際劇場の柿落としとなる芝居の噂は、かなり広く知れ渡っているようだった。
響子がそのことに気付いたのは、『ララバイ』の東京公演が終わった日の、簡単な打ち上げパーティでビールを飲んでいた時である。

パーティは内輪のもので、至極和やかだった。まだこの後大阪公演と博多公演が控えているので、千秋楽ほどの解放感はない。打ち上げというよりも、無事東京公演を乗り切った安堵《あんど》感《かん》のほうが勝《まさ》っていた。

芝居の評判がよいので、みんなの顔が明るかった。人気の芝居に参加しているという充実感が、キャストやスタッフの表情に滲《にじ》んでいる。

話題のほとんどは、『ララバイ』の感想やこの後の公演についての話だったが、響子は異様な熱気がそこここでちらちらしていることに気が付いた。

なんだろう。

こういうパーティでは、まだキャストもスタッフも残りの公演に留意して自制心が働いているので、そんなに盛り上がったり、興奮したりはしないものなのだ。なのに、女優たちが目を輝かせて何か囁《ささや》きあっている。

『ララバイ』の話じゃない。響子はそう直感した。

「響子ちゃん、お疲れさま」

そこに、響子のマネージャーの真壁玲子《まかべれいこ》と衣装担当の葛城景子《かつらぎけいこ》がやってきた。

どちらもふっくらとした体型の、たくましく気のいい中年女といった風貌《ふうぼう》である。

「あら、真壁さん来てたんですか。葛城さん、衣装、やっぱり袖《そで》直してもらってよかった。今のほうがずっと動きやすいです」

響子は二人に声を掛けた。

東家には四人の俳優がいて、四人とも玲子の会社にマネジメントを頼んでいる。元々親《しん》戚《せき》だから、マネージャーといってもかなり身内に近いし、響子はなるべく自分で物事を決めたいほうなので、玲子に会うのは仕事を選ぶ時と相手と打ち合わせや交渉をする時だけだ。いったんこうして公演が始まってしまうと、ほとんど顔を合わさないことも多い。実際、彼女に会うのは三週間ぶりだった。

「体調はよさそうね。このまま無事に地方公演を乗り切ってほしいわ」

玲子は胸を撫で下ろす仕草をした。

「ああいう、仕掛けのある舞台は気を抜けないからねえ。上下する装置って、結構危ないんだよね」

葛城景子が頷《うなず》いた。

玲子は自分もかつて舞台衣装を作っていたので、景子とは古いつきあいで今も仲がいい。景子は今やベテランの域に達しており、映画や舞台の衣装で多くの賞を貰《もら》っている。響子も、幼い頃から知っているので、親しみを持っていた。

「それにしても、噂は早いわね」

景子が、周りの役者たちをチラッと一瞥《いちべつ》して呟いた。

「噂って？」

響子は間髪を入れず尋ねた。

「ほら、新国際の柿落《こけらお》とし公演よ」

景子は声を潜めた。やっぱり、と響子は思う。

「あれって、芹澤さんのお芝居なんですか？」

響子が聞くと、二人は驚いた顔をした。

「響子ちゃん、それ誰から聞いたの？」

「演出家の寺田さんからチラッと」

二人は顔を見合わせて納得したように頷いた。

景子は更に声を低める。

「ああ、寺田さんか。あの人は古いつきあいだものね。響子ちゃん、それ、まだ人には言わないほうがいいわ。彼の名前は出さないってことになってるらしいから」

葉月に言っちゃったけど、覚えてるかしら？

響子はこの間の自分の部屋での対話を思い浮かべた。

確か、彼女は芹澤という名前には反応しなかった。大丈夫だとは思うけど、一応、帰ったらメールで念押ししとこうかな。

「じゃあ、やっぱりそうなんですね」

「まあ、ね。彼自身が役者を探してるらしいの」

「夏前にオーディションがあるというのは本当ですか」

「ええ。みんなそのオーディションの噂、してるわ。芹澤さんのところへも、噂を聞いた役者たちから売り込みが殺到してるみたい」

不思議なもので、大きな役のオーディション情報というのは、告知を始めるよりもずっと早くに知れ渡るものだ。むろん、誰だって大きな役は欲しいから、役者もその周りのスタッフも、情報入手には気を配っているのだが。

「女二人の芝居なんですってね」

「そこまで知ってるんだ。ほんとに、早いわね」

「ホンはできてるんですか？」

「それはまだみたい」

「――誰が書いてるのかしら？」

玲子が口を挟んだ。景子は首を振る。

「秘密なんですって。あの人じゃないかってみんなが勝手に名指ししてるけど、どれも違うみたい。数人に書かせてコンペにするって噂もあるの」

「随分手間を掛けるんですねえ」

「まあ、そこは芹澤さんだから。こだわるでしょうね」

景子は苦笑した。

「でも、出来上がったホンが気に入らなかったらどうするつもりかしらね。あの人なら、平気で没にしちゃうかも。新国際も勇気があるわね。柿落としがキャンセルになる可能性を考えなかったのかしら」

玲子が呟《つぶや》く。

「きっと、お役人は芹澤さんのことをよく知らないのよ。というか、芸術監督の影山《かげやま》さんが策略して、芹澤さんを引っ張り出したんじゃないのかな」

「そりゃあ、目玉になることは間違いないものね」

影山力也《りきや》は気鋭の演出家で、したたかな上になかなか政治力もあると聞く。

「女二人の芝居って言うけど、年齢は幾つの設定なんでしょうね。オーディションの対象は何歳くらいなのかしら」

響子は独り言のように呟いた。

今は劇場と主要キャストだけを先に押さえてしまうケースも多い。売れっ子脚本家の作品などは、タイトルと粗筋だけでチラシ用の写真を撮影することも珍しくない。

「年齢制限なし、らしいの」

「えっ」

響子は驚いた。

「『何歳でも演じられる役者を選ぶ』という触れ込みよ。だから、オーディションのオファーがあった人は、年齢もバラバラらしいの。正式にオファーがあったって聞いてるのは」

景子はベテランの映画女優の名前を挙げた。

響子はますます驚く。もう還暦間近の女優だ。葉月と比べてみただけで三十は離れている。

「無名の子もいるらしいわね」

玲子がハンドバッグから煙草を取り出した。

響子の視線を感じているのかいないのか、さっきから目を合わさないことに気付いていた。

当然、響子としては、自分にオファーが来ていないのかを気にしているし、気にしなければおかしい。もちろん、玲子もとっくにそのことに気付いているのだが、何も言い出さないのだ。

もしかして、葉月にオファーをしたから、あたしのところには来ないのだろうか。親戚だし、両方を同じ舞台でオーディションするのはまずいと思っているとか。

響子は、胸の奥にじわっと嫌なものが広がるのを感じた。

もしそうだとすれば、芹澤泰次郎は、あたしではなく葉月を選んだことになる。

そう思いついて、胸の奥の嫌なものはどんよりとした不安に変わった。

あたしはそんなに差がないと思っていたのに、やはりあたしと葉月にははっきりとした差があるということなのか。

「そうそう、さっき、安積あおいちゃんのマネージャーと話をしたら、彼女のところにもオーディションを受ける気があるかってオファーが来てるって言ってたわ。まだ本人には言ってないみたいだけど」

玲子は何気なく言った。景子が目を丸くする。

「へええ。アイドル系までカバーしてるなんて、神出鬼没だわね、芹澤さんも」

響子は、今度こそはっきりと自分の顔色が変わるのを感じた。

芹澤泰次郎は、『ララバイ』を観ている。

顔がカッと熱くなり、胃の中を黒い塊が落ちていくのが分かった。

そして、あたしではなく安積あおいを評価したのだ。

響子はこれまでに感じたことのない、胃がぎゅっと痙攣《けいれん》するほどの凄《すさ》まじい嫉妬《しっと》を感じたのと同時に、「やっぱり」とどこかで冷静に納得していた。

やはり、あたしの目は正しかった。あおいに「役者の目」があることを、芹澤泰次郎も感じ取ったのだ。

しかし、この嫉妬と屈辱は自分でも驚くほどだった。一瞬息ができなかったくらいだ。

あおいには来た。あたしには来ていない。

もっとも、響子にもプライドというものがあるし、何より女優である。自分がショックを受けていることを表情に出さないくらいの演技はお手のものだ。しかし、その冷徹な事実は、じわじわと全身を冷たくしていくような気がした。

それにしても、玲子はどういうつもりであおいのことをあたしの前で話したのだろう。

苦い屈辱を噛《か》み締めながら、響子はふと疑問に思った。

玲子はとても仕事のできる人だが、その一方で情の濃い人だ。東一家には、文字通り、骨身を惜しまず尽くしてくれている。他人の感情には恐ろしく敏感な人だから、響子がこのオーディションの噂を聞いて自分にもオファーが来ないかと思っていることなどお見通しのはずだし、同じ舞台に立っているアイドル出のあおいにそのオファーが来ていると聞いて、響子がショックを受けないはずがないと当然承知しているだろうに。

響子は玲子の表情を盗み見るが、彼女は平気な顔をしているし、やはり響子と目を合わそうとしない。

もしかして、あたしに悪いと思って目を見ないのだろうか。

あたしを可哀相だと思って。

そう考えると、また別の屈辱をみぞおちに感じた。

やはり、あたしには、自分で思っているよりも実力がないのだろうか。金の林檎《りんご》を取り上げたくらいで優越感に浸っていたなんて。

葉月の興奮した表情が不意に脳裏を過《よぎ》った。

あたしは、葉月と一緒に新国際の舞台に立つどころか、一緒にオーディションすら受けられないのだ。

10

「ゼロ」公演の興奮は、劇団員の身体からなかなか抜けなかった。

初めて自分たちだけの劇団でオリジナルを上演できたのだ。

「自分たち」を観てもらった。「自分たち」が評価された。それはこれまでに感じたことのない高揚感であり、初めて世界に接することができたような、ようやく世界に漕《こ》ぎ出すことができたような、不思議な快感があった。

演劇雑誌や情報誌が幾つか取材に来たりして、彼らは自分たちの劇団の滑り出しはまずまず順調で、リスクを取ってぎりぎりの日程で中谷劇場に出たのは正解だったというムードに包まれていて、新垣も内心ホッとしているに違いない。

巽も無難なデビューを飾ったことに安堵《あんど》していたし、これで次の公演が打ちやすくなったと肌で感じていた。彼らを前座で使ってくれたOB劇団や劇場からも、多少の社交辞令はあろうが、次の公演をやるべきだと勧めてもらった。もっとも、今度は正規の料金を払わなければならないから、公演費用を調達するという大問題が立ちはだかるわけだが。

なにより巽個人の収穫は、新たに次の脚本を書く意欲が湧いてきたことだった。

一度も上演されたことのない脚本が何本も書き上がるより、一本の作品が一度でも実際に客の前で演じられることが、こんなに大きな収穫をもたらしてくれるとは、彼自身も想像していなかった。どんなに作品を書き溜《た》めていようとも、一回の上演にはかなわない。ダイレクトに観客の反応を見ることで、改めて自分の芝居を客観的に見られるようになったのだ。

台詞《せりふ》や構成など、どこがまずいのか、何が必要なのか、どういう台詞がポイントになるのかといったことが、書いている時は全く気付かなかったのに、自分を含む劇団メンバーが実際に舞台に立ったとたん、くっきりと立体的に浮かび上がってきたのだ。

これまではどこに向かい、誰に向かって書いているのか雲をつかむような心地でいたのに、今では具体的な観客や舞台のイメージがあって、それを客席から観ている自分の視点を持つことができる。巽はそのことに手ごたえと歓《よろこ》びを感じていた。

とにかく初演を終えたことで、劇団員の中にも落ち着きが生まれ、具体的な日取りは決まっていないものの、次の舞台への意欲が高まっていた。

みんなにも早く次をと促され、巽は『戦争と電話』を次の公演作品として取り組んでいた。そのいっぽうで、今回は時間がなくぎりぎりの手直ししかできなかった『目的地』も予想以上に面白い素材だったので、いつか決定版を再演したいと、時折『戦争と電話』に行き詰まると気分転換に手を入れていた。

『目的地』を直していると、自然と二日目の飛鳥が目の前に浮かんでいる。

彼女が解釈した、観客に向かって「目的地は？」と鋭い問いを突きつけるラストのことがフラッシュバックのように蘇《よみがえ》るのだ。

あの解釈に、劇団員の中で巽ほどショックを受けた者はいないようだった。新垣でさえ、彼女の可能性は認めるものの、結局その判断を保留にした気配がある。

買いかぶりなのだろうか。

巽は、柔軟体操をする佐々木飛鳥をぼんやりと眺める。

「なあ、巽。あのおっさん、どう思う？」

一緒にストレッチをしていた草加が気味悪そうに囁《ささや》いた。

「おっさん？」

チラッと振り返ると、初夏めいてきた公園の隅で、こちらをじっと見ている壮年の男が目に留まった。

他にも同年代の男性は何人もベンチで休んでいたが、巽は草加がその男を指しているということが一目で理解できた。

静かに座っているが、なにしろ「ただ者ではない」という雰囲気が漂っている。それも、ハッタリやこれみよがしというのではなく、こんな遠くにいても、輪郭が際立ってしまっていることが伝わってくるのだ。

「なんか、やけに存在感のある親父だなあ」

巽がそう呟《つぶや》くと、草加も頷《うなず》いた。

「こないだも来てた」

「なんだか、佐々木が来た時みたいだな」

「私をこの劇団に入れてくださいって、言ってきたりして」

「かもな」

二人でくすくす笑う。

「佐々木の親父だったりして」

草加がそっと彼女を振り返った。

「まさか」

「実はあいつ家出娘で、実はやんごとない家の子で、あの親父はそのおつきの者かなんかで、何年も日本中捜してて、『姫、こんな下々の者とつきあうのはいい加減おやめになって、国に帰りましょう』とかなんとかいう事情だったりして」

「『ローマの休日』か。おまえは相変わらず妄想が炸裂《さくれつ》してるな」

巽は苦笑した。

だが、ふっと一瞬何かが胸をかすめた。あの子は自分の家の話をしたことがない。

「あっ」

突然、新垣が叫んだので、二人はそちらを見た。

「どうした」

新垣は答えない。その顔は驚愕《きょうがく》と興奮で蒼《あお》ざめ、いつにも増してギョロ目が大きく見開かれている。

「なんだなんだ」

「具合でも悪いんか」

みんなが新垣に声を掛けるが、新垣は口をパクパクさせていたかと思うと、いきなり小走りに駆け出した。

「どうした。ついにおかしくなったか」

「それは元々だ」

「新しいネタでも思いついたかな」

みんなで彼の行く手を見ていると、なんと彼は、巽と草加が噂していた男性のところに向かっていくではないか。

「なんだ、新垣の知り合いだったのか」

「じゃあ、やっぱり演劇関係者なのかな」

巽と草加は顔を見合わせる。

新垣は男と挨拶《あいさつ》を交わした。男が立ち上がり、二人はなにやら親しげに話し込んでいる。

「本当に新垣は顔広いなあ」

「歳食ってるからな」

やがて、男は小さく手を振って帰っていった。

新垣は狐につままれたような顔で戻ってくる。

「誰だよ、新垣」

「芝居関係の人？」

みんなが口々に声を掛ける。新垣は首を横に振った。

「いや。俺の高校の落研の先輩で、うちの経済学部を出た人」

「なんだ、単なる新垣の知り合いか」

「暫《しばら》く会ってなかったんだよなあ。どっかで見たことある顔だと思ってたんだけど、まさかこんなところで会うとは思わなかったな。どうやって俺がここにいることを突き止めたんだろう」

新垣は怪訝《けげん》そうな顔で首をひねっている。

「何の用だったの？」

「久しぶりに飲みたいって話だったんだけど」

巽が尋ねると、新垣はもごもごと言葉を濁した。

不思議に思ったものの、稽古《けいこ》に戻り、じきに巽はそのことを忘れてしまっていた。

それを思い出させられたのは、その日の稽古が終わり、新垣に「ちょっと寄っていかないか」と声を掛けられた時である。

「何？」

「ちょっと」

その煮え切らない口調に、さっきの怪訝そうな表情が蘇る。

「何だよ」

巽は興味をそそられ、新垣に詰め寄った。

「谷崎《たにざき》さんが待ってるんだ」

「誰、それ」

「さっきここに来てた、俺の先輩だよ」

「何で俺が？」

「知らないよ。あいつも一緒だ」

そう言われてふと振り返ると、飛鳥が荷物を持ってついてくる。彼女も不思議そうで、何か聞きたそうにしているが、新垣の表情が読めないので口にしないようだ。

「佐々木も？　どうして」

「だから、知らないよ。こないだ『目的地』を観たんだそうだ。脚本家と、あの女の子を連れてきてくれって頼まれたんだ」

新垣は、それ以上聞くなという表情で黙って速足に歩いていく。

巽と飛鳥は顔を見合わせた。これ以上話し掛けても、新垣の機嫌を悪くするだけだということは二人ともよく承知している。

「あの人、何やってる人なの？　芝居好きなんだね」

巽は質問の方向を変えた。

新垣は前を向いたまま頷いた。

「うん、昔から芝居は好きだった。映画とか本とか、サブカルに強い人なんだけど、むちやくちゃ頭いい人で、通産省に入ったんだよな。ええと、今は経済産業省か」

「へえー」

官僚なんて、自分とは一生縁のない、違う星の人としか思えない。

「すっごい久しぶりだよー。何年ぶりに顔見るかな。まさかうちの公演まで観てるとは思わなかったなあ」

新垣は嬉《うれ》しいのと、当惑しているのと半々らしい。

新宿駅に近い、古い居酒屋にその男は待っていた。

公園のベンチに座っている時は結構年上に見えたが、そんなに歳でもないようだ。ただ、そのやけに老成した雰囲気や鋭い目付きのせいで年配に見えるらしい。

男は既に生ビールを飲んでいて、リラックスした雰囲気で彼らを迎えた。

三人は、どう反応してよいのか分からずぎくしゃくと挨拶する。珍しく、新垣もやけにかしこまっている。

「ま、いきなり連れてこられてなんだこいつと思ったかもしれないけど、まあ、君らの芝居の話を聞かせてよ。初めまして、谷崎です。芝居は今でもよく観てるんだ。このあいだの『目的地』観たけど、よかったよ」

男はスマートで機嫌がよかった。

役者の声だ、と巽は思った。

職業はともかく、非常に訓練された、演技の声だ。社会人ていうのは、いつも演技しなきゃならないんだな。そのシビアさは、俺たちの芝居どころじゃないな。

　巽はふと、そんなことを考えた。

「ええと、君があれを書いたの？　君のオリジナル？」

　急に全てを見透かすような目に見つめられて、巽はどぎまぎした。

「はい、まあ、そうです」

　つい弱気な返事をしてしまう。自分の作品の評価を受けることに慣れていないのだと実感する。

「面白かったよ。これからもオリジナルでやっていくの？」

「はい、まあ、そのつもりです」

　巽はちらっと新垣を見た。新垣も「はい」と頷《うなず》く。

「あれはみんなの合作？　それとも君一人で書いたの？」

「ほぼ僕一人です」

「書くのにどれくらいかかった？」

「原型は高校時代に書き上げてたんですけど、三カ月くらいでした」

「で、あなたが紅一点で出てた子だね？」

　谷崎は飛鳥を見た。

「はい」

　飛鳥は巽などに比べれば堂々としていたが、ほとんど無邪気というか、きょとんとしている。男は面白そうな顔をして彼女を見ていたが、メニューを差し出し、好きなものを注文するように勧めた。

谷崎は話し上手だった。というよりも、座持ちがよく、情報を他人から引き出すのがうまいのである。

新垣は高校時代の思い出話などをしているうちにようやくホッとした表情になり、いつもの年上男に対する親和力を発揮し始めていた。

巽も、最初は警戒心を抱いていたものの、男が非常にサブカルチャーに詳しいので話をしているのが面白くなり、書きかけの脚本のことや、自分の好きな劇作家のこと、最近観た映画のことなどを積極的に話し始めていた。

ただ、やはり飛鳥はニコニコおとなしく話を聞いていた。むろん、先輩である新垣や巽に遠慮しているというのもあるが、男にいろいろ根掘り葉掘り聞かれてもあまり自分の話をしなかった。

谷崎は飛鳥のことを興味深く見ているような気がしたが、やがて切り出した。

「今度、都心に新国際劇場ができるんだけど、それは知ってるよね？」

「ああ、なんか聞いたことがあります」

新垣が頷いた。

「来年の秋でしたっけ？　専門ホールを幾つか造るんでしょう？」

巽もそう答える。

谷崎は、改まった口調で口を開いた。

「実は、あそこの芸術監督を務める影山というのが、僕の知り合いでね。今、その仕事を手伝ってるんだ。小ホールもできるし、これから使ってもらうであろう若い人の意見を聞きたいんで、遊びに来て、感想を聞かせてもらいたいんだけどね。どうだろう？」

「へえー、それは見てみたいですねえ」

新垣は大きく頷いた。

谷崎の目が、一瞬光ったような気がして、巽は内心ギクリとした。

「それはよかった。じゃあ、早速だけど、今日これからはどうかな？　君たち、三人とも、時間は空いてる？」

「これから？」

さすがに三人は驚いた。

さっき初めて紹介されて、一緒にビールを飲んで、いきなり新国際劇場に連れていくという。さすがにこれは早急すぎないか。

三人は顔を見合わせる。

「そりゃあ、空いてはいますけど」

巽が恐る恐る呟《つぶや》いた。

「よし、じゃあ行こう行こう」

谷崎はニッコリ笑うと、伝票を持って立ち上がり、スタスタと会計に行ってしまった。

「おい、いいのかよ」

巽は新垣をつついた。

「向こうは社会人だ、ご馳走《ちそう》になろう」

「そういう意味じゃなくってさ。いきなりついていっていいのかな、俺たち」

「誘ってるのは向こうだしなあ。佐々木、おまえは時間大丈夫か?」

「はい、大丈夫ですけど」

飛鳥は頷くが、不安そうな顔で巽を見る。

「よし、行こう。俺たちもいつか新国際の舞台に立つかもしれないし」

新垣は腹を決めたらしく、鷹揚《おうよう》に頷く。

「新国際の舞台にー?」

巽はあきれた声を出した。偶然の幸運で初演を果たしたばかりの小劇団の主宰にしては、強気な発言である。

「谷崎さんがどういう腹づもりなのかは知らんけど、チャンスは何でも利用するもんや」

新垣は澄ました顔で一人頷いた。


あれよあれよというまに、三人はタクシーに乗って、新国際劇場に向かっていた。谷崎は相変わらず上機嫌で、助手席で運転手と世間話に興じている。

なんだか、狐につままれた気分だ。このまま人里離れた山奥に連れていかれて二度と帰ってこられないのではないか、という不安を感じる。

三人は後部座席でじっと黙ったまま、流れる夜の車窓の風景を見つめていた。

しかし、タクシーはあっさりと都心の一等地にある巨大な箱に横付けした。

「うわあ、でかいなあ」

タクシーを降りた新垣が空を見上げて唸《うな》った。

生温かい夜の風が吹き付けてくる。

元は政府施設だった広大な敷地だ。黒々として見えるのは、都心では珍しく、まとまった緑地が残っているからだろう。ここは都民の森として残すらしい。

高層ビルはほぼ竣工《しゅんこう》していて、赤いランプが輪郭に沿って点滅していた。ビルの窓硝子《ガラス》に規則正しく紙が貼ってある。

その脇《わき》に、複合施設と思《おぼ》しき巨大な箱が並んでいる。一番大きいのが新国際劇場の目玉である本格的なオペラハウスだろう。

まだまだ工事は途中で、建築機材や資材が敷地内に所狭しと並べられている。

「あっちが演劇用。僕らはキューブと呼んでる」

谷崎はオペラハウスの脇の、並木に囲まれた場所を指さした。

確かに、立方体だ。

こぢんまりとした赤い箱と、それに隣接して一回り大きな黒い箱が木立の中に転がっているように見える。

「あれが、中劇場と小劇場だよ」

「へえ」

近づいていくと、そこは大きさの異なる立方体が重ねられた建築のエリアだった。

巽は、かつてヨーロッパの七〇年代の建築デザインで、こんなふうに箱を積み重ねた形の共同住宅が流行《はや》ったことを思い出した。あれは未来をイメージした建物だったけれど、ここのはもう少し温かくひょうきんな感じだ。建物に囲まれるようにして、すり鉢状になった階段がある。ここも、野外劇場として使用する予定なのだろう。

いいな。

巽は興奮して周囲を見回した。日本にはブロードウェイのような本格的な劇場街がないけれども、ここなら小さな劇場街として機能しそうだ。

「今開いてるから、小劇場に入ってみよう」

谷崎は先に立ってさっさと歩き出した。

それぞれ施設に見入っていた三人は、慌ててついていく。

正面玄関は閉ざされていたが、谷崎は裏手に回った。

搬入口が大きく開いていて、煌々《こうこう》とした明かりが漏れている。

おっかなびっくり近づいていくと、中は思いがけず大勢の人がいて、そこここで動き回っていた。

建設途中の劇場なんて、めったに見られるものではない。

いつも劇場の裏に行くと、あまりにも殺風景でただの作業場であることに驚く。

これほど表と裏がはっきりしている場所はないだろう。表は人々が着飾ったロシア皇帝主催のパーティでも、裏ではガチ袋を提げたTシャツ姿の親父が釘《くぎ》を打ち、目の下に隈《くま》を拵《こしら》えた小道具係が金箔《きんぱく》を貼ったナイフを接着剤で修理しながら、ペットボトルの水を飲んでいるのだ。

文字通りの虚飾の世界。だが、客の目にそれが本物の金のナイフだと信じ込ませられればこちらの勝ち。どんなにちゃちなまがいものでも、観客が本物だと信じればいい。その明快さが、巽は好きだった。

「木の香りが」

飛鳥が小さく呟いた。

「うん」

新しい木の清々《すがすが》しい香りが漂っていて、目が覚めるような心地がした。

谷崎は皆と顔見知りらしく、口々に軽く挨拶《あいさつ》をして中に入っていく。その後ろをおっかなびっくりで歩いている巽たちには、誰も注意を払っていないようだった。

客席にも、多くの人がいた。

施工業者らしい作業服を着た人たちもいたし、洒脱《しゃだつ》な格好をしているのはデザイナーだろうか。

「いいなあ、この小屋」

新垣がうっとりと呟いた。

巽も同感だった。客席がゆるやかな扇形を描き、しかも舞台に向かってかなり傾斜しているから、どの席も見やすく、舞台が近くに感じられる。客席に比べて舞台のホリゾントがとても深いので、大道具の出入りも楽そうだ。席は三百人くらいか。一体感のある、芝居に集中できそうな劇場だ。

舞台の上は明るく、彼らを誘うようにキラキラ輝いていた。

巽は、ほんの数分前まで、どこかに誘拐されるのではないかとタクシーの中でびくびくしていたことなどすっかり忘れてしまい、心が浮き立つのを感じた。

新国際の舞台に立つなんて、さっきはとんでもないことだと思っていたけれど、こうして目の前に実物を見ていると、だんだんその気になってくるから不思議だ。

いつかこの舞台に立ちたい。ここに掛けられるような芝居が書きたい。

「ねえ、巽さん」

急に話し掛けられて、巽はハッとした。

「何？」

飛鳥から話し掛けてくることなど、珍しい。彼女は不思議そうな顔をしてきょろきょろ辺りを見回していた。

「なんだかおかしくないですか、ここ」

「え？　何が」

聞き返したが、飛鳥は不審げな様子で周囲に目を走らせるばかりである。

おかしい？　何が？　巽はきょとんとする。

が、突然、舞台の上に置いてある白木のテーブルと、背もたれのついた小さな椅子にライトが当たったので、そちらに注意が向いた。

照明を試してるのかな。

客席の前のほうに、数人の男と一人の女が並んで座っており、テーブルを指さして何か話していた。背広を着ているところを見ると、裏方のスタッフではないようだ。

やがて、女がごそごそと立ち上がり、白い紙を持って舞台に上がっていった。

中年の、がっしりした女性だ。役者ではないように思える。

「この辺りでいい？」

と照明や客席に目をやり、椅子のそばに立つと、手に持った紙を見て読み始める。


その冬、ロバート・コーンは新しい小説を携えてアメリカに渡り、一流に近い出版社にその作品を認められた。出かけるときは、フランシスと大喧嘩《おおげんか》になったらしい。このときのアメリカ行きで、ロバートの気持ちは彼女から離れたのだろう。彼はニューヨークで何人かの女にモテたからだ。

ぼそぼそした、たどたどしい棒読みだ。やはり役者ではない。言葉ははっきりしているけれど、訓練された声ではないのだ。

「おーい、ここに役者がいるから、こいつに読ませろよ」

谷崎が舞台に向かって突然大声で叫んだ。

舞台の上の女はハッとしたように谷崎を見ると、苦笑いした。

「そうね。あたしじゃ参考にならないわよねえ。そこにいるの、誰？　随分若々しいけど、まさか谷崎さんの隠し子じゃないわよねえ」

その気さくな受け答えから、谷崎と親しいのだと気付く。

谷崎は「アッハハ」と大声で笑う。

「幾らなんでもこんなでかい隠し子は無理だよ。こいつ、新垣といって、俺の高校の後輩。最近新しい劇団を立ち上げたところ。赤丸急上昇中の有望株だから、以後お見知りおきを」

振り返られて、新垣はぺこんと頭を下げた。

「おい、新垣、せっかく来たんだから、あそこに立ってみたいだろ。あいつからあの紙貰《もら》って、舞台で読んでみてくれよ」

谷崎は鷹揚《おうよう》に顎《あご》で舞台をしゃくった。

「えっ、いいんですか。やりますやります」

新垣は興奮して何度も頷《うなず》き、その大きな図体《ずうたい》で軽やかに舞台に駆け寄ると、ひょいと飛び乗った。

「若者はいいわねえ」

女が苦笑して紙を渡す。

新垣は周囲を見回し、立ち位置を決めると、朗々とした声で読み始めた。

さすが、元々身体が大きい上に、演技が大きいので、舞台映えして見える。

売り込んでるな、と巽は内心苦笑した。こういう時に、変にびびったり臆《おく》したりしないところは偉いと思う。

堂々と朗読を終え、新垣は大仰にお辞儀をして舞台を降りてきた。客席から笑い声と拍手が起きる。

「あー、気持ちよかった。反響もいいなあ」

新垣はうっとりした顔だ。

「せっかくだ、君も読んでみたら？　役者もやるんだろう？」

谷崎は、新垣から紙を受け取ると、巽に渡す。

巽はどぎまぎした。

「僕もやっていいんですか？」

「うん。意見も聞きたいし、スタッフも効果を見てるから」

「じゃあ、やります。ありがとうございます」

巽は緊張と興奮で頬を上気させ、舞台に駆け上った。

正面に向き直ると、客席の全てがこちらに向かってくるような臨場感があり、一瞬たじろいだが、同時に客席を両手できゅっと抱え込めそうな親密さを感じた。わあ。気持ちいい舞台だなあ。みんなの注目を一点に集めやすい。拡散しない。眩《まぶ》しそうな顔で照明を見上げ、ワープロで打たれた文字を見る。すうっと息を吸い込み、読み始めた。

パリに帰ってきたときは、別人のように変わっていた。すっかりアメリカかぶれして、以前のような単純な人間でも、御しやすい人間でもなくなっていた。出版社間での小説の評判が上々だったものだから、すっかり舞い上がってしまったのだ。おまけに何人かの女から色目をつかわれて、世界が一変してしまったのである。


最初は緊張したが、読むのが気持ちよかった。声が聞きやすいし、響きがまろやかだ。すっかり夢中になり、一ページの文章を朗読し終え、巽は頭を下げて客席に戻った。

「本当だ、凄《すご》く喋《しゃべ》りやすい」

興奮して新垣に話し掛ける。

「だろ？　これで客席が埋まるとまた印象が違うだろうけどな」

新垣も大きく頷く。

「君もどう？」

谷崎がそう言ったので、巽と新垣は顔を上げた。

「はい？」

少し後ろで舞台を眺めていた飛鳥が素《す》っ頓狂《とんきょう》な声を上げた。

「君も、女優だろ。あそこでこれを読んでみない？」

谷崎はにこやかな顔で、彼女に紙を差し出す。

飛鳥は初めて見るもののように、その紙をぼんやりと見下ろした。

飛鳥の反応はおかしかった。

普段の彼女は、とても落ち着いている。ティーンエイジャーらしからぬ落ち着きと言ってもいいほどだ。無駄な動きは一切しないし、「待て」と言われればいつまでもじっとしていられる子なのだ。普通、演技の素人は動きに「ため」がある。つい余計な動きをしたり、ためらったり、もぞもぞしてしまう。彼女には最初からそういったところがなかったので、新垣は「経験者だ」と言ったのだろう。

しかし、今の飛鳥は変だった。おどおどした表情で新垣と巽を見て、何か言いたそうにしている。

新垣が不思議そうな顔をした。

「なんや、いつもは度胸いいくせに。せっかくの機会だから行ってこい」

「はあ。その」

飛鳥はもじもじしている。

巽は意外な感じがした。初舞台では自ら演出を変えてみせるほどの度胸を見せたくせに、やはりあれはビギナーズ・ラックだったのだろうか。それとも、こんな立派な劇場では勝手が違うのだろうか。

「遠慮しないで。どうぞ」

谷崎もにっこりと笑って促す。

飛鳥はそんな谷崎の表情を不安そうな目で見ていたが、「じゃあ」と言って紙を持ってしぶしぶ舞台に向かった。

飛鳥はひょいと身軽に舞台に上ったものの、やはりどこか上の空だった。ちらちらと周囲を見ていて、全く集中力を欠いている。

いったいどうしたんだ。せっかくのチャンスなのに。巽は内心苛立《いらだ》っていた。あの時の凄さはどこへ行っちゃったんだ。

巽は、内心、彼が凄い素質があると思っている飛鳥を、谷崎に見せたかったのである。いや、自分が彼女に感じた可能性が正しいのかどうか、この鋭い目をした男に確認してもらいたかったのだ。

飛鳥はつかのまぼうっとしていたが、やがて椅子の脇に立ち位置を定めると、あきらめたように読み始めた。


彼の結婚はみじめな大学生活の反動であり、その結婚で得た妻の心には自分以外の男がいたという発見の反動につけこんだのが、フランシスだったと言えるだろう。彼はまだ本物の恋を味わっていないものの、自分が女たちにとって魅力のある獲得物であり、女が自分に惚《ほ》れて一緒に暮らしたがるのは単なる奇跡ではないのだということに気づいた。

やはり、声は出ているが、普段の飛鳥ではない。何かに気を取られていることは確かだ。しかも飛鳥は、読みながら少しずつ舞台の袖《そで》に向かって歩き始めていた。まるで退場しようとしているかのようにすたすたと歩いていく。

「何やっとるんや、あいつ」

新垣があきれた顔をして呟《つぶや》いた。巽も同感である。演技や効果を狙っているわけでもなく、ただぺたぺたと歩いていくのだ。

が、袖に引っ込むぎりぎりのところで立ち止まり、彼女はまたしても劇場内を見回していた。当然、読むほうは棒読みになる。

その結果、ガラッと人が変わってしまい、付き合って面白い男ではなくなってしまったのである。それからもう一つ、ニューヨーク在住の知人たちと相当値の張るブリッジ・ゲームをした際、

飛鳥は、今度は唐突に舞台の反対側に向かって速足で歩き始めた。

「あほか、あいつ」

新垣はほとんど立腹していて、谷崎に凄い勢いで頭を下げた。

「すんません、谷崎さん。せっかくこんなええ舞台に上がらせてもらったのに。あいつ、普段はもうちょっとまともなんですけど、なんや舞い上がってるらしい」

「待って」

新垣の言葉にかぶせるように谷崎が低く呟いた。

「え？」

新垣と巽は谷崎の顔を見た。二人ともぎょっとして、思わず身体を引く。

谷崎の横顔は、驚くほど真剣だった。目は大きく見開かれ、舞台を注視している。

「——紙を見てない」

谷崎は独り言のように呟いた。

「は？」

新垣が呆《ほう》けた声で呟いたが、巽はすぐに谷崎の言葉の意味に気付いた。

「ほんとだ」

飛鳥はほとんど手元の紙を見ていない。舞台の上を移動しながら、目はよそを見ている。

しかし、その口からは、さっき新垣と巽が読んだ文章が淀《よど》みなく流れ出てきているのだ。

彼はその頃、W・H・ハドソンを読んでいたのである。それ自体は、別にとやかく言うことではない。だが、コーンが何度もくり返し読んでいたのは、『紫の大地』だった。『紫の大地』は、かなり歳をとってから読むと、えらく危険な書物なのだ。そこで物語られているのは、一人の典型的なイギリス紳士が実にロマンティックな国で繰り広げる壮麗にして空想的な恋の冒険だ。その国の風土が、

飛鳥の目は、完全に手元から離れてしまっていた。が、まるでつっかえる様子もなく、すらすらと声は続く。

「もう覚えちゃったのか。俺たちが先に読んだのを聞いて」

巽は身に覚えのある戦慄《せんりつ》が背中を這《は》い上ってきたことに気付いた。

確かに『目的地』でも台詞《せりふ》の入るのは早かった。だが、元々台詞は最後の数分間だけだったから、単に覚えるべき量が少なかったからだろうと思っていたのだ。

みんながあんぐりと口を開けて舞台の上の飛鳥を見ていたが、注目されている本人は、全くそのことに気付いていないばかりか、自分が文章を暗記していることすら意識していないように見える。

「あいつ、いったい何考えてるんだ?」

新垣がかすれた声で呟いた。

いつのまにか、周囲のスタッフの動きまで止まっていた。飛鳥が舞台の上で奇妙な動きをしていたのと、谷崎たちの表情が変わっていたためらしい。

飛鳥はあっさりと文章を読み終え、舞台を降りると巽たちのところに戻ってきた。

みんなが無言で自分を見ているので、不思議そうな顔になる。

「おまえ、何しとったん？　あんな上の空で、舞台行ったり来たりして」

新垣がストレートに疑問をぶつけた。

「えっ」

飛鳥は驚いた顔をした。

四人の間に沈黙が降りる。

三人が怖い顔で自分を見ているので、飛鳥は不安になったらしかった。

「でも――気になって――気になって仕方がなかったので」

「何が？」

そう尋ねたのは谷崎だった。彼の目はひどく真剣で、巽はその目のあまりの真剣さが気に掛かった。少なくとも、この表情は演技ではない、と思う。

飛鳥は後退《あとずさ》りした。

「巽さんは気にならなかったですか？」

飛鳥が自分の顔を見てそう尋ねるので面食らう。

「え？　気になるって何が」

「新垣さんは？」

飛鳥は、新垣の顔も見た。新垣も、ギョロ目を見開いたまま、巽の顔を見る。

再び沈黙が降り、飛鳥は、自分が気になっていたものが、目の前の二人の学生にとってはそうでなかったことにようやく気付いたらしかった。

初めて腑《ふ》に落ちたという表情になり、飛鳥はあきれたように呟いた。

「カメラですよ」

「カメラ？」

巽と新垣は同時に叫んだ。

今度は、谷崎の顔色が変わるのが分かった。隣に立っている彼の身体が、かすかにびくっとして動揺していることに気付く。

「カメラやと？　どこに？」

「ええと、たぶんあそこに一台」

飛鳥は、すっと手を伸ばした。新垣と巽は彼女の指さす方向に目をやる。客席の後ろにごちゃごちゃと積んである木箱。

「あと、たぶんあの辺りにも」

「他にもあるのか」

飛鳥は、客席の脇でしゃがんで作業をしている男二人を指さした。指さされた二人は、ぎょっとしたように立ち上がる。

「まさか、そんな。どうして、カメラが」

新垣は力なく笑いながらも、恐る恐る谷崎を見た。

今度は、みんなが谷崎を注目する。いつのまにか、劇場全体が静まり返り、中の全員が彼らを注目していた。それまで保たれていた何かが剝《は》がれ落ちてしまったかのようだ。

谷崎は、黙りこくったまま、じっと飛鳥を見つめていた。少し蒼《あお》ざめているように思えるのは気のせいだろうか。

「――いつ分かった？」

さっきまでとは打って変わって、低く、探るような声が漏れた。同時に、飛鳥の指摘が事実だったということに気付き、巽と新垣は愕然《がくぜん》とする。

「入ってきた時から、何か変だなあと思ったんです」

飛鳥は肩を縮めるようにして、消え入るように話し始めた。

その表情は、なんだか申し訳なさそうである。

「なんでこんなに人がいるんだろうって――でも、人がいる割には、手が動いてないなって、思ったんです。大工仕事をしているように見せかけてはいたけど、みんな凄《すご》く手が綺《き》麗《れい》で。だって、軍手もしてないんですよ。素手であんな木材とか運んでいるのに、どうしてこんなに手が綺麗なんだろうって、考えたんです」

谷崎はぽかんと口を開けた。

「ひょっとして、君は、最初から、気が付いていたと言うのかい」

「はあ」

飛鳥は情けなさそうな顔で頷《うなず》いた。どうやら、気付いたことを後悔しているらしい。恐らく、自分が周囲の動きを止め、空気を変えてしまったことに怖気《おじけ》づいているのだ。

「みんな、やけに動き回ってるのもおかしかったです。何もしてないのに、二、三人で固まっていたりして。それで、ああ、みんな、作業してるふりをしてるんだなあって」

飛鳥はそっと周囲を見回した。

客席の前列に座っていたスタッフも、今では立ち上がって飛鳥の話を聞いていた。

「じゃあ、どうしてそんなことをしてるのかって思って、新垣さんたちの朗読を聞いていたら、じっとしていて動かないところがあることに気付いて」

飛鳥は後ろめたそうに、客席の後ろに目をやった。

「それで、カメラに気付いたというわけか？」

谷崎が、あきらめたような声で尋ねた。飛鳥は首を振る。

「いえ、そう確信していたわけじゃありません。だけど、なんだか気味が悪くなってきちゃって。でも、新垣さんも巽さんも平気そうだし、あたしにも読めって言うし。で、もしカメラがあって、舞台の上に立った人間を撮ろうとしているのなら、人間が動けばカメラもそれを追うに違いないと思いました」

「だから、あんなふうに隅から隅へと移動したのか」

新垣が納得したように頷いた。

「はい。舞台の上にテーブルと椅子が置いてあったのも、きっとあそこにカメラの向きが固定してあって、役者がそこに立ちやすいようにしてあるんじゃないかと思って」

飛鳥は舞台を振り返った。

谷崎が低く唸《うな》った。まるで怒っているような声だが、やがて「やれやれ」と溜息《ためいき》をつき、ぐるりと客席を見回すと大声で叫んだ。

「全く、おまえら、演技力ないなあ。すっかりバレてるじゃないか。この次は気合入れてやらないとマズイぞ」

スタッフから苦笑いが漏れ、「あーあ」「すいませーん」という叫び声が一斉に上がった。

「谷崎さん、これって」

新垣が説明を求めるように谷崎を見る。

谷崎も、申し訳なさそうな顔で彼を見ると、肩をすくめた。

「すまん。騙《だま》そうとしたわけじゃない。だが、結果としてそういうことになってしまった。謝るよ。確かにカメラはあった。でも、録画はしていない。カメラテストのようなつもりだったんだが、まさかこんなにあっさりと見破られるとは」

谷崎は神妙に頭を下げた。

「申し訳ない。そりゃ、カメラに気付いていたら気味が悪くなるのも当然だろう。不快な思いをさせて済まなかった」

飛鳥と巽にも丁重に頭を下げるが、巽は詫《わ》びの言葉など聞いていなかった。

「カメラテストですって？」

谷崎は顔を上げ、静かな目で三人の顔を交互に見た。

「そう。これは、今僕たちがやっている企画のオーディションのオーディションなんだよ。僕の一存で、君たちにも参加してもらったわけだ」

窓の外を歩いていくサラリーマンの背広が、車のヘッドライトとテールランプに溶けていく。

普段大学街の喫茶店で見ている風景や、自宅近所の学生の多いファミレスから見る風景と違うのが新鮮で、巽はぼんやりと通行人の姿を眺めていた。

「しっかし、驚いたな」

向かいの席で、やはり新垣がぼんやりと呟《つぶや》く。頭を整理したいのか、珍しく煙草を吸っていた。夜の、都心のビルにあるファミリーレストランである。遅い時間だが、途切れることなく客が入ってくる。

「んだね」

巽はそっと隣を見た。そこには誰もいない。飛鳥は新国際劇場を出たあと、一人で帰ってしまった。珍しく動揺していて、心細そうな顔をして帰っていった。巽と新垣は、なんとなく帰りそびれて、今日の出来事を確かめたくなってここに入ったのだ。

巽ももちろん驚いてはいたが、「やっぱり」という気持ちもあった。

気になって仕方がなかったので。

飛鳥の不安そうな顔が目に浮かぶ。改めて驚嘆の気持ちが込み上げてきた。

まさか、カメラがあったとは。しかも、すぐそれに気付くなんて。

谷崎も、あの舞台を見て飛鳥を気にしていたのだ。彼も、自分の目で彼女を間近に見たいと思っていたのだろう。

「しっかし、大人げないよな。あんな芝居で騙そうなんて」

新垣はまだ憤慨が残っているらしく「しっかし」を繰り返す。

巽はチラッと冷ややかな目で新垣を見た。

「でも、俺たち、見破れなかったんだぜ。佐々木は一目で分かったのに」

「言うな」

新垣は顔をしかめて手を振った。新国際劇場に入れる、ということだけで舞い上がり、舞台に上げてもらえることで有頂天になっていた自分が恥ずかしいのだ。

それは巽も同じだった。けれど、学生演劇をやっている学生が、突然あそこに連れてこられて舞い上がらないほうがおかしいではないか。むしろ、異変を感じた飛鳥のほうが異常なのだ。

やっぱり、俺の目は正しかった。

巽は内心自信を深めた。

「それにしても、ギャラリーが多かったなあ。俺、大したオーディション受けたことあるわけじゃないけど、あんなに大勢の審査員がいるオーディションなんて、聞いたことないぞ」

新垣は、劇場にいたスタッフの人数を頭の中で数えるような表情になった。

「いったい何のオーディションなんだろ。どんな芝居なんだ？」

「谷崎さんの口ぶりだと、随分大勢の人間が受けてるらしいじゃない」

巽も、別れ際の谷崎の表情を思い浮かべた。

「そうだよなあ。かなり大掛かりなオーディションだよな」

今日は本当に失礼しました。改めて、今度のオーディションに参加していただきたいのですが、お願いできますか。

谷崎の真剣な表情を思い出す。

彼の目は飛鳥に向けられていた。飛鳥は怯《おび》えた顔で谷崎を見ている。

要は、新垣や巽はダシにされたわけで、本当は飛鳥が最初から彼の目的だったのだ。そのことに二人とも同時に思い至り、ちょっと傷ついたけれど、今となっては谷崎の慧眼《けいがん》に感心させられていた。そして、それに見事応《こた》えた形になった佐々木飛鳥についても。

「ひょっとして、天才なのかな、あいつ」

新垣はぽつんと呟いた。

「かもね」

巽も頷き、小さく溜息をついた。

「見たいなあ、オーディション。俺たちには見せてくれないのかなあ」

彼の関心は、徐々にそちらに向かっていた。

「頼んでみるよ。佐々木を連れてこられたのも俺たちのお陰だ。そうムゲにはできんだろ」

「うん。頼む」

二人はぼんやりと窓の外を見つめている。


飛鳥もまた、ぼんやりと窓の外を見つめていた。

終電まではまだ時間があるので、電車の中の混み具合はそこそこだ。

電車の客たちは、皆眠そうにしており、彼女が混乱していることなど誰も気付かない。

谷崎に渡されたメモを恐る恐る覗《のぞ》き込む。

そこには、履歴書と写真を持参して、都内のある場所に来るよう地図が印刷されていた。

メモは、薄い台本に挟まれている。

「これを読んでおいて」

谷崎はそう言った。

これをオーディションで使うということらしい。

飛鳥はタイトルを読んだ。


『開いた窓』

そう書かれている。

そのタイトルに聞き覚えがあった。確か、トリッキーな作品を書くサキという作家の、有名な短編である。ざっと見たところ、その短編を芝居にしたものらしい。

ある家にやってきた客の男と、その家に住む少女。登場人物はこの二人。

飛鳥がやるのは、この少女の役だろう。

彼女はまだよく状況がのみ込めていなかった。新垣についていったら、新国際劇場に連れていかれ、奇妙な状況の中舞台に上がり、みんなが勝手に怒ったり驚いたりしていて、あげくの果てがこのメモと台本である。

オーディション、というものがこの世にあり、映画やドラマでもよくそんな場面を見ていたものの、まさか自分がそんなものに関わるとは夢にも思っていなかった。

正直、彼女は当惑していた。

がむしゃらにここまでやってきて、ここが自分の居場所であり、自分が一番興味を持っている世界であるということは分かった。本来、彼女は規則正しい、予定がきちんとしている生活が好きなので、ルーティンができつつある今の生活を混乱させられるのが迷惑だったのである。

しかし、彼女は何を求めて今ここにいるのか、自分が何になりたいのかは、まだよく理解していなかった。本能と衝動の赴くままに、日々を過ごしているだけなのだ。

飛鳥は、自分が役者であるという自覚すらなかった。芝居というものの一部である、芝居というものを今やっている、という感覚はあったものの、彼女は自分を客観的に「見る」ということができなかったのだから。

かつて友人の龍子が指摘したように、飛鳥は自分が他人からどのように見られているか、という自意識や、どんなふうになりたいか、という野心が皆無だった。マイペースといえばマイペースだが、この年齢の女の子としてはかなり珍しいほうだろう。自分が役者としてどのくらいの力量があるのか、才能があるのかということもほとんど考えたことがない。または、多くの役者志望者が胸に抱くところの、自分がスポットライトを浴びている成功のイメージというのも、微塵《みじん》もない。目立ちたい、と思ったことがないのだ。

なんだか面倒臭いことになっちゃったな。

飛鳥は小さく溜息《ためいき》をついた。

今の劇団で、みんなとじっくり次の芝居に取り組みたかったのに、新垣さんも巽さんも怖い顔をして、行け、行ったほうがいい、チャンスだ、と言うのだ。

パラパラと台本をめくる。

短いながらも、内容は面白かった。ついつい繰り返して読み、例によってすっかり覚えてしまう。

飛鳥は目を閉じて、背もたれにもたれかかった。

たちまち、頭の中に、古い屋敷と、開いた窓が浮かんできた。

そこに立つ二人が見える。

二人が話す声が聞こえ、動き回るのが見える。

うん？

頭の中で二人の芝居が上演されるところを見ながら、飛鳥は違和感を覚えた。

変だ。これ、どこかおかしい。まるで、さっき、新国際劇場に入った時に感じたのと同じちぐはぐさを感じる。どうしてだろう？

飛鳥はぱちっと目を見開き、しばらく考え込んでから、もう一度台本を開くと、舐《な》めるように最初から読み始めた。

11

「よく聞かれるでしょうけど、影山さんは、オーディションをする時は、どこを見るんですか？　目の光を見るとか、目力《めぢから》とか言いますけど、どこがポイントなんですか？」

小さなスタジオの隅っこで、ぼそぼそと声がする。

そこでは、二人の男がパイプ椅子に並んで腰掛けていた。片方はひょろりとしていて、もう一人はがっしりとした大柄な男だ。スタジオには、他にも十脚ばかりの椅子が並べられている。

「うーん。確かによく聞かれる質問なんだけど、それって答えるの難しいんですよねえ」

頭をぽりぽり掻《か》きながら、大柄な男が答えた。

「人によっても違うし、求めるキャラクターによっても違うと思うし——僕の場合は、『気になる』ことですかねえ」

「気になる、ですか」

隣でメモを取るライターらしき男が繰り返す。

「うん。いたでしょ、同級生でも、同学年でも、なんだか気になる女の子。だいたい、みんな同じなんだよね、なんとなく気になる子って。必ずしも美人とは限らないのに、ついつい見てしまう子っているでしょう。だから僕は、凄《すご》い美人だとか目立つとかいうんじゃなくて、そういう、気になる子を取りたいの」

「今回、大掛かりなオーディションをしているという話ですけど、どんな役なんですか」

ライターはひそひそ声で尋ねる。

男は大きく手を振って苦笑した。

「まだ分からないんですよ。ホンもできてないし。今は、あちこちから『気になる』子を探している段階で、それがどう役に結びついていくかも分かってない状態なもんで」

「今回はどんなタイプを探しているんですか？」

「それはこっちが聞きたいくらいなんだよね。明確なタイプを想像してるわけじゃないから。でも、何にでも対応できる、柔軟な新人を探していることは事実ですね」

幾つか当たり障りのない返事をしていると、これ以上は何も喋《しゃべ》らないと思ったのか、ライターは帰っていった。

「やれやれ」

影山力也は小さく溜息をつき、ペットボトルのお茶をごくりと飲んだ。

「お疲れさん」

いつのまにやってきたのか、谷崎が後ろに立っていた。

「そっちこそお疲れさん」

影山は仰向《あおむ》けになって伸びをしつつ谷崎の顔を見る。

「こっそりやってたのに、今じゃすっかり有名だな。まだ演目も決まってないのに、聞いたこともない芝居の内容が独り歩きしてるぞ」

「前宣伝だと思えばいいさ」

「いいけど、あっちこっちからうちのを使ってくれって大変だ。芹澤さんのだってまだおっぴらに言えないから、面倒臭くて」

「オーディションをする時はどこを見るんですかね？　影山さん」

谷崎は、さっきのライターの口調を真似て聞いた。影山は小さく笑う。

「勘だよ、勘。勘としか言いようがない。でもさ、タレントキャラバンとか見ててもそうだけど、オーディションって、不思議と優勝者は大成しないんだよね。二番手とか三番手とか、特別賞くらいのほうが人気が出て残ったりする。優勝しちゃうと、そこで満足するというか、その時点の完成度まで――そこまでになっちゃうんだな」

「なるほど」

「だから、裾野《すその》を広げて、なるべく余白のある、面白そうな人間を探してるわけでさ。忙しい国家公務員にまで協力をお願いしているわけだ」

影山が拝むと、谷崎も小さく笑った。ふと、思い出す表情になる。

「──一人、面白い子がいたよ」

「本当か？　新人かい？」

「うん。新人も新人、今年大学に入って芝居を始めたばっかりの子だ」

谷崎は小さな舞台を振り返った。

「うまいのか？」

影山は期待を込めて尋ねたが、谷崎は首をひねる。

「それがよく分からん。見た目も普通だし」

「なんだ、そりゃ」

「だけど、凄いんだ。そうとしか言いようがない」

「へえ。おまえがそう言うんだから、きっと凄いんだな」

影山は興味を示した。

「で、来るのか？」

谷崎はそっけなく頷《うなず》いた。

「呼んだ。今夜来るはずだ」

「ふうん。そいつは楽しみだ」

「プロ組は、今日は誰が来るんだ？」

「宗像葉月と、安積あおい」

「演技派とアイドルか。なんとも贅沢《ぜいたく》なオーディションだな」

「芹澤さんは完璧《かんぺき》主義だからなあ」

影山は、そっと後ろを振り返った。


それは、幾つかの偶然が重なったことが発端だった。

明るい鏡の前に座り、メイクを落とす。

カジュアルな服に着替えて、煙草に火を点《つ》ける。

響子は鏡の中の自分の顔を眺めつつ、ゆっくり解放感を味わいながら一服した。

もちろん、完璧に満足したことなど一度もないし、この先もないに違いない。

しかし、鏡の中の自分の顔はまずまずに見えた。よい緊張感を維持しているし、肌の調子も悪くない。

公演もまた、始まってしまえば日常である。

大阪公演も順調に進み、折り返し点も近い火曜日の午後。今日はマチネーのみで、明日は休演日である。

いつもと同じに、と心掛けているつもりでも、このあと一日半休めると思うと気持ちが楽なのも事実だ。毎度思うことだが、大阪の観客はノリがよくパワフルだが、それだけに気持ちよく乗れない時の不満は非常に大きいので、いい時と悪い時の落差が怖い。

楽屋もほんの少しうきうきした空気が満ちていた。着替えも皆ほんの少し早かったし、「お疲れ」の声も明るい。

次々と引き揚げていく役者たちの挨拶《あいさつ》に、響子はのんびりと会釈と返事を繰り返していた。響子の場合、役と自分との切り替えは早いほうだと思う。舞台がはねてもなかなか抜けないという人、公演中ずっとその役と共に生活するという人などいろいろだが、響子は楽屋を出ると同時に素に戻ってしまうタイプだ。

だから、楽屋を出るのもいつも早いのだが、この日はなぜかすぐに引き揚げる気がしなくて、のんびり煙草を吸い続けていた。

明日は完全な休養日。今夜も特に予定は入れていない。みんなは地元の役者と一緒に焼肉屋に行くらしいが、響子は行けたら行く、という程度の返事しかしていない。

今夜はゆっくりホテルの部屋でルームサービスを取って、秋から始まる連続ドラマの原作になる小説を読むつもりだった。公演先の土地のホテルで本や脚本を読むのは、集中できるので嫌いではない。いつのまにか芸能人生活に慣れてしまったが、本来彼女は一人でいるほうが好きなのだ。もっとも、そのほうが、華やかなようでいて厳しい孤独を強いられる芸能人生活に向いているのかもしれない。この世界には、普段は内向的な人が意外に多いのだ。

ゆっくり煙草を灰皿で押し潰《つぶ》していると、ばたんとドアが開いた。

顔を上げると、あたふたと安積あおいが駆け込んでくる。舞台衣装のままだ。後ろから女性マネージャーが早口で話し掛ける。

「あおい、急いでちょうだい。車待たせてあるんだから——最短で着いても、もうとっくにぎりぎりの時間なのよ」

はあい、とあおいは元気よく返事をして着替えを始める。

そのさまを、響子はぼんやりと眺めていた。あおいのマネージャーはとにかく無駄がなく冷静な人で、その彼女が慌てているところをみると、かなり急いでいるらしい。

あおいは初舞台だったから、メディアの露出も多く、公演が始まってからもかなりの取材が来ていた。混乱を避けるためにいつも別室でインタビューを受けていたが、今日は大阪のメディアの取材をまとめて受けていたらしい。いつもはおつきの人に囲まれてすぐに帰っていくのに、インタビューの本数が多くて、時間が押してしまったのだろう。

あおいはてきぱきと着替えをしている。

響子は、着替えの遅い人が好きではない。子供の頃からそうだったし、たまにTV局などで、着替えにもたもたしたり、ただぼうっと突っ立ってスタイリストに任せっぱなしにしている出演者を見ているとイライラさせられたものだ。着替えの手順をとっさに組み立てられず、自分の身なりをきちんと整えられない人は、どこか根本的な頭の悪さとデリカシーのなさを持っているような気がしてしまうのである。

そういう点では、あおいは合格だ。実に無駄がなく、きびきびと器用に手が動いていく。

だが、今日はなんだかそわそわしていることに気が付いた。

あおいは鏡の中で響子がこちらを見ていることに気付いたらしく、チラッと笑ってみせた。

「これから、東京に戻るんです」

彼女はTシャツとジーンズに着替えながら、そう説明した。

「これから？　大変ね。仕事で？」

「まあ、そうですね——はい」

響子が尋ねると、あおいは一瞬躊躇《ちゅうちょ》したが、バッグをつかみ、はっきりと頷いた。

「気を付けて。急いでて、忘れ物しないでね」

「はい」

あおいはそう言われて気付いたのか、歩き出そうとしていたのを止《や》め、辺りを見回して素早く指さし確認をした。こういうところもしっかりしている。

「じゃ、行ってきます。お先に失礼します」

ぺこんと頭を下げ、足早に扉に向かって進む彼女に響子は小さく手を振った。

扉を開けて、マネージャーに何か言いながら出てゆくあおい。廊下でがみがみと声がするのは、プロダクションの人間だろう。

響子は鏡に向き直った。

が、その僅《わず》かな一瞬。

本当に短い時間だ。

確かに鏡の中であおいと目が合った。

瞬《まばた》きよりも短い刹那《せつな》、あおいは響子を見て、次の瞬間には廊下へと姿を消していた。

ばたんと扉が閉まり、鏡の中には響子だけが残される。

響子は、芝居が終わって弛緩《しかん》していた全身の筋肉が、その奥を流れる血が、今の刹那を境に覚醒《かくせい》したような気がした。

あおいの目。響子をちらりと振り返った、あの目。

あの目には見覚えがある——小松崎が林檎《りんご》を手に入れる稽古《けいこ》をした時——あの時のあたしの顔だ。

勝ち誇った顔。そして、敗者を憐《あわ》れむ顔。

そんな顔を、今、あの子はあたしに投げつけていったのだ。

頭だけでなく、じわじわと肩の後ろも熱くなる。屈辱的、という言葉が頭に浮かぶ。

なんであの子にあたしがあんな目で見られなくちゃならないわけ？

思わずもう一本煙草に火を点けていた。

せっかちに吸い、大きく息を吐き出す。

まさか、勘違いじゃないの、ともう一人の自分が冷静になるように促す。

いや、そうじゃない。あれはあの子の本心なのよ、と身体を熱くさせている自分が答える。だって彼女は、あたしが鏡に向き直った後であたしを振り返ったのよ。あたしが自分から視線を逸《そ》らしたことを確認してからあたしを見た。だから、あの一瞬、心の中の感情が目に表れちゃったってわけよ。

じゃあ、どうしてあんな目で見るっていうの？　あんな目で見られるような理由を思いつくとでも？　冷静な声は更に畳み掛けるが、カッカとしている自分は、そんなこと知るもんですか、とその声に背を向けてしまう。

それでも、そのまま煙草を吸い終えて、灰皿で乱暴に押し潰して立ち上がり、楽屋を出てホテルに帰ってしまえば、その後の展開はなかったかもしれない。確かにムッとはしたけれど、こういうところでも響子は感情の切り替えが早かったから、夜まで怒りが続くことはなかったはずだ。

だが、もう一つの偶然は、ここで彼女の携帯電話が鳴ったことだった。

何かに気を取られている時の携帯電話の着信音は、やたらと無粋で大きく響く。

びくっとして液晶画面を見ると、メールが一通来ている。

誰だろう、と思って開けてみると、葉月からだった。

「お疲れさま」という表題のメール。響子のスケジュールは把握しているから、マチネーが終わって明日が休演日ということも分かっているのだ。

メールにはこうあった。

「明日は休みだね。今、和んでるところかな？　あたしは今夜が例のオーディション。気合入りまくってます。久々、すっげー緊張。でも、頑張るわ。戻ったら又飲もうね」

それは、奇妙な感覚だった。

発信者の葉月の名前を見、メールの文面を見た瞬間、響子の身体の中で何かが弾《はじ》けたのである。

頭の中で、ぱちんと音を立てて何かが割れて飛んでいった。

それまで、彼女の中にきちんと収まっていた何かが。

この時の自分の思考回路がどうなっていたのか、響子にはよく分からない。

しかし、彼女はこの瞬間、不思議な感情のうねりに全身を揺さぶられていた。

これまで感じたことのない、怒りや屈辱や嫉妬《しっと》など、あまりにもマイナスすぎて自分でも把握しきれない、激しい衝動に支配されていたのだ。

彼女は悟ったのだ。

あおいが慌てて東京にとんぼ返りするのは、今夜、葉月と同じオーディションを受けるためなのだと。そして、あおいは響子がそのオーディションの対象になっていないことに強い優越感を覚えているのだと。それが、あの一瞬の表情に表れてしまっていたのだと。

響子は無意識のうちに立ち上がり、携帯電話を閉じていた。

葉月に返信のメールをしようとも思わなかった。

無言のまま、スプリングコートを羽織り、バッグを抱えて楽屋を出る。

彼女はぐらぐらと煮えたぎる、形容しようのない衝動に突き動かされていた。

廊下を一目散に歩いていき、サングラスを掛けて外に出る。

天気は悪く、夏も近いというのにじめじめして肌寒かった。そのはっきりしない天候にも無性に腹が立った。

もしも、この時このタイミングで葉月からメールが来なかったら、彼女がこうして凄《すご》い勢いでタクシーを拾うこともなかっただろう。

あおいの一瞥《いちべつ》か、葉月のメールか、どちらか一つだけだったならば、響子はまっすぐにホテルに帰り、ゆっくりバスタブにつかってストレッチをし、優雅にメニューを見ながら今夜頼む酒を選んでいたに違いないのだ。

しかし、楽屋に残り、あおいの一瞥を見て、葉月からメールが来た。

だから、彼女はタクシーの運転手にこう指示したのだった。

「新大阪の駅までお願いします」

タクシーは走り出した。

何がこんなにも彼女を突き動かしているのか、響子にもよく分からなかった。

だが、じっくりと自分に問い掛けてみれば、この炎はずっとどこかでちらちら燃えていたのだった。

あたしはあのオーディションを受けられない。

あたしはあのオーディションを受ける対象にすらならなかった。

その屈辱と落胆は、彼女の一部を焦がし続けていた。

葉月も、響子がオーディションに呼ばれていないことに気付いていたはずだし、そのことで気を悪くしていることも予想しているだろう。だが、そのまま何も言わないでいるほうが響子が傷つくと思って、あえてメールを送ってよこしたに違いない。

悔しい。芹澤泰次郎に呼ばれないあたしが。葉月に余計な気を遣わせてしまうことになってしまったのが。

頭の中で、ぐるぐると何かが回っている。

響子はじっと正面を見つめていた。

悔しい。あんな若い子に、あんな目で見られたことが。キャリアはこっちのほうがずっと長いのに、あんな素人に勝ち誇った目で見られたことが。

響子は、頭の中ではっきりとそう口にした。

悔しい。絶対このままでは済まさない。

そうなのだ。本当は、彼女は知っていた。うじうじと調べ、人に聞き、影山力也がオーディションを担当することも、都内のあるスタジオで長い時間を掛けてオーディションを行っていることも、実は密《ひそ》かに調べ上げていたのだ。

悔しい。こんなことをこそこそ調べ回って、自分に来ない役を指をくわえて恨めしそうに見ていることしかできないなんて。

響子は、あらゆることに腹を立てていた。弱気な自分、欲しいものを欲しいと言わない自分、お高く留まった自分、恵まれ、自惚《うぬぼ》れている自分。

ええ、そうよ。あたしは本当は欲しかったのよ。

響子は胸の中で叫んだ。

あたしはあの芝居に出たいの。どんなことをしてでも。演出家に直訴してやる。オーディションに乱入してやる。軽蔑《けいべつ》されたって、笑われたっていい。だけど、最後には勝ってみせる。あおいに、あんな目であたしを見たことを絶対後悔させてやる。

駅に着いても、炎は収まらなかった。

むしろ、より一層激しく燃え上がり、切符を買うのももどかしかったほどだ。

響子は迷わず東京まで一番早く着く新幹線の切符を買い、売店で最初に目についた弁当とお茶を買うと、改札をくぐって長いエスカレーターを一気に駆け上った。

12

これはいったいどういうことだろう。

スタジオの隅の席に案内されて腰を下ろしたものの、神谷は持参した台本に再び見入っていた。

誤植か？　まさかこんな基本的な間違いをするとも思えないのだが。

薄い台本だ。

『開いた窓』

イギリス人作家、サキの作品が原作になっている。英米の恐怖短編のアンソロジーを組むと必ず入ってくるという名作短編だ。かつてトリッキーな短編が好きだった時期があって、O・ヘンリーやポーなどと一緒に熱心に読んだことがあったっけ。

台本を開くと、登場人物が載っている。

ヴィアラ　十五歳の少女
ナテル　田舎に静養に来た男

記載はこの二名のみ。つまり、この二人で演じられるということだ。

しかし、台本を読んでいくと、途中から少女の伯母という人物の台詞《せりふ》が出てくるのである。よほどその他大勢の役者がいる場合に、たまに登場人物に記載がないことはあるが、この伯母というのはこの話で重要なポジションを占めているので、記載がないのはおかしい。

何か意味があるのか？　ひょっとすると、俺が知らないだけで、オーディションを受ける役者には何か前もって知らせてあるのかもしれない。

神谷は台本について考えるのをやめ、小さな舞台に目をやった。

都心の小さなスタジオ。けれど、ちゃんと作りつけの客席もあり、舞台の奥ゆきもあって、使いやすいので知られている。前にも何度か来たことがあるが、オーディションを見るのは初めてだ。

舞台の上には、クラシカルな椅子が二つ。それだけで、背景も何もない。

三日ばかり前、神谷が脚本で悩んでいるのを見透かすかのように、影山から女優のオーディションを見に来ないかという電話があった。どんな話にするかいろいろ候補を考えていたものの、すっかり煮詰まっていた彼は二つ返事でOKしたのである。

目の前で女優が動いているところを見れば、何かイメージが湧くかもしれない。実際、これまでも、あて書きに何度か助けられたことがあった。知っている人間だと、こいつならこういうことをしそうだとか、この人にはこういう役をやらせてみたいとか、具体的なイメージが湧きやすいのだ。

女二人の芝居。

神谷の頭には、もはや呪詛《じゅそ》のようにその言葉が常に響いていた。何を見ても、どこに行っても、頭の中でエンドレスで鳴っている。

女二人の芝居。

図書館や仕事場で、これまでに読んだあらゆる本を引っくり返し、何かヒントになるものはないかと探す。ビデオやDVDで、映画やドラマも片っ端から観る。こんなものを作りたい、こんなものを観たい、こんな雰囲気で、こんな女優で。何でもいい、「これ」と思いつくものがあれば。何かピンと来るものがあれば。

しかし、久しぶりに古今の名作に浸り、涙したり感心したりしたものの、それは観客としてのもので、作者としては「これ」というのがなかった。いったいどんな芝居を書けばいいのか、相変わらず頭の中は空白のままだったのだ。

このままでは、一番避けたかった、歴史上の人物に材を取ったものになりかねない。国立の劇場の柿落《こけらお》としだし、そのほうが企画として通りやすいからだ。

だが、そういうものは得意な人がいくらでもいる。だったら最初から、歴史ものに強い大御所に頼めばよかったのだ。せっかく俺を選んでくれたのだから、もっと斬新なものを作りたい。志だけが、日に日に雲よりも高くなっていく。

こんなに激しい焦燥感を覚えたのは初めてだった。

女二人が主役級の芝居。制約はそれだけだ。あとは好きに書いていい。こんな企画はめったにない。だが、好きに書く——それがこんなにもしんどいことだとは！

影山がスタッフと共に入ってきて、神谷に気が付くと「よっ」と手を振った。

神谷も「よう」と頷《うなず》き返す。

影山は世代も近く、親しみを感じている演出家の一人だ。当代きっての売れっ子演出家だし、オールラウンドな強さを持っている。自分のホンを彼にやってもらえるというのは心強い。

「どうだ？」

影山が短く声を掛けてくる。その意味するところがこたえた。

「全然だよ。何かヒントが欲しくて、オーディションまで見に来ちまった」

「プレッシャーだよな。実は、俺もだよ。こんな大掛かりなの、初めてだ」

神谷が正直に答えると、影山も一瞬弱気な声を出した。

なるほど。あの影山も、重圧を感じているのだ。神谷は心のどこかで安堵《あんど》した。

新国際の柿落としの重圧。伝説的プロデューサーの二十年ぶりの新作芝居を背負う重圧。そして、彼のポジションならば、もう逃げることは許されないという重圧。きちんとできて当たり前。外せば、喜んで屍《しかばね》を踏み越えていく連中が山ほど待機しているのだ。

「いったい何人オーディションしてるんだ？　これって、主役二人のオーディションなんだろ？」

影山は疲れたように頷いた。

「そう。主役だけでこれだ。正確な人数は教えられないが、『いっぱい』としか言いようがない。ずっとこれに掛かりっきりだよ。ホンの内容にもよるが、登場人物が多ければ、脇役もまたオーディションだろうな」

神谷はぎくっとした。いつも分かってはいるのだが、ホンができるのを待っている人たちのことを考えると胸が重くなる。

「今日は誰が来るんだ？」

「あっと驚く大物がいっぱいさ。今日が一番面白そうだから、来るように言ったんだ。分かってると思うけど、口外しないでくれよ」

「もちろん」

神谷は大きく頷いた。

「このスタジオのいいところは、小さいけど控え室が幾つもあるってところだ」

影山は独り言のように呟《つぶや》いた。

「つまり、候補者が顔を合わせないってことだな」

神谷が後を引き取って続ける。影山が笑う。

「ご明答。候補者は、他に誰が来てるか知らない。候補者は、他の候補者の演技を見ることもない。自分の演技をやって帰るだけ。そういう決まりさ」

「なるほど。確かにそのほうが情報が漏れなくていいな」

「それでも漏れちまうんだけどね」

影山は自嘲《じちょう》気味に肩をすくめた。

「なあ、この台本、誤植ないか？」

神谷は思いついて尋ねた。影山は横顔でかすかに笑うと首を横に振った。

「ないよ」

「この伯母さんってのは？　登場人物表にないんだけど」

「いいんだ」

影山の返事はにべもない。

「何か仕掛けでも？」

「見てれば分かる。よくこんなこと思いつくよなあ――あの人も」

あの人、とは芹澤泰次郎のことだろう。影山の口調には、畏怖《いふ》と自嘲とが混ざりあっていた。

見てれば分かる？　よくこんなことを思いつく？　こんなことって何だ？

神谷が混乱しつつも考えていると、影山が立ち上がって手を叩《たた》いた。

「じゃあ、始めまーす」

舞台が明るくなり、華奢《きゃしゃ》な女が袖《そで》から出てくる。

「岩槻徳子《いわつきとくこ》でございます。よろしくお願いします」

小柄なのに、素晴らしく華があり、声も張りがあって美しい。

神谷はびっくりした。往年の映画スター。最近では舞台のほうが多くなってしまったが、還暦も過ぎた大スターである。彼女がこのオーディションに？

いや、だってそうだ、女二人、としか言っていないのだから。年齢は関係ない。

だが、すっかり若い女性二人を想像していたことを、彼は密かに恥じた。同時に、岩槻徳子が自分の台詞を喋《しゃべ》っているところを思い浮かべて胸を躍らせる。子供の頃、彼女の映画を観て、胸ときめかせたことを思い出す。こんな大女優に喋ってもらえるなら、どんなにつらくても、完成させるぞ。現金にも、そう心に誓う。

「はい、お願いしまーす」

影山やスタッフたちが大声で答え、徳子は袖に引っ込んだ。

スタジオが静まり返る。

舞台の下手《しもて》から、戸惑った様子の男が出てきた。背広にリボンタイ。きちんとした格好で、初めて訪ねる家に来たという雰囲気が漂っている。

渋い脇役が多い、ベテラン俳優である。オーディションの相手役も豪華だな、と神谷はおかしなところに感心していた。

そこへ、岩槻徳子演じる十五歳の少女、ヴィアラが上手《かみて》より登場。

ほう、と目を見張る。

さすが大女優だ。実年齢は還暦過ぎていても、舞台に登場した彼女は、きらきらした目の、確かに十五歳の少女ヴィアラである。そのきびきびした動き、ちょっときどってはいるものの屈託のない表情は、まだ人生の入口に立ったばかりの娘だ。

「伯母はすぐにこちらに下りてまいります、ミスター・ナテル。それまでは、申し訳ありませんが、私がお相手をさせていただきます」

「はあ」

ナテルははっきりしない返事をし、きょろきょろと辺りを見回し、言葉を探す。

「それはご丁寧に」

「どうぞおかけになって」

ヴィアラはにっこりと笑って、優雅に椅子を勧める。

ナテルは、暫《しばら》くぐずぐずしていたが、やがて腰を下ろした。本当は、訪問などしたくないのだが、なぜか来てしまったというような風情。

気まずい沈黙。互いの表情を探りあう沈黙がしばし続く。

二人は初対面だし、親しげな様子はない。

が、ヴィアラが口を開いた。

「こちらには、お友達が大勢いらっしゃいますの？　こんなふうに、お茶の時間に訪ねてくるような？」

その口調には、用心深さが表れていた。

ナテルは小さく肩をすくめる。

「いいえ、一人も」

そう呟いて、付け加える。

「でも、何年か前に、私の姉がこの村の牧師館に泊まっていたことがあるんですよ。それで、私が神経を休めるのに休暇が必要だということになった時、姉がこちらのいろんな方に紹介状を書いて送ってくれたんです」

その口調は当惑半分、迷惑半分だった。控えめに解釈しても、彼が姉の紹介状に感謝している様子はない。

「ということは」

ヴィアラはほんの少し前に身を乗り出し、声を潜める。

「うちの伯母のことは、何もご存じないのですね、ミスター・ナテル？」

「はい。実は、お名前とご住所しか存じ上げないのですよ。こうしてお邪魔してよかったのかと」

男は室内をぐるっと見回す。

「ええと、ミセス・サプルトンは――ご主人は、お出かけで？」

男と視線が合うと、ヴィアラは意味ありげに黙り込む。

不自然な沈黙ののち、彼女はわずかに視線を逸《そ》らし、低く呟いた。

「ちょうど三年前――ええ、もう三年経ちましたわ――うちの伯母は、とても悲しい出来事に遭遇したんです」

ちらっと男を見る。

「あなたのお姉さまがここからお戻りになった後のことですわね」

「悲しい出来事ですって？」

男は眉《まゆ》を顰《ひそ》める。

「それは知りませんでした。いったいどんな？」

男も、声を潜めた。

さすが、舞台のベテラン同士、二人の呼吸はぴったりだった。早熟な娘と、静養にやってきた、些《いささ》か神経質な男。舞台の上にいるのは、まさにそういう二人。

ヴィアラはゆっくりと顔を動かし、視線を舞台の奥に合わせた。

「あの窓」

乾いた声が呟く。

「おかしいとお思いになりません？」

「え？」

少女に水を向けられて、男はおどおどする。が、少女は気にせずに続けた。

「十月の昼過ぎに、変だと思いません？　どうして開けたままになっているのか」

二人で、そっと舞台の奥に目をやる。そこには、開け放たれたフランス窓がある。二人の目には、それが見えているはずなのだ。

「まあ、今の季節にしては暖かいですからね。だからじゃないんですか？」

男は、わざと明るい口調で言った。

が、更に声を潜め、身を乗り出して尋ねる。

「ひょっとして——あの窓が、伯母様の悲しい運命と関係あるんですか？」

「ちょうど三年前の——今日でした」

岩槻徳子演じる十五歳の少女ヴィアラは淡々と話し始める。

「あの窓から出かけていきましたの。伯母の夫が、伯母の弟を二人一緒に連れて、狩りに出かけたんです。いつものシギの猟場に向かう途中で、彼らは沼地を渡ることを選びました。危険な湿地を、三人で」

少女は唇を舐《な》めた。

「ほら、あの、ひどく雨の多い夏のあとでした。例年ならば大丈夫だったのに、あの年はあちこち思いも掛けぬところで足元がぬかるんでいたため、三人とも、湿地にはまりこんで、沈んでしまったんです。三人とも、亡骸《なきがら》すら見つかっていません。だから、余計に困るんです」

　少女の声が震えた。

　男は魅入られたように、蒼《あお》ざめた顔で少女を見つめている。

「可哀相に――あれ以来、伯母はずっと待っているんです。みんな、みんなきっといつかは帰ってくる。出て行った時のように、あの窓から、あの時一緒に死んだ茶色のスパニエルを連れて、いつも通りあの窓から帰ってくる。そう信じておりますの。ですから、毎日、暗くなるまであの窓をずっと開けっ放しにしておくんです」

　少女は再びのろのろと窓を見た。

「伯母は、今でもよくあの日のことを話します。三人が出かけた時の状況を事細かに。伯父は、白いレインコートを腕にかけていたそうですわ。お調子者の下の弟は、いつものように、伯母をからかって、『バーティ、おまえはなぜはねる』を歌っていたんですって。あれを聞くととってもイライラする、気に障るのよ、と伯母はいつも話していました」

　徳子の演技はさすがだった。

　余計な動きはせず、わずかな視線の動き、小さな表情の変化で、自分の語る内容の恐ろしさを限りなく増幅してみせる。

「時々、こんなふうに静かな夕暮れどきに、いきなり不意にあの窓から三人が帰ってきたら、と思うと、全身がふうっと粟立《あわだ》つような心地になるんです」

　徳子は完璧《かんぺき》に台詞《せりふ》を言い終えた。

そして、視線を斜め下に落としたまま、じっと待っている。

そう、問題はここからだ。神谷は無意識のうちに腕を組んでいた。

ここで、伯母が現れるはずなのである。誰が演じるのだろう。

ヴィアラもナテルも、身動《みじろ》ぎもせずに緊張感を保っている。

しかし、間は長かった。

長い上に、いつまでも破られる気配はない。

伯母は出てこない。誰も、出てこない。

徳子がちらっと不審げな視線を袖《そで》に投げた。登場のタイミングを誤っていると考えているらしい。

しかし、袖から役者が出てくる気配はなかった。気まずく、息の詰まりそうな沈黙だけが続いている。だが、スタッフは動かなかった。客席の影山も、腕組みをしたまま平然と舞台を注視している。

徳子は徐々に混乱を露《あらわ》にし、相手役の俳優をちらちらと落ち着きなく見た。が、ナテルは無表情のまま動かない。

徳子はとうとう痺《しび》れを切らし、十五歳のヴィアラの表情を脱ぎ捨てると、すっくと立ち上がった。

「ごめんなさい、影山さん。この先どうしたらいいか分からないわ。伯母さん役の俳優はどこなの？　台本だと、さっきのあたしの台詞の後で登場していただけるはずなんだけど」

客席の影山を睨《にら》みつけ、嫌味を込めて叫ぶ。

影山は小さく笑い、大きく肩をすくめてみせた。が、座席で身体を起こし、改まった口調で言った。

「台本、お読みになってますよね」

「もちろん」

徳子はムッとした声を出した。

「じゃあ、登場人物は二人だということもお気づきですよね」

影山がそう淡々と言い放つと、徳子はハッとした表情になった。

一瞬黙り込むが、再び射貫くような視線を向ける。

「だけど、実際には伯母という登場人物が出てくるじゃありませんか。台詞もあるし、ト書きもある。そんな引っ掛けみたいなことをされても、役者は混乱するだけだわ」

徳子の声は冷静だし、筋が通っていた。

影山は、そんなことは百も承知、というように何度も頷《うなず》く。

「ええ、おっしゃることはごもっともです」

徳子の眉がつりあがる。

「じゃあ、この先どうすれば？」

「でも、登場人物は二人なんです」

影山は相変わらず淡々とした口調で言った。どうやら、何度もこの説明を繰り返しているらしいことが窺《うかが》える。これまでにも、何人もの女優が同じ質問を投げかけたのだろう。

「あなたと、相手役のナテル。その二人でなんとかこの芝居を演《や》ってみせてほしい、というのが芹澤さんの希望なんですよ。二人の登場人物で三人の芝居、それができる人を選びたいというのがこのオーディションの主旨です」

徳子は舞台の上で絶句し、つかのま蒼ざめた。

が、にわかに苦笑すると、小さく溜息《ためいき》をついた。

「――ったく、相変わらずおかしなことをする人ねえ、芹澤さんて」

肩をすくめて、今度はおかしそうにクスリと笑った。そういえば、徳子は昔何度か芹澤の映画に出ているのだ。

「昔馴染《なじ》みで出してもらえると思っていたあたしが甘かったわ。そういえば、昔からこういう訳の分からない意地悪をする男だったわね。枯れてないのねえ」

彼女はなんだか嬉《うれ》しそうだった。

「分かりました。台本の狙いを読み取れなかったあたしが悪うございました。お願い、もう一度チャンスをくれる？　一時間くれたら、お望みの通りにやってみせるわ」

「ありがとうございます。お待ちしています」

影山は慇懃《いんぎん》に頭を下げた。

徳子と、相手役が袖に引き揚げていくと、客席の空気がほぐれ、あちこちで人が動き始める。

「なるほど、そういうことか」

神谷が呟《つぶや》くと、影山が振り向いた。

「こういうこと。全く、みんなに文句言われるのは俺なんだよなあ。中には怒り出す女優やマネージャーもいるんだぜ」

さっきの辛抱強い口調が脳裏に蘇《よみがえ》った。どうやら、何度もあの説明を繰り返させられ、女優やマネージャーを宥《なだ》めさせられているらしい。

「これって、芹澤さんの指示なわけ？」

「そう。台本も指定された」

影山はうんざりした声を出して頷いた。

「北川《きたがわ》さんは、どういう指示をされてるの？」

神谷は相手役の俳優の名前を出した。

「彼は、とりあえずナテルの台詞を言うようにと言われてる。あとはひたすら女優のすることに合わせろという指定」

「これ、どういうふうにやれば正解、いや、合格なの？」

「決まってないし、聞いてない。俺もいろいろ質問したけど、まるで禅問答だよ。だんだん修行僧の気分になってきた」

「だけど、実際、それって無理というか、無茶じゃないか。だったらいっそ、ヴィアラと伯母の二役を一人でやらせればいいのに――ああ、でも、それも無理だな」

神谷はさっき徳子の芝居が中断した場面を思い浮かべた。

あのあと、ヴィアラが噂していた伯母が登場する。そして、ナテルに向かって、これから伯父たちが帰ってくるはずだという説明をし、伯父たちがどんなふうに狩りに出かけたか、いつもどんなふうに狩りをしているかという説明を始めるのだ。

何年も前に、狩りに出かけたまま沼地に沈み、帰ってこない夫を待っているという説明を聞いているナテルは、平然と説明を続ける伯母に恐怖する。ナテルは話題を変えようとするが、伯母はそれにとりあわない。

この場面では、伯母と少女が会話を交わすところはないので、それまでに少女役をやっていた俳優が伯母の役をやることは可能だ。しかし、ナテルと伯母が話しているところで、「恐怖に満ちた目で伯母を見つめる」という、ヴィアラのト書きがあるのである。これを一人の俳優がやるのは些《いささ》か無理がある。

「実は俺も、どうすればいいのかオーディション見ながらずっと考えてるんだけど、まだどうしたらいいのか分からないんだ」

影山は弱り切った声を出した。その声に、この先芹澤の芝居を演出することへの不安が滲《にじ》み出ている。

「どうすればいいんだろう」

神谷も考え込む。かつては演出もやっていたので、自然と解決方法を考えてしまう。

三人が登場する芝居を二人でやる。そのうち二人は女。実際に演じるのは男一人と女一人。芝居では、一人が何役も兼ね、数人で何十人もの役をこなすことなど珍しくもなんともないが、この場合はちょっと違う。

この『開いた窓』という話において、ナテルは観客の視点を受け持つ。彼の前に現れるヴィアラとその伯母の会話のズレが重要なポイントになるので、ナテルの視点は一貫していないとまずい。だから、ナテルが他の二人の役を兼ねるのは観客の視点を混乱させるだけで効果がない。いっぽう、ヴィアラとその伯母は対照的ではあるがどちらもいわば騙《かた》り役なので、この二人を同一人物が演じるのは可能である。

しかし、この二人が互いに見せる表情の齟齬《そご》がサスペンスを盛り上げるので、二人の表情が同時に見えないのはこの芝居の「おいしいところ」を欠くことになる上に、一番重要なオチが分かりにくくなる。そうすると、この二人を一人で兼ねることは、決してこの芝居を面白くはしないのである。

だったらいっそのこと、三人を一人で兼ねて演じるほうが観客を混乱させずに済むのでそのほうがマシだと思われるのだが、芹澤はあくまで「二人で演じる」ということを課しているのでそれもできない。いずれにしろ、この話を「男女二人で演じる」というのは中途半端なのだ。

同じことは、影山もとっくに考えているだろう。彼は、明快かつ合理的な説明をする演出家として知られている。そんな彼が、自分でも解答を見つけられないものを見ているのはさぞかし居心地が悪いに違いないのだ。

神谷は、影山の後ろ姿を見る。

その姿は悩んでいるようにも、苛立《いらだ》っているようにも見えた。見覚えのある背中。それは、神谷自身の背中でもある。

芹澤はどうすれば納得するのだろう。そもそも、果たして、彼の中に正解はあるのか。それだけでも聞いてみたいような気がした。

演出の仕方を考えているうちに、あっというまに一時間が経過した。

徳子はきっちり時間を守るタイプで、予定通りに現れると、再び「よろしくお願いいたします」と頭を下げた。

徳子がどういうふうにこの課題を料理してくるか興味深かった。

こういう課題は、演出家がうだうだ頭の中で考えているより、現場の俳優がストンと出してくる現実的なアイデアのほうがよかったりする。

再び、舞台に十五歳のヴィアラが現れた。

さすが、一回その役をやっているだけに、今度は更に輪郭の濃さを増していた。人生の春を迎える、うら若き乙女。

ナテルを前に、恐ろしい過去の話を始めるヴィアラ。

二人で見えないフランス窓を振り返り、ナテルの表情を窺うヴィアラ。戸惑いと不安を隠し切れないナテル。

ヴィアラの話が終わった。

さっき途切れたところだ。伯母の登場シーン。

すうっとヴィアラの視線が下手を見る。ナテルもそれにつられる。

ふっとヴィアラは身体をかがめ、素早く移動した。

下手でむくりと立ち上がって振り返り、「あらまあ」と両手を広げて大仰に叫ぶ。

「伯母」の登場である。

やはり、一人二役という手段で来たか。神谷は無意識のうちに頷《うなず》いていた。

徳子は一人芝居も早替わりの経験もある。堂に入った、自然な転身である。

そこに現れたのは、せかせかした、元気な中年女だ。

「お待たせいたしました。ヴィアラのお相手で、さぞかし退屈なさったんじゃありませんか？　大変申し訳ございませんでしたねえ」

ナテルは作り笑いをして首を振る。

「いえいえ、面白いお話を拝聴しておりましたよ」

伯母は落ち着きなくその辺りを歩き回り、あれやこれやとナテルに話し掛ける。

「ああそうそう、あそこの窓、開けたままにしておいてよろしいでしょうか？」

何気なく伯母は後ろを振り向いて、目線で窓を示した。

ナテルがびくっと身体を動かす。

伯母はにこやかに続けた。

「あの窓から、もうすぐ夫と弟たちが猟から戻って参りますの。いつもあの窓から入ってくるんですのよ」

ナテルの顔に恐怖が浮かび、探るような視線が宙をさまよった。

ああ、やっぱり。

神谷は内心舌打ちをした。

ここは、ナテルが伯母の言葉に初めて恐怖を感じる場面だ。

もちろん、それまでの経緯を見ていれば、伯母の台詞《せりふ》に観客も恐怖を感じるし、そこにじっと黙って伯母を見ているヴィアラの存在を感じることもできなくはない。しかし、ト書きには、ここでヴィアラが恐怖に満ちた目で伯母を見つめる、という一文があるのだ。さすがにそこまでは表現できなかったな。

神谷は醒《さ》めた気持ちで考えた。

それでも、徳子は相当うまくやっていた。

短い芝居だし、元々みんなの台詞を覚えていたのだろうが、あの一時間で伯母の台詞を入れ直してきたのだから、かなり気合が入っていたことも窺《うかが》える。

伯母とナテルのやりとりは続く。

伯母は、普段から夫や弟がどんな振る舞いをし、どんなふうに狩りに出かけるか、周囲はどんな場所かを朗らかに話し続ける。ナテルはその明朗さが怖くてたまらない。必死に自分の病気の話題に持っていこうとするのだが、ことごとく失敗するのだ。ここは恐ろしくもあり、コミカルな場面でもある。

が、やがて伯母はパッと顔を輝かせ、窓を振り返る。

「ほら、帰って参りましたわ」

ナテルも腰を浮かせる。

「ようやく戻ってきました。ちょうどお茶に間に合ってよかったこと。まあまあ、随分泥んこのようね」

伯母は立ち上がり、窓に向かって小さく手を振った。

ナテルは口をぱくぱくさせ、真っ青になる。

彼は部屋の中を振り返る。

ここもだ、と神谷は思った。

台本には、ここでナテルとヴィアラとが顔を見合わせ、恐怖に満ちた目で見つめあう、というト書きがあるのである。徳子はそれを無視した。確かに、この状況ではそうするしかないのだが。

そして、遠くから歌声が聞こえてきた。

これは、効果音としてきちんと録音されたものが使われている。

ナテルは「ひっ」と小さく悲鳴を上げた。

その視線は窓の外に向けられ、震える手が頭を抱える。

歌は少しずつ大きくなってくる。

ついにナテルは悲鳴を上げ、帽子を取り上げると一目散に部屋から逃げ出して退場してしまった。

びっくりしたように彼の背中を見送り、口をあんぐり開ける伯母。

「まあ、いったいどうしたっていうんでしょう——ああ、お帰りなさい、あなた。泥だらけね、今日もさぞかし遠くまで駆け回ったんでしょう。え？　ああ、今飛び出していった方ね。初めてお会いしたの、ミスター・ナテルとかいう——さあ、知らないわ。ずいぶん変わった方だわ。自分の病気の話ばかりして、あなた方が戻ってくるのを見たとたん、何も言わずに帰ってしまったんですもの。本当に変ねえ、まるで幽霊でも見たみたい」

伯母は——徳子は、肩をすくめて、窓から入ってきた夫と弟に話し掛ける演技をする。とても自然だ。そして、不思議そうに姪《めい》である少女を見る——

と、スッと身体をかがめて徳子は椅子に戻り、ヴィアラの表情になってふわりと椅子に腰掛け、彼女もまた小さく肩をすくめて苦笑する。

「きっとスパニエルが来たからよ」

少女は、足元に来た犬を撫《な》でる仕草をする。

「おお、よしよし」

ヴィアラは悪戯《いたずら》っぽい笑みを浮かべてそこにいるはずの人々を見上げる。

「あの人、犬が大嫌いなんですって。一度、ガンジス川の岸辺のどこかを旅していて、野良犬の大群に追いかけられたことがあったそうなの。どこにも逃げ場がなくって、必死に真っ暗な墓地に逃げ込んで、掘ったばかりの墓穴でひと晩夜明かししたことがあったんですって。想像するだけで恐ろしいわ！　頭の上で凶暴な犬がワンワン吠《ほ》えてるのをずっと聞いてるなんて！　そんな目にあったんじゃあ、犬が苦手になるのも仕方ありませんよね」

少女は同意を促すように頷いてみせ、にっこりと笑う。

その最後の笑みは、観客に向かって発せられたものだ。

かくして、この短い芝居はジ・エンドというわけだ。ヴィアラなる少女は、その場その場で即席の作り話をでっちあげる名人だったというオチなのである。

徳子は少女の顔を消し、素に戻って優雅に立ち上がり、客席に向かってお辞儀をした。

自然と、周囲から拍手が漏れる。

大したものだ。神谷も拍手をしながら感心していた。

途中、幾つかのト書きを無視したとはいえ、自然な仕上がりで、芹澤の奇妙な要求をほとんど満たしたと言えるのではなかろうか。一人二役の演技も違和感がなく、年齢と性格の違いもくっきり表れていたし、最後に本物の夫と弟が帰ってきたと観客に分からせる演技にも無理がない。

まあ、これがスタンダードというか、模範解答だろうな。

神谷はそんなことを思いながら、前の席の影山を見た。

影山も立ち上がって拍手をしており、彼と似たような感想を持ったことは間違いない。

「どうもありがとうございました。ご協力、感謝いたします。結果は追ってまた、ご連絡差し上げます」

影山は舞台の徳子に向かって深々と頭を下げる。徳子は余裕の表情で、鼻を鳴らした。

「これって何次選考なの？　まだまだ先があるのかしら？」

影山は苦笑して、ますます深く頭を下げる。

「すみません、それもまだ教えてもらってないんですよ。芹澤大先生から聞いておきますので、何卒《なにとぞ》連絡をお待ちください」

徳子はくすっと笑って腕を組んだ。

「分かってるわ、あの人が秘密主義で天《あま》の邪鬼《じゃく》だってことは。いいお返事待ってるわよ。ありがとうございました」

そう言ってスタッフに会釈をすると、スタスタと引き揚げていく。

やっぱり大スターだなあ、と神谷は改めて徳子のファンになった自分を感じた。

「さすがだねえ」

腰を下ろした影山に話し掛ける。影山は大きく伸びをした。

「やれやれ。二時間以内でちゃんとまともに終わってくれたのは初めてだよ」

心底安堵《あんど》した声を出したのがおかしくて、神谷は悪いと思ったが少しだけ笑ってしまった。と同時に、影山がかなりの時間をこのオーディションに割いていることを実感し、それだけの労力を掛けて役者を選んでいる芝居を自分が書くのだ、という考えがチラリと頭に浮かび、そんなことを考えるのはやめろともう一人の自分が慌てて叫ぶのを聞いた。

「今のが模範解答じゃないか？」

神谷は努めて明るい口調で言う。影山が頷く。

「うん。俺もそう思う。あそこまでできたら上出来だよ」

「あれを超えられるかってことだな」

影山はうんざりした顔で腕時計を見た。

「まだまだ夜は長いぜ」

13

素通しの眼鏡を掛けて、白いニットの帽子をかぶって夜の街をすっぴんで歩いていれば、すれ違う人も東響子だとは誰も気付かない。

いかにも顔を隠すようにサングラスを掛けてこそこそしている芸能人がいるが、あれは気付いてくださいと言っているようなものだ。

響子は、自分のことをどちらかといえば地味で内気な人間だと思っている。その「地」のままで歩いていれば。ほとんど他人に気付かれることはない。

新幹線でお弁当を食べて熟睡し、東京駅からタクシーに飛び乗ってここまでやってきた。

平日の四谷《よつや》の夜は、日常の顔をしていてそっけない。目指すスタジオの入っているビルにそっと滑り込む。

ここもまた、深夜まで華やかな世界のリハーサルやオーディションが行われているとは思えないほどの、地味で目立たない古いビルである。通路の奥に、これまた目立たないブースの受付があるはずだ。

ふと、響子は、通路の前を若い女の子が歩いているのを見た。

二十歳くらい——いや、もっと若いだろうか。小柄で華奢《きゃしゃ》な子だ。

上のほうに小さな貿易会社か何か入っていたから、そこの事務の子だろうか。だが、ブルーのシャツにジーンズという、学生みたいな格好だ。それに、この通路の先は、スタジオの受付しかない。何かの出前とか、おつかいとか——でも、手に持っているのはキャンバス地の紺のトートバッグだけだし。

彼女の後ろを離れてついていく形になったが、見ると、受付に話し掛けている。

「佐々木飛鳥と申しますが、谷崎さんに、八時までに控え室に入っているようにと言われたのですが」

見た目とは違う、落ち着いた低い声。

控え室に入っていろということは、まさかあのオーディションを受けに来たっていうこと？　この地味な子が？

響子は、なんとなくその少女を見つめた。

本当に小柄だ。響子もそんなに大柄ではないが、彼女は百五十五センチあるかないかではないだろうか。飾り気のないショートカットに小作りな顔。とても静かな表情の子だ。

まあ、女優には普段は化粧っ気も飾り気もない子が多いけれど——それにしても、この子が役者とは思えない。ひょっとして、誰かの付き人で、夕飯を買ってきたとか。うん、芸能プロダクションのアルバイト。それならばまだ分かる気がする。

彼女は受付の人の話を聞いていたが、ぺこりと頭を下げてそこを離れた。が、このスタジオに初めて来たらしく、きょろきょろしながら不安そうに歩いていく。無理もない。この控え室は迷路のような廊下の先にあるのだ。

「どこの控え室？」

思わず響子は話し掛けていた。

少女がハッとして振り向く。

小さな顔の中の、大きな黒目と目が合った。

響子は、声を掛けたのは自分のほうなのに、なぜか同時にハッとさせられていた。なんだろう、とても静かな目なのに、印象的で強い——

「Fです」

少女は、静かに答えた。

響子は気を取り直し、廊下の奥を指さした。

「じゃあ、正面を左に曲がってずっと行くと、突き当たりに階段があるからその奥よ。一見、こんなところに控え室があるのかと思うけど、ここは迷路みたいになってるから、階段下りたらまっすぐ進んで。ドアの窓ガラスにFって書いてあるわ」

「ありがとうございます」

少女は几帳面《きちょうめん》に頭を下げた。

「オーディションなの？」

響子はそう尋ねていた。

「はい」

少女は静かに頷《うなず》くと、会釈をして廊下を進んでいった。どうやら、自分に控え室を教えてくれたのが東響子であるとは気付いていないようだった。

響子はあっけに取られていた。

オーディション。やっぱりあの子も俳優なのだ。あんな素人臭い子が？　宗像葉月や安積あおいが受けているオーディションに？　あたしが受けられないのに？

だんだん不安になってくる。

脇役のオーディションも一緒にやっているのだろうか。それとも、あたしが勘違いしていて、今日は芹澤泰次郎の芝居ではなく、別の何かのオーディションなのかもしれない。

急速に不安は膨らんだ。カッカして馬鹿みたいに一目散に大阪からやってきたのに、場所を間違えていたらどうしよう。やっぱり葉月に聞いてみるべきだったかしら。

が、ままよ、と息を吸い込み、小さなガラス窓の脇にある受付の呼び鈴を押す。

「はい？」

窓越しに、黒いタートルネックのセーターを着た、飄々《ひょうひょう》とした男が茶碗《ちゃわん》を持ったまま顔を出す。不思議な雰囲気のある、年齢不詳の細身の男である。

あら、ここの受付ってこんなおじいさんだったかしら？

「あのう、東響子と申しますけれど、影山力也さんをお願いしたいのですが」

今日は来ていない、と言われるかと思ったが、男は「ああ」と頷いた。

「今はオーディションを見ていらっしゃいますけれども」

やっぱりそうだった。響子は内心安堵する。が、同時に気分を入れ替えた。これからが勝負。どうしてもここに潜り込まなければ。

「今日ここでどうしてもお願いしたいことがあるので、お忙しいとは思いますが、是非お時間を少しでもいただきたいんです。東響子が大阪の『ララバイ』のマチネーを終えてから来たと伝えていただけませんか。いくらでも待ちます。よろしければ、中で待たせていただきたいのですが」

響子は丁寧だが、気迫を込めて男を見つめた。絶対に追い返させない、という念を込めたつもりである。

男は、暫《しばら》く響子の顔をじいっと見つめていた。無国籍な、枯れた表情からは何も読み取れない。響子のことを知っているのかどうかすら分からない。

「そうですか」

男は、のんびりした口調で呟《つぶや》くと、のっそりと席を立ってドアを開け、中から出てきた。

ひょろりとしたごま塩頭の男は、響子の先に立ってのんびり歩いていく。

響子はつかのまあっけに取られたが、その後についていった。

なんなんだろう、このおじいさん。いや、おじいさんと呼ぶのは失礼かしら。よく見ると、身体は引き締まっていて姿勢がいい。なんとなく、どこかで見たような——

追い返されるかと覚悟していたのに、拍子抜けしたというのもある。

勝手知ったる、という感じだけど、このスタジオの受付では初めて見る人だ。実は、偉い人なのかしら。

怪訝《けげん》そうについていく響子の表情など気付かぬ様子で、男は飄々と歩いていく。

「今、オーディション中なんですよね？」

不安になって尋ねると、男は前を向いたまま頷いた。

「ええ。まだ暫く掛かると思いますよー。一人あたりに掛かる時間が長いもので」

「そうですか」

長期戦になるかもしれない。予想はしていたが、急に疲労を感じた。うちに電話を入れておこうか。いきなり夜中に帰ってきたら家族が驚くだろうし。

そんなことを考えていると、男は鍵《かぎ》の束を取り出し、がちゃがちゃと見慣れない小さなドアの鍵を開けている。響子は控え室に案内されるとばかり思っていたので驚いた。

「中に入って大丈夫なんですか？」

「いや、中じゃありません」

男はひらひらと手を振った。

「実は、今回のオーディションを受ける人は、他の人の演技を見ることを禁じられてましてね。ここは、客席以外で中が見られる秘密の場所なんですよ。ここだったら、中の人間に気付かれずに舞台が観られます。待ち時間も長くなりそうですし、せっかくですから、ここでお待ちになったらどうですかねえ」

響子は一瞬迷った。

本当に、この人はスタジオの人間なのだろうか。確かに鍵束は持っているし、ドアの鍵を開けた。しかし、この業界、おかしな人間が多いことも事実だ。なんだっけ、ある民間TV局ではあまりにも多くの人間が出入りしているので、全く関係ない一般人が半年以上もTV局の中に住み着いていたのに誰も気付かなかった――

が、響子はもう一つ大事なことに気付いた。

「あたし、入りません」

「は？」

「このオーディションを受ける人は他の人の演技を見てはいけないんでしょう？　あたし、このオーディションを受けるつもりですから」

響子はきっぱりと答えた。そうだ。大事なのはその点だ。公正に審査してもらいたいのだし、既に無理を承知でねじこもうというのだから、ずるをするわけにはいかない。

が、ごま塩頭の男はあっさりと答えた。

「あなたはこのオーディションの対象になってませんし、お願いしてもいませんよねえ」

一瞬、何を言われたのか分からなかった。しかし、門前払いを食らったのだと気付き、頬がカッと熱くなるのを感じる。

「ええ、確かにそうです。私には、このお話はいただけませんでした。だからこそ、こうして仕事の合間を縫ってオーディションを受けさせてほしいとお願いしに来たんです。このお芝居に出たいんです」

響子は食ってかかる。ここまで来たのだ。もう引き返せない。

男は相変わらず無表情であり、なんの変化も見せない。いったい何なんだ、この男は。

「あの、失礼ですが、どちら様ですか？　このお芝居に関係なさってる方でしょうか」

響子は詰問口調で男に問い掛けた。こちらがこんなに真剣になっているのに、歯牙《しが》にも掛けない様子にだんだん腹が立ってきたのだ。

「関係、ね。関係してますね」

男は鼻をぽりぽりと掻《か》いた。

「プロの中からオーディションをお願いする俳優を選んだのは僕ですしね。この芝居のプロデュースもしてますし」

「えっ」

響子は愕然《がくぜん》として、目の前の男を見る。

ひょろりとした年齢不詳の男。年寄りにも、若くも見える。ごま塩頭で、無国籍風の。

「――まさか、芹澤泰次郎さん？」

響子が低い声で尋ねると、男はニタッと笑った。

「まだあなたがこんなに小さい頃、お宅に行ったことがありましたけど、大きくなられましたねえ」

その口調は淡々としていて、どことなく笑みを含んでいる。

「大変失礼いたしましたっ。申し訳ございませんっ。すみませんでしたっ」

響子は平謝りに頭を下げた。今度は恥ずかしさといたたまれなさで顔が熱くなる。

あたしったらなんということを。これから仕事をお願いしようと思っている相手になんてことを言ってしまったんだろう。失礼極まりない。ああ、どうしよう。許してもらえるだろうか。

頭を下げ続ける響子に、芹澤は苦笑して「まあまあ」と手を振った。

「いいんですよ、僕は噂ばっかり独り歩きしてて、意外と面が割れてないんです。ここんところ隠居してましたし。お陰で、どこを歩いていても人に気付かれなくて便利なんですが」

嫌味とも、自嘲《じちょう》とも取れる台詞《せりふ》を聞きながら、響子はひたすら恐縮していた。

「こんな失礼なことをした後でずうずうしいとお思いでしょうが」

響子は赤い顔のままおずおずと芹澤を見た。毒を食らわば皿まで、という言葉が頭に浮かぶ。

「お願いします、このオーディションを受けさせてください。最後で構いません。いつまででもお待ちします。お願いします」

そう言ってもう一度深々と頭を下げた。返事があるまで顔を上げないつもりだった。

つかのまの沈黙。

「もう一度言いますが、あなたはこのオーディションの対象になっていません」

あっさりとした声が頭に降ってきた。

響子は頭を下げたまま目を見開く。対象になっていません。あなたは。

駄目だった。

身体の温度がすうっと下がっていくのを感じる。

その言葉を嚙《か》み締めながら、響子はのろのろと顔を上げた。芹澤の無表情な目が迎える。

「どうしても、駄目ですか」

「僕は、無駄なオーディションはしませんから」

芹澤は肩をすくめた。

無駄。あたしはオーディションを受けても無駄だというのか。

かなりきつい言葉だが、駄目だったということのほうに気を取られていてショックを受ける余裕がない。全身に、どっと疲れが押し寄せた。

これ以上、話をしても変わらない。響子はそう悟った。

「大変失礼いたしました——どうも、ありがとうございました」

じわじわと敗北感が広がってくるが、それでもなんとか礼を言って頭を下げる。

目の前に、薄い台本が差し出された。タイトルが目に飛び込んでくる。

『開いた窓』

響子は上目遣いに芹澤を見上げる。

「見ていきなさいよ、オーディション。きっとあなたのためになります。ちょうど今、あなたの共演者がこのホンを演《や》ってます」

安積あおい。

ぎゅっと血が逆流するような気がした。あの勝ち誇った目。忘れていた屈辱が蘇《よみがえ》る。

見たくない。勝者の演技など。このまますさっさと逃げ帰って、我が家の布団に潜り込んで出てきたくない。屈辱と恥辱が胸に渦巻き、その毒が全身を突き刺す。明後日、平常心であおいと顔を合わせられるだろうか。そちらのほうが急に不安になってきた。

「見たくもないでしょうが、見ておいたほうがいい」

見透かすような芹澤の声。もう一度、台本が突き出される。

響子はいやいやそれを受け取った。

「そのホンを読んでみてください。あなただったらどうするか。彼女たちはどうするか。きっと、何か新しい発見がありますよ」

芹澤はあくまでものんびりとした口調を崩さないが、響子はその声に何かの含みを感じ取って、ふと芹澤の顔を見た。

「せっかく大阪から来たんでしょ？　ね」

芹澤は悪戯《いたずら》好きの子供のようにニタッと笑った。その無邪気な笑みになんだか毒気を抜かれてしまい、響子は力なく頷《うなず》いた。


安積あおいは単純かつ明快な策に出た。

神谷は、次に出てきたのが今をときめく売れっ子アイドルだったのに驚いたし、なんだか得をしたような気分になった。現実に、アイドルを見る機会などめったにないし、かつて自分が青春時代に夢中になったアイドルのことを思い出すと、隔世の感がある。

もっとも、あおいの『ララバイ』の演技の評判がいいと聞いていたので、影山も目端がきくな、とビジネス的には感心していた。

普段知っている役者とは違う、アイドル独特の華を鑑賞する。こういう芸能人は、えてして想像よりも一回りも二回りも小作りで華奢《きやしゃ》なのだが、舞台に立つとやはり大きく見えるし、独特の完成度があるのが面白い。

あおいはそつなくヴィアラ役をこなしていった。まだそんなに演技経験がないというのに、堂々としたものである。

しかし、問題の箇所に来ると、さすがに呆然《ぼうぜん》とした。

間の持てない、いたたまれない沈黙。

いつまで経っても伯母役が出てこないので、あおいは舞台できょろきょろし始める。更に放置していると、痺《しび》れを切らしたマネージャーが登場して、影山にその理由を尋ねた。スタッフの間に「来るぞ来るぞ」という雰囲気が漂い、影山が例によって「登場人物は二人。二人でなんとかしてほしい、二人の登場人物で三人の芝居をやってほしい」と説明したが、彼女は猛然と抗議を始めたのである。

なるほど、これまでもこういう目に遭ってきたのか。

神谷は辛抱強く答え続ける影山を横目に見ながら、改めて彼に同情した。

こんな話は聞いていない、きちんと最初から趣旨を説明してくれれば、あおいだってもっと考えてきたのに、彼女がこれだけの時間を割いて大阪からここに来るのがどんなに大変なことか分かっているくせに。

マネージャーはくどくどと抗議を続けたが、あおいがそれを制して、時間をくれと言った。マネージャーはまだまだ文句を言いたそうだったが、あおいはマネージャーと、舞台上で手持ち無沙汰《ぶさた》にしていた共演者の北川とを連れ、袖《そで》に引っ込んだ。

意外としっかりしているな、と神谷はあおいの表情を思い出しながら考えた。

若いのに、あの敏腕マネージャーを宥《なだ》めているし、とても落ち着いている。

「待ちますよー、ええ、いくらでも」

三人が袖に引っ込むと、影山が不貞腐《ふてくさ》れたように呟《つぶや》いた。「時間をくれ」と言われるのは予定に織り込み済みなのだろう。道理で一人のオーディションに時間が掛かるわけだ。

だが、あおいはそんなに待たせなかった。

あまりに早かったので、影山たちスタッフのほうが焦ったくらいである。

あおいの取った策は、実に単純だった。マネージャーに、伯母の台詞を読ませたのである。

しょせんマネージャーなので、彼女は演技などせず、舞台の端に立ったまま、台本を手に伯母の台詞を棒読みするだけなのだが、それが思いがけずさまになっていた。マネージャーが舞台の小道具で、演技しているのは二人、という印象になっているのである。

あおいは伯母の台詞に引きずられることなく、北川と視線のやりとりをし、堂々と最後までやり終えた。

みんなが拍手し、舞台の上の三人が引き揚げていく。

「これって、『登場人物二人』の規定を満たしたことになるのか？」

神谷が影山に尋ねた。

「分からん。でも、機転が利く子なのは確かだな。とにかく舞台に上がったら最後までなんとかするっていうのは大事だし、短時間でマネージャーを使うことを決めて出てきたし、舞台での反射神経はあるんじゃないかな」

その口調から、密《ひそ》かに感心していることが窺《うかが》える。

神谷も同感だった。あおいには、舞台人に必要な、動物的勘がある。

「あおいちゃんのお陰で、こちらは少し休めるな」

影山は腕時計を見て立ち上がった。スタッフもざわざわしている。次の候補者の予定時間まで余裕があるのだろう。

「ちょっと何本か電話してくる。何か飲むか？」

「悪いな、コーヒーがあれば」

「分かった」

影山を始めスタッフは大変だと思うし、ずっと座って同じ台本を見ている疲れはあったが、神谷は面白くなってきていた。

本当に、役者という商売は面白い。舞台は面白い。同じホンでも、やる人間でこんなに違ってきてしまう。

コーヒーを飲みながら雑談をしているうちに時間が来た。

「さあ、次は期待の新鋭だ」

影山が呟くのを聞き、神谷もわくわくして舞台に目をやる。

さっと背の高い女が入ってきて、きっちり頭を下げた。

「宗像葉月です。本日は、よろしくお願いいたします」

おお、宗像葉月だ。

神谷は内心歓声を上げた。

すらりとしているが、美人ではない。むしろ、彼女より綺麗《きれい》な子はその辺を歩けば山ほどいるし、人目を引くところもない。

だが、舞台の上の宗像葉月は静かな自信に満ちたオーラを放っている。それは、やはり常人には持ち得ぬ特別なものだ。

芸能一家に生まれ、それなりのキャリアは積んできたものの、日本映画の黄金期を支えた名女優の娘、という肩書き以外では呼ばれたことがなかったのに、ここ数年、急速に実力をつけて成熟を遂げ、最近の映画、舞台、どれもが当たり役との評判を取った。

神谷も、最近観た映画の彼女に至極感心していた。

誰にも愛されることのない境遇に育った若い女が刹那《せつな》的な生活を送っているが、一人の男と知り合うことによって愛を知り、それを失うことで自暴自棄になって堕《お》ちていく、という救いのない話だったが、ヒロインであった葉月は、スクリーンに登場しても全く彼女だと気付かず、本当に、ただの市井の地味で荒《すさ》んだ娘に見えたのだ。「演技」の見えない演技。何もしなくても、荒涼とした内面、鬱屈《うっくつ》と絶望を痛いほどに表現してみせた彼女に感嘆した。

こいつは楽しみだ。

神谷は背筋を伸ばして座り直した。

その僅《わず》か一畳ほどのスペースは、数十年に亘《わた》って蓄積された舞台関係者の怨念《おんねん》がこもっているような気がした。使い込んだ小さなスツールが三つ並べてあるが、実際にこの場所に三人も入ったら、ぎゅうぎゅうで酸欠になりそうだ。細身の芹澤と小柄な響子が並んで座っているだけで息苦しいくらいなのである。

だが、確かにそこは、こっそり舞台を観るにはぴったりの隠し部屋だった。

小さな窓の下に電車や飛行機の座席にあるような読書灯が点《つ》いているが、部屋全体は暗いままなので、舞台からこちらを見てもここに誰かいることには気付かないだろう。

最初、響子は素直にあおいを正視することができなかった。

しかし、スツールに腰を下ろし舞台に目をやると、あおいの小動物のような、機敏な動き、キラキラした目が、パッと飛び込んできた。

胸の奥が鈍く痛む。

舞台の上の彼女を、こんな隠れ場所から眺めるなんて。ちりちりと屈辱感が胸を焼く。

ところが、舞台の上に異変が訪れた。

沈黙のまま、芝居が中断してしまったのだ。

あおいが動揺し、きょろきょろするのが分かる。

何が起きたのだろう。

舞台の異変には、つい反射的に反応してしまう。響子はしゃんと座り直し、台本をぱらぱらとめくった。

隣の芹澤は名のごとく泰然としており、小さく欠伸《あくび》なんかしているのが視界の片隅に入ったが、問題の箇所はすぐに分かった。

伯母が出てこないのだ。

どうしたんだろう。俳優が具合でも悪くなったのかしら。

中断したまま、マネージャーが割って入った。声を聞いた限りでは、珍しく苛《いら》ついている。急いで移動してきたのだから、さすがに疲れているのかもしれない。

影山の、抑えたような低い声が聞こえてきた。影山も疲れている、そう感じた。

が、その内容を聞いて驚いた。

登場人物は二人。二人で、この芝居を何とかする。

響子は慌てて台本を見た。確かに、登場人物は二人の名しか書いていない。

更に、ざっと台本をめくり、最後まで見る。だが、確かに伯母は登場しているし、台詞《せりふ》はもちろん、ト書きもある。

どういうことなのだろう。響子は首をひねった。

案の定、マネージャーも響子と同じ疑問を抱いたらしく、くどくどと文句を申し立てた。

確かに、これでは引っ掛けと取られても仕方がない。マネージャーの抗議内容はどれももっともだと思われるのだが、影山の態度は変わらない。

なるほど。どうやら、この奇妙なオーディションのアイデアも芹澤のものらしい。

響子は隣の芹澤を見たが、何と彼は居眠りをしていた。

全く。訳の分からない親父だ。無理難題を押しつけられる役者の気も知らないで。

あおいが何か言っている。さすが、胆《きも》の据わった娘だ。文句を言うわけでなし、感情を害する様子もなし、さっさとマネージャーと共演者を連れて舞台から引っ込んだ。

さて、どうするつもりだろう。

嫉妬《しっと》はどこへやら、俄然《がぜん》興味が湧いてきた。

というよりも、どうすれば正解なのだろうか。

響子は再びちらっと芹澤を見る。狸寝入りかもしれないが、うとうとしているように見えるのは、響子の質問は受けつけないということかもしれない。

いや、正解などないに違いない。小松崎と同じで、面白ければよいのだろう。彼ならそう言うだろうし、芹澤もそう答えるはずだ。

響子は、薄暗い読書灯で最初から台本を読んでみた。

短い芝居だ。寸劇と言ってもいいほどの。ホラー風味で、どんでん返しもあり、それでいて醒《さ》めたユーモアもある。

あたしならどうする？

そう自問していると、あおいが出てきた。随分早い。驚きと焦りを同時に感じた。あたしはまだ何も思いついていないのに。

再び最初から芝居が始まった。

響子は、かじりつくようにあおいの演技を見つめた。さっき中断した箇所が近づく。どうする。この先は。

マネージャーが出てきて伯母の台詞を読み始めた時は「えっ」と思ったが、見ているうちに「これも有りかな」と考えが変わった。マネージャーだって登場人物と言えないこともないが、この場をまとめるにはこうするしかなかったかも——

直截《ちょくせつ》的な子だな、と響子は思った。小松崎とのエチュードでも思ったが、彼女はストレートな解釈、言い換えると力ずくで目的を達成するという傾向がある。

面白い。性格が出てるじゃないの。響子はなんとなくおかしくなって、一人で声を出さずに笑った。

はっとする。

あたしならどうする？　三人が登場する芝居を二人で——二人で三人を——あたしなら。

どのくらいそんなふうに考え込んでいたのか、舞台には見覚えのある女が立っていた。

あおいの時とは全然違う緊張、全然違う複雑な感情が込み上げてきた。

葉月ちゃん、一段と大きく見える。

響子はそのことにショックを受けた。

彼女はどんどん成長している。

響子は息を吸い込み、冷静になろうと努力した。

宗像葉月の演じるヴィアラは、のっけからこれまでの二人の解釈とは異なる雰囲気で登場した。

もちろんあどけない娘の表情なのだが、どことなく不穏なのである。

すうっと現れ、訪問者であるナテルと会話を始めたヴィアラはどこか上の空であり、幽霊のように不気味であった。

ナテルと話していても、時々ふっと視線をずらしたり、落ち着きなく窓のほうを振り返ったりする。台詞にしても、ぼそぼそと消え入りそうに話すため、微妙にナテルとの会話のテンポがずれ、ぎこちない間があったりして、岩槻徳子や安積あおいが演じた、闊達《かったつ》でおしゃまな少女という解釈とは随分違う。

「伯母は今でもよくあの日のことを話します――」

葉月は、虚《うつ》ろな視線のままそう呟《つぶや》いた。

「三人が出かけた時の状況を事細かに」

すうっと立ち上がり、彼女は片手に何かを載せる仕草をした。その仕草は、うっとりしているようでもあり、ぼんやりしているようでもあり、見ている者を不安な心地にさせる。

「伯父は、白いレインコートを腕にかけていたそうですわ――お調子者の下の弟は、いつものように、伯母をからかって、『バーティ、おまえはなぜはねる』を歌っていたんですって――バーティ、バーティ、おーまえーはなーぜはーねるぅ――」

葉月は、いきなり窓のほうを向いたまま、調子っぱずれな声で歌い始めた。

その声に神谷はゾッとした。このヴィアラには、不穏な危うさがある。同時に、低年齢の者の持つ無邪気さもある。もっとも、現代のティーンエイジャーにはこういう種類の危うさをよく見かける。一見無気力なようでいて、何かの些細《ささい》なきっかけで感情のプールが決壊してしまいそうな危うさ。そういう点で、葉月のヴィアラは現代的と言ってもいい。

「気に障るんですって」

突然、歌いやめ、窓のほうを向いたまま葉月はボソリと呟いた。

「あれを聞くと、とぉってもイライラするって、伯母はいっつも話していました」

その奇妙に間延びした台詞が気味悪い。

そして、葉月は真顔でナテルの顔を見た。

「時々、こんなふうに、静かな夕暮れどきに」

葉月はおもむろに身を乗り出し、ナテルの顔を覗《のぞ》き込む。

「いきなり不意にあの窓から三人が帰ってきたら、と思うと」

沈黙。そして、葉月はふっと力を抜き、曖昧《あいまい》な微笑を浮かべ、椅子に座り直した。

「——全身がふうっと粟立《あわだ》つような心地になるんです」

沈黙。

このあとだ。神谷は思わず身体に力を込めていた。またしても中断し、影山の解説を聞かされる羽目になるのか？

長い沈黙。不自然にも長い沈黙。

葉月は暫《しばら》く無表情のまま床を見つめていた。

彼女は今何を考えているのだろうか。この異常事態に気が付いているのか。

スタッフらみんなの視線が葉月に集まっている。

突然、葉月はパッと顔を上げた。

注目しているみんなも同時にハッとするのが分かる。

葉月の目は、下手を見ている。何かを捉《とら》えた視線。

顔に、取り繕ったような笑みが浮かんだ。

そして彼女はスッと立ち上がると、「お帰りなさい、伯母様」と言い、長いスカートを広げてみせたのだ。

神谷は「あっ」と思った。

葉月は目でナテルに促す。それはほんの一瞬で、とても自然だった。

ナテルも慌てて立ち上がり、下手のほうに向かってぎこちない会釈をした。

もちろん誰もいない。しかし、ヴィアラとナテルの反応で、「伯母が入ってきた」ことが分かったのだ。

となれば、北川演じるナテルも伯母との会話を始めないわけにはいかない。彼は、こほんと咳払《せきばら》いをし、入ってきた伯母との会話を始めた。「いえ、そんな」とか、「ええ、まあ」とか、当惑したり、愛想笑いをしたりと、一人芝居を始める。

その様子を見ながら、葉月演じるヴィアラはそうっと椅子から離れ、ナテルの後ろに回った。

ナテルの会話を聞きつつ、客席に向かってそっと話し掛ける。

「ほら。もうじきよ。また伯母様はあの話を始めるわ」

ナテルは自分の病気の話を始める。いかに静かな環境が必要か。どうしてこの土地に来ることになったたか。自分の姉の話。

「あの日の話よ」

葉月はあの不穏な表情のまま、客席に囁《ささや》きかける。

「ほら、もう始まる——」

葉月は怯《おび》えた目で、ナテルの後ろに立った。

口の中でぼそぼそと何事かを呟いているが、少しずつその声が大きくなり、客席にも聞こえてくる。

「——ああ、そうそう、あそこの窓、開けたままにしておいてよろしいでしょうか？——」

葉月の目は、ナテルの目が見ている「伯母」を見ている。

だから、彼女の台詞《せりふ》は伯母の台詞であるにもかかわらず、いつも繰り返し聞いている伯母の台詞を彼女が反芻《はんすう》しているように見えた。

ナテルが凍りついたような反応を見せる。

葉月は彼の後ろに立ったまま、視線を逸《そ》らさずに続ける。

「あの窓から、もうすぐ夫と弟たちが猟から戻って参りますの——いつも、あの窓から入ってくるんですのよ——」

ナテルの顔に恐怖が浮かぶ。

うまい、と神谷は思った。

葉月は伯母との一人二役をやっているわけではない。伯母はあくまでもナテルの視線の先にいて、彼女は聞き慣れた伯母の台詞を頭の中で一緒に呟いているに過ぎないのだ。しかし、彼女の呟きは伯母の台詞でもあるから、その台詞に合わせてナテルは恐怖の演技ができる。

台詞を付け加えたり、ト書きを変更しているという難点はあるが、二人の登場人物で三人の芝居をする、という制約でこの『開いた窓』を演《や》るには、これもある意味で正解に違いない。神谷は顎《あご》を撫《な》で、葉月の演技に見入った。

問題はラストだ。ラストはどうする？

「――ほら、帰って参りましたわ」

葉月演じるヴィアラは、ぼそりと呟いた。

ナテルが腰を浮かす。

「ようやく戻ってきました。ちょうどお茶に間に合ってよかったこと――」

葉月の声はますます抑揚がなくなってきた。

北川がふと、葉月を振り返った。葉月が彼の肩をぎゅっとつかんだのだ。二人で一瞬顔を見合わせる。なるほど、これでト書き通りだ。

遠くから歌声が流れてきた。

少しずつ近づいてくる。

ナテルは「ひっ」と悲鳴を上げ、震える手で頭を抱える。

歌は徐々に大きくなり、ついにナテルは帽子を手に取り、転がるように部屋を飛び出していってしまう。

葉月はそのナテルを見送り、一瞬棒立ちになった。

客席に背中を向け、その表情は見えない。が、その思わせぶりな背中から目が離せない。彼女は実に注目を集めるのがうまい。観客の生理を心得ている。

「ああ、お帰りなさい、おじさま」

唐突に彼女は振り返った。

その顔は、相変わらず無表情で、感情が浮かんでいない。

「さあ」「いえ」「あたしも初めてお目に掛かりましたの」

彼女は肩をすくめたり、首をかしげたりして返事をした。家の中に入ってきた伯父たちと、伯母に対する一人芝居。

ここはちょっと弱いな、と神谷は思った。

ここで伯母の台詞が聞けないのは苦しい。ここで伯母の台詞があって、実は伯父たちが実在していて、伯母のほうがまともだということが分かるのだから。これまでがほぼ完璧《かんぺき》だっただけに、惜しい。それでも相当凄《すご》いのは確かだが。

「ああ」

葉月は、奇妙な笑みを浮かべ、頷《うなず》いた。

「あの人、犬が大嫌いなんですって」

大したことではない、というように小さく肩をすくめる。

「一度、ガンジス川の岸辺のどこかを旅していて、野良犬の大群に追いかけられたことがあったそうなの――どこにも逃げ場がなくって、必死に真っ暗な墓地に逃げ込んで、掘ったばかりの墓穴でひと晩夜明かししたことがあったんですってよ」

相変わらず葉月のヴィアラはそっけない。

「想像するだけで恐ろしいわ――頭の上で、凶暴な犬がワンワン吠《ほ》えてるのをずっと聞いてるなんて――」

葉月は遠い目をして、おもむろに背を向けたまま客席をちらっと見た。

「そんな目にあったんじゃあ」

ニヤリ、と不穏な笑みを浮かべる。

「犬が苦手になるのも仕方ありませんよね」

彼女はゆっくりとそう言い、更にゆっくりと長いスカートを広げて会釈をした。

見事な幕切れ。終わったという雰囲気。

スタッフが拍手をし、神谷も大きく手を叩《たた》いていた。

うまい。さすがだ。これまでの解釈と違うところも面白い。

葉月は改めて役から離れ、宗像葉月本人としてスタッフに向かってお辞儀をした。

本人も満足しているらしく、顔には充実感に満ちた笑みがある。

「ありがとうございました。お疲れさまでした。あの、ちょっと聞いてもいいですか」

影山の声が弾んでいる。彼も感心しているのだろう。演技を中断させず、最後まで辿《たど》り着いたことも評価が高いに違いない。なおかつ、主旨に沿っているし。

「はい」

葉月の声は静かな自信に満ちていた。影山の反応にも手ごたえを感じたのだろう。

「ヴィアラの性格づけはどうやったんですか。この脚本を読んで、あなたのような役作りをする人は珍しいと思うんだけど。この脚本を読んだ印象では、もっとおきゃんでおませな少女を連想しませんか？」

影山は平静を装っていたが、声は興奮していたし、質問したいことが沢山ありそうだった。それはそうだ。神谷だって聞けるものなら聞いてみたいことがいろいろある。

「確かに、あたしも最初の印象はそういう感じを受けたんです」

葉月は素直に頷いた。

地の彼女は実に飾り気のない、どこにでもいる普通の女だ。彼女の演じたヴィアラとは別のそっけなさで、葉月は続けた。

「だけど、二人の登場人物で、三人の芝居でしょう。そこから逆算していったら、そういう性格にせざるを得なくなって」

神谷は驚いた。彼女は、途中で伯母が出てこないことで機転をきかせたわけではなく、最初からちゃんと脚本の意図を読み取っていたのだ。

思わず影山を見る。

が、思いがけず影山の横顔は冷たかった。彼はちょっと考えてから、用心深そうな声を出した。

「――『二人の登場人物で、三人の芝居』ね。そのことに、いつ気が付きました？」

舞台の上の葉月は一瞬、ぎくっとした表情になった。

影山と視線が合う。

彼女の目の中で、何かが揺れたようにみえた。

どことなく気まずい沈黙が降りる。

スタッフが不思議そうに影山を見た。

最初に沈黙を破ったのは葉月だった。

溜息《ためいき》のように小さく笑い、両手を広げてみせる。

「ごめんなさい、いずれどこかから聞いてバレてしまうだろうから、白状しちゃいます。あたし、どうしてもこの芝居に出たかったから、調べに調べて、このオーディションを先に受けた人を探し出して、いろいろ聞いたんです。すみません。実は、この脚本に仕掛けがあるんだってことを前もって聞いていました。それで役作りをしたんです」

葉月はさばさばした声で言った。

「そうですか。誰からですか？」

影山は納得したように頷いた。

神谷も気が付いた。「二人の登場人物で三人の芝居」というのは、オーディションの合間に影山が候補者に向かって説明する時の言葉だ。葉月がそれをそのまま使ったので、彼女が誰かからその言葉を聞いていたことを直感したのだろう。

葉月はきっぱりと首を横に振った。

「それは言えません。悪いのはあたしですから。かなりしつこく、強引に聞き出しました。その人を責めないでください。あたしが無理に聞いたんです。これってずるですか？　あたしはもう候補者失格ですか？」

彼女は頑として、その名を明かすことを拒んだ。それが当然の仁義だろう。下手をすると、彼女に脚本の仕組みを漏らしたほうも失格になってしまうかもしれないのだ。

「まあ、それはとりあえず置いておきましょう」

影山は宥《なだ》めるように小さく手を振った。

「で、『二人の登場人物で三人の芝居』だと、どうしてああいう役作りになるんです？」

彼の興味はそっちにあるようだった。それは神谷も聞きたい。

「ヴィアラが伯母の台詞《せりふ》を反芻《はんすう》するためです」

葉月はあっさり答えた。

「いつも独り言を言うように台詞を話していれば、伯母の言葉をぼそぼそ喋《しゃべ》っていても不自然じゃないと思ったの。頭の中で考えていることを、しまっておけない娘という印象を与えたかった。聡明《そうめい》でおきゃんな女の子だったら、あんなふうにぼそぼそ独り言は言わないでしょう。ヴィアラが伯母の台詞を『喋らずに』、伯母の台詞をナテルに『聞かせる』ためにはああいうキャラクターにすることしか、とりあえずあたしには思いつかなかったんです」

「なるほどね」

影山と一緒に神谷も頷いた。

確かに、さっきの葉月の演技は自然だった。伯母の台詞を「喋らずに」「聞かせる」。その通りの演技になっていた。

脚本の意図を実現するために、役作りをする。そのことに、葉月の実力と戦略、なみなみならぬ闘志が窺《うかが》えた。神谷は改めて感心した。が、かすかな幻滅と、不思議なことに安《あん》堵《ど》とを同時に覚えていた。

宗像葉月とはいえ、さすがにとっさの機転で後半の演技を組み立てたわけではなかったのだ。いくらなんでもそこまでできたら、あまりにも凄すぎる。何も事前に情報を与えられずに、あの脚本の意図を読み取り、それに合わせて演技プランを作ることなど無理だ。ましてや、演技の途中で、誰も出てこないことに気付いてそれを変更するなんて。

この安堵は何だろう、と神谷は頭の隅で考えていた。

やはり怖いのだろうか。そんな役者が出てきたら、自分の書く脚本など演じてもらえるのだろうか、と。逆に、そんな役者に見合う、彼らにふさわしいホンが書けるだろうか、と。

神谷は複雑な気分になった。

暗い部屋の中で、響子も胸を撫《な》で下ろしていた。

みっともない、情けないと思うけれど、心は正直だ。

今の葉月の演技が、念入りに計算されたものであって本当によかった。もしもあれがあの場で思いついたものだったら——そう思うと、居ても立ってもいられなくなる。

たまたまここは暗いからよかったけれど、さぞかし真っ青な顔をしていたことだろう。

響子は安堵を嚙《か》み締めながら、脚本をパラパラめくっていた。

葉月は念入りにプランを練ったに違いない。そのことが窺える、見事な演技だった。

脚本の狙いを実現するための役作り。そんなことはこれまで考えたことがなかったし、その必要もなかった。たまたま、今回が引っ掛けだったからそのような手段を取ったのだろうが、あたしがこのホンを読んでいて、彼女のようなアプローチを思いつけたかどうか。

それにしても、あそこで正直に打ち明けてしまうところは葉月らしい。

響子は半分感心し、半分「もったいない」と思った。

葉月はこそこそしたり、筋の通らないことは嫌いなのだ。それでいて、ホンの仕掛けを調べ出してしまうような執念深さやしたたかさも持っている。あそこで打ち明けたのも、彼女なりの戦略なのかもしれない。あの演技に感動したあとで、よそから「実は仕掛けを前もって知っていた」と影山の耳に入ったりしたら、それこそ逆効果になる。ここで打ち明けたことで、彼女に対する印象も決して悪くなってはいない。

焦りを感じる。やはり、葉月はどんどん進化している。今離されるわけにはいかない。

短い脚本を、既に何度も読んでしまっていた。

ヴィアラや伯母の台詞が頭の中で響いている。

あたしならどうする。あたしだったら。

いつのまにか、頭の中はそのことでいっぱいだった。オーディションを受けられないとか、わざわざ大阪から来て断られて疲れた、などということはすっかりどこかに行ってしまっている。

さっき帰らなくてよかった。

じわじわとそんな気持ちが湧いてくる。さっき帰っていたら、挫折《ざせつ》感と屈辱感しか残らなかっただろう。なんて馬鹿だったのだろう、もうそんなみみっちいことに構ってはいられない。みんなどんどん進歩している。勝負はこれでついたわけじゃない。あおいや葉月の演技が見られて、本当によかった。

うまくなるには、何かのショックを受ける必要がある。他人の演技を見て打ちのめされることくらい、次のステップに向かう原動力になるものはない。

響子はそう考えられる自分に安堵した。

大丈夫。あたしはまだ進化できる。

そう自分に確信を持てただけでも、大阪から戻ってきた甲斐《かい》があったというものだ。

まだ続くのかしら。チラッと携帯電話の時計を見た。

あおいと葉月を見た。もうじゅうぶんだ。そろそろ帰って寝よう。

そう思うのと同時に、隣の男に対する感謝の気持ちで胸がいっぱいになる。

ちらっと隣を見た。

芹澤は相変わらずうとうとしているように見える。

意地悪だ、変だ、などと思っていたけれど、あそこで引き止めてもらえなかったら、きっと彼に対する負の感情だけが残っていただろう。

「あの、ありがとうございます。オーディションを見せていただいて。本当によかったです」

響子はそっと声を掛けた。

芹澤は薄目を開けて、ちらっと響子を見る。彼女が腰を浮かせているのに気付いたらしく、彼はかすかに眉《まゆ》を吊《つ》り上げた。

「帰るの？」

「ええ、もう遅いですし。明日は大阪に戻らないと」

そう言うと、芹澤は小さく人差し指を振った。

「もう一人だけ、見ていきなさいよ。この子が大穴なんだ。僕は、今日、この子をわざわざ見に来たんだから」

大穴？

響子は思わず芹澤の顔を見たが、彼は再び前を向いて目を閉じてしまった。

14

佐々木飛鳥は、殺風景な控え室にじっと座っていた。

身動《みじろ》ぎもせず、小さなテーブルの上に置いた台本を見つめている。

別に緊張しているわけでも、萎縮《いしゆく》しているわけでもない。文字通り、台本の表紙の一点を見つめているのである。台本そのものには、手を触れようとも、めくろうともしない。

台本自体は、もう隅々までとっくに頭の中に収まっている。

だが、彼女は考え続けていた。あるべき姿を。どこかにあるはずの景色を。

頭の中にはいろいろな風景が浮かんでくる。風景の中で、入れ代わり立ち代わり人物が動き回り、立ったり座ったり退場したりしている。それも、凄《すご》いスピードで。

「うーん」

飛鳥は独り唸《うな》った。

違う。こうじゃない。違うということだけは分かるのだが。

飛鳥は考え込んだまま、手をのろのろと動かす。人差し指で空中に何か書いたり、払う仕草をしたり、傍目《はため》には何をしているのか釈然としない。

「えーと」

飛鳥は、テーブルの上に、指で何やら一筆書きのようなものを始めた。

こう来て、こう来る。するとここは。

矢印を幾つも書いてみる。

やっぱり収まらない。

膝《ひざ》の上に頬杖《ほおづえ》を突いて考え込む。

頭の中では、更にめまぐるしく人物が歩き回り、話したり叫んだりしている。

彼女はあまりにも集中していたので、ドアがノックされ、自分の出番を呼びに来たことにも気付かなかったくらいだった。

小柄な少女が出てきた時、神谷は最初「地味な子だな」と思った。

宗像葉月も素顔は地味だったが、それとも違う、もっと平凡な感じがしたのだ。

が、彼女が几帳面《きちょうめん》にお辞儀をして名乗った瞬間、「あれっ」と思った。

「佐々木飛鳥です。よろしくお願いします」

どこかで聞いた名前だ。それも、ごく最近。

改めてその顔を見る。

「あっ」

思わず声を上げ、腰を浮かせた。影山がびくっとして一瞬振り返りたそうにしたが、少女が「一つ聞いてもいいですか」と言ったので、「どうぞ」と前を見た。

あの子だ。このあいだの、中谷劇場の。間違いない。

神谷は暗がりの中で、興奮して口をぱくぱくさせていた。

あの時の子だ。こんなところで会えるなんて。

嬉《うれ》しいような、恥ずかしいような、奇妙な心地だ。背筋がぞくぞくして、じっとしていられない。

やはり目をつけていたのは俺だけではなかったのだ。それとも、俺が知らなかっただけで、実は実績のある子なのかな？

が、次の質問を聞いて神谷はどきっとした。


「どうして登場人物は二人なのに、実際に出てくるのは三人なんですか？」


その、容姿からは意外な低く醒《さ》めた声に、スタッフもハッとするのが分かった。

影山も驚いているようだった。のっけから質問されたのは初めてに違いない。

少女は真顔で返事を待っている。宗像葉月のように、誰かから聞き出したというわけではなさそうだ。どうみても「素朴な疑問」という顔をしているのである。

影山も、一瞬言葉に窮していた。これまで、芝居が中断してから説明することに慣れていたため、いきなり聞かれるとは思っていなかったのだろう。

少女はまっすぐにこちらを見ていた。

こうして見ていると、舞台で見た時の異様さが記憶の底からじわりと蘇《よみがえ》るが、目の前の少女はやはりどこにでもいる普通の娘である。だが、この落ち着き方は凄い。

「間違いじゃありません。登場人物は二人ですが、芝居は台本通りです。台本に忠実に演じてください」

影山は、平静を装って、静かに答えた。しかし、それ以上の質問を拒む、取り付く島のない口調である。

「そうですか。このままなんですね」

少女は動揺する様子もなく、至って冷静なままだった。考える表情になると、白いブラウスと長いスカートという自分の服装を見下ろし、次に、舞台の袖《そで》にいる、三つ揃いのスーツを着た相手役の北川を見る。

「少しお時間いただけますか？　打ち合わせをしたいので」

少女は淡々とそう申し出た。

影山に異論のあるはずもなく、許可する。

少女はお礼を言うと、つかつかと北川に向かって歩いていき、会釈をして、ボソボソと何かを話し掛けた。「えっ」と北川が驚く表情になり、目をぱちくりさせると、一瞬影山を見たが、すぐに少女と一緒に袖に引っ込んだ。

なんだろう、今の北川の顔は。何を言われたのだろうか。

神谷は周囲のスタッフを見回した。みんなも、今目の前で何が起きたのか理解していないらしく、誰もが狐につままれたような顔をしている。

奇妙な胸騒ぎがした。不安と期待で、じっとしていられない自分がいる。

何がこんなに俺を動揺させているのだろう？　この間の舞台のようなことが起きると思っているのだろうか？

神谷は、なぜか不意に逃げ出したくなった。

響子も暗がりの中で身を乗り出していた。

あの子だ。さっき、控え室の場所を教えたあの子。とても地味で、役者には見えないと思ったのに、やっぱりあの子も候補者だったなんて。

そして、この子が大穴だと？

響子はちらっと芹澤を見た。その姿が目に入ったとたん、ぎくっとする。

芹澤は起きていた。

腕組みをして、じっと舞台を見つめている。その目は、これまでの表情とは全く違っていた。何もかも見透かすような、冷徹で、乾いていて、ひどく真剣な目をしていたのだ。

響子はなんとなくゾッとして、思わず背筋を伸ばした。

やはりこの人は芹澤泰次郎なのだ、と実感した。

ということは、あの子はやはり――

空っぽの舞台に目をやる。しかし、内心では首をひねっていた。落ち着いているし、いきなりあの質問は鋭いけれど、見た目は本当に地味で平凡な子だ。葉月は美人じゃないけれど、やはりオーラがあった。いったいどうして。

　響子は半信半疑のまま、舞台を見つめ続けた。


　二十分ほどして二人が現れた時、スタッフの間に、声にならぬどよめきが漏れた。

　どういうことだ。神谷も知らず知らずのうちに呻《うめ》き声を漏らしている。

　二人は着替えていた。

　ダンスのユニットか演劇のワークショップのように、二人とも白いTシャツにジーンズという組み合わせである。

　ただ、少女は赤い布を腰に巻きつけていたし、北川は青い布を腕に掛けている。よく見ると、赤い布はテーブルクロスのようだし、青い布と思ったのはビニールシートのようだった。スタジオのどこかから引っ張り出してきたらしい。

　どうしてこんな格好に。さっきのほうが、ヴィアラとナテルにふさわしい衣装だったのに。何を考えているんだ。

　北川は、どことなく不安そうな顔をして、影山のほうをチラチラ見ていた。

　それに比べて、少女の度胸はどうだ。あの子——佐々木飛鳥と言ったっけ。

「お待たせしてすみません。じゃあ、お願いします」

　佐々木飛鳥はぴょこんとお辞儀をすると、そう影山に宣言した。

　客席のざわついた空気がぴたりと止まる。

影山が、パンと手を叩《たた》いた。

「始め」

舞台の照明が明るくなった。

おどおどと、下手から歩いてくる男。腕に青いシートをコートのように掛け、部屋に入ってくる。

次の瞬間、上手からサッと少女が入ってきた。

思わず、神谷を始めスタッフが息を呑《の》む。

十五歳の、おませで聡明《そうめい》な少女ヴィアラ。

きらきらした目と、一陣の風のような機敏な動きでそれが分かる。

さっきの少女はいない。落ち着き払った、舞台に立っていてもそうと気付かないような地味な少女とは別人だ。

ふと、神谷は何かが記憶の隅をつつくのを感じた。

なんだろう、これ。ずっと前に、似たような気持ちになったことがある――

ヴィアラが腰に巻きつけた赤い布は、スカートのようだ。両手を腰に添え、ちょっと裾《すそ》を持ち上げるような仕草は、確かに長いスカートに見える。

「伯母はすぐにこちらに下りてまいります、ミスター・ナテル。それまでは、申し訳ありませんが、私がお相手をさせていただきます」

少女は優雅に微笑んだ。

「はあ」

ナテルははっきりしない返事をし、落ち着かない表情で部屋の中を見回す。

「それはご丁寧に」

「どうぞおかけになって」

ヴィアラはにっこりと笑い、滑らかな動きで椅子を勧める。

ナテルはぐずぐず逡巡《しゅんじゅん》したのち、ようやく腰を下ろす。その表情は当惑しており、どうにも落ち着きがない。

しばしの沈黙。よそよそしい空気。

探り合う気配ののち、ヴィアラが口を開く。

「こちらには、お友達が大勢いらっしゃいますの？　こんなふうに、お茶の時間に訪ねてくるような？」

ヴィアラの口調は巧みだ。少女らしい屈託のなさと同時に、何かの企《たくら》みを感じさせる、含みのある声。ナテルは肩をすくめる。

「いいえ、一人も」

そう答えて、少し考えてから続ける。

「でも、何年か前に、私の姉がこの村の牧師館に泊まっていたことがあるんですよ。それで、私が神経を休めるのに休暇が必要だということになった時、姉がこちらのいろんな方に紹介状を書いて送ってくれたんです」

その口調には、有難さは微塵《みじん》もなく、どちらかといえば迷惑そうである。

「ということは」

ヴィアラは勿体《もったい》つけて身を前に乗り出す。

「うちの伯母のことは、何もご存じないのですね、ミスター・ナテル？」

「はい。実は、お名前とご住所しか存じ上げないのですよ。こうしてお邪魔してよかったのかと」

芝居は順調に進んでいく。

二人の息も合っていた。二十分の間にどんなやりとりがあったのか。

それにしても、少女の演技は自然かつ堂に入ったものだ。さっきの無愛想とも言える少女の面影はどこにもない。彼女のことをよく知らないせいもあるだろうが、徳子やあおいらが本人のキャラクターを生かして演じていたのに比べると、本人が全く透けて出てこないのである。カメレオンタイプの女優なのだろうか。が、役によってガラリと変わってしまうという女優は、なまじ変わり方が極端なので、逆にある種の型にはまりやすい。だが、この少女は、そういう女優とも異なるように思える。

神谷はもやもやした気持ち悪さを感じた。

なぜだろう。ずっと前にもこういう気持ちを味わったような。この間の、初めてこの少女を見た舞台ではない。それよりも前だ。だが、どこで。

舞台に集中しつつも、記憶の隅を探る。

「——時々、こんなふうに静かな夕暮れどきに、いきなり不意にあの窓から三人が帰ってきたら、と思うと、全身がふうっと粟立《あわだ》つような心地になるんです」

ヴィアラが溜息《ためいき》のように台詞《せりふ》を言い終え、膝《ひざ》の上に視線を落とす。

つかのまの沈黙が降りた。いよいよ、伯母の登場シーンである。

フッと、ヴィアラが顔を上げ、つられてナテルが後ろを振り向いた。

それが合図だったらしい。ふわりと二人が動き出す。

それは、あまりにも自然で素早かった。

ナテルが立ち上がりつつ、腕に掛けていた青いビニールシートを広げて腰に巻く。

それと同時に、ヴィアラは腰に巻いていた赤い布を外しつつ腕に掛け、それまでナテルが座っていた椅子に手を掛けて立つ。

二人が顔を見合わせ、ぴたりと立ち位置を決める。

その瞬間、二人の表情ががらりと変わった。

「お待たせいたしました。ヴィアラのお相手で、さぞかし退屈なさったんじゃありませんか？　大変申し訳ございませんでしたねえ」

北川が、大袈裟《おおげさ》に両手を広げ、中年女の声で言った。

神谷は、客席で、みんながアッと叫んだのが聞こえるような気がした。

なんという鮮やかさ、明快さだろう。

佐々木飛鳥が赤いスカートであった布を外し、北川が青いシートをスカートにした瞬間、二人はヴィアラとナテルからナテルと伯母に変わったのだ。

しかも、そのタイミングはぴったりと合っていた。ぱちっとパズルのピースが収まるかのように、二人して同時に変わったのである。ベテラン北川のリードもあるだろうが、よく少女もついていっている。

「いいえ、面白いお話を拝聴しておりましたよ」

ナテルとなった飛鳥がひきつった笑みを浮かべて応《こた》える。

その顔を見た瞬間、神谷の全身に電流のようなものが走った。

驚きと、衝撃と、恐怖に似たものがワッと身体の中に押し寄せてきた。


あ、あ、あの子だ。


かつて、駅前の広場で見かけた、おかしな子。一瞬にして他人になりきってしまう、驚くべき才能を見せつけて去っていった子。

間違いない。

なんと、あの子が今目の前にいる。自分の芝居に出るかもしれない俳優として。

不思議な心地がした。仕事に行き詰まって目についた少女が、やはり新たな仕事に迷っている時たまたま観に行った芝居に出ていて、今こうして舞台で演技している。

それにしても、舞台の上でまざまざとその変わりようを見せつけられると、改めて感心させられる。

見た目はどう見ても華奢《きやしや》で平凡な少女なのに、椅子に手を掛け立った瞬間、彼女は当惑する中年男になっていた。

女性が男性を演じようとすると、つい胸を張り、いかつい表情を作り、乱暴な動作で男性性を強調しようとする。それが一番手っ取り早いからだ。

だが、実際のところ、若い女性と中年男性の違いはどこかといえば、たたずまいというか、世界に対する緊張感の違いなのである。若い女性は、これから自分が漕《こ》ぎ出ていく世界に対しては緊張しているが、世間に対しては無防備だ。夢があるとか、無邪気だと言ってもいい。中年男性はこれが逆になる。世間に対しては緊張感を抱いているのに、世界に対しては無防備なのだ。視野が狭くなり、構わなくなる、と言い換えてもいい。ゆえに、若い娘の自意識過剰さが、中年男にはない。どこか弛緩《しかん》した、鈍い雰囲気が漂うのである。そのくせ、世間の目には敏感で、神経質になったり、姑息《こそく》になったりする。

飛鳥は例によってその特徴を見事に捉《とら》えていた。

決して大袈裟なことはしていないのに、その当惑した目付きや、ジーンズの膝の上をつかむ手つきや座り方に、中年男の気配がはっきりと窺《うかが》えるのである。

北川はちょこまかと動き回り、あれやこれやと話し掛ける。彼は非常にキャリアの長い名優であるから、その伯母さん然とした動きは大したものだ。それに対して、飛鳥演じるナテルもぎくしゃくとした返事をする。

奇《く》しくも、客席のスタッフから笑い声が上がった。二人のやりとりのちぐはぐさと、そのあまりのテンションの差に、みんながユーモアを感じ取ったのである。

ここで笑いが起きるなんて。

神谷は意外さを感じた。確かに、この原作を書いたのはイギリス人で、彼の作品にはどれもイギリス人らしいきついブラックユーモアが溢《あふ》れている。この台本にも、その乾いた滑稽《こっけい》さを感じられなくもないが、これまで演じられたものにはそういった側面は現れず、恐怖感のほうばかりが強調されてきたような気がする。

「ああそうそう、あそこの窓、開けたままにしておいてよろしいでしょうか？」

伯母が両手を握り合わせ、後ろをちらっと振り向いて、そこにあるであろう窓のほうを見る。

ナテルがびくっと身体を動かす。

神谷は、自分や影山が同時に身体をびくっとさせたことに気付き、驚いた。

そんな、まさか。

神谷は周囲のスタッフをそっと見回した。

びくっとした。本当に——ナテルにつられて。

これまで、そんなことはなかった。ナテルは、伯母の台詞に反応してびくっとしたが、それはあくまでも舞台の上の演技だと誰もが承知しているし、客席のスタッフは観察しているだけ。だが、今のナテルは本当に「びくっとした」ように感じられたのだ。

身近にいる人が、何かに驚いたり、反射的に何かをすると、それを見ている人間もつられて似たような反応を見せる。それと同じことが今起きたのだ。

北川はにこやかにナテルを見る。

「あの窓から、もうすぐ夫と弟たちが猟から戻って参りますの。いつもあの窓から入ってくるんですのよ」

ナテルの身体が凍りつき、一瞬、その顔が無表情になる。

神谷はぞうっとした。

鳥肌が立つのを感じた。ナテルの感じる恐怖が伝染したのだ。恐らく、その顔を見ていた全員に。

そう、ナテルの無表情さは、恐怖の無表情さだった。目を見開き、金切り声を上げる恐怖の表情は、誰もがそうだと感じる恐怖の表現だけれども、実際に恐ろしい場面に直面した時、むしろ人は無表情になる。ショックに表情が奪われ、平べったい顔になってしまうのだ。

今のナテルの表情はまさにそれだった。伯母の何気ない台詞にゾッとさせられた瞬間の顔。その恐怖を、観客はナテルと共に自分の中に喚起されたのである。

ナテルの顔から目が離せない。

客席のスタッフが、固唾《かたず》を呑《の》んで舞台を注目しているのが分かった。これまでにない異様な緊迫感が客席を支配している。

ほんの少し、ナテルがチラッと視線を逸《そ》らした。

再び神谷たち観客はびくっとした。

その僅《わず》かな視線の動きにゾッとさせられたのである。

伯母はあっけらかんとした表情のまま、ぺらぺらとお喋《しゃべ》りを続けている。ナテルもそれに必死に相槌《あいづち》を打つ。が、その合間にチラッ、チラッと目を逸らすのである。

信じられない。

神谷は思わず身を乗り出し、神経質に顎《あご》を撫《な》でていた。


ヴィアラがいる。


神谷は恐怖を覚えた。ここはさっき、徳子と北川が演じて、「やっぱりここは無理か」と思った場面のはずだ。ヴィアラが恐怖に満ちた目で伯母を見つめる、というト書きがあるのに、それを表現するのは本人抜きでは無理だ、と確信したところなのだ。

だが、神谷は今のナテルの視線の先にヴィアラを感じた。それどころか、ヴィアラが恐怖に満ちた目で伯母を見つめている顔すら浮かんでくるのである——ナテルがかすかに視線を動かし、何かを見つめているその目を眺めているだけで。

伯母とナテルのやりとりは続く。

しかし、急速に舞台の不安感と何かが迫っているという緊迫感は増していった。それは徐々に加速してゆき、観ているほうも我慢しきれなくなってくる。

歌が聞こえてきた。

伯母が顔を輝かせ、振り返る。ナテルが思わず腰を浮かす。

「ほら、帰って参りましたわ」

神谷もつられて背を伸ばしていた。彼の前に座っている影山も同じ動きをしているのを、彼は見逃さなかった。俺だけではない。

「ようやく戻ってきました。ちょうどお茶に間に合ってよかったこと。まあまあ、随分泥んこのようね」

伯母は窓に向かって小さく手を振った。

ナテルの目が何かを見る。

ほんの一瞬、ヴィアラと目が合ったことが分かる。やはりヴィアラがいるのだ。

歌が大きくなってくる。

ついにナテルは悲鳴を上げ、立ち上がり、椅子から駆け出す仕草をする。

が、次の瞬間、赤の布と青のシートが宙を舞っていた。

「あっ」

観客の視線が、ひらひらと宙を舞う赤の布と青のシートに惹《ひ》きつけられる。

舞台の二人が、同時にそれを投げ上げたのだ。

左右に揺れるように落ちていく赤と青。

が、舞台の上には、無表情に並んで立っている二人の姿があった。

布に観客の目を惹きつけている間に、飛鳥が椅子の後ろに立ち、北川が上手に移動していたのである。

歌は大きくなってくる。

布とシートが床に落ちた。

次の瞬間、二人はサッと動いて飛鳥が青のシートを、北川が赤い布を拾い上げ、腰に何気なく巻きつけた。

またしても、同時の変わり身。

ぴったりのタイミング。

二人は口をあんぐり開け、目を見開いて顔を見合わせる。

今度は飛鳥が伯母になり、北川はヴィアラになったのである。

「まあ、いったいどうしたっていうんでしょう」

飛鳥がガラリと口調を変えて叫んだ。

むろん、既に潑剌《はつらつ》とした少女の面影も、中年男の気配もない。今そこにいるのは、せかせかした中年女なのだ。

「ああ、お帰りなさい、あなた。泥だらけね、今日もさぞかし遠くまで駆け回ったんでしょう。え？　ああ、今飛び出していった方ね。初めてお会いしたの、ミスター・ナテルとかいう」

伯母は肩をすくめ、架空の伯父たちに向かってずけずけした口調で続けた。

「さあ、知らないわ。ずいぶん変わった方だわ。自分の病気の話ばかりして、あなた方が戻ってくるのを見たとたん、何も言わずに帰ってしまったんですもの。本当に変ねえ、まるで幽霊でも見たみたい」

そこに立っているのは、まさに中年女。生活感に溢れ、テンポの速い世知に長《た》けた女だ。その首の動きや口元に、これまでの候補者が見せたことのないリアリティが漂っている。

ヴィアラがそっと椅子に腰掛け、ふわりと笑う。

「きっと、スパニエルが来たからよ」

北川も、生き生きとした少女の表情を作ってみせる。男性俳優には、女を演じるのが好きな人が多い。彼も例外ではなく、そのはにかんだポーズなど堂に入ったものだ。

「おお、よしよし」

北川演じるヴィアラは、足元に来た犬を両手で撫でる仕草をする。

そして、意味ありげに周囲を見回す。

「あの人、犬が大嫌いなんですって」

憮然《ぶぜん》とした伯母と目が合い、ヴィアラはにっこりと笑う。

「一度、ガンジス川の岸辺のどこかを旅していて、野良犬の大群に追いかけられたことがあったそうなの。どこにも逃げ場がなくって、必死に真っ暗な墓地に逃げ込んで、掘ったばかりの墓穴でひと晩夜明かししたことがあったんですって。想像するだけで恐ろしいわあ！　頭の上で凶暴な犬がワンワン吠《ほ》えてるのをずっと聞いてるなんて！　そんな目にあったんじゃあ、犬が苦手になるのも仕方ありませんよね」

北川の少しずつゆっくりになる台詞《せりふ》に、終わった、という雰囲気が漂った。

舞台の上の二人の動きが止まる。

幕切れの沈黙を味わったあと、ゆっくりと二人は動き出し、揃って腰に巻いた布とシートを外した。

素に戻った表情の二人。

佐々木飛鳥は、元のそっけない、ティーンエイジャーの顔に戻っていた。隣の北川の表情に、ただのオーディションの相手役ではない、役者としての充足感が表れているのが見てとれた。

二人はTシャツとジーンズ姿で並び、客席に深々と頭を下げる。

それでも沈黙は続いていた。

誰もが固唾を呑んだまま、舞台を見つめていたのだ。

が、影山が大きく手を叩《たた》き、それを合図に、呪縛が解けたようにスタッフも拍手をし始めた。もちろん、神谷もその一人だったし、なかなか拍手は止《や》まなかった。

なんということだ。

神谷の頭の中では、がんがんと鐘のようなものが鳴り響いていた。

彼女は完璧《かんぺき》に台本をこなした――二人で三人の芝居を演じるという条件をクリアした。

それどころか、演出までしてしまったのだ——この『開いた窓』という一編の芝居を、オリジナルの解釈で完成させてしまったのだ。

たった二枚の布を使って。

赤と青の布。それが、ヴィアラと伯母を示す舞台衣装になるなんて。しかも、それを投げ上げて拾うことで、観客の視線を逸らし、同時に彼らを緊張から解放して弛緩《しかん》の余裕を与え、観客の生理をうまく芝居の終盤へと誘導しているのだ。

興奮と恐怖が、ぐるぐると全身を駆け巡る。

きっと、この子と仕事することになる。

神谷はこの瞬間、確信していた。

この世には巡りあわせというものがある。彼女はこうして、俺の前に三たび現れた。これを巡りあわせと言わずして何と言おう。俺は、必ずこの子と仕事をする。

彼の心の奥に蠢《うごめ》くものがあった。彼女を見ているうちに、彼の中で何かが動き始めていたのである。

響子はどうやって家に帰ったかよく覚えていなかった。

覚えているのは、芹澤が、「あの子は、今年演劇を始めたばかりで、デビュー公演を二日やって、舞台に立つのは今日が三回目なんですよ」と言ったことだけ。

今年演劇を始めたばかり。

舞台に立つのは、今日が三回目。

頭の中では、その文章がぐるぐると回り続けていた。

いきなり夜中に帰ってきた響子に驚く家族を見て、彼女は自分が家に連絡するのを忘れていたことに気付いたが、そんなことすらどうでもよかった。

顔を洗い、風呂《ふろ》につかり、自分の部屋のベッドに座る。その一連の動きも、身体の反射だけで上の空だった。

頭の中に繰り返し浮かぶのは、あの少女の姿、共演していた北川の姿、宙を舞った赤と青の色彩である。

知らないことは恐ろしいことである。しかし、同時に心の安寧を約束してもくれる。

父だったか、誰だったかは忘れたけれど、かつて聞いたその言葉を、彼女は今身をもって噛《か》み締めているのだった。

本当に、知らないということは恐ろしいことだ。あの時、あのままあの子の演技を見ることなく帰っていたとしたら――

響子は、複雑な感情を覚えた。

気が付くと、煙草に火を点《つ》けていた。こうしてみると、今日の一日が夢のようだ。大阪の楽屋から衝動に突き動かされて東京に戻り、スタジオに押しかけ、芹澤に会い、オーディションに参加することを断られ、三人の演技を見た。怒り、興奮し、どきどきし、落胆したはずなのに、今となっては、最後に見たあの子の演技しか印象に残っていない。

佐々木飛鳥。

彼女から受けた衝撃は、響子にとっても初めてで、うまく説明できないものだった。

子供の頃から周囲にプロと芸能人ばかりいたので、天才と呼ばれる役者は数多く見てきた。その芸と華には幼い頃から感動してきたし、その凄《すご》さも分かっているつもりだ。

しかし、あの少女は、全く違う方向から出てきたとしか思えないのだった。

こうしてみると、響子の知っている天才たちは、環境のもたらした華でありポジションであり、彼らの芸が昔から連綿と続く「芸能界」で耕され、受け継がれてきたものだというこどがはっきりする。極端に言うと、広い意味での「仲間うち」での型というものが知らず知らずのうちにできてしまっていて、その中での「うまさ」や「天性」が評価の基準になってしまっているのである。「芸能界」にもいろいろあるが、そのすべてをひっくるめて、「芸能界で生きる」こと自体が一つの型に嵌《は》まってしまっているのだ。

だが、あの子の自然さはどうだろう。

響子は、彼女の演技を思い浮かべた。出てきた瞬間から、彼女の動きが脳裏に焼きついてしまったのだ。恐らく、メソッドだの、劇団ごとの流儀だの、プロダクションの事情だのを何も知らずに、ただ「登場人物になる」ということ、「客に芝居を見せる」ことしか考えていないのだろう。

そう考えて、響子は一人で苦笑した。

登場人物になる、客に芝居を見せる。役者がこれ以外何を望むというのか。

逆に、普段のあたしたちは、それ以外のところで、演技には関係ないところに付随する世界に生きているのだ。

皮肉な気分になり、おのずと口元に冷笑が浮かんだ。

そうか、あの子には「自意識」が感じられないのだ。

ふとそう気付き、響子は納得する。

だが、そんなことがあるだろうか？

灰皿に煙草の灰を落としながら、彼女は首をひねる。

役者になろうなんていう人間は、多かれ少なかれ自意識過剰なものだ。温厚だ、欲がないと言われる役者でも、その内側に秘めた自意識は強烈である。時に本人すら持て余し、どうにもコントロール不能の自意識。その厄介さが役者という人種の複雑さであり、同時に魅力でもある。あおいにしろ、葉月にしろ、強烈な自意識の持ち主であることは明らかだ。響子自身、優等生的ではあるが、誰にも見せないところに複雑な自意識が存在することを自覚している。

しかし、そういった強烈な自意識のない人間が役者をやるというのは——

少女の演技が頭に浮かぶ。

次々と変わる顔。十五歳のおませな少女、押しの弱い中年男、現実的な中年女。

演じることの照れや恐れなど全くない、あの揺るぎない自然さはどこから来るのか。

役者というのは、役を演じることよりも、役を演じる商売であること自体に酔ってしまうことが多い。女優である自分、俳優である自分、役者をやっている自分。そういう自分にうっとりしてしまう。役者を演じるのではなく、「役を演じ」られるようになるまでには、かなりの時間が掛かるものだ。

彼女は違った。彼女は、当たり前に「役を演じ」ている。そこに至るまでの過程をあっさり飛び越してしまっている。

いったいどんな人生を送ってきた子なんだろう。どうして役者になろうと思ったんだろう。何を考えながら、あんな演技をするんだろう。

衝撃は、強い好奇心に変わっていた。

しかも、あの子には、芝居全体が見えていた。第三の目が、最初から当たり前に備わっていたのだ。ちゃんと一本の芝居の一部になっていた。共演の北川の、あの生き生きした演技を見ても、彼が芝居の一部としての彼女に強く共感していたことは明白である。

役者になりたいということ、役を演じたいということ、自然な演技ということ。そういう欲求や、実際の技術について、こんなに素直に、率直に考えたことなど、これまでにあっただろうか。

響子は、今日一日のさまざまな感情や衝撃が、今では爽快感《そうかいかん》に変わっていることに驚いた。これほど実りの多い夜になろうとは、大阪を出る時には全く予想だにしなかったのだ。

運命とは不思議なものだ。

響子は、そんな感慨を、一人深夜に嚙み締めていた。

「いったいどこから探してきたんだ、あんなの？　W大の学生？　えっ、あの子まだ一年生なの？　劇団、どこ？」

影山がスタッフに話し掛けている。

彼には、佐々木飛鳥のデータは全く与えられていなかったらしい。

神谷はそれがなんとなく愉快だった。

影山は、飛鳥に質問をすることすら忘れてしまうほど、彼女の演技が衝撃だったようだ。飛鳥が袖《そで》に引っ込み、帰ってしまってから、やっと彼女のことをみんなに聞き始めたのである。スタッフも騒然としていた。オーディションは終わったが、誰もがあの演技のことを口にしていて引き揚げようとしない。

「神谷も知ってたんだって？」

影山はじろりとこちらを睨《にら》んだ。神谷はニヤニヤしながら頷《うなず》く。

「うん。俺と彼女は運命の糸で結ばれているんだよ」

「何寝ぼけたこと言ってるんだよ——しっかし、驚いた。あー、久々に、人の演技見てほんとに驚いたよ」

影山はどすんと椅子の背に身体を打ちつける。が、近づいてきた人影を見て、すぐに慌てて立ち上がった。

着替えた北川が、ニコニコ手を振りながらやってくる。

他のスタッフも立ち上がり、みんなが頭を下げた。

「北川さん、お疲れ様でした。本当に、長々と遅くまで、大変な仕事をありがとうございました。このオーディション、ほとんど北川さんのお陰で成立しましたよ」

影山はひときわ深々と頭を下げた。北川は「やめてやめて」ときさくに手を振る。

確かに、北川は一人出ずっぱりだ。オーディションの相手役というのは難しいし、かなりの技量が要求される。きちんと毎回同じレベルの演技を繰り返さなければならないし、タイプの異なる相手に、瞬時に対応していかなければならない。今回のオーディションは一人一人の演技時間が長かった上に、正解がなく、候補者と一緒に舞台を作ることを要求されたのだから、北川の負担は非常に重い。逆に、影山が今言った通り、彼の高い技術に頼ったオーディションだったとも言える。

「いやー、確かにきつかったけど、僕も面白かったよー。こんなレベルの高いオーディション、初めて」

北川は、あれだけの長丁場だったにもかかわらず、疲れた様子も見せない。むしろ興奮して、目をキラキラさせている。

「あの時、なんて言われたんですか」

神谷は隣に座った北川に思わず尋ねた。

「あの時？」

「あの子が影山に質問した後で、北川さんのところに行って、話し掛けたでしょう」

舞台の上で、北川がびっくりした表情になったのが印象に残っていたのだ。

「ああ、あれね」

北川が思い出したように頷いた。

「あの時ね、『その服、脱いでもらえますか』って言われたんだよ」

「ええっ？」

「そう。いきなり何言われたのか分からなくて、思わず影山さんの顔見ちゃったよ」

北川はくすくす笑った。

「なるほど。ナテルの衣装を脱げ、と。道理であんなに驚いた顔してたわけだ」

影山と神谷は納得する。

二人で三人の演技をするわけだから、特定の衣装は必要ない。だから彼女は二人とも同じ格好をすることを要求したのである。

「面白い子だったなー。『何か派手な布ないですかねえ』って言って、いきなり楽屋とかスタジオの中漁《あさ》り始めてさ。僕もつられて、一緒に探しちゃった。愛想はないし、余計なこと言わないけど、説明が簡潔かつ的確でね。頭いいんだな。本当にあんな演技プランできるのかと思ったけど、ご覧の通り、できちゃった」

北川は機嫌がいい。佐々木飛鳥との演技が、よほど新鮮だったようだ。

「演出家も乗っ取られそうだな」

影山はまんざら冗談でもなく、不安そうに呟《つぶや》いた。

「それにしても、大変だねえ。あの中から選ぶのは」

北川は、自分の仕事は終わったという気楽さから、意地悪そうな目をして影山を見た。

「最後の彼女にはびっくりしたけど、他のみんなも凄《すご》かったよ。それぞれに魅力があったし、うまかった。あの中から二人選ぶなんて、よほどの演技をさせないと落ちた連中が納得しないんじゃないかな。ダブルキャストにすれば？　特に、今日の四人は、みんな個性的で面白かった。あの四人で、組み合わせを替えて上演すれば、すっごく面白いし、お客さんも呼べると思うなあ。きっと、大評判になるよ」

神谷は、北川の言葉に知らず知らずのうちに頷いていた。

女二人の芝居。佐々木飛鳥の演技を見た時から、少しずつ彼の中で何かが蠢《うごめ》きだし、形を取り始めていた。演じる役者によって、生き物のように変わっていく芝居を作れたら。今日見た四人のように、技量も個性もバラバラな女たちがどんどん芝居を進化させていってくれたら。確かに、今日の四人でダブル・キャストにすれば、話題性もじゅうぶんだし、それぞれのファンが来て、興行的にも成功が見込める。

「選ぶのかあ。頭痛いよ。やっと一次オーディションが終わったのに」

影山は悲愴《ひそう》な顔つきになった。

「どうも、お疲れ様」

その時、ひょこひょこと歩きながら入ってきた影がある。

「芹澤さん、いらしてたんですか」

影山が驚いた顔になる。

思わず神谷も振り向いた。電話で話したことはあったが、実際に顔を合わせるのは初めてだったのだ。慌てて立ち上がる。

「神谷です、はじめまして。この度は、どうも」

言葉が出てこない。

ひょろりと背の高い、にこやかな老人。老人というほどの歳ではないのだが、そのあまりにも穏やかで枯れた雰囲気に神谷は驚いていた。もっと眼光鋭い、山ッ気のある、怖い男を想像していたのである。

「お疲れさん。やあ、面白かったねー」

芹澤はニコニコしながら、楽しそうに影山の隣に座る。

「芹澤さん、選んでくださいよ。僕には選べそうにありません。芹澤さんも、最後の子、ご存じだったんですか」

影山は恨めしそうに芹澤を見る。

「うん。ちょっと面白そうだったから、呼んでみた。ちょうどいいタイミングで、彼女を見せたい人も来てたしね。万事順調、順調」

「万事順調、ですか。この先、どうします？」

影山は暗い口調で尋ねた。

芹澤は歌うように答える。

「もちろん、二次オーディションだよ」

「二次ですかあ。何人に絞ります？」

「決まってるでしょう、今日の四人だよ。後はもういいから、落ちたって連絡しといて。今日の四人で、二次オーディションをやりましょう。きっと、今日よりも楽しいよ」

芹澤は、神谷と北川を振り返り、ニタッと笑った。

15

大阪公演も楽日を迎えた。

一日一日公演を積み重ねてきた充足感と、また一つ無事関門をクリアしたという安堵感《あんどかん》。楽屋にも穏やかな空気が流れている。

最後の博多公演までは五日間ほど休みがあった。

響子は、いったん東京に戻り、観たかった映画を梯子《はしご》したり、溜《た》まっていた雑用をこなしたりして休養することにしていた。

葉月から、あのあと二次選考に残ったという嬉《うれ》しそうなメールが届いた。

おめでとう、次もしっかりね、と簡単なお祝いのメールを送ったが、自分があの晩彼女の演技を見ていたことは話さなかった。芹澤にも、あの時彼女がスタジオを訪れたことはスタッフには内緒にしておくと言われたからだ。それが、彼女のプライドを気遣ってのことなのか、別の意味があるのかはよく分からなかったのだが。

あのオーディションを見た後、大阪であおいを見ても平気だった。直視できないのではないかと不安だったが、楽屋で一緒になれば、いつもと同じ舞台を作る役者の一人である。

どうやらあおいも二次選考に残ったらしいのは、本人の様子から明らかだった。響子はそのことを、内心素直に祝福できた。

いったい何人が残ったのだろう。

そう考える時、佐々木飛鳥という少女の姿が目に浮かぶ。そして、彼女のことを考えると、不思議と胸が妖《あや》しくざわめくのだ。宙を舞う二色の布と共に、鮮やかな驚きが蘇《よみがえ》り、奇妙な興奮で心が沸き立つ。

簡単な打ち上げパーティをして、つかのま他の役者に別れを告げ、ホテルに戻って部屋に入った瞬間、電話が鳴った。

こんな時間に誰だろうと思うと、父である。

直接携帯に電話してくることなどめったにないので、慌てて出た。まさか、何かよくないことでは、と一瞬不安が胸を過《よぎ》る。

「お父さん？　どうかしたの？」

「ああ、響子か。大阪公演ご苦労さん」

その声はのんびりしている。ますます不思議だ。

「おまえ、芹澤さんと会ったことあるのか？」

「え？」

父の訝《いぶか》しげな声を聞き、響子は思わず聞き返す。

「芹澤さんから、至急連絡してくれと僕のところに電話があった。悪いけど、すぐにこれから言う番号に電話してくれないか」

「連絡しろって？　あたしが、芹澤さんに？」

「そうだ。あ、すまん、今移動中だ」

どうやら、車の中から掛けているらしい。響子は急いでベッドサイドのメモ用紙のところに飛びついた。父の言う番号を写し取り、早口に復唱すると電話を切る。

しばらく、メモの番号に見入った。

なんだろう？　なぜ今頃？

思い切って番号を押す。長い呼び出し音の後に、柔らかな声が出た。

「――はい」

「東響子です。こちらにお掛けするよう父からことづかったのですが」

「ああ、響子さん。すいませんねえ、夜分わざわざ。大阪公演でお疲れのところ、お電話ありがとうございます。いや、すみません」

聞き覚えのある、人を食ったような、朗らかな、つかみどころのない声が流れ出してくる。

「あのう、どんなご用件でしょう？」

不思議そうな声を出すと、芹澤が笑うのが分かった。

「ああ、実は、大変急な話なんですけれど、あなた、次の木曜日、お時間ありますか？」

「次の木曜日？」

「いや、もしかすると、一日掛かりになっちゃうかもしれないんですがね」

「たぶん大丈夫だと思いますが」

頭の中で素早くスケジュール帳をめくる。博多公演まで、何も入れていなかったはずだ。

「あのですね、オーディションを手伝ってほしいんです」

芹澤は無邪気な声を出す。

「オーディションを手伝う？　あたしがですか？」

「はい。この間、ご覧になったでしょ、一次審査。今度ね、二次審査をやるんです。残ったのは、あなたがご覧になった三人と、岩槻徳子さんの、四人」

やはりあの三人が残ったのか、というのと、岩槻徳子は一人随分歳が離れているな、というのと、手伝うというのはどういうことだろう、というのと、いろいろな感想が頭を駆け巡った。

「相手役をやってもらえませんかねえ」

芹澤は媚《こ》びるような声を出した。

「相手役？」

「はい。この間の、北川さんの役ですよ。今回、予定していた女優の都合が悪くなりましてね。それ相応の技術を持っている人でないと、無理でしょ。ねえ。あの四人の相手ですから」

北川の役。響子は一瞬躊躇《ちゅうちょ》した。大ベテラン。充足感に満ちたカーテンコール。

「で、そうだ、東響子さんなら大丈夫だろうと思って、慌ててお父さんに連絡させてもらったんです」

芹澤の声は淡々としているが、内容はかなり挑戦的である。

わざわざオーディションに参加させろとねじこんできた君なのだから、自信はあるんでしょ？　もちろん、これくらいはできるんでしょう？

そんな声を聞いた気がして、響子は思わず背筋を伸ばしていた。全身をカッと熱いものが瞬時に駆け抜ける。

「やらせていただきます。やらせてください」

考えるよりも先に、自分の声がそう答えていた。

「そうですか、そうですか。いやあ、よかったよかった。ありがとうございます。助かります」

芹澤の能天気な声が響いてくる。

このタヌキめ。あたしが断れないことをお見通しの上で連絡してきたくせに。内心そう思いながらも、響子はにやりと笑っていた。

「こちらこそ、ご連絡ありがとうございます。で、具体的にはどんな準備をすればよろしいんでしょうか」

二次選考に残った、と聞かされた時、飛鳥の正直な感想は困惑だった。なんだか面倒臭いことになった。そういう印象のほうが強かったのだ。

飛鳥の知らないところで、世界が勝手に動いている。新垣や巽は、頑張れ、凄《すご》いじゃないか、チャンスだ、と息巻いているけれど、飛鳥にしてみれば「ゼロ」で地道に活動していきたかったし、元々秩序のないイレギュラーな日常は性に合わない。受験勉強でも、空手の鍛錬でも、目標を定め、きちっと計画を立ててコツコツ積み上げるのが彼女のやり方であり、いきなりあちこちに呼び出されて、あれをしろこれをしろと言われるのは本意ではないのだ。

どうしてこんなことになっちゃったんだろう。

飛鳥はジョギングをしながらもぼんやり考えていた。

客席で、みんなが興奮しながら自分を見ていた目を思い出す。どうやら、みんなはあたしのことを凄いと思っているらしい。

さすがにそのことには気付いていたが、特別な感情はない。

自意識のなさ。

東響子が飛鳥の演技を見た時の感想は、ある意味で当たっていた。飛鳥は、本能と衝動のままに突き進んでいるだけなのだ。一見、思慮深く見えるけれども、それは彼女の感情が安定していて表面に出にくいからであって、実際の行為は子供と何ら変わらない。子供がある時期天才的な閃《ひらめ》きを見せるのと同じなのだ。他者の視線を感じない者は、気にしない者とは異なり、ただの怖いもの知らずである。そのことを、本人はおろか、周囲の人物もこれまで見抜けなかった。

しかし、さすがに、ここ数日の飛鳥の様子がおかしいことに気付き、巽が稽古《けいこ》の帰りに声を掛けた。

二人で公園の近くのファミリーレストランに入り、コーヒーとケーキを頼む。

考えてみれば飛鳥と二人でこうしてどこかに入ることなど初めてだ。巽はそのことに気付き、不思議な心地がした。窓の外から見る人は、二人を若い恋人どうしだと思うかもしれないのに。

飛鳥は心なしか悄然《しょうぜん》としており、巽と目を合わせようとしない。

「何か迷ってるの？　ひょっとしてオーディションがプレッシャー？」

巽は努めていつも通りに話し掛けた。

「巽さん」

飛鳥は思い切った様子で顔を上げた。

「断っちゃ駄目ですか」

「えっ。何を」

「二次選考なんですけど」

「ええっ？　なんでまた」

巽は思わず悲鳴を上げた。通りかかったウエイトレスが不思議そうに一瞬ちらっと振り返る。巽は慌てて口を押さえた。いきなり何を言い出すのだろう。

「行きたくないんです」

飛鳥は低い声ながらきっぱりと言った。

駄々をこねているとか、ポーズで言っているわけではないと、巽はその声を聞いて感じた。もっとも、駄々をこねるなどというのは佐々木飛鳥には一番似つかわしくない行為だったが。

「どうして？　怖いの？」

巽が尋ねると、飛鳥は小さく首をひねった。

「怖いというのとはちょっと違うんですけど——嫌なんです」

「だから、何が」

「自分の知らないところでどんどん話が進んでいっちゃうのが嫌なんです。このままとんでもないところに連れていかれそうで」

飛鳥は暗い目でそう答えた。

巽はハッとした。

目の前に座っている、小柄な少女を見る。初めて、素の彼女を見たような気がした。

そこにいるのは、地方から上京してきたばかりの十八歳の少女だった。いきなり公園の隅から現れて、天才的な演技を見せつけた謎の少女ではない。

思えば、最初から巽たちは、彼女の演技を通してしか彼女を見たことがなかった。彼女の演技に対する驚嘆と、それをどう評価するかという命題をいつも突きつけられていたために、佐々木飛鳥という十八歳の少女をありのままに見たことはなかったのだ。

本当に、見かけ通りの子なんだなあ。

巽は奇妙な感慨を覚えた。

いつも落ち着いていて、ためらいのない飛鳥は、見る者に何か裏があるのではないかと勘ぐらせるところがある。何かを企《たくら》んでいるのではないかとか、大きな野望があるんじゃないかとか、深謀遠慮があるとか。しかし、実際のところは、非常にあっけらかんとした、単純な娘なのだ。

その単純な娘に、今周囲は大きな夢を抱き、彼女にわっと群がって一気に広い世界に連れ出そうとしている。素のままに暮らしていた彼女が、そんな事態に恐怖を覚えるのはごく当たり前のことだ。

「佐々木はさあ、なんでお芝居やろうと思ったの？」

巽はチョコレートケーキをフォークで切り分けながら素朴な疑問を発した。

「どうしてでしょうねえ」

飛鳥が不思議そうな顔をするので、巽は思わず笑ってしまう。

「なんだそりゃ」

『お芝居やりたい』って、具体的に頭の中で考えたことないんですよ。ただ、ああいうふうになりたい、あの奥に何があるのか知りたい、と思っていただけで」

飛鳥もつられて笑いながら、ふとそう呟《つぶや》いた。

「あの奥？」

「舞台の上の、暗がりの向こうですよ」

飛鳥は珍しく、夢見るような目をした。大きな黒目が更に大きく見える。

「あそこに何かがあると思うんです。見たことないけど、何か凄いものがあそこにあって、それを見るためには、あそこの上に立つしかない。そう思って、ここに来ちゃったんです」

巽は不意にぞっとした。

こういうところが、彼女を平凡から遠ざける。彼女はシンプルだが平凡ではない。この子はやはり、引き寄せられてきたのだ。本能のままに、舞台に引き寄せられた。いや、むしろ、舞台のほうが彼女を呼んだのかもしれない。

飛鳥の目が現実に戻った。

「新垣さんには申し訳ないんですけど、やっぱり二次選考は断ります」

「本当に？」

「あたし、『ゼロ』で地道に活動していきたい。他のところに出るにはまだ早すぎるし、ここで基礎を作りたいんです」

そのきっぱりした口調を聞いて、嬉《うれ》しいような、残念なような、複雑な気分になった。

そして、彼女はこの意志を曲げないだろう、という確信が湧いた。

しばらく二人は沈黙していたが、やがて巽が口を開いた。

「そうか。じゃあ仕方ないよな。どうする？　新垣には俺から言おうか」

「いいえ、あたしから言います」

飛鳥は首を横に振ると、その場で携帯を取り出した。


『欲望という名の電車』

響子は、控え室でパラパラと文庫本をめくっていた。

言わずと知れたテネシー・ウィリアムズの傑作戯曲である。世界中で名優が名演を残しており、エリア・カザンが映画化した時は主人公ブランチを演じたヴィヴィアン・リーのアカデミー主演女優賞をはじめ、各映画賞を総なめにした。南部の没落した名家の娘ブランチ。教師をしていたものの、ついに屋敷を失い、アルコールで身を持ち崩し、妹の家に転がり込むが、妹の夫と対立して精神を病んでいく。ブランチは女優ならば一度はやってみたい役であり、ブランチの名はある種のイメージを込めた特別な存在として語られる。

いきなりブランチをやれ、とはね。

響子は苦笑した。

オーディションでこの戯曲を使おうなんて思うのは、よほど勇気がある確信犯か、ただの酔狂か、ど素人だ。

それこそ芹澤くらいだろう。響子は、あの飄々《ひょうひょう》とした顔を思い浮かべた。

「実際にやるのは一部分だけです。これくらいなら、響子さんなら一日あればじゅうぶんでしょう」


芹澤はそう言った。確かに、よこされた台本はすぐに覚えてしまえる台詞《せりふ》の量である。

しかし、なぜいきなり響子がブランチなのか。ブランチは主役ではないか。二次選考の
候補者たちは何を演じるのだろう。妹ステラの役とか？

「いえ、彼女たちが演じるのもブランチですよ」

相変わらず、芹澤は奇妙なことを言う。

じゃあ、なぜ、響子が相手役としてブランチをやることになるのか？　二人のブランチ
が舞台に立つことになるのか。

「はい。そうです」

響子が混乱してそう尋ねると、芹澤は言った。

「彼女たちには、影のブランチをやってもらうんですよ」

影のブランチ。

響子は文庫本を閉じて、想像した。

なるほど、響子が戯曲通りのブランチを演じて、それに候補者の演じるブランチが絡む
わけか。つまり、候補者は、自分の台詞をほとんど創作しなければならないことになる。

そのためには、戯曲を読み込んで自分なりのブランチを造り上げなければならない。二人のブランチが舞台で激突する。同じ役を演じるのだから、技術と力量の違いがはっきり顕《あらわ》れる。

なんというハイレベルの、難しいオーディションだろう。

響子は芹澤の要求するものの高さに身震いした。そして、勢い込んで引き受けたものの、自分の責任の重大さに改めて愕然《がくぜん》とする。

下手な演技はできない。あたしがきちんとブランチをやらなければ、絡むほうに多大な迷惑を掛ける。確かに、この相手役は非常に重要だし、相当な力量を要求される。

しかも、ブランチなのだ。

響子は戯曲が速達で送られてきたあと、手に入るビデオを観返し、知り合いの劇作家の資料室でテネシー・ウィリアムズの研究本をざっと調べた。時間はない。何度も戯曲を読み込む。台詞を覚え、何度も繰り返す。

しかし、ふと気が付くと彼女は自分が「影」を演じるところを想像していた。

あたしだったら、影のブランチにどんな台詞を言わせるだろう？　過去を隠し、自尊心を守ろうと必死に気品を演出するブランチ。妹の夫の粗暴さを嫌悪しつつも、彼にすがらなければならないという状況に追い詰められていくブランチ。上品な台詞の裏にある、彼女の本心の台詞、本音の言葉——

響子は思い浮かべる。自分が何と言うかを。

あたしだったら――
その時、ドアがノックされ、彼女は自分の役どころを思い出し、椅子から立ち上がった。

16

新国際劇場の、通称「ＣＵＢＥ」。

平日の昼過ぎ。小劇場の客席は、熱気に包まれていた。

ほぼ完成した真新しい劇場には活気が漲《みなぎ》っている。

客席には、三十名を超えるスタッフが腰を下ろして舞台を見守っていた。

大物ばかりの二次選考に、スタッフも興味津々である。

この日、神谷もやはり客席に腰を下ろしていた。二次選考に残ったメンバーの名を聞いて、是非見たいと思ったのだ。

先日のオーディションを見た日から、彼は少しずつ原稿を書き始めていた。まだ叩《たた》き台の段階だが、彼の中で新しい芝居のアイデアが動き出していたのだ。書き始めるきっかけが、先日の佐々木飛鳥の演技だったことは間違いない。彼は、今日も彼女たちの演技を見て、芝居のインスピレーションを得ようと意気込んでいた。

神谷はチラリと後ろを振り返る。

客席の中央には、候補者が座っていた。

今回は、全員が他人の演技を見ることを義務づけられているらしい。

岩槻徳子が、安積あおいが、宗像葉月が、硬い表情で中央に並んで座っている。

あれ。佐々木飛鳥がいない。

神谷はそのことに気付き、不思議に思った。どうしたのだろう。まだ着いていないのだろうか。彼女は唯一の学生だから、講義に出ているのかもしれない。あとからやってくるのだろうか。

彼は奇妙な胸騒ぎを覚えた。


神谷は気付かなかったが、客席の一番後ろに、三人の若い男女が腰掛けていた。

佐々木飛鳥と、新垣と、巽である。

飛鳥が二次選考を辞退したいと言い出した時、新垣は怒るやら、嘆くやらで大騒ぎをした。しかし、飛鳥の意志が固いのと、巽が彼女を擁護したことで、最後には折れた。

新垣から谷崎に飛鳥の意向を連絡してくれたが、谷崎は、送った戯曲を返してほしいので、参加しなくてもいいから二次選考を見においでと誘ってくれたのである。

飛鳥はあまり気乗りがしなかったが、新垣と巽が見たがったので、一緒にやってきたのだ。

「やっぱり、いい劇場だなあ」

新垣が呟《つぶや》いた。

「そうだね」

巽も呟く。

前回ここにやってきたのが大昔のことのようだ。

あの晩は、スタッフが大勢客席を行き交っていた。その実、舞台の上の候補者である飛鳥をみんなが観察していたわけだが。

その飛鳥は、今隣に座っている。

前方に座っている候補者の列から外れて。

凄《すご》いメンバーだ。本当ならば、あそこに飛鳥も一緒に並んでいるはずなのに。実力では、彼女だってちっとも負けないのに。

こうして見ていると、やはり残念だった。悔しいとも思う。新垣だって同じだろう。しかし、隣の飛鳥はもじもじしており、居心地悪そうにしていた。

「二次選考って、何やるの？」

飛鳥が手に握り締めている台本に目をやる。まだ彼女は台本を返していなかった。

「ブランチです」

巽は耳を疑った。

「えっ？　まさか、テネシー・ウィリアムズ？」

「そう」

新垣も飛鳥の手元を覗《のぞ》き込んだ。

「そりゃ凄い。佐々木がいきなり、ブランチやってたかもしれないのか」

「無理ですよ。しかも、『影』のブランチをやれって話なんですから」

「『影』のブランチ？」

「誰かがブランチをやって、その内面の声をやれってことだと思うんですけど」

凄い。そんなこと、できるんだろうか。巽は興奮し、同時に怖くなった。プロの女優は、そんなことまでできなければならないのだ。

「佐々木、演技プラン考えてたの？」

「まあ、一応は――」

飛鳥は自信なさそうに首をひねった。

「見たかったたな」

巽は思わずポツリと漏らしていた。飛鳥がふと不安そうな目で彼を見る。

「いや、その。佐々木のブランチ、どんなかなあと思って」

巽は慌てて手を振った。プレッシャーをかけまいと思っていたのに、つい本音が出てしまった。

飛鳥は暗い表情になり、俯《うつむ》いてしまう。

「じゃあ、もう一人のブランチ役は誰がやるんだろう」

「大変だよなあ。ビビるぜえ、俺なら。あんな面子と一緒にやるなんて」

巽と新垣は飛鳥に気を遣って四方山《よもやま》話をする。しかし、飛鳥はなかなか俯いたまま顔を上げようとはしなかった。

客席は興奮したざわめきで埋まっている。

舞台の上には、シンプルなベッドが一台と、小さな戸棚が置いてある。戸棚の上にはウイスキーの瓶とグラスが載っている。

開演前の舞台の大道具を見ると、いつもわくわくする。そこから何が始まるのか。どんな物語が隠されているのか。

やがて、舞台に演出家の影山力也が現れ、劇場はしんと静まり返った。

「おお、影山力也だ」

新垣が嬉《うれ》しそうに呟いた。売れっ子演出家の、エネルギッシュで幅広い活動ぶりを、彼は尊敬しているのである。

影山が客席を見回し、小さく会釈をする。

「皆さん、本日はありがとうございます。二次選考を始めさせていただきます。客席の皆さんは、観客のつもりでご覧になってください。本日の課題を改めて説明いたします」

影山は咳払《せきばら》いした。彼も緊張しているらしい。

「えー、皆さんよくご存じの名作、テネシー・ウィリアムズの『欲望という名の電車』の第九場をブランチの一人芝居に直してあります。原作通りのブランチの一人芝居に合わせて、その演技を妨げることなく、候補者の皆さんにはブランチの『影』の部分を演じていただく、そういう課題です。もちろん、台詞《せりふ》も演技プランも皆さんに任せています」

客席が緊張に包まれるのが分かった。

難しい。こんな難しいこと、できるのか。

巽は改めてレベルの高い課題に驚いた。客席に座っているスタッフも、その内容を噛《か》み締めている様子である。

あ、でも、即興なわけじゃないから、誰かに台詞を作ってもらってもいいわけだ。

そう思いつく。

なんだなんだ、そうか。準備期間もあったし、これだけの女優なら演出家や脚本家に知り合いがいっぱいいるだろうから、相談したっていい。相談相手の力量がここに表れるってわけか。

そう考えると、なぜかホッとした。

まあ、こいつなら自分で考えるかもしれないけど。

ちらっと飛鳥を見る。飛鳥は何の反応も見せずに舞台に見入っていた。

本当に、未練がないんだな。その割り切りぶりに、巽は半ばあきれ、半ば感心した。

「それでは、まず最初に、ブランチの一人芝居をご覧いただきましょう。候補者の皆さんには、台詞のタイミングなどを確認してもらい、演技の参考にしていただきたく思います」

影山はチラッと舞台の袖《そで》に目をやった。

巽はなぜかドキドキしてきた。いったい誰がこのメンバーを相手にブランチをやるのか。

「本日は、特別に、東響子さんがブランチ役で協力してくださることになりました。今日のお客さんはラッキーですね。では、よろしくお願いします」

客席がどよめいた。

「えーっ」

新垣と巽も叫んでいた。

東響子がサッと現れた。

シャギーにした艶《つや》やかな黒髪、華奢《きゃしゃ》な骨格。演劇界のサラブレッド。

巽は興奮していた。本当に、ラッキーだ。一場だけとはいえ、東響子のブランチを見られるなんて。

東響子はブランチの白い衣装でにこやかに中央に進み、影山に会釈した。

影山が照れたような顔で頷《うなず》く。

「今日はよろしくお願いします。いやあ、僕もさっきまで知らなかったんですよ、東さんがやってくださるなんて」

「いいえ、こちらこそ光栄です。呼んでいただいて。微力ながら、皆さんのお役に立てるよう頑張ります」

生まれ持った華やかなオーラ。パッと舞台が明るくなる。何度か彼女の舞台を観たことがあるが、生き生きとした達者な演技にいつも圧倒された。

「すげーっ、東響子だ。東響子がオーディションの相手役で、ブランチだなんて」

新垣が叫ぶ。

「美人だなあ。顔ちっせー」

客席のどよめきはなかなか止《や》まなかった。実力、人気とも若手随一のスターが現れたのだから無理もない。

影山が袖に引っ込み、東響子はベッドに腰掛けた。

舞台が徐々に暗くなるのと同時に、客席が静かになった。

東響子の一人芝居が始まる。

巽は、隣に座っている飛鳥が大きく身を乗り出していることに全く気付かなかった。

舞台が明るくなると、ベッドの上に女が腰掛けており、客席に背を向けてグラスの酒を呷《あお》っている。

その背中は痛々しく、現実を拒絶していた。

ドアベルの音。女はびくっと身体を震わす。

「――どなた?」

かすれてくぐもった声。酒にやられた、やさぐれた声だ。

女は据わった目付きでチラッと振り返り、耳を澄ますが、はじかれたように立ち上がる。

「ミッチ！　ちょっと待って」

とたんに声が裏返り、彼女は慌てて小さな戸棚の上の酒瓶をひっつかんで中に隠すと、鏡に飛びついて凄い勢いで化粧を直し始めた。やがて、転がるようにドアに飛びつき、誰かを招き入れる仕草をする。

その表情は、ほんの少し前のやさぐれた様子とは違い、毅然《きぜん》としつつも媚《こ》びた目付きであり、気取った動作になっている。

「ミッチ！　いいこと、ほんとうはお通しできないところよ、今夜のような仕打ちをされたあとでは！　あんな騎士道に反するやりかたってないわ！　でもまあ、いらっしゃい、美しい騎士！」

女は甘えるように唇を突き出すが、押しのけられたようによろけ、不安そうな表情になる。が、その一瞬の怯《おび》えにも似た表情を意志の力で打ち消し、明るい表情を作る。

「まあ、冷たいのねえ、肩をいからせて！　雷のきそうな顔をして！　それにまた異様なふうてい！　おや、お髭《ひげ》もそってない！　レディーにたいする許しがたい侮辱よ！　でも許してあげる。許してあげるわ。お目にかかれてほっとしたから。おかげで、いままで頭にこびりついていたポルカの曲がやんでしまった。なにかが頭にこびりついて離れないってこと、あなたにもあるかしら？　あることばとか、音楽とかが？　いつまでも、いやになるほど、こびりついて離れないってこと？　もちろんないわね、あなたのようなおとなしい無邪気な坊やには、そんなこわい思いがとりつくわけがない！」

女はころころと表情を変え、なじり、許し、ぼんやりとし、考え込み、決めつける。うまい。

神谷は、舞台の上の東響子から目が離せなかった。

神谷だけではない、誰もが固唾《かたず》を呑《の》んで、舞台の上の彼女を見つめている。

話の途中から始まったのに、のっけから彼女は観客をつかんでしまった。

たった一人の『欲望という名の電車』。ブランチの一人芝居。若くて綺麗《きれい》な子がブランチをやるのは難しい。見ている客のほうも、まだ女優が老嬢ブランチの心境とはほど遠いことを知っているからだ。

しかし、東響子は、さんざん人生の幻滅を味わい、貶《おとし》められてきた没落名家のオールドミスを見事に表現していた。卑屈さと、プライドと、したたかさと、それらを身に付けざるを得なかった人生をなかったことにしてしまいたい弱さと。

それでいて、彼女生来の魅力はそのままなのだ。若い役者ならではの、激しさと儚《はかな》さのある、不思議なエネルギーを感じさせるブランチである。

全幕通しで見てみたい。そう思わせるブランチだ。これまでの名演とはまた違った新鮮さがある。スタンリーは誰がいいかな。神谷はいつのまにかそんなことを考えていた。

第九場。もはや芝居は終盤にさしかかっている。ブランチは誕生会にスタンリーの親友ミッチを招待したが、彼は来ない。彼女が対立する妹の夫スタンリーが、ブランチが郷里で娼婦《しょうふ》まがいの生活をし、あげくの果てには教え子にまで手を出したことを探り出して、ブランチにプロポーズをしたミッチにそのことを暴露してしまったのだ。スタンリーは妻ステラにそう明かしたためにステラはショックを受け、産気づいたため二人で病院に行く。

第九場は、一人残っているブランチのところに、酒を飲んで彼女の嘘を告発にきたミッチを招き入れるところから始まり、やがてはおのれの過去を認めるところまでで終わる。ミッチはブランチのアルコール依存症を指摘する。内心の動揺を押し殺し、怒ってみせるブランチ。

「まあ、ばかばかしい！　そんな作り話をするあの男もばかばかしければ、それをもっともらしく繰り返すあなたもばかばかしいわ！　そんなくだらない中傷には弁解する気にもなれやしない、あんまり程度が低くて！」

つんと顔を逸《そ》らしてみせるが、そこには虚勢が透けている。一瞬用心深さが覗《のぞ》き、探るような目付きになるブランチ。

「いったいなにを考えてらっしゃるの？　なにかありそうな目つきね」

テンポ、タイミングとも申し分ない。うまい一人芝居は、舞台上に一人きりと感じさせない。不思議と賑《にぎ》やかな雰囲気が漂い、他の登場人物が見えてくる。

今目の前に展開されている一人芝居もそうだった。そこにはミッチがいて、これまで明るいところで会おうとしなかったブランチに、ねちねちと嫌味を言っているのだ。

ブランチは、ヒステリックな笑い声を立てるが、明かりをつけろ、と迫るミッチに恐怖の色を露《あら》わにする。

「まさか、私を侮辱する気じゃないでしょうね！」

立ち上がり、後退《あとずさ》りをする。

「真実なんて大嫌い！」

叫ぶブランチ。

「私が好きなのはね、魔法！　そう、魔法よ！　私は人に魔法をかけようとする。物事を別の姿にして見せる。真実を語ったりはしない。私が語るのは、真実であらねばならないこと。それが罪なら、私は地獄に堕《お》ちたってかまわない！」

叫ぶブランチ。

ぎらぎらした目は、既にミッチを見ていない。必死に記憶の底に押し込んできた、これまでに舐《な》めた辛酸の日々を見ているのだ。

「明かりをつけないで！」

絶叫するブランチ。

なんて達者なんだ。神谷は舌を巻いた。

これまでも何度か彼女の舞台を観てきたが、実に彼女の芝居は「面白い」。本質的な聡《そう》明《めい》さに溢《あふ》れていて、すとんと観客の胸に飛び込んでくるのだ。しかも、きらきらしていて自然であり、予定調和ではないスリルとスピード感がある。これを才能と言わずしてなんと言おう。胸の中で彼は唸《うな》った。

スターというのは恐ろしいものだ。見ているだけで満足してしまう。そのオーラに全てが説き伏せられてしまう。いるだけでいい、それは恐ろしいことだ。しかも、才能と実力があれば鬼に金棒だ。

ミッチが告発を始める。自ら聞き出した証言をブランチに突きつけるのだ。

ブランチは徐々にこれまで彼に見せていた仮面をかなぐり捨ててゆき、ついにさまざまなものに対する怒りを爆発させる。

「フラミンゴ？　いいえ！　タランチュラよ！　私が泊まっていたホテルは、タランチュラ・アームズ！」

しんとする舞台。

事実を認めてしまったブランチは、感情を爆発させたあとの反動で一瞬黙り込む。顔から感情の炎が消え、殺伐とした虚脱が来る。

「そう、女郎蜘蛛《じょろうぐも》のこと！　そこよ、私が獲物をくわえこんだのは」

淡々とした口調で、彼女は自分のグラスに酒を一杯注ぐ。

「そう、私は見ず知らずの人に次から次へ身をまかせたものだわ。アランが死んでから――見ず知らずの人に身をまかせること以外に、虚《うつ》ろな心を満たしてくれるものはないように思われた……ただもうこわかったから、こわさに駆り立てられて、次から次へ、私を守ってくれる人を捜し求め――」

舞台に静寂さが増す。

ブランチの声が震え、彼女の目はどこか遠いところに焦点が合わされている。

「あちらこちらと、見つかるあても――ないところまでほっつき歩き――とうとう、おしまいには、十七歳の少年にまで」

泣き笑いをし、酒を飲むブランチ。

声は悲痛で、自虐的ですらある。客はブランチの告白に聞き入る。同情と憐憫《れんびん》を感じる。舞台の上で孤独を深め、どんどん輪郭が透き通っていく東響子のブランチに見入る。

ふと、ブランチは、そこにいることを思い出したようにミッチを振り返る。

「嘘なんて、そんな」

弱々しい声。彼女は力なく首を振り続ける。

「ちがうわ、少なくとも心のなかでは嘘をついたことはなかった……」

虚ろな声。

遠くから、花売りの声が聞こえてくる。

その声に耳を澄まし、大きく目を見開くブランチ。のろのろと顔を上げ、疲れた目でミッチを見る。

「え？　ああ、外の声ね……私がかつて――住んでいた家では、死にかけているお婆《ばあ》さんたちがあの世の夫のことを思い出していた……」

彼女はゆっくりと視線を遠くにやる。

「色褪《あ》せて、病み衰えて――泣きごとと、恨みごとばかり」

その目に、何かが浮かび、彼女は自分の喉《のど》を押さえる。

「『あんたがちゃんとやってくれたら、こんなめに遭わずにすんだのに！』」

喉を押さえた手が震える。

「遺産！　何が遺産よ！　……それに、あの血にまみれた枕《まくら》カヴァー」

ブランチの目に、奇妙な明るさが浮かぶ。すっかり遠い過去の世界に飛んでしまっているのだ。

「『あの人のシーツもとりかえてやらなきゃ』――『そうね、お母さん。でもそういうことをやらせる黒人のメードはやとえないの？』」

声は誰かを真似、生き生きとした会話を再現する。が、次の瞬間、声は平坦《へいたん》になり、現実に戻る。

「もちろん無理だった。なにもかもなくしてしまって、残っていたのは――」

ブランチはゆっくりと正面を見る。客席を見知らぬ世界のようにのろのろと見回す。

「死神だけ」

彼女はかすかに腰を浮かせた。客席に向かって無意識に手を伸ばす。

「私がここにすわってるとすると、お母さんがそこ、そしてすぐそばに、あなたのあたり

に、死神がいた……それなのに二人ともこわくて、全然気がつかないふりをしていた！」

彼女は奇妙な目付きでミッチを見る。

「死の反対は欲望。おかしい？　おかしいことないでしょう！　ベルリーヴからそう遠く

ないところに、ベルリーヴを手放す前のことだけど、新兵を訓練する陸軍兵舎があった。

土曜の夜になると、兵隊たちは町へお酒を飲みに行った」

ブランチは過去と現在を行き来している。

その目から、表情から、彼女が過去に行っていることが分かる。

「そしてその帰り道、千鳥足でうちの芝生に入りこみ――『ブランチ！　ブランチ！』って声をかけた――最後まで生き残っていたお母さんは、耳が遠くてなんにも気がつかなかった。でも私は、ときどきこっそり外に出て、その声に答えてやった」

ブランチの手がそっと上がり、何かを摘《つ》み取る仕草をする。

「やがて輸送車がやってきて、兵隊たちをヒナギクのように摘み取り……はるかな家路へと……」

甘い回想は、寂寥感《せきりょうかん》に取って代わり、ブランチはさらに孤独を深める。

静まり返る舞台と客席。誰もが、ブランチの孤独に呑《の》み込まれている。

が、ブランチはハッとしたように背筋を伸ばし、きつい顔を向ける。

「なになさるの？」

ミッチと揉《も》み合うブランチ。

「じゃあ、結婚して、ミッチ！」

一瞬すがりつくような必死な顔になるが、すぐに打ちのめされた表情が浮かぶ。

「ない？」

冷たく相手の言葉を繰り返すブランチ。

「それなら帰って！」

突然、パッと飛びのいて冷たい炎のような目でミッチを睨《にら》みつけるブランチ。ほんの少し前の寂寥感は消えうせ、ぎらぎらした殺気が全身から立ち上っていて、その豹変《ひょうへん》ぶりにミッチが面食らっているのが分かる。

「出て行ってよ、ぐすぐずしてると火事だってどなるわよ！」

声がひきつり、あっというまに彼女の感情は臨界点を迎え、そのことに耐え切れないかのように彼女の全身が震える。

怒りと屈辱で真っ青な彼女は、今にも卒倒しそうである。が、倒れかかろうとする瞬間、自分の身体を支え、ダッと窓に向かって駆け出し、窓に手を掛けると大声で怒鳴る。

「火事だ、火事だ、火事だあーっ」

ヒステリックな、割れ鐘のような凄《すさ》まじい声で彼女は叫ぶ。

パッと明かりが消えた。

何かがずしんと劇場を揺さぶったような気がした。この感覚は知っている、と神谷は思った。何か凄《すご》いものを見た時、何かに衝撃を受け、心が揺さぶられた時に、こんなふうに劇場が揺れ、目の前が真っ暗になったような感覚が訪れるのだ。

暫《しばら》く、客席は沈黙していた。

が、やがてパラパラと、そして大きな拍手が客席から湧き起こった。

神谷は冷や汗を掻《か》いているのに気付く。

こいつは大変だ。背筋がぞくりとする。

このブランチに、同じブランチが絡むなんて。

客席は再び静まり返っていた。

辺りを異様な緊張感が覆っている。それは、客席に座っている者が皆同じ心境でいることを暗示していた。凄いものが始まる。凄いところに居合わせている。めったにない僥倖《ぎょうこう》を、今俺たちは目にしているし、これから目にしようとしているのだ、と。

それは、候補者たちも同じらしかった。もっとも、彼女たちにとっては凄まじいプレッシャーであることは間違いない。目の前で、東響子の鮮烈かつ清新なブランチを見せつけられた後なのだ。その同じブランチとして、舞台で戦わなければならないのである。

最初に登場した若槻徳子も、ただでさえ大きな目を更に大きく見開いて、ぴりぴりした緊張感を漂わせていた。が、さすがは大女優で、その緊張感すらも気概でねじ伏せようというオーラが全身から噴き出している。

徳子は堂々とした態度で舞台に上がった。

大ベテランなのだから、最後に登場してもよさそうなものなのに、徳子が一番にやりたいと言ったらしい。「さっさと終わらせて楽になりたいの。ゆっくり他の方の演技を見たいし」というのは彼女の本音だろう。彼女は長年舞台でつきあってきた舞台監督と脚本家に相談して、今回の演技を練り上げてきたという話だ。

二次オーディションは、即興ではないので、皆それぞれ念入りに準備をしてきたようだ。候補者はどれも芸能界に顔の広いメンバーだ。皆知恵を絞ってきたに違いない。

あの子はどうしたのだろうか。

神谷は候補者たちの隣の空席に目をやった。

大学の劇団に入ったばかりのあの子が、誰かに相談できたとは思えない。せいぜい同じ劇団の先輩と話すくらいだろう。『欲望という名の電車』は読み込みが必要だ。彼女のハンディは大きい。

徳子は、皆に一礼して袖《そで》に消えた。

暗転。

徐々に明るくなってきて、舞台の上に、白い衣装を着けた二人の女が浮かんでくる。

一人はベッドに座っている東響子のブランチ。

そして、ベッドの脇に、身体を抱くように肘《ひじ》のところで腕組みをしている若槻徳子のブランチが立っている。

同じ衣装を着けた二人の女優が同じ舞台にいるところは、えもいわれぬ一種異様な迫力がある。改めて、これは凄いオーディションだ、と神谷は思った。

ドアベルの音。

同時に二人のブランチが目をやる。

「どなた？」

「アラン？」

響子のブランチに続けて徳子のブランチがそう呟《つぶや》いた。

「アランなの？」

徳子はもう一度言う。

アランは、かつてブランチがかなり若い頃に結婚していた美少年だ。ブランチは彼を崇拝していたが、結婚した後で夫が同性愛者であったことに気付く。そのまま見て見ぬふりをしていたものの、たちまち結婚生活は破綻《はたん》し、夫は拳銃《けんじゅう》で死を選ぶ。そのことが、その後のブランチに非常に大きな打撃を与えることになる。

「ミッチ？　ちょっと待って！」

そう叫んであたふたと化粧をする響子を、徳子は冷めた目で見つめる。

「アランは美しかった――そして、私も」

鏡を覗《のぞ》き込む響子の後ろから、徳子も覗き込む。

背筋を伸ばし、媚《こ》びた目でミッチを迎え入れる響子を見、部屋に入ってきたミッチを上から下まで哀しい目で見る。

「こんな男より、ずっとずっと。彼は美しかった。私の全て」

喋《しゃべ》りまくる響子の言葉の間に、冷めた声を挟む。

そのタイミングは、さすがに絶妙だ。響子が必死に自己防衛をするその脇で、冷ややかな悲しみを込めてかつての夫と比べるさまは見事にめりはりがついていた。響子の演技を遮ることもなく、台詞《せりふ》を邪魔することもない。徳子も一人芝居の経験があるはずだから、響子の呼吸を呑み込んでいる余裕が窺《うかが》える。

徳子のブランチは、一貫してアランに話しかけ続けていた。彼女の演じる「影」のブランチは、あくまで過去の亡霊と共に生きているという設定なのだ。

響子のブランチがミッチに追い詰められ、次第に激昂《げきこう》していくのに、少し遅れるようにして徳子のブランチがついていく。

響子が叫ぶ。

「まあ、ばかばかしい！　そんな作り話をするあの男もばかばかしければ、それをもっともらしく繰り返すあなたもばかばかしいわ！　そんなくだらない中傷には弁解する気にもなれやしない、あんまり程度が低くて！」

すぐに徳子が震える声で続く。

「ええ、そうよ、最初は夢にも思わなかった。ばかばかしい中傷だと思ったの、そんな噂は。美しい私たちを妬《ねた》んでいる人たちの、ばかばかしい讒言《ざんげん》だと」

響子がミッチを睨みつける。

「いったい何を考えてらっしゃるの？　なにかありそうな目つきね」

徳子が呟く。

「あの人は何を考えていたのかしら？　私と向かい合って朝食を摂《と》り、微笑みながら何を思っていたの？　白いバルコニーで、私の目を見て囁《ささや》きながら、いったい誰のことを思っていたの？　誰の指を、誰のうなじを、誰の微笑みを思い浮かべていたの？」

響子と徳子が一緒にミッチを見つめる。

響子が形相を変える。

「まさか、私を侮辱する気じゃないでしょうね？」

立ち上がる彼女の後ろで、徳子が頭を抱える。

「そうよ、侮辱だったのよ」

「真実なんて大嫌い！」

「そうよ、嫌いよ。真実って何？」

叫ぶ二人のブランチ。

響子はさっきの演技からそんなに間もなかったのに、再びテンションを高く保っていた。これを何度も繰り返さなければならないのだから、彼女も大変である。間に徳子の台詞も挟まるので、混乱させられるはずだ。

「私が好きなのはね、魔法！　そう、魔法よ！　私は人に魔法をかけようとする。物事を別の姿にして見せる。真実を語ったりはしない。私が語るのは、真実であらねばならないこと。それが罪なら、私は地獄に堕《お》ちたってかまわない！」

徳子がおのれの身体を抱き締め、悲痛に叫ぶ。

「魔法！　私は魔法しか信じない。真実なんか信じない。真実がいったい何の役に立つというの？　私の安らぎをヤスリのように削り続け、私の頭を夜も眠れないほどずきずき痛くして、ただひたすら私から希望を搾り取ってきただけのものが？　だったら罪のほうが千倍もまし。ええ、私は魔法を信じる」

二人のブランチは同時に叫んだ。

「明かりを、つけないで！」


声が重なり合い、劇場に響き渡る。

凄い。互いに一歩も譲らない。神谷は思い出したように唾《つば》を飲み込んだ。

凄まじい迫力に、客席は圧倒されていた。

ミッチが告発を始める場面。

舞台を覆う不穏な空気。響子のブランチが表情を変えていくのと同時に、徳子のブランチは自分が夫の情事を目撃したこと、それでも偽りの平和な日々を装ったこと、それが夫を追い詰めていったことなど、かつての破局に向けて話を進めていく。

ついに響子が怒りを爆発させる。

「フラミンゴ？　いいえ、タランチュラよ！　私が泊まっていたホテルは、タランチュラ・アームズ！」

「そしてあの銃声！」

徳子も叫ぶ。

沈黙。

グラスに酒を注ぐ響子のそばで、徳子はうなだれ、そっと涙を拭《ぬぐ》う。

「そう、私は見ず知らずの人に次から次へ身をまかせたものだわ。アランが死んでから

――見ず知らずの人に身をまかせること以外に、虚《うつ》ろな心を満たしてくれるものはないように思われた。ただもうこわかったから、こわさに駆り立てられて、次から次へ、私を守ってくれる人を捜し求め――」

ぼそぼそと台詞を続ける響子のそばで、徳子はもはや、上の空でのろのろとその辺りを歩き回っている。

「アラン」

「あちらこちらと、見つかるあても――ないところまでほっつき歩き――とうとう、おしまいには、十七歳の少年にまで」

「アランに似ていた」

その後も、徳子のブランチは幽霊のように周囲を歩き回っていた。

「あの子はアランに似ていた」

響子が思い出話をしている間も、自分の世界にこもって、アランの名を呟くだけだ。

「あの子の目の中には、あの頃の私が映っていた」

ただ、響子が「死神だけ」と言った時にそっと虚ろな目で響子を振り返る。

いよいよ終盤。

回想から覚めた響子が、ミッチと揉《も》み合いになる。

同時に、徳子のブランチも何かに気が付いたように顔を上げ、棒立ちになって、遠くをじっと見つめる。

「出ていってよ、ぐずぐずしてると火事だってどなるわよ！」

ヒステリックに叫ぶ響子。

その隣で、わなわなと震え、目を見開く徳子。

「アラン？」

徳子が震える声で叫ぶと、響子が駆け出して、窓に手を掛け、大声で叫ぶ。

「火事だ、火事だ、火事だあーっ」

「アラン、そこにいたのね、アラン！」

狂気のように叫ぶ響子とは対照的に、徳子は目を潤ませ、輝かしい歓《よろこ》びの表情で腕を広げて駆け出していく。


暗転。


ほっとしたような溜息《ためいき》が漏れ、大きな拍手が湧いた。

感心した声のざわめきが湧く。

さすがだ、と神谷は思った。

現在のやさぐれたブランチと、過去の愛の日々を思い出している、かつての繊細で悲しみに満ちたブランチ。その対比が生きていたし、最後の幕切れも皮肉で終末感がある。

が、それと同時に、「よくできた台詞だな」と考えている自分に気付く。

申し分のない出来だが、現在のブランチとミッチとの会話にアランとの日々を重ねるというそつない戦略を立てた誰か、徳子のことをよく知っていて、彼女に合う台詞を書いた誰かの表情が、どうしてもぼんやりと浮かんできてしまうのだ。

それに、「影」のブランチというよりは「二人の」ブランチという感じだった。テンポを変えようと工夫はしてあったものの、徳子の台詞が響子の台詞と交互に絡み、ミッチが語っているはずの部分を徳子の台詞で埋めてしまっているので、ずっと台詞で間が埋まってしまい、ミッチがどこかに行ってしまって、二人のブランチの対話のように感じられてしまう。

うーん。難しい課題だなあ。

神谷は舌を巻いた。響子の演技を変えてはいけないという設定なのだから、どうしてもそうならざるを得ない。それでも響子は微妙に徳子が台詞《せりふ》を挟みやすいように多少間を長めに空けていたようだが、なかなか難しい。

とはいっても、課題としてはかなりのハイレベルな出来だ。通常だったら、じゅうぶんにOKの出る演技であり、構成だろう。

ふと、佐々木飛鳥の顔が浮かんだ。

彼女は、やはり不利だ。この二次選考では、候補者のブレーンのプランニングの差が出てくる。いくら演技にセンスがあっても、こういうところで差がついてしまう。

どうするつもりだろう。

神谷は自分が不安な気分になっていることに気付いた。

神谷の心配をよそに、客席の後ろでは、佐々木飛鳥が食い入るように舞台を見つめていた。彼女の口は、何かを話すようにひっきりなしに動いているが、本人も、隣の新垣と巽も全く気付いていないようだ。

今では、飛鳥はすっかり身を乗り出して、舞台に神経を集中していた。

周りのものなど、何も目に入っていない。

彼女の頭の中にあるのは、東響子の演技だけだった。

若槻徳子の演技も見ていたが、それはおぼろげなイメージだけで、彼女が見ていたのは、東響子ただ一人だった。彼女の表情、彼女の動き。その一つ一つが飛鳥の頭の中でめまぐるしく何度も繰り返されている。

「少なくとも心の中では嘘をついたことはなかった――」

彼女の唇はそう呟《つぶや》いていたが、それを聞いたものはいなかった。なにしろ、本人でさえ、自分がそう呟いていることをちっとも意識していなかったのだから。


続いて舞台に上がった安積あおいは、遠目に見てもはっきり分かるほど、この上なく蒼《あお》ざめて緊張していた。

いつもファンの歓声に囲まれている普段の仕事とは違って、素の実力、素の魅力が試されているのだから無理もない。彼女が未《いま》だかつて味わったことのない緊張が、見ている神谷たちにまで伝染してくるようだった。

だが、なぜあおいがそんなに蒼ざめて緊張していたのかは、舞台が始まってすぐに分かった。


「アラン、教えて。あたしはどこで間違えてしまったの?」


あおいが口を開き、その台詞を口にしたとたん、客席から「えっ」という声にならないどよめきが上がった。

なんと、あおいの台詞を書いた人間は、若槻徳子と同じ戦略を選んでいたのである。

つまり、「影」のブランチが、幼い最初の結婚の相手、アランに話しかけるという展開だ。

ただでさえシビアなオーディションなのに、直前の候補者、しかも大ベテラン若槻徳子とネタがかぶってしまっているのだから、彼女が真っ青になってしまうのも無理はない。

これは気の毒だったな。

神谷は人知れず苦笑していた。が、ふと冷静になる。

もし神谷が同じ仕事をあおいのマネージャーから頼まれていたら、どうしただろう。やはり同じことをしたのではないか。

彼女に台詞を提供した人間も、いろいろ考えたはずだ。若くてアイドルで人生経験も演技経験も少ないあおいに、老嬢ブランチの「影」の心境を演じさせるのは難しい。となれば、若い頃のブランチ、無垢《むく》で世間知らずだったブランチをやらせるしかないし、若いブランチが出てくるのであれば、自然と当時彼女の全てだった夫アランを引っ張り出さざるを得ないのである。

それに、見えないアラン、死者であるアランに話し掛けるという趣向であれば、「表」のブランチとリハーサルなしで絡むという危険を極力避けることができるし、あおいは自分と同年代の少女を演じることができる。彼女にとって、複雑なオールドミスよりは、無垢で純粋な少女のほうが演じやすいのは自明だ。

現時点であおいがこのオーディションを受けるには、こんな方法しかなかったのだ。だが、他に選択肢がなかったとはいえ、徳子のあとで同じネタをやるのはやはり酷だった。

演技経験の割には達者なのだが、あおいの演じる無垢で無邪気なブランチは、徳子のブランチが輝かしくも痛々しい「少女」だったのに比べ、ただのティーンエイジャーであり、あおいが地でやっているようにしか見えないのだ。

しかも、なんだかこの子、立ち位置が悪い。

神谷は舞台で奮闘するあおいを見つめた。

この辺りが経験の差か。客席から見た舞台を意識していないのだろう。どうも、彼女が立つ場所は、いつも中途半端で美しくない。

そのせいか、東響子のブランチを邪魔しないという条件があるのに、あおいは彼女にまとわりつき、邪魔しているように見える。響子と接近しすぎているので、「影」のブランチどころか、うるさい印象を与えてしまうのだ。

徳子の時はあんなに興奮し、舞台に魅入られていたのに、今はすっかり関心が演技から離れて、批評家のような態度になってしまった。神谷は残念な気分になる。

仕方があるまい。相手が悪かった。これだけハードなオーディションなのだ。ここまで来ただけでも大したものだ。いや、むしろ舞台経験の少なさからいえば、その凄《すご》さを誉めるべきなのかもしれない。

神谷は椅子の背にゆっくりともたれかかった。

三度目のブランチを演じる響子はすっかり落ち着き払っていた。

しかも、まるで自分の身体から抜け出して、第三者のように外側から自分の演技を見ているようだったし、客席から舞台を見ているようにも感じられた。

長期間の公演だとしばしばそういうことがあるけれども、初めての演技で、一日のうちにこんな境地になることは珍しい。

あたしはこれまでにないほど集中しているらしい。

響子は目の前をちょろちょろするあおいを見ながらそう思った。

あおいの動揺と苛立《いらだ》ちは、滑稽《こっけい》なほどダイレクトに伝わってきた。彼女の心境は、手に取るようによく分かる。

まず、このオーディションの相手役として響子が登場したことがあおいにショックを与えた。舞台の上から客席の候補者を見た時、誰もが顔色を変えるのが分かったが、中でもあおいは怒ったような表情になったのが見て取れた。

大阪の楽屋で見た、あおいの勝ち誇ったような目が脳裏に蘇《よみがえ》る。

勝ったと思うのは、あまりにも早すぎたわね。

響子は胸の中で静かに呟く。

そして、響子のブランチを見て、更に皆の顔が強張《こわば》るのを、響子は舞台の上で感じていた。それは、役者として痺《しび》れるような快感だった。同業者に嫉妬《しっと》され、顔色を変えさせるような演技ができるというのは素晴らしいものだし、何より響子自身が、この第九場だけのブランチに、大きな手ごたえを感じていたのである。

いつか通しで演じてみたい。そうも思っていたし、その機会が来るであろうことにも奇妙な確信を覚えた。

だが、徳子と絡んだ時はさすがに緊張したし、自分などまだまだだ、と考え直した。

徳子が舞台で放つオーラ、舞台全体を高め、作品の一部になろうという志の高さは、怖いくらいだった。彼女と一緒の舞台に立つのは初めてだったが、日本映画の全盛期を支え、長年舞台で主役を張ってきたスターというのは凄《すさ》まじいものだ、と畏怖《いふ》を覚えたほどである。

響子は必死におのれの演技をしようと努めていたものの、徳子が絶妙のタイミングで絡み、気迫の演技をぶつけてくるので、時にひきずられそうになったり、逆に引いてしまいそうになったりした。なんとか台詞《せりふ》と演技を飛ばさないようにするのが精一杯だった。終わった瞬間、思わず冷や汗を拭《ぬぐ》ってしまったほどだ。それだけに、緊張感のある、スリリングで貴重な経験になったのも事実だが。

それに比べれば、やはりあおいは素人だった。

徳子と演技方針、台詞の内容がかぶってしまった今、その差は歴然としていた。順番を離せばよかったのに、と響子は思った。

相変わらず間合いの近い子だな。

響子は冷静にあおいの位置を見る。

あおいは苛立っていた。いたいけで繊細な若き日のブランチを演じなければならないのに、あおい本人のきつさとしたたかさが透けてしまっている。

響子には、あおいの叫びが聞こえるようだった。

なぜあんたがこんなところに出てきたの。これはあたしのオーディションなのよ。候補者にもなれなかったくせに、でしゃばってこないでよ。

そう苛立ちをぶつけてくるのを感じるのである。そのこと自体は構わないし、そう感じてくれることを小気味よくも思っているのだが、それと演技とは別だ。いかんせんいつも邪魔な位置に立つし、客から見た時の構図や生理的安心感など全く頭にないらしいのは困る。

苛立つ気持ちは分かるけど、これは舞台だし、仕事なのよ。悪いけど、あなたが苛立つのは十年早いわ。

響子は冷ややかな声でそうあおいに内心呼びかけた。

これは、小松崎さんのような芝居とは違うのよ。

響子は、自分の演技であおいのテンポをダウンさせようと試みていたが、なかなか彼女は気付いてくれない。

あおいは、『ララバイ』のテンポが抜けていなかった。

小松崎の芝居は新作だし、スピード感とけれんに溢《あふ》れている。演じている役者も皆若く、あおいのように演技経験の少ない者も含まれているし、派手に動き回り、テンポの速い躍動感ある台詞を喋《しゃべ》っていれば、ある程度はさまになる。

しかし、長年演じられてきた、スタンダードなストレートプレイにはまた別の難しさがあるのだ。歴史のある、大勢の役者が口にしてきた台詞を言うのは、その歳月と歴史を背負うことでもあり、とても難しい。勉強していなければ、理解していなければ、その重さを感じていなければ、たちまち空虚に上滑りする。

あおいには確かに天性の勘があるし、可能性はあるだろうけれども、ストレートプレイの恐ろしさ、難しさにまだ全然気付いていていない。

あおいは必死に「アラン」「アラン」と可愛らしい声を出して呼びかけていたが、響子の演技と嚙《か》み合わず、すっかり舞台から緊張感が失せてしまっていることは間違いなかった。客席にいるのはスタッフだから辛抱強く見てくれているが、みんなの目が冷めていることは舞台の上からでもよく分かる。

それはあおいも感じていたらしく、苛立ちは焦りに変わっていた。

大阪から勢い込んでやってきて、あおいが響子を笑ったことを後悔させてやる、と思ったことを響子はぼんやりと思い出していた。

今まさに彼女を負かしているところなのに、何の感情も湧いてこない。

というよりも、なんとあたしはせこかったのだろう、小さかったのだろう、という馬鹿らしさ、恥ずかしさしか感じないのである。

世の中は広い。いろいろな役者がいる。

この仕事は難しい。が、とても面白い。

いったいどこまで行けばいいのか。どこまで行けるのか。

宙を舞う赤と青の色彩がふっと目に浮かぶ。

響子はハッとした。

そういえば、あの子がいないではないか。

客席の候補者に目をやる。

徳子と葉月がいる。二人の顔は落ち着いていた。あおいはもう敵ではない、そう思っていることがその表情から窺《うかが》える。

しかし、あの子はいなかった。強烈な印象を与えたあの子、全く違う演技のベクトルを感じさせたあの子が。

どうしたんだろう。そういえば、学生だと言っていたし、今日は平日だし、授業でもあるのかしら？

そんなことを考えているうちに、ますますあおいが寄ってきて、ついに、響子の前を遮った上にどしんとぶつかってしまった。

客席に「あっ」という動揺が走る。

響子は気付かないふりをしたし、そのまま演技を続行したが、あおいの表情が一瞬、完全に素になってしまったのが分かる。

白けた雰囲気が流れ、どうにも繕いようがなくなった。

あおいはそこですっかり緊張の糸が切れてしまったらしく、その後の台詞はますます白々しくなり、棒読みに近くなっていく。

響子はむっとした。

いったん舞台に立ったら、最後まで演じ切るのよ！

響子は内心叫んだ。

あなた一人だけじゃない、客席にはお客がいるのよ！

響子は客席の関心を繋《つな》ぎ止めようと努力するが、あおいと一緒に観客もすっかりテンションを失ってしまっている。これだから、舞台は怖い。

そのまま、風船がしぼむように、第九場は終わった。

暗転。

気のない拍手。

響子はそっと暗がりの中を引き揚げる。

あおいが引きつった顔でお辞儀をしているのが袖《そで》から見えた。

スタッフが、あおいを傷つけぬよう、温かい拍手をしようとしているのが分かるのだが、それがあおいにも伝わってしまい、彼女の表情はますます引きつった。劇場全体がいたたまれない雰囲気になる。

厳しい。この世界は本当に。

響子は汗を拭い、髪を整えながら内心呟《つぶや》く。

毎日毎日、刻一刻と舞台は変化していく。役者も、観客も。

響子は溜息《ためいき》をつき、気合を入れ直した。

次は、葉月ちゃんだ。

ちらっと客席を見ると、無表情な顔をした葉月の顔が目に入った。

こんなふうに、一緒の舞台に立つとは思わなかった。

響子が今日の相手役をやることは誰にも言わないように、と芹澤に念を押されていたので、葉月にも教えていなかったのだ。

さっき、響子が舞台に立った時の彼女の表情を思い浮かべる。

葉月は一瞬驚きを露《あら》わにしたが、それはごく短い時間のことで、その後は超然とした顔をしていた。あっというまに、彼女の顔は戦闘モードに入っていた。響子の家に来た時の仲のいい女の子の顔ではなく、戦うライバルの顔だった。

舞台の上ではプロどうし。葉月が全力でぶつかってくることは間違いない。

響子は袖の椅子に腰を下ろし、じっと次の出番を待った。


短い休憩の間、巽は興奮した頭で、これまでに見た演技を反芻《はんすう》していた。

客席も、俄《にわ》か評論家たちでざわめいている。

凄《すご》い凄い。見に来てよかった。確かに安積あおいには分が悪かったけれど、それでも見ていて面白かった。徳子の演技は堂々として凄味があった。タイプの異なる役者を見られるのは参考になる。

何より、東響子が凄い。

これまでの三度の演技、寸分と違《たが》わずテンションも全く落ちない。何回も同じことをやらなければならないのに、毎回全力投球しているように見える。まだ二十歳そこそこの若手なのに、やはりスターは違う。表情が、動きがぴかぴか輝いていて、目を離すことができないのだ。

もう一回。本当ならば、あと二回だったのに。

巽はちらりと隣の飛鳥を見た。

飛鳥は黙り込んでしまって、今もぼんやり前のほうの座席を見つめている。

完全に自分の世界に閉じこもってしまっているようで、声を掛けられるような雰囲気ではない。彼女がどういう気持ちでこのオーディションを見ているのか、巽にはよく分からなかった。もしかして、不愉快なのだろうか。

その表情から察しようとするのだが、元々この子はあまり感情を出さない上に、今いるところが後ろの席で薄暗く、いよいよ無表情に見える。

惜しい。本当に惜しい。やっぱり、飛鳥はここであの舞台に立っておくべきだった。

巽はひりひりするような思いで舞台に目をやった。

なんてもったいない。絶対にいい経験になったのに。学生演劇を始めたばかりの素人が、東響子と絡めるチャンスなんて、めったに——いや、まずない。

本能で演技する飛鳥と、東響子があそこに立っているのを見たかった。本当は、見られるはずだったのに。決して飛鳥が見劣りすることなどなかったのに。

巽は恨めしい気分でちらっと飛鳥を見る。

しかし、相変わらず彼女は巽の視線にも気付く様子はなく、一人の世界に没頭しているのだった。

一人の女が舞台に上がり、客席は静まり返った。

真剣な表情の宗像葉月がお辞儀をした。

観客を見据え、低い声で挨拶《あいさつ》する。

「宗像葉月です。よろしくお願いします」

本気だ、と神谷は思った。

もちろん、これまでも本気だったのだろうけれど、今の葉月の顔は、ここ一番に懸ける勝負師のような迫力がある。

初共演だな、とも思う。

全く似ていないけれど、東響子と宗像葉月は親戚《しんせき》どうしで、私生活でも仲がよいと聞いたことがある。どちらも芸能界一家だし、人気と実力の若手という点では随一だ。しかも、宗像葉月はこのところ赤丸急上昇中の女優である。この二人の初共演という意味でも、このオーディションは見ものである。

観客とは残酷なものだ。さっきの失敗した安積あおいのことなどすっかり忘れ去られていた。誰もがこれからの演技に胸を躍らせている。

葉月はどういう戦略で来るだろうか。どんな「影」のブランチを作ってきたのだろう。

神谷は、純粋な好奇心でいっぱいになるのを感じた。この期待。舞台を観る時の幸福がここにある。


暗い舞台が徐々に明るくなっていく。

ベッドに後ろ向きに腰掛けている東響子のブランチ。

葉月のブランチは、かなり離れたところに立ち、東響子を傍観しているようなポーズを取っている。


「また一人」


いきなり、葉月は台詞《せりふ》を言った。乾いた、冷たい声だ。

「また一人になってしまった」

冷ややかで虚無的な声。

「慣れているはずなのに――数え切れないほど、この幻滅を味わってきたはずなのに、この淋《さび》しさ、この屈辱にはどうしても慣れることができない――本当に、慣れてしまえばいいのに。本当の、恥知らずになれればいいのに」

ノックの音。

「どなた？」

そう言って響子が身体を起こすのと同時に、葉月も反応する。

「誰？　誰なの？」

葉月は小声で呟き、速足で、響子のそばに近づく。

「ミッチ！　ちょっと待って！」

「ミッチ！」

跳ね起きる響子と一緒に、葉月も叫ぶ。

「来てくれたんだわ！　おお、そうよ、やっぱり何かあったんだわ、さっきは事故で来られなかったのよ、彼はあたしにぞっこんだったんだもの！」

葉月は頰を押さえて、弾んだ声で叫ぶ。

酒瓶を隠し、慌てて化粧をする響子の後ろで、葉月がはしゃいだ声を上げる。

「おお、そんな、ひどいわ。こんな不意打ち。なんてこと！　女には支度ってものが必要なのに。待って、待ってちょうだい、私の騎士。私をここから救い出してくれる騎士がすぐそこまで来てるっていうのに、この顔は何？　ああ、もう少し。もう少しなの。急ぐのよ、ブランチ！　ああ、ちっとも白粉《おしろい》が乗りやしない！」

一緒に鏡を覗《のぞ》き込み、目を輝かせる葉月。

転がるようにドアに飛びつき、ミッチを迎え入れる響子。髪を撫《な》でつけ、気取った調子で呼びかける。

「ミッチ！　いいこと、ほんとうはお通しできないところよ、今夜のような仕打ちをされたあとでは！　あんな騎士道に反するやりかたってないわ！　でもまあ、いらっしゃい、美しい騎士！」

響子と一緒に、葉月もうっとりした目つきでしなを作り、両手を握り合わせているが、その表情は不安げだ。ぼそぼそと頼りない声で呟く。

「大丈夫かしら？　ちゃんとした顔に見えているかしら？　お酒の匂いは大丈夫？　あたし、きちんとして見えて？」

唇を突き出した響子が、押しのけられてよろけ、葉月がぶるっと身震いして呟く。

響子の不安そうな表情に、葉月がぶるっと身震いして呟く。


「何？　どうしたというの？　この邪険な扱い。何なの、ミッチ？」

響子は姿勢を正し、無理に笑顔を作り、再び媚《こ》びた目で話し始める。

「まあ、冷たいのねえ、肩をいからせて！　雷のきそうな顔をして！」

しかし、葉月は硬い表情を崩さない。響子の隣で棒立ちになり、不安そうな顔のまま、目の前の男を見つめている。

響子は明るい顔で、話し続ける。

「でも許してあげる。許してあげるわ、お目にかかれてほっとしたから。おかげで、いままで頭にこびりついていたポルカの曲がやんでしまった。なにかが頭にこびりついて離れないってこと、あなたにもあるかしら？　あることばとか、音楽とかが？　いつまでも、いやになるほど、こびりついて離れないってこと？　もちろんないわね、あなたのようなおとなしい無邪気な坊やには、そんなこわい思いがとりつくわけがない！」

響子が明るくしようと努めれば努めるほど、葉月の表情は強張《こわば》っていく。

せわしなく動き回る響子を、葉月は恐ろしげに眺める。

「どうしたというのミッチ？　その憐《あわ》れむような視線は何？　何を疑っているの？　何を

知っているの？　どこまで知っているの？　スタンが何かしたの？」

響子の甲高い声とは対照的に、低く抑えた声で、しぼりだすように呟《つぶや》く葉月。

響子が叫ぶ。

「スタンのじゃないわ。ここにあるのが全部スタンのものとはかぎらないのよ。当家には正真正銘私のものだってございます！　ところでお母様はいかが？　ご病気のほうは？」

葉月がうめく。

「やっぱりスタンだわ。スタンが何かしたんだ。あの忌まわしい男、どこまでも粗野で腹黒い田舎者め！」

響子は必死に明るさを保とうとする。

「今夜は少しおかしいわね、でもいいわ。証人の反対訊問《じんもん》はさしひかえましょう。あなたが多少――」

響子はぼんやりと額に手を当てた。

同時に、葉月も目を見開き、頭に手を当てる。

「〈ワルシャワ舞曲〉」

葉月がぼそりと呟く。響子が遠い目で口を開く。

「――いつもとちがっていても、気がつかないふりをして！　また――あの曲が……」

葉月が頭を抱え、絶望した声で低く叫ぶ。

「なぜこの曲が！　聞きたくない。こんな曲。どうして今この曲が」

「〈ワルシャワ舞曲〉！　あのとき流れていたポルカ、アランが――」

尋常でない目つきでのろのろと喋《しゃべ》る響子の声を、葉月が遮る。

「やめて！　この曲を流さないで！」

「待って！」

叫ぶ響子。

遠くでピストルの銃声。

沈黙。

頭を抱えて座り込む葉月の脇で、響子はホッとしたような声で呟く。

「ほら、ピストルの音！　これでいつもおしまい」


見事だ。

神谷は興奮していた。

二人の息はぴったりと合っている。とても初めて一緒の舞台に立ったとは思えないくらいだ。

力も拮抗《きっこう》していて、バランスの取れた緊張感が舞台を支配していた。

正攻法で来たな、と神谷は思う。

宗像葉月は、文字通り「影」のブランチを演じることにした。いわゆる「影の声」を、第九場のブランチの本音を、徹底的に演じる戦略を選んだのだ。

最もシンプルで地道な戦略だが、実際にそれをやるのは難しい。「表」のブランチと同じだけの実力が必要とされるし、「表」の台詞に即した内容の台詞でついていかなければならない。

葉月はそれを見事にやり遂げていた。

明るく振る舞う響子のブランチと、不安におののきミッチの真意を探る葉月のブランチ。

葉月が意図的に対照的に演じているので、響子のブランチの危うさが一層際立つ。

うーん。さすがだ。

神谷はにやにやした。

旬の俳優のオーラが舞台を覆い、輝きを与えている。この二人で舞台に立てば、さぞかし話題になり、沢山の客を呼べるだろう。見ごたえはあるし、タイプは異なるし、どんな芝居でもこなしてくれることは間違いない。

だが。

神谷の心の奥で、小さな声が囁《ささや》いた。そのことに、神谷自身が動揺する。

今書いている、書こうとしているあの話に、この二人のイメージが合うだろうか。

神谷は驚いた。今、彼は、この二人でほぼ確定だなと考えていたはずなのだ。なのに、全く無意識のうちにそんな疑問が湧き上がってきた。

まさか。これだけの演技を見せられて、商業的な成功もこの二人ならば約束されていると思っているのに。

いや、待てよ、と考え直す。考えてみれば、東響子はこのオーディションの相手役に過ぎない。候補者は、徳子とあおいと葉月とあの子なのだ。

そう気付いて冷静になる。

女二人の芝居。それはもう決定している。芹澤は、四人の中から二人を選んで組ませるつもりなのだろうか。だったら、候補者を二人ずつ組ませてオーディションをするべきではないだろうか。候補者どうしの相性というのもあるだろうし、四人の中から二人を選んだとして、実際に組ませてみるといろいろ問題があったりするのではないか。まあ、このくらい実力があれば、大丈夫だろうが。

神谷は考え込んだ。

舞台をじっと見る。

オーラに溢《あふ》れる二人。

芹澤は、なぜ東響子を相手役に起用したのだろう？　もちろん、候補者とがっぷり四つに組める実力者が必要だったのは分かる。東響子ならば、その相手にうってつけだ。だったらなぜ。

神谷は腕組みをした。

最初から東響子が候補者に入っていなかったのか。今が旬で、誰もが起用したがり、実力も集客力もある東響子。もっとも、そんな彼女だけに、何年も前からスケジュールはびっしり埋まっているはずだ。新国際の柿落《こけらお》としの時には、もう何か予定が入っていたのかもしれない。

だけど、何かが気に掛かる。

神谷は割り切れないものを感じながら、舞台に目を凝らしていた。

響子は、舞台の上で、ほとんど恐怖に近いようなスリルを味わっていた。

考えてはいけない。考えたら、恐ろしくて進めなくなってしまう。

頭のどこかで、そう警告する自分がいる。

とにかく、本能に任せるしかないし、これまでの経験に基づく自分の反射神経を信じるしかない。

葉月の声に、動きに、動物のように反応する自分を感じる。動き出してから反応したのでは遅い。動き出す瞬間、いや、動き出すと感じるそのほんの少し前に、空気や気配で彼女の動きを予測するのである。

意思ではない。今、彼女は、役者という名のしなやかな獣なのだ。

アドレナリンが出っぱなしなのに、頭はひどく冷静だった。獲物を追う豹《ひょう》はこんな気分なのではないだろうか。

恐怖と紙一重のスリルというのは、限りなく官能的な快感でもある。

麻薬だ。響子は心のどこかでうっとりと叫ぶ。

こんな麻薬、他にはない。

さっきの徳子の時も、圧倒され、引きずり込まれそうになったけれど、葉月には異なる迫力と吸引力があった。

徳子くらい世代が異なると、オーラにも異質なものを感じる。理解不能なもの、と言ってもいい。徳子との共演は、異文化との戦いにも似ていた。

しかし、葉月はほぼ同世代だ。育ってきた環境も似ているし、性格もよく知っている。二人には共通の土壌がある。彼女が何をしたいのか、ダイレクトかつクリアに伝わってくる。背景を理解した上で、がっぷり四つに組むことができるのだ。

にもかかわらず、葉月は全く響子とタイプが異なっていた。

葉月は、思ってもみないところでふっと引いたり、こちらのエネルギーを逸《そ》らしたりするのである。わざとというよりも、それが彼女の癖らしい。だから、タイミングをはぐらかされた時に素の時間のようなものが生まれて、その隙に彼女に食われそうになる。

かといって、思わせぶりなだけではない。押してくる時は真正面から気迫で押してくるし、ぶつかってくる時のエネルギーは想像以上に強力だった。

葉月ちゃん、こんなに凄《すご》い役者だったんだ。

響子は感心し、恐怖を感じ、喜んでもいた。

もちろん、葉月は自分が芝居の一部だということもちゃんと理解している。自分ばかりが目立ったり、浮き上がったりするようなことはしない。芝居の中での自分の分担をわきまえているし、おのれの演技が見えている。なおかつ、ちゃんと相手役の響子と絡むことができる。

おのれを芝居の一部にしようと意識するあまり、他の役者とのやりとりに臆病《おくびょう》になったり、他の役者との間に見えない壁を作ってしまうようなことはしない。

それが自然とできていて、既に完成の域に達していることに響子は舌を巻いた。

一瞬たりとも気が抜けない。

それは、これまでの三度の演技でもそうだったが、今回は更に一層の集中力と濃《こま》やかさが要求された。

葉月が、完全に「影の声」を演じているということもある。

響子の台詞《せりふ》の一つ一つ、動きの一つ一つに反応するという戦略なのだから、余計に対照性が際立つ。

理性的でシビアな葉月の「影」のブランチに引きずられぬよう、響子は必死に自分の演技に集中した。

しかし、それだけでは駄目だ。葉月のブランチにもそれなりに反応し、タイミングを合わせなければならないし、呼吸を合わせないと、観客から見てごちゃごちゃした統一感のないものになってしまう。

自分も見劣りはしていない、と響子は思う。

葉月にもプレッシャーを与えているし、二人の力は拮抗している。作用と反作用のように、同じ力で釣りあっているはずだ。

面白い。なんという面白さだろう。葉月が次に何をしてくるか分からないけれど――いや、分からないだけに、全編アドリブのようなスリルがある。

『欲望という名の電車』

第九場は終わりにさしかかっていた。

芝居そのものが、電車のようなものだ。大勢の観客と一緒に、終点目指してひた走る。常に一方向にしか走れないし、終点で降りてみないとどんな景色が広がっているのか分からない。

「フローレス。フローレス」

葉月がスペイン語っぽく、口調を変えて叫ぶ。

メキシコ女の花売りの声を真似ているのだ。過去に聞いた声と、現在窓の下を歩いている物売りの声とを、二重に重ね合わせている。

「フローレス、フローレス。ご供養《くよう》の花はいかが」

花を捧《ささ》げる仕草。

響子は目をつぶり、感情を爆発させる。

「遺産！　何が遺産よ！」

響子は、葉月の向こうに過去を見る。

自殺したアラン。全てが終わった日の幻を見る。葉月が、メキシコ女が、弔いの花が透けて見える。

「それに、あの血にまみれた枕カヴァー――『あの人のシーツもとりかえてやらなきゃ』――『そうね、お母さん。でもそういうことをやらせる黒人のメードはやとえないの？』もちろん無理だった」

不思議だ。アランの頭から流れ出た血でぐっしょり濡《ぬ》れた枕カバーが見えてくる。力尽きて、かつての裕福な時代の面影などどこにもない、疲れきった老母の顔まで感じられるような気がする。

「なにもかもなくしてしまって、残っていたのは――」

響子の声に、抑揚のない葉月の声がかぶさる。

「フローレス。ご供養の花はいかが」

葉月がそっと響子に寄りかかってきた。

憐《あわ》れみと、悲しみに満ちた表情は、見なくても分かる。既に全てを失っているブランチを、「影」のブランチが憐れんでいるのだ。慈愛のような、透明な悲しみを湛《たた》えて、「影」の葉月が響子に寄りそう。

響子は呟《つぶや》く。

「死神だけ」

今、二人の姿はどんなふうに見えるだろう。二人の抱える絶望の先の透き通った悲しさが伝わっているだろうか？

「私がここにすわってるとすると、お母さんがそこ、そしてすぐそばに、あなたのあたりに、死神がいた……それなのに二人ともこわくて、全然気がつかないふりをしていた！」

響子は葉月を突き放し、立ち上がる。

葉月がそっと離れていく気配。

「フローレス。ご供養の花。フローレス」

葉月がそう呟きながら、響子の後ろを歩き回っているのを感じる。

影を感じさせるには、光が輝かねばならぬ。

「死の反対は欲望。おかしい？　おかしいことないでしょう！　ベルリーヴからそう遠くないところに、ベルリーヴを手放す前のことだけど、新兵を訓練する陸軍兵舎があった。土曜の夜になると、兵隊たちは町へお酒を飲みに行った」

響子は明るい表情を作ってみせる。自分が若かった頃、若者たちの頬を染めさせた頃の自分に一瞬戻っているのだ。

響子は、酒場の喧騒《けんそう》、若者たちの喚声を聞いている。葉月が後ろで響子の影として動き回っているのを感じながら、おのれに当たる光を意識する。

「そしてその帰り道、千鳥足でうちの芝生に入りこみ――『ブランチ！　ブランチ！』って声をかけた――最後まで生き残っていたお母さんは、耳が遠くてなんにも気がつかなかった。でも私は、ときどきこっそり外に出て、その声に答えてやった」

響子は、そっと手を持ち上げる。

目の前に、野原が広がっている。素朴な花の咲き乱れる、南部の野原。

箱が並んでいるような、平べったい殺風景な兵舎。

「やがて輸送車がやってきて、兵隊たちをヒナギクのように摘み取り……」

花が見える。黄色い花弁の、草の中に揺れる花。

明るい陽射しを頬に感じた。野原を渡る風も。乾いているくせにどこか湿っぽさを含んでいる、農場の匂いまで嗅《か》いだような錯覚を感じた。

響子は、その花に手を伸ばす。

「はるかな家路へと」

ほのかな風に揺れる花。

その花に向かって伸ばされた手。


手が、ヒナギクに触れる。


響子は全身に電流が走ったような気がした。それまでに感じたことのない、何か冷たい光に打たれたような感覚だった。

ハッとして、一瞬手を引っ込めた。

今、本当にヒナギクに触ったような――。

興奮が、血の中を逆流する。

触った。

確かに今、あたしは、ビロードのような、黄色いヒナギクの花弁に触れた。花びらが浴びている、光の温《ぬく》もりすら感じた。

恐怖と混乱で、全身が粟立《あわだ》っている。

何なの。今、何が起きたの？

ほとんど反射だけで演技を続けながら、響子は心の中で叫び続けていた。

同時に、自分がブランチの台詞も叫んでいることに気付く。

「それなら帰って！」

自分の喉《のど》から、割れ鐘のような醜い罵声《ばせい》が漏れている。

「出て行ってよ、ぐずぐずしてると火事だってどなるわよ！」

むくむくと、凶暴な衝動が胃の底から湧きあがってくる。

この忌々しい現実。年老いた私。嘘で固めた女に軽蔑《けいべつ》の目を向けるミッチ。全てを失ってしまった。若さも、プライドも、アランも、屋敷も、黄色いヒナギクも。

響子はブランチの怒りを感じる。

怒りと絶望で目の前が真っ赤になる。

ブランチは髪を振り乱して叫ぶ。

「さっさと出て行かないと、火事だってどなるわよ！」

背中に、ひやりとした気配を感じた。

彼女がそこに立っている。私の影。「影」のブランチ。

葉月の冷たい声が聞こえる。

もう一人のブランチの声が。


「──また一人」


響子は耳を塞《ふさ》いで駆け出す。

そこには窓がある。

行き止まりの窓、出口なしの窓。

この薄汚れた、ごみごみした何の希望もない、しみったれた連中、到底彼女の孤独や幻滅を理解できない獣たちしかいない町を見下ろせる窓が。

ブランチはありったけの絶望を込めて叫ぶ。

見えない窓から、彼女を受け入れない世界に向かって。

彼女に背を向けた、二度と来ない幸福な日々に向かって。


「火事だ！　火事だ！　火事だあ！」

「影」の視線を感じる。

響子はぜいぜいと喘《あえ》ぐ。「影」があたしを見ている。ブランチの「影」が。

「――また一人になってしまった」

葉月の冷たい声が聞こえる。

終わった。

怖いような沈黙。

ふっと照明が消え、温かい闇に全身が包まれる。

闇に漂う余韻。

ほんの短い時間、意識が飛んでしまっていたらしかった。時間も場所も、おのれの肉体も超えて、暗い闇を漂っていたような感覚。

辺りが明るくなる。

気が付くと、万雷の拍手が響子を包んでいて、彼女は葉月と抱き合うようにして、客席にお辞儀をしていた。

ぼんやりしている響子に、葉月が興奮した顔で、何度も響子の首にしがみついてくる。

何が起きたのだろう。

響子はなかなか現実に戻ってこられなかった。

これまで感じたことのない世界。今日、初めて足を踏み入れた世界。

響子は呆然《ぼうぜん》としていた。

指先に、ヒナギクの感触が残っていた。

響子は、激しい恐怖を覚え、動揺していた。

あんな世界があるなんて――あんな、空恐ろしい、どこまでも続く宇宙のようなところが。


なんて恐ろしい。


彼女は、これまで知っていた芝居の世界が、ほんのとばくちでしかなかったことに、強いショックを受けていたのである。

しかし、葉月や客席の人たちは、それを響子の疲労だと思っているらしかった。


佐々木飛鳥は、ブランチになっていた。

いや、東響子になっていたのだ。

東響子が二度、三度とブランチを繰り返すうちに、飛鳥の頭の中には、むせ返るような暑い場末の町が広がっていった。

荒っぽい人々の喧騒、ままならぬ暮らしへの呪詛《じゅそ》、汗の染み込んだシャツ、質の悪い煙草、他人への苛立《いらだ》ち、汚水の臭い、洗濯物の湿っぽさ。

飛鳥はそんな風景を見ていた。

薄暗い部屋のキャビネットに並ぶ安酒の匂い、部屋にこもる風呂《ふろ》の湯気、安っぽい白粉《おしろい》の手触り。そんなものが身体の周りに感じられるような気がした。

生々しい現実、幻滅と絶望、倦怠《けんたい》と軽蔑。ブランチの感情が、飛鳥の中に押し寄せてくる。

そして、彼女は本能で悟っていた。

それは、東響子が見せているものであると。つまりそれは、今、東響子が舞台の上で見ているものなのであると。

飛鳥はすっかり東響子と同化して、東響子の演じるブランチになりきっていたのだ。

逆に言えば、彼女ほど東響子を理解している者は、この客席の中にいなかった。彼女と響子は、同じ世界の住人だった。

彼女はヒナギクにすら触れることができた——東響子を通して、東響子がそういう瞬間を持ったことを感じることができたのだ。

回想に浸るブランチが、故郷の風を感じ、故郷の花に触れた瞬間。それを、飛鳥は響子と共有することができたのである。

本人がそれを自覚していたかどうかは分からない。けれど、そういった境地にあることを彼女は本能で察知していたのだ。「考える」「知っている」という次元ではなく、天才だけが共有することのできる「感じる」世界で。

あそこにある、と飛鳥は思った。

舞台の上の暗がり。

何年も前から、何かが隠されている、何かがある、と感じてきたあの暗がりの奥に入っていける人があそこにいる。今、目の前であの人はそこに入っていったし、何かをつかんだのだ。

飛鳥はそう無意識のうちに確信していた。

彼女はもう、周囲の世界など全く視界に入っていなかった。ニューオーリンズの下町の臭いの中で、東響子のブランチだけが何度も頭の中で巻き戻されている。

響子の表情、声、動き、仕草。それだけが、眩《まばゆ》い光を放ちながら、飛鳥の中で蘇《よみがえ》る。飛鳥が見ているのは、舞台の上の響子、ありとあらゆる演技をこなす響子が、一度に何人も、あらゆる場面を再現しているところなのだった。

こんな体験は初めてだった。

世界がみな、舞台の上の暗がりになってしまったようだった。あの神秘的な世界が飛鳥を呑《の》み込み、世界の中心にある、冷たい真実にそっと触れることができたような気がした。世界がスピードを上げて、どんどん広がっていく。彼女のみならず、彼女の棲《す》む世界まで呑み込もうとするかのように。

それと同時に、何かが急速に身体の中で育っていくのを感じた。

むくむくと、巨大な、抑え切れない何か。飛鳥自身にも制御不能な、凶暴で眩いエネルギーを持った何かが。

飛鳥は苦しくなった。

これはなんだろう。込み上げてくる何か、泣きたいような、笑い出したいような、胸が痛いようなこの大きな塊は。今にも口から、目から、全身の皮膚から噴き出してしまいそうなこの力は。

飛鳥は混乱し、呆然として、自分の中で荒れ狂う何かに、ただ流されるがままになっていた。その指は前の座席を必死に摑《つか》んでいる。まるで、奔流の中に投げ出されて、渦に巻き込まれまいと岸辺の木の枝につかまっているかのように。

17

「お疲れさまでした。以上でオーディションは終了いたします」

影山がそう宣言した時、ハッとした人間が三名いた。

一人は神谷である。

響子と葉月の演技に感動していたものの、影山の宣言に、彼はいっぺんに正気に返った気がした。

あの子は？　あの子はなぜ出ないんだ？

神谷は思わずきょろきょろと周囲を見回していた。しかし、周囲は皆今の演技に対する賞賛を口にしているだけで、影山の宣言の意味するところに気が付いているようには見えない。

神谷は、期せずして猛烈な焦りが込み上げてきたことに驚いた。

困る。ここまでの候補者で決められてしまっては困る。これでは納得できない。

神谷は焦りながらも、もう一方ではその理由を冷静に分析していた。

今の演技は完璧《かんぺき》だった。オーディションなのに、通しでやったわけではないのに、強く胸を打たれ、感動した。葉月の「影」も素晴らしく、このままでもすぐに商品として売ることができる。

しかし、俺が観たいのはこれではない。

どこかでそう声が囁《ささや》く。

この先にある何かが観たいのだ。

何かってなんだ？　この先って？

そう誰かが尋ねるが、神谷には答えることができない。しかし、何かがあるはずだ。ここまで来られたからには、まだ先がある。そこまで行かなければ、ここまで来た意味がない場所が。そして、それを実現できるのは――

頭にぼんやりとその少女の姿が浮かんだ。

影山のオーディション終了宣言を聞いて、東響子も我に返った。

今の演技の衝撃と、ブランチから抜け切れなかった身体が、突然現実に戻ってきた感じだ。

オーディション終了ですって？　あの子は？

響子も辺りを見回す。客席の真ん中の候補者たちの席を見るが、やはり姿はない。来られないのか。それとも、辞退したのか。

響子は愕然《がくぜん》とした。

あの子の演技が見られない。あの子と舞台に立てない。

そう胸の中で呟《つぶや》いてみると、その落胆の大きさに驚いた。実は、あの子と舞台に立つことを、自分がどんなに楽しみにしていたか、今初めて気付かされたのだ。全く異なるベクトルのうまさ、全く未知のうまさを持った同年代の少女と絡むことに、自分が多大な期待を抱いていたことを。

響子は怒りすら感じた。

今の舞台、今の演技で何かをつかみかけた。「何か」はあまりにも巨大で、その影をチラリと見た程度のものではあったけれど、これまでは想像することしかできなかったものが、本当に存在することを確かめることができたのだ。

ここで終わってしまっては駄目。もう一度、今ここで繰り返してみなくては。

響子は呪文のようにそう口の中で呟いた。

次にブランチとして舞台に立てるのはいったいいつになるのか分からない。あの感覚は、役者にとって、一生に一度訪れるかどうかも分からない僥倖《ぎょうこう》のようなものなのだ。今舞台を降りてしまったら、魔法は解けてしまって、あの感覚を思い出すこともすぐにできなくなる。だから、ここで。今ここでもう一度やりたいのに。

響子は鼓動が激しくなるのを感じた。

自分にはどうしようもないことは分かっている。それでも、彼女はあきらめきれなかった。


そして、もう一人ぎくっとしたのは梶山巽だった。

オーディション終了。

目の前で扉が閉じていく。佐々木飛鳥が、彼が天才だと確信している少女が、東響子と共にブランチを演じるという、恐らく二度とは訪れないチャンスが消えていこうとしているのだ。そして、来年には、話題となった新国際劇場の舞台を、彼らはただの学生演劇のアマチュアファンとして、客席から眺めることになるのだ――巽には、その情景が目に浮かんだ。その他大勢の、芝居好きの学生として、口を開けて舞台を見上げている自分たちの姿が。

それでいいのか。それで本当にいいのか。

巽は、泣きたいような気分で隣の飛鳥を見た。

飛鳥は相変わらず無表情でぼうっとしている。

こいつ、天才のくせに、馬鹿じゃないのか。

そう心の中で罵《ののし》った瞬間、ふと、巽は彼女の指を見た。

前の座席をつかんでいる両手。

彼女は、凄《すご》い力で座席をつかんでいた。よく見ると、指がぶるぶる震えている。

その指を見た瞬間、巽は、頭を思いっきり殴られたような気がした。

こいつ。こいつ、やっぱり。本当は。本当は、きっと。

ぐるぐると頭の中でいろいろな言葉が渦を巻き、これまでに見た飛鳥の演技が次々と蘇る。

客席からは、感動冷めやらぬスタッフが立ち上がりかけていた。緊張から解放されたあとの、心地好《よ》い喧騒《けんそう》が場内に漂い始める。

巽は深く息を吸い込み、立ち上がって大きく舞台の影山に向かって手を振った。

「待ってください！　もう一人います！　もう一人、候補者います！」

劇場内が静まり、みんなが一斉に巽を振り返った。

舞台の上の影山も、袖《そで》のほうにいた東響子も。

もちろん巽も役者だし、日頃から喉《のど》も腹筋も鍛えている。

それでも、みんなが自分のほうを見ているのに気付いて、一瞬びびってしまった。

新垣も、ただでさえでかい目を更に見開いて、巽を見上げている。

「巽、おまえ」

新垣は、口をもごもごと動かしたが、言葉が続かなかった。

が、もはや後には引けない。

巽は、隣でぽかんとして彼を見上げている飛鳥の腕をつかみ、無理やり立たせた。

「こいつです！　佐々木飛鳥です！　よろしくお願いします！　これから、『影』のブランチやります！　お願いします、もう一人、見てください！」

巽は更に大声を張り上げた。

負けない。こいつなら絶対に負けない。

声を張り上げるにつれ、一層闘志が湧いてくる。

みんな、見ろ。こいつの演技を見てくれ。


突然、腕をつかまれて立たされた飛鳥は、いきなり現実に引き戻されて、一瞬何が起きたのかさっぱり分からなかった。

しかし、巽が自分の名前を叫んでいるし、みんなが振り返って自分を見ている。

飛鳥はぼんやりした目で巽と客席に目をやるばかりである。

が、射るような視線が自分に向けられていることに気付き、のろのろとそちらに目をやった。

東響子が、飛鳥を見ていた。

その視線が自分を捕らえていることに気付いた瞬間、飛鳥は覚醒《かくせい》した。落雷にでも遭ったみたいだ。

なんという強い視線。飛鳥の姿を客席に認めた響子の目は、遠く離れているのに、思わずよろけてしまいそうなほど激しかった。

響子もまた、客席で若い男の子が腕を引っ張った少女があの子だと気付いた瞬間、遠いところにいるのに、その目に視線が吸い寄せられるのを感じた。

あの子が、あたしを見ている。

あのスタジオで、初めて会った時とは違う。互いを役者として認めた目、同じ世界に生きる者どうしとして認め合った目だった。

響子は少女を睨《にら》みつける。

さあ、来てよここに。あたしはもう一度、あの感覚を味わわなくてはいけないの。あなたはそれに協力してくれなければならないの。だから、早くここに来てちょうだい。

彼女は祈るような気持ちでそう少女に話し掛けていた。

早く早く。そうしないと、あの感覚が消えてしまう。

響子は客席に降りていって、腕を引いて連れてきたい衝動を必死に抑えた。

「佐々木飛鳥さん、ですね。確かに最終候補者ですが、辞退したと聞いていましたが。本当に、オーディションに参加する気があるんですか？」

舞台の上の影山が、用心深い声でそう尋ねた。

「参加する気があるのならば、着替えの間、二十分の休憩にしますが」

その声は懐疑的である。

再びみんなの視線が飛鳥に集中する。

飛鳥は俯《うつむ》き、おどおどしたようにその場で棒立ちになっていた。

結局のところ、飛鳥を動かしたものは、やはり東響子だった。

彼女はまだ響子の演技を反芻《はんすう》しつつ南部の町の中にいたので、自分の置かれた状況がよく理解できていなかった。なぜいきなり巽が大声で叫び出したのか、どうしてみんながこっちを見ているのか、理解するまで少し時間が掛かった。

あそこにブランチがいて、あの人はその奥を知っている。

頭の中ではそんな考えがぼんやりと渦巻いていたが、そのブランチが突然叫んだので、彼女はびっくりした。

「急いで！　時間がないのよ！」

響子が目を見開いてこちらを見ている。おまけに、彼女は大きな身振りで手招きをした。

驚いたのは飛鳥ばかりではなかったようで、響子の隣にいた影山や、客席にいた神谷や巽も驚いた。

怒っているのかな？　と巽は思った。長々と何度も演技をさせられて、更にもう一回やらされるのだから、怒っても仕方がない。こんな大スターを怒らせるなんて。

「ほら、行け！　早く！」

慌てて隣の席の飛鳥を押し出そうとする前に、彼女が歩き出していたのでハッとした。伸ばした手が宙を泳ぐ。

「佐々木」

飛鳥は小走りに出て行った。もはやためらう様子もなく、いつも通り機敏に。

「佐々木」

巽は伸ばした手をちょっと動かしてから下ろし、もう一度口の中で呟《つぶや》いた。

飛鳥が遠くに見えた。その背中が、舞台の光に溶け込んでいく。

やっぱり、あいつはあっち側の子だったんだ。舞台の上の、高みのほう。

そんな感慨と、淋《さび》しさとが同時に湧いてくる。

行っちまった。

彼がこの瞬間のことを何度も思い出すように、飛鳥もこの時のことを後から何度も考えることになる。彼女が何かに向かって歩き出した瞬間、東響子の声を聞いて、東響子に向かって進み始めた瞬間を。


「初共演ね。よろしくお願いします」

自分と同じ白い衣装を着た佐々木飛鳥に、響子は舞台の袖で挨拶《あいさつ》した。

やれやれ、よかった。あのまま終わらなくて本当によかった。

響子は胸を撫《な》で下ろす。

滑稽《こっけい》なほど安堵《あんど》したような気分になっているのが自分でもおかしい。

「よろしくお願いします。こんな長時間になってしまってすみません」

飛鳥は神妙に頭を下げた。

落ち着いている。いい度胸だわ。響子はそちらでも安心する。安堵のあまり、軽口が口を突いて出た。

「会うのは二度目ね」

「えっ？」

「このあいだ、四谷のスタジオで、あなたに控え室の場所教えたの、覚えてる？」

飛鳥はぽかんとした。やはり、あの時の彼女は、道を教えてくれたのが東響子だと気付いていなかったらしい。

「そうだったんですか、すみません」

飛鳥は頭を掻《か》いた。そして、ふと、響子の顔を見た。

「さっき、何を見たんですか」

いきなりそう聞かれて、響子は面食らった。

「さっき？　何を見たって？」

「はい。さっきの演技、それまでとは違ってました——何かを見たような、びっくりしたような顔をして——」

響子はまじまじと飛鳥の顔を見た。

二人は、舞台の袖の狭い通路でまともに向き合った。

飛鳥の目はひどく真剣で、これからスターと初共演でオーディションを受けるために舞台の袖に控えている娘とはとても思えなかった。いや、まるでそんなことなど問題ではないというような表情である。


この子は、分かっている。

響子は衝撃を受けていた。さっき、舞台であたしがこれまでとは異なる境地を体験したことに気付いているのだ。葉月も、影山も、客席の誰もが気付いていなかったことを、ただ一人だけ。

「——あなたは、誰？」


響子は無意識のうちにそう尋ねていた。目の前の娘に畏怖《いふ》を覚えた。

飛鳥は黙ったまま、じっと響子を見ている。

黒い大きな瞳《ひとみ》。まるで鏡に映る自分を見ているような——

不思議な瞬間。この世に二人きりのような瞬間だった。

「あたしは」

飛鳥は口をもごもごさせた。

「あなたと同じところに行きたい」

果たしてそう答えたことを覚えているのかどうか分からないほどの小さな呟きだった。


同じところに。


思ってもみなかった返事に、響子は一瞬その意味をつかみかねていた。

今、この子はいったい何を言ったのだろう？

「スタンバイお願いしまーす」

スタッフの声に我に返り、響子は気持ちを改めた。とにかく、今は仕事だ。

「あなた、台詞《せりふ》は作ってきたの？」

ふと気になって飛鳥に尋ねる。

「ええ、まあ」

その中途半端な口調に、響子は訝《いぶか》しげに飛鳥を振り向いた。

「でも、あたしはあなたの『影』ですから」

飛鳥は独り言のように呟いた。

あたしはあなたの影。「影」のブランチを演じるのだから、何をそんな当たり前のことを、と響子は思ったが、すぐにそのことを忘れて暗い舞台に進み出た。


客席は、再び緊張感に包まれた。

しかし、一部では疲れたような空気も漂っている。もうオーディションは終わったと思っていたのに、もう一度見せられることにうんざりしているスタッフだ。この中には、前回のオーディションを見ていないスタッフもかなりの数含まれている。もし前回佐々木飛鳥のオーディションを見ていれば、こんな態度は取れないはずだ。

神谷はそう確信していた。

いったい、何が出てくるのか。

彼女があの東響子と一緒に舞台に立った時に。

彼は、自分が怖いくらい緊張していることに気付いた。恐れているのか、期待しているのか、よく分からない。だが、これであきらめがつくはずだ。良くても悪くても、これであきらめがつくはずだ、と自分に言い聞かせている。

舞台が徐々に明るくなる。

客席に背を向け、ベッドに座っている響子。


そして、今一人。


もう一人のブランチが、部屋の隅に座っている。

床の上に、響子と全く同じポーズで、客席に背を向けて。

客席がかすかにざわめいた気がした。

同じだ。肩の角度、頭のかしげ具合。揃えたように同じポーズで、佐々木飛鳥は床の上に座っている。


「影」のブランチ。

まさか。神谷は鳥肌が立ったような気がした。

ドアベルの音。響子がぶるっと肩を震わす。

それと全く同時に、シンクロするように飛鳥も肩を震わせた。ほとんど差はない。

「どなた？」

やさぐれた声で答える響子。しかめ面で、かすかに振り返る。

客席に衝撃が走った。

同時に、同じ角度で飛鳥も客席を振り返っていた。


東響子と全く同じ表情で。


今度こそ、客席がざわめく。

弛緩《しかん》していた客席が、一気に真剣になるのが分かった。

神谷はぞーっとした。

ブランチの「影」。彼女は、本当に、東響子の「影」を演じようとしているのだ。

本当に、飛鳥の表情は響子そっくりだった。荒《すさ》んだ目付き、顔の角度など、それこそ鏡に映ったかのようにブレがない。

かつて、駅前のロータリーで、他人になりすましていた彼女のことを思い出す。

あの時も、わずかな時間で彼女は他人の特徴を自分のものにしてしまっていた。

今日、この場所に来て、彼女は東響子の演技を見ているうちに覚えてしまったのだ。表情も、動きも、タイミングも、すっかり覚えてしまい、それを再現しているのだ。

弾《はじ》かれて飛び上がる響子。

同じタイミングで、飛鳥も飛び上がる。ユニゾンのダンスを見ているかのようにぴったりのタイミングだ。

いくら覚えがいいといっても、こんなふうに舞台で再現できるとは。

酒瓶をつかみ、隠す響子。

酒瓶をつかみ、隠す飛鳥。

鏡に飛びつき、慌てて化粧を直す響子。

鏡に飛びつき、慌てて化粧を直す飛鳥。

転がるようにドアに飛びつき、しなを作ってミッチを迎え入れる響子。

転がるようにドアに飛びつき、しなを作ってミッチを迎え入れる飛鳥。

客席は、驚きのあまり言葉すら失っていた。

完璧に同じ。

まさに鏡に映っているかのように、二人は同じ動き、同じ表情をしているのである。

「すごーい」

「どういうこと?」

「これ、練習してるの？」

「いや、一発勝負と聞いてるけど」

ひそひそと囁《ささや》き声が漏れるほど、その動きはぴったりだった。

これだ。この感覚だ。想像以上のものを見せつけられた瞬間の、恐怖とも感動ともつかぬこの感覚だ。こんな感覚を俺は求めていたんだ。

神谷は興奮を押し殺し、舞台の上に集中していた。

しかし、と心の隅で考える。

これだけでは駄目だ。そんな声が響く。

ただ、そっくりというだけでは。まさか、このまま最後まで押し通すつもりなのか？

期待と不安が混じり合う。

それでは単なる猿真似のまま、器用な記憶力のいいオウムに過ぎない。もはや、これだけでは俺は満足できない。さあ、これから、どうする？　この次にいったい、観客に何を見せてくれる？

東響子は、舞台の上で奇妙な感覚を味わっていた。

佐々木飛鳥が、彼女とそっくりの、シンクロの演技をしていることにはすぐに気付いた。

彼女がどう動いても、そっくりの動きでついてくる。

こんなことが可能なのだろうか。

そう考えながらも、この子ならできるだろう、と思っていることにも気付く。なにしろ、あたしと同じものを同じ舞台で感じた子なのだから。そんな、自信のようなものまで感じる。

それよりも、奇妙なのは、まるで舞台の上に一人きりでいるかのように感じられることだった。

確かにすぐそばに飛鳥がいて、彼女と同じ動作をしているはずなのに、全くその存在が感じられない。

そう、まるで、影のように。

いつもぴったりと後ろについてきて、そっくり同じ動きをするのに、決してその存在を感じさせない。佐々木飛鳥はまさにそんな「影」そのものだったのだ。

実際、しばらくすると、彼女はもう一度最初の演技と同じく一人芝居をしているような気になってきた。一人きりで、「ブランチ」という名の芝居をやっているようで、完全に一人のタイミングで演じていた。

五分もしないうちに、飛鳥が彼女と同じ動きをすることが気にならなくなったし、飛鳥が自分と同じ動きをすることが当然のように感じられていたのだ。

こんなことが可能なのだろうか。

頭の片隅では、やはりもう一人の自分がそんなことを考えている。

あの子ならできる。今、やっている。そう答える自分もいる。

しかし、もしかすると、この子は今――あたしたちは今、とてつもないことをやっているのではないだろうか。

響子はそんな畏怖《いふ》を感じるのだった。


巽は震えるような心地で舞台に見入っていた。

いや、本当に、足がかすかに震えていたかもしれない。

これまで、短い間だったけれど、何度もこんな奇跡を目撃してきた。

しかし、こんなものを見られるとは。

巽は呼吸することすら忘れている。

いつかきっと、この日のことを思い出すだろう。年寄りになった時、あの時俺はあの場所にいたと、時代の証言をする日が来るに違いないのだ。

その時、いったい俺は何をしているのだろう？

ふと、不安が心をかすめた。

飛鳥はとんでもない高みにいるはずだ。だが、俺は？　俺や新垣はその時どこにいるだろう？

焦りが込み上げてくる。舞台の飛鳥が遠く見える。

俺だって行きたい。あそこに行きたい。霊感の支配する、誰もが驚嘆し言葉を失うあの世界に行きたい。

巽は両手を握り合わせ、手の震えを必死に抑えた。

「今夜は少しおかしいわね、でもいいわ。証人の反対訊問《じんもん》はさしひかえましょう。あなたが多少——いつもとちがっていても、気がつかないふりをして！　また——あの曲が」

相変わらず、響子の演技に飛鳥はぴったりと合わせている。

ゆっくりと額に手を当てる仕草、ぼんやりとした表情。全く同じだ。

「〈ワルシャワ舞曲〉！　あの時流れていたポルカ、アランが——待って！」

遠くのピストルの音。

響子は安堵《あんど》したような表情になる。

「ほら、ピストルの音！　これでいつもおしまい」

が、そこで飛鳥がぴくりと動いた。

観客はハッとする。

ピストルの音を合図に、彼女は響子と違う表情を見せた。我に返ったように、動きを止める。

「やっぱり、とまったわ」

響子がそう呟《つぶや》いた時、飛鳥はふうっと後ろに引いた。

神谷はハッとした。

「影」が離れた。

そうとしか思えない動きだった。それまでぴったりとブランチの後ろについていた影が、引き剝《は》がされたのである。

影の叛乱《はんらん》。

飛鳥は無表情になり、スタスタと響子の正面に回り込むと、腕組みをして威圧的に立った。突然、影が実体になったのである。

「頭がどうかしたんじゃない？　ブランチ」

突然、飛鳥は蓮《はす》っ葉《ぱ》な野太い声で言った。

神谷はぎょっとした。他の客も同じである。

響子は目を泳がすが、手をひらひらさせ、戸棚に向かう。

「捜してくるわね、なにかちょっとした——そうそう、こんなかっこうでごめんなさい。だって、あなたのこと、すっかりあきらめていたんですもの。夕食へのご招待、お忘れだったの？」

飛鳥はぶらぶらと歩き回り、ベッドに腰を下ろすとベッドカバーの上で片足を立てた。

「あんたには二度と会わないつもりだったの」

そう低く呟く飛鳥に、響子は取り合わない。

「ちょっと待って。よく聞こえないわ。口数の少ないかただから、なにかおっしゃるときにはひとことだって、聞きもらしたくないの。なにを捜してたんだっけ？　そう——お酒。今夜たいへんな騒ぎがあったので、私、頭がどうかしちゃったみたい！」

飛鳥は冷徹な目で響子を眺めている。

響子は急に酒瓶を見つけた様子。目を輝かせ、飛鳥を振り返る。

「あった！　〈サザン・カンフォット〉！　なにかしら、これ？」

飛鳥は顎《あご》を上げ、侮蔑《ぶべつ》の表情で響子を見る。

「あんたが知らないのなら、スタンのでしょう」

響子は苛立《いらだ》った様子で飛鳥にキッと向き直った。

「ベッドから足をおろしてちょうだい。薄い色のカヴァーがかかってるでしょ。もちろん、男のかたはそんなことに無関心でしょうけど。私、ここへきてから、いろいろ模様替えしたのよ」

飛鳥はベッドに両手を突き、「でしょうね」とそっけなく答える。

響子は両手を広げ、張りついたような笑みを浮かべると、くるっと回ってみせた。

「以前はどんなだったかご存じね。だったらよく見て！　いまのこの部屋はほとんど、優雅と言えるわ！　私はこういうふうにしておきたいの」

　ミッチの台詞《せりふ》だ。

　神谷はそう気付く。飛鳥は、ミッチの台詞を言っている。不貞腐《ふてくさ》れた憮然《ぶぜん》とした演技も、ミッチの演技を踏襲しているのだ。

　いったいどういうつもりだろう。影が実体を持って動き始めたのは分かるが。

　それにしても、と神谷はもう一つの事実に気付いて啞然《あぜん》とした。

　彼女は原作の第九場も完璧《かんぺき》に覚えている。ミッチの台詞、動き。それがぴったり響子の演技と嚙《か》み合って、全く破綻《はたん》がない。

「お口にあわないかしら。でもためしてみて、もしかしたらあうかもしれないわ」

　響子は媚《こ》びた手つきでグラスを差し出すが、飛鳥は顔を背ける。

「さっき言ったでしょ、スタンの酒なんか飲まないと言ったら飲まないのよ。あんたも手をつけないことね。あいつの話だと、あんた、夏のあいだずーっと、あいつの酒をウワバミみたいにあおってたそうじゃないの」

「まあ、ばかばかしい！」

　響子が苛立ちを滲《にじ》ませて叫ぶ。

「そんな作り話をするあの男もばかばかしければ、それをもっともらしく繰り返すあなたもばかばかしいわ！　そんなくだらない中傷には弁解する気にもなれやしない、あんまり程度が低くて！」

「ヘッ！」

飛鳥はばったりとベッドに倒れ込む。響子は不満をくすぶらせた目付きでしきりに飛鳥を振り返る。

「いったいなにを考えてらっしゃるの？　なにかありそうな目つきね」


飛鳥が突然、パッと身体を起こし、目を見開いた。

響子がびくっとし、舞台も一瞬静まり返る。

沈黙。観客も、微動だにしない。

飛鳥があまりに緊張感を醸し出しているので、響子もじっと不安そうに彼女に目をやったままだ。

舞台の主導権は、いつのまにか「影」であったはずの飛鳥が握っている。

飛鳥は初めて見る部屋のように、目を見開いたままゆっくりと見回し、そっと腰を浮かせて立ち上がった。

その表情は、これまでの粗野なものとは全く異なっている。

「――暗いね、ここは」

低く、弱々しい声で呟く。その様子は、ほんの少し前の蓮っ葉で不貞腐れた様子とはがらりと変わっていた。

別人だ、まるで。神谷は心の中で呟く。

響子が気を取り直して言った。

「私は暗いほうが好き。暗いと心が休まるから」

「そういえば、明るいところで君を見たことがなかったな」

響子はヒステリックに笑う。飛鳥は、眉《まゆ》を顰《ひそ》め、ぼんやりと響子を見た。

「ほんとうだ」

「そうかしら」

今度は響子が不貞腐れたように答える。飛鳥は静かな目で響子を見た。

「昼間会ったことなんて一度もない」

「それはだれのせい？」

「昼間は外に出たがらないからさ」

飛鳥の低く囁《ささや》くような声。

「だって、ミッチ、昼間はあなた、工場じゃないの」

「日曜は別だ。日曜に何度か誘ったけど、いつもなんのかんのと言って断っただろう。六時をすぎなければ出たがらないし、出かけるのはきまって薄暗い場所だ」

飛鳥は淡々とそう告げる。その口調は、教育を受けた、知的で穏やかな人格の人間が語っているとしか思えない。

「なにか意味ありげなおことばね、私には推測しかねるけど」

「僕の言う意味はね、ブランチ、君の顔をまだ一度もちゃんと見ていないってことなんだ」

　身体を斜めにして返事をしぶる響子に、飛鳥は辛抱強く言う。

「だからどうだって言うの？」

「明かりをつけたいんだ」

　響子は恐怖に目を見開き、反射的に一歩後ろに下がった。

「明かりって、どの？　なんのために？」

「これだよ、この紙切れのついたやつ」

　飛鳥は静かに天井を指さす。響子は神経質に叫ぶ。

「どうしてそんなことを？」

「君の顔を見てやろうと思ってね。はっきりと」

「まさか私を侮辱する気じゃないでしょうね！」

「僕はただ、真実を知りたいだけだ」

「真実なんて大嫌い！」

「だろうね、きっと」

「私が好きなのはね、魔法！」

　金切り声を上げる響子に対し、飛鳥は哀しそうに小さく声を出して笑う。響子はその声など聞こえない様子で、叫び続ける。

「そう、魔法よ！　私は人に魔法をかけようとする。物事を別の姿にして見せる。真実を語ったりはしない。私が語るのは、真実であらねばならないこと。それが罪なら、私は地獄に堕《お》ちたってかまわない！」

飛鳥は哀しげに響子を見つめる。顔を覆って叫ぶ響子。


「明かりをつけないで！」


しんと静まり返る舞台。

飛鳥はゆっくりと客席に背を向け、じっとしている。

舞台にはぴんとした緊張感が張り詰め、誰もが二人の一挙一動を見逃すものかと注目していた。


「——年のことなんか、どうだっていいんだよ」


飛鳥がそう呟《つぶや》き、のろのろと振り返った。

神谷は息を呑《の》む。

再び、彼女は別人になっていた。そこにいるのは、自尊心と猜疑心《さいぎしん》に凝り固まった、年老いた女だったのである。

女は口を開いた。

「そんなことより、ああ！　考えかたが古いのなんのと、一夏かかってでっちあげたお伽《とぎ》話《ばなし》！　そりゃあ、あんたがもう十六の小娘じゃないことぐらいわかってたよ。だけど、まともな女だと信じていたとは、あたしもとんだ阿呆《あほう》だったねえ」

　ぎすぎすした、しわがれた声。

　飛鳥は、よろよろと響子に向かって歩いていく。背中を丸め、その数歩を歩くのがつらくてたまらないという風情で。

「だれが言ったの、私が――『まとも』じゃないなんて！　あのやさしい義理の弟ね。あの人の話を信じるとは」

　それにしても、響子もよくたじろがずに舞台を維持している。飛鳥の変幻自在な演技に面食らう様子もない。これまでとはかなりタイミングが異なるはずなのに。

「最初はあたしも、嘘つきめって言ってやったさ」

　飛鳥は震える指で、響子の顔を指さした。

「それから、自分で調べてみたんだよ。まずローレルへ行き来している仕入れ係に話をきいた。それから、長距離電話で直接その商人にあたってみたんだよ」

　飛鳥はわざとらしく、上目遣いに響子の顔を覗《のぞ》き込む。

　響子が嫌悪感を覗かせて飛鳥を見た。

　その嫌悪感はとても自然で、飛鳥の演技が引き出した表情に違いなかった。

「その商人って？」

そうか、そういうことか。

その瞬間、神谷は閃《ひらめ》いた。

飛鳥は、ブランチの過去の人物を演じているのだ。

衝撃と、興奮と、畏怖《いふ》とが同時に込み上げた。こんな手があったなんて。

一番最初はミッチとブランチの影が融合した人物、次の知的な人物はアラン、そして今目の前に現れた老女は、ブランチの母なのだ。しかも、彼らは皆ミッチの台詞《せりふ》を話している。原作に忠実でありながら、それぞれが見事に、ブランチに向かって彼らが語りかける台詞になっているのだ。そして、それはまがうかたなく、ブランチの影が——いや、ブランチ自身が作り出した人物なのである。

なんてうまい間を取る子だろう。

響子は、頭の片隅でそんなことを考えていた。

もっとも、演じている時は、自分が考えていることを分析する暇などなく、どこかにそんな意識を持っているという自覚すらほとんどない。しかし、どんなに演技に集中していても、やはり必ずどこかに冷静な自分がいて、舞台を観察しているのだった。

佐々木飛鳥と舞台に立っていると、恐ろしく自然に演技ができる。

飛鳥は次々と意外な動きを見せたものの、響子が困ったり、苛立《いらだ》ったりするということは全くなく、安心して演じることができた。

まるで、もう一人の自分と演じているかのよう。飛鳥のすることは変幻自在ではあるが、何がしたいのか「分かる」のだ。こんな体験は初めてだった。

飛鳥は間を作るのがうまかった。必然的かつじゅうぶんな間。ちゃんと間を作れるということは、芝居のテンポを作れるということである。自分の中に芝居のテンポを持っていない人と演じると、ぎくしゃくしたり、やたらと速くなったりして、話がひどく退屈になったり、逆に話が引っ掛かりなく流れてしまったりする。音楽と同じだ。上手な人は落ち着いて自分の速さで語れるので、説得力があり、安心して聴いていられるのである。

飛鳥が作るテンポと、響子の一人芝居のテンポはとても似ていて、しっかり嚙《か》みあっているので、響子はのびのびと演じることができた。それでいて緩急があり、次はどうなるだろうというスリルを響子と観客とに与えているのだ。

今回、芝居のテンポは飛鳥が作っている。

ぐいぐいと先に引っ張っていく飛鳥に、響子は素直に身を委《ゆだ》ねた。

飛鳥が響子から離れ、目の前に「実体」として現れた時も、響子はすぐに彼女の意図するところを察した。

響子はこれまで、見えないが目の前にいるはずのミッチと芝居をしていた。飛鳥はあくまでも響子の影。その存在は意識していなかった。

ところが今では、そのミッチに成り代わり、彼女から独立した影が「実体」として現れ、彼女を問い詰め、糾弾する。

響子はブランチとして、その影に怯《おび》えた。

蓮《はす》っ葉《ぱ》ですっかりすれてしまっているもう一人のブランチが彼女を睨《にら》み、かつて全てを捧《ささ》げた若き夫が彼女に現実と向き合うよう迫り、彼女を縛り威圧した母が彼女を責める。

響子はそこに飛鳥を見るのではなく、ブランチとしての自分の影を見、ブランチの家族を見た。過去の亡霊。迫り来る現実。これはブランチ自身が作り出した影。ブランチは自分で自分を追い詰めている。

これは一人芝居だ。

響子はそう感じた。

あたしはあたしの影を見ている。目の前にいるのは、あたしの分身に過ぎない。あたしの影が、ミッチの台詞を通してあたしに語り掛けている。

響子はそれくらい飛鳥に「違和感」を覚えなかった。自分と「同質」なものと認識していたのだ。

「あんたが泊まっていたホテルは、フラミンゴって言うんだろ?」

年老いた母が響子に話し掛ける。侮蔑《ぶべつ》の目、汚らわしいものを見る目付きで。

響子の中の何かが切れる。現実を拒んできたブランチが、ついにおのれと対面せざるを得ない瞬間が訪れたのだ。ブランチは激昂《げきこう》する。

「フラミンゴ？　いいえ！　タランチュラよ！　私が泊まっていたホテルは、タランチュラ・アームズ！」

響子は叫ぶ。

恐るべき宣言。

この時、世界の色が一変する。虚飾が、幻想が、自己欺瞞《ぎまん》が打ち砕かれ、全ての色が失われ、気温が下がる。

じっと飛鳥が響子を見ている。

無表情に、ただの置物のように立っている。

響子は泣き笑いする。

「そうかしら？　そうでしょうね、きっと——まあ、不適当でしょう——とにかく、そういうわけでここにきたの。ほかに行き場所がなかったので。私はもうすっかりおしまいだった。おわかりね、すっかりおしまいになるってこと？　私の青春が突然、竜巻《たつまき》に巻き込まれてすっ飛んでしまい、そこで——あなたに会った。あなたは言ったわね、だれかが必要だって。私もだれかが必要だった。あなたがやさしいかたのようだったので、私、神様に感謝したわ――世間という冷たい岩肌《いわはだ》に、やっとわが身を隠しうる割れ目を見つけたと思って！　あわれな人間にも楽園はある、それは――ささやかな平和」

響子は震える声でほっと息をつく。

「でも私の願いは、希望は――高望みだったらしい！　キーフェイバー、スタンリー、シヨーの三人が、舞いあがった凧《たこ》を地上に引きずりおろしてしまった」

沈黙。

飛鳥が響子を見ている。誰でもない顔で。ミッチが、ブランチが、アランが、母が、無表情に響子を見ている。

「嘘をついてたんだね、ブランチ」

静かな声がそう言う。

「嘘なんて、そんな」

響子は弱々しく答える。

飛鳥はのろのろと手を広げた。

「嘘だ、嘘、なにもかも大嘘だ」

ぼそぼそと言う声にかぶさるように響子は首を横に振り、答える。

「ちがうわ、少なくとも、心のなかでは嘘をついたことはなかった」

沈黙。

物売りの声。冠婚葬祭のけばけばしい造花を売る、メキシコ女の物売りの声だ。

同時に窓に目をやる二人。

「ああ、外の声ね」

響子は遠い目で呟《つぶや》く。

「私がかつて――住んでいた家では、死にかけているお婆さんたちが、あの世の夫のことを思い出していた」

響子はのろのろと動き出した。

向かいに立っていた飛鳥も動き出している。

響子によく似た動き。しかし、それは最初の頃のそっくりな動きとは異なっている。

そう、鏡だ。鏡に映っているあたしが、すぐそばで動いている。

飛鳥は、鏡の向こうであたしと同じ動きをしている――

「色褪《あ》せて、病み衰えて、泣きごとと、恨みごとばかり」

響子はいまいましげに両手を振り回す。

飛鳥も同じように手を振り回している。

鏡の向こうで、全く対称的な動きをする娘。そこにあるのは鏡。響子の動きを映し出しているこの世の鏡。

「遺産！　なにが遺産よ！　それに、あの血にまみれた枕カヴァー」

突然、太陽の光を感じた。

遠いところから降り注ぐ陽射し。

ふと、響子は、再びあの場所へ来ていることに気付いた。

顔に当たる風。

さっき、葉月と演じている時に来た場所。この感覚を忘れたくないと思った場所。

そして、彼女は一人ではなかった。一人でこの場所に来ているのではなかった。もう一人、彼女と一緒にこの場所に来ている者がいた。

「なにもかもなくしてしまって、残っていたのは」

彼女と同じ場所に来ているもう一人も、彼女と同じ動きをしている。いや、そうではなかった。彼女は今、鏡に向かっていた。鏡と向き合って、鏡の向こうで同じ動きをする自分と向き合っているのだ。

「死神だけ。私がここにすわってるとすると、お母さんがそこ、そしてすぐそばに、あなたのあたりに死神がいた。それなのに、二人ともこわくて、全然気がつかないふりをしていた」

ゆっくりと周りを指さす響子。鏡の向こうで、もう一人の響子が同じ動作をする。白い人差し指が、どこか淡い光の中で、ゆっくりと動いている。

「死の反対は欲望。おかしい？　おかしいことないでしょう！　ベルリーヴからそう遠くないところに、ベルリーヴを手放す前のことだけど、新兵を訓練する陸軍兵舎があった。土曜の夜になると、兵隊たちは町へお酒を飲みに行った」

草いきれが上がってくる。

高く、遠く、青い空。

陽射しが眩《まぶ》しく、温《ぬる》い風が吹き抜ける。

南部の空が、むっとする草の香りが、響子の身体を包む。

遠くから、酒場の喧騒《けんそう》がかすかに流れてくる。

「そして、その帰り道、千鳥足でうちの芝生に入りこみ、『ブランチ！　ブランチ！』って声をかけた——最後まで生き残っていたお母さんは、耳が遠くてなんにも気がつかなかった。でも私は、ときどきこっそり外に出て、その声に答えてやった」

目の前に、黄色いヒナギクが揺れている。

陽射しに輝き、可憐《かれん》な花弁をいっぱいに伸ばしているヒナギク。

「やがて輸送車がやってきて、兵隊たちをヒナギクのように摘み取り――はるかな家路へと――」

響子は手を伸ばす。黄色いヒナギクに向かって、指を伸ばす。

その時、同じヒナギクに向かって、向こう側から指が伸びてきた。

白い指が、鏡の向こうから伸びてくる。

二人は、同時にヒナギクに触れた。

ぶるっと、身を震わすようにヒナギクが揺れる。

恐ろしいくらい鮮やかな黄色だった。

目の奥に――いや、心の奥に焼きついてしまいそうな鮮明な黄色。

二人は同時に手を引っ込めた。そして、同時に顔を上げて相手を見る。

響子と飛鳥は、生まれて初めて他人の顔を見たかのようにお互いを見た。響子は飛鳥を見、飛鳥は響子を見た。ブランチとしてではなく、この異形《いぎょう》の場所で、互いの姿と存在を認識したのである。この、どこからも遠い、再び訪れることができるかどうかも分からない場所で。

一瞬、芝居が静止し、舞台が壊れた。この時、二人ともこれが芝居の途中だということを忘れていたのである。

が、それは誰も気付かぬほどの本当に僅《わず》かな時間だった。

二人が正気に返ると共に、ヒナギクも野原も消えうせ、薄暗い舞台で二人はスポットライトを浴びていた。

二人は、手を伸ばし、互いを見つめ合ったまま、少しずつ離れていく。

じりじりと鏡から遠ざかるブランチ。

おのれの姿から離れ、おのれから逃げるように離れていく。

見つめあってはいるものの、かなりの距離が二人の間にできた。

何かがぷつりと切れる。

突然、飛鳥が呆然《ぼうぜん》とした顔でがっくりと膝《ひざ》をついた。

客席がハッとして、舞台の空気が変わる。

それが合図だった。

響子は、再び目の前にミッチが立っているのを知る。この瞬間、ブランチは、おのれの姿を直視することを永遠に放棄したのだ。

「なになさるの！」

ミッチと揉《も》み合う響子。ミッチに侮辱され、見下されるブランチ。

「それなら帰って！」

叫ぶ響子。もはや、彼女に自分の影は見えない。彼女の影は、舞台の上にうずくまり、舞台の暗がりに溶けてしまいそうだ。

「出て行ってよ、ぐずぐずしてると火事だってどなるわよ！　さっさと出て行かないと、火事だってどなるわよ！」

響子は駆け出し、窓に飛びつく。

ブランチが叫ぶ。


「火事だ！　火事だ！　火事だあ！」

響子が金切り声を上げている舞台の隅で、飛鳥は膝を抱えてぴくりとも動かない。

照明が消える。

不気味なほどの沈黙が、舞台と客席を包んだ。

しかし、誰も沈黙を破ろうとはしなかった。

18

「飲んで帰るか」

帰り道、新垣がぽつんと言った。

「そうだね」

巽も答える。

日が長くなった初夏の夜。空気が華やかな解放感に満ちている。

「あたしは帰ります」

ひっそりと隣を歩いていた飛鳥がそう言った。

「そやな。おまえは帰れ。疲れたやろ」

新垣が言葉少なに頷《うなず》いた。

新垣も、巽も、まだ夢心地だった。隣を歩いている少女が、その夢心地を作り出した原因の一つだというのが信じられなかった。

巽はぼんやりと周囲を見回した。

青々とした街路樹。街を彩る飲食店のネオン。夏服を着たカップル。ネクタイを緩めるサラリーマン。喧騒と、湿った夜の匂い。

なんだか、周りの景色が嘘みたいに感じられる。さっきまで物凄《ものすご》いリアルな体験をしていたとしか思えないのだ。現実には、あちらがフィクションで、こちらがリアルだというのに。あまりにも長時間、緊張して集中していたために、すっかり神経が弛緩《しかん》してしまっている。

飛鳥は無口で足元を見ながら歩いていた。こうして見ると、いつもの、どこにでもいる平凡な若い娘であり、さっき舞台の上で凄《すさ》まじい演技を見せ、客席の誰もが呆然としてしまって拍手すらできなかったのが夢のようだ。

本当にこの子だったのだろうか、と巽は彼女の横顔を盗み見る。突然、飛鳥が呟《つぶや》いた。

「この世の中に、天才っているんですねえ」

「え?」

「あんな凄い人がいるんだなあ」

飛鳥は大きく溜息《ためいき》をつく。

新垣と巽は顔を見合わせた。飛鳥に限って、冗談を言っているわけではなさそうだ。まさか、分かってないのか、こいつ。

「巽さん、さっきはありがとうございました」

飛鳥が巽を見た。

「え? なんで?」

「もう一人候補者がいるって言ってくれたでしょう。あのままだったら、あたし、東響子さんと舞台に立てなかった。あのチャンスを作ってくれて、本当にありがとうございます」

飛鳥が素直に感謝の表情を見せ、頭を下げたので、巽はなぜかどぎまぎしてしまった。

「いや、その、別に」

思わず口ごもってしまう。

「結果は明日、おまえんとこに来るんだろ？　俺たちにも教えてくれよ」

新垣が念を押す。

「はい、すぐに連絡します。じゃあ、ここで失礼します。今日はありがとうございました」

地下鉄の駅前で、飛鳥はぴょこんとお辞儀をした。

「お疲れさん」

地下鉄の階段を降りて姿を消した飛鳥を見送りながら、二人はしばしその場に立ちすくむ。

「——この世の中に、天才っているんですねえ」

巽は、思わずさっきの飛鳥の台詞《せりふ》を繰り返していた。

「ほんとに。あいつ、自分がどんなに凄かったかちっとも分かってないな」

「どうなると思う？　オーディション」

「それは分からんな。あいつは確かに凄かったけど、実際問題として、あいつはどこの事務所にも所属してないし、マネージャーもいない。端からみれば、芝居を始めたばかりの素人だ。商業演劇をやっていくには、やっぱりその辺の部分が考慮されるんじゃないかな。他のメンバーはそこのところが強力だから、佐々木は圧倒的に不利だ」

「じゃあ、なんのためにオーディションやったんだよ」

巽は不満そうな声を出した。

「みんなに本気出させるためじゃないか。もしかすると、佐々木は当て馬だったのかもしれん」

新垣の声はシビアだ。彼は、実際に演劇業界や芸能界にいるOBからよく話を聞いているから、たぶん彼の言うことのほうが正しいのだろう。そう理性では判断していても、感情がついていかない。

「そんな」

「だけど、俺はどうでもいい」

新垣の声が大きくなった。

「とにかく、あいつが本物だったことは分かった。俺はそれで満足だよ。佐々木が選ばれなくても、あいつは芝居をうちで続けていくんだ。それって嬉《うれ》しいことじゃないか」

「それはそうだけど」

「とりあえず、飲もう。このままじゃ、興奮して眠れやしない。さっき見たものを吐き出して、クールダウンせにゃ」

「うん」

飛鳥の行く末には異論があったが、飲んでさっき見たものについて話し合うという提案には巽も賛成だった。

飛鳥は眠れるのだろうか、とふと彼は思った。

あんな凄いものを見て、あんな凄い演技をした飛鳥は、今夜帰ってすぐに眠れるのだろうか。


「またしても、演出までされてしまったわけだ」

影山がほとほとあきれた、という顔で首を振っている。

「しかも、本人は自分が演出しているという自覚があんまりないと見える。そうですね、東さん」

影山は一緒にテーブルを囲んでいる響子に目をやった。

響子は頷く。

「はい。彼女に、『台詞は作ってきたの』と聞いたら、『ええ、まあ』と答えて、『あたしはあなたの影ですから』と言ったんです」

影山は唸《うな》った。

「影。まさに影だ。ミッチの台詞を使うなんて、予想もしなかったな。あれも、彼女が考えた演技プランだったわけですね。このあいだの『開いた窓』と同じように」

「ええ。そうだと思います」

「信じられん。本当は、どこかの事務所が大々的に仕込みをしていた、という話のほうがまだ信じられる。あれで、芝居を始めて数ヵ月だなんて」

候補者たちは、もう帰されていた。響子は、意見を聞きたいから残ってくれと言われて、演出の影山、脚本の神谷、プロデューサーの一人である谷崎と共に別室に移動している。

肝心の芹澤は、「ちょっと何本か電話してくる」と姿を消したままだ。

あれだけ何度も演技を繰り返したのに、響子は微塵《みじん》も疲れを見せていなかった。

さすがだな、と神谷は思う。

彼は、心地好《よ》い満足感でいっぱいだった。

佐々木飛鳥が見せつけた演技は、完全に想像を超えていた。その衝撃と興奮が、彼を今もまんべんなく満たしていた。

東響子そっくりの演技から始まり、影が独立し、ミッチの中に過去の亡霊となって現れる。さらには、ブランチの鏡となり、シンメトリーの動きをし、ブランチがおのれの姿を見ることを拒絶した瞬間、影は死ぬ。

あの第九場だけで、それだけの演技をしてみせたのだ。「影」のブランチ、と言われてみんながそれぞれ素晴らしい解釈と演技をしたが、飛鳥はまさに「影」を縦横に演じてみせたのである。あまりのレベルの高さに、客席では最後まで彼女が何をしているのか気付かなかった者もいたようだった。

「いやあ、お待たせ。さっさと決めて飲みに行こうね」

上機嫌の芹澤が戻ってくる。

「東さん、お疲れさまでした。さすがでしたね。どうもありがとうございました」

芹澤はニコニコしながら東響子にお辞儀する。響子もお辞儀を返した。

「いえ、こちらこそ。とってもいい勉強になりました」

響子は明るい声でそう言った。

本当に、あんな体験ができるなんて。現実の世界に戻ってくるまで、こんなに時間が掛かったことはなかった。あの一種霊的としか言いようのない体験。今でも反芻《はんすう》すると身体が震えてくる。

「あなた、誰がいい?」

芹澤が身を乗り出した。

「え」

響子は面食らった顔になる。

「今日一緒にやった中で誰がよかった?」

「そんな。私の意見なんか」

響子は、芹澤のストレートな質問にためらう。これまで忘れていたものの、結構残酷な質問だ。自分のできない芝居のキャストを選べ、というのだから。響子の躊躇《ちゅうちょ》を見て取ると、芹澤は畳み掛ける。

「いいのいいの、実際に一緒にやったのはあなたなんだから。聞かせて」

「個人的には」

響子は渋々口を開いた。

「宗像さんと、佐々木さんがよかったです」

「どっちか一人にして。だって、あなたと組むのは一人だけなんだから」

「は？」

響子は目をぱちくりさせて芹澤を見た。響子ばかりでなく、影山たちも芹澤を見る。

「ああ、あのね」

芹澤はひらひらと手を振って、無邪気に宣言した。

「これまで言ってなかったけど、東響子さんは最初から決まってたの、この芝居に出ること。これまでやってたオーディションは、あなたの相手役を決めるオーディションだったの」

「ええっ？」

男性三人が同時に声を上げた。響子は声も出ない。

「聞いてませんよっ、そんな話」

影山が悲鳴のような声を出す。

「本当ですか、いつから？」

「いいじゃん、今言ったんだから」

芹澤は相変わらず手をひらひら振って取り合わない。

「それとも、何か不満でも？」

そう言って男たちの顔を見回すと、彼らは黙り込んだ。響子の素晴らしい演技を見たあとで、文句など言えるはずもない。

「あの——その」

響子は言葉が見つからず、芹澤をしげしげと見つめた。

芹澤は真顔でその視線に応《こた》え、口を開いた。

「あのね、随分前に、あなたのお父さんにこの話、したの。あなたにお願いしたいんだけどって話をしたの」

芹澤は、柔らかいまなざしになった。

「そうしたら、お父さん、『あの子、今迷ってるから、その話、なかったことにしてくれないか』って言ったの。『あの子は親の目から見ても才能のある子だけど、この仕事を自分で選び取ったわけでもないし、勝ち取ったこともない。これまで闇雲に与えられる役をやってきたけど、まだ役者として生きていく覚悟ができてない。それなのに、芹澤さんの芝居に出してもらうわけにいかない』って言って、断ったの」

「父が」

響子は絶句した。このところほとんど接触がなかったのに、完璧《かんぺき》に自分の気持ちが見抜かれていたことに驚いたのである。

「でも、僕も必死だったからね」

芹澤は笑った。

「彼女を本気にさせるから、スケジュール押さえておいてくれってねじこんだわけ。マネージャーさんにも、協力してもらった。一《いち》か八《ばち》かだったけど、ほら、本気になってくれたでしょう」

響子は思わず「ああ」と声を上げていた。

そういうことだったのか。

彼女のマネージャーがこのオーディションの話をしなかったのは、芹澤に言い含められていたからだったのだ。

「マネージャーさん、あなたが血相変えて大阪飛び出したの見て、僕に電話くれたからね。あの時は本当に嬉《うれ》しかったなあ」

芹澤はニコニコした。

「じゃあ、スタジオにいたのは」

「うん、あなたを待ってたの」

「嬉しい」

響子は図らずもそう声を上げていた。

「嬉しいです。ありがとうございます。私、本当に、芹澤さんの芝居に出たかったんです。頑張ります」

響子は涙ぐんでいた。役を得て、こんなに嬉しかったことはなかった。まだどんな役なのかは分からなかったのだが。

「じゃあ、相手役は、是非、あの佐々木飛鳥さんに」

響子は震える声で言った。

その名を言った瞬間、胸がどきんとする。こんなにうまくいっていいのだろうか。念願の芝居に出ることを勝ち取った上に、あんな体験をできた相手と組めるなんて。響子は幸福のあまり、泣き出してしまいたい気分になった。

突然、芹澤は絶句した。

「佐々木飛鳥」

その声の響きに、みんなが彼の顔を見た。

「あの子、面白いね」

芹澤は頷《うなず》きながら答えた。

が、その表情は打って変わって厳しいものになっていた。

「だけど、彼女には非常に大きな問題がある――あなたと組ませるには、あまりにも大きな問題が」

「何が問題だというんですか」

神谷は思わず口を挟んでいた。芹澤が「おや」という顔で神谷を見る。神谷の声に、非難の響きを感じ取ったらしい。

「君なら分かるでしょ、神谷さん」

芹澤の声は冷たく、真剣だ。神谷は試されているような気がしてひやりとする。

「あたしには分かりません。解釈だって、技術だって、素晴らしいと思いますけど。ましてや、演劇を始めてからそんなに日が経ってないのなら、余計に」

響子が堂々とそう尋ねたので、神谷は一瞬自分を恥じた。

「そう、それだよ」

芹澤はそっけなく頷いた。

「え？」

響子と神谷が同時に聞き返す。芹澤はもう一度頷いた。

「彼女は、いきなりできちゃうんだ。本当ならば、解釈だって、技術だって、試行錯誤や経験を積み重ねて獲得していくものなのにね。君だってそうでしょう」

芹澤は腕組みをしてテーブルの上にもたれかかると、無表情な目で響子を見た。

「君だって、幼い頃から天才少女と言われ、当たり前にこの仕事をしてきたけど、それでも十年以上のキャリアがある。一つ一つの舞台に対して悩み苦しんできたことがこんにちの君を作っている。君には、自分というものがある」

芹澤は腕組みをして、テーブルの上にもたれかかった。

「彼女は、非常に優秀な機械みたいなものだ。人がやっているのを見て、それをそっくりそのまま反芻《はんすう》し、トレースすることができる。それまでに見たものを組み合わせて、新たな方法を試みることもできる。本能のままに。並外れた反射神経が反応し、驚嘆すべき動きをする」


　神谷は、駅前のロータリーで見た佐々木飛鳥の姿を思い浮かべた。

　あっというまに他人になりきる。緻密《ちみつ》な観察眼。ためらいのない動き。他者の視線など気に掛けていない。

「だけど、そこに『彼女』はいない。あの子には『自分』がない。自我、エゴ、自尊心、虚栄心、羞恥心《しゅうちしん》。そんなふうに言い換えてもいいかもしれないけど、そういうもの、『自分』というものについて、彼女は考えていない」

「駄目なんですか」

　響子が低く呟《つぶや》いた。

「そんなもの、なければいいと思うようなものばかりだわ。本能のままに演じられるなんて、一種の理想だと思いますけど」

「何言ってるんだい」

　芹澤が笑い出した。

「役者は、人間なんだよ。役者は、人間をやるんだよ。人間って、今言ったようなものでできているようなもんでしょ。エゴとかプライドとかって、最も人間臭い、人間の嫌らしさと崇高さと矛盾を含んだ部分だよ。そういったものがない役者が人間をやったって、ちっとも面白くないでしょう」

響子は「あっ」という表情になった。芹澤は、響子に向かって身を乗り出す。

「君だって、まさにその部分で悩んでいるわけでしょ。最初から全てを与えられていて、人が羨《うらや》むようなポジションで、自分で望まぬままにここまで来ちゃったことで悩んでいたわけだ。贅沢《ぜいたく》な悩みだけど、本人には重大な問題だ。人は、東響子のそういうところに惹《ひ》かれるわけだよ」

響子は一瞬目を逸《そ》らし、恥ずかしそうな顔になった。芹澤は他の男たちを見る。

「確かに彼女の技術と反射神経は卓越しているけれど、このままただの反射だけでは続けていけない。『佐々木飛鳥』という人間の欠片《かけら》が演技に入ってこないと、結局誰にも覚えてもらえない、器用なだけの機械になるよ」

芹澤は小さく溜息《ためいき》をついた。

「しかも、最初からあれだけできるとなると、いったん考えるようになってしまったら、かえって混乱は大きいだろう。生まれた時から泳いでいたのに、泳ぎ方を論文にしろというようなものだからな」

「じゃあ、芹澤さんは、佐々木飛鳥を相手役にはしないつもりだと?」

谷崎が静かな声で尋ねた。

みんながなんとなく彼を見る。なんでも、そもそもこのオーディションに佐々木飛鳥を推薦してきたのは谷崎だという。彼も自分でまめに劇場を回り、芝居を観て探してきたのだから、佐々木飛鳥に対する思い入れは強いようだ。

みんなが彼女に夢を抱いている、と神谷は思った。

「そうは言ってないよ」

芹澤は肩をすくめた。

「ただ、早晩彼女は大きな壁に当たるだろうし、その壁はひょっとすると彼女をこの世界から遠ざけるかもしれない――この舞台で、もしかすると彼女はその壁を経験して乗り越えられるかもしれないし、もしかするとこの舞台だけで彼女はこの世界から去るかもしれない。下手すると、途中でいなくなるかも」

「まさか」

響子がそう呟くと、芹澤はチラッと彼女を見て笑った。

「それでも一緒にやりたいかい？　彼女はそれくらい危険な相手だ。君も無傷では済まないぞ。必ず巻き込まれる」

みんなが響子を注目した。

響子は、一瞬、きょとんとした顔になったが、すぐにニッコリと笑った。誰もがハッとしてその表情にまじまじと見入る。

彼女は、黄色いヒナギクを思い浮かべていた。

風の匂い、草の匂い、揺れるヒナギク。そして、向こう側から伸ばされてきた白い指。

あの瞬間、あの至福を味わうことに比べれば、多少の苦難がなんだというのだろう。一緒に遠くに行きたいと言ってくれたあの少女が相手なのならば。

「ええ、やりたいです。もちろん」

響子は晴れやかにそう宣言した。

もう後戻りはできない。彼女は心の中で、これまで長い間もやもやと心の中の一部を占めていた何かにきっぱりと訣別《けつべつ》した。

あたしたちは、あの場所を知ってしまったのだから。

19

風薫る午後。

すっかり景色は夏だ。都会の片隅の公園でも、新しい季節が深まりつつある。

噴水のしぶきに歓声を上げる子供。日傘が強い陽射しを弾《はじ》き、白いワイシャツが通路を行き交う。

緑濃い木々の下で、今日も学生たちがトレーニングに励んでいる。稽古《けいこ》が始まる前の、ウオーミングアップを思い思いにこなしている。

佐々木飛鳥は、ランニングを終えて、つかのま膝《ひざ》を押さえて呼吸を整えた。

火照《ほて》る身体から、どっと汗が流れ出す。タオルがみるみるうちに濡《ぬ》れていく。

動悸《どうき》が治まるのを待って、ふと顔を上げると、強い木漏れ日が目を刺した。

一瞬、彼女は自分がどこにいるのか分からなくなった。

ふわりと黄色い花が揺れる。

ふと、時間の感覚も失った。

本当にあんな場所があったのだろうか。もう一度あそこに行けるのだろうか。あれは実際に起きたことだったのか。

ぼんやりと立ち尽くし、彼女はそんなことを思う。

突然、ポケットの携帯電話が鳴った。

ハッとして彼女は着信ボタンを押す。

聞いたことのある、落ち着いた穏やかな男の声が流れてきた。

飛鳥はじっと硬直したようにその知らせを聞いていた。なんだか、自分のこととは思えなかった。

ちらちらと木漏れ日が揺れる。見知らぬ人々が、飛鳥のことなど気にも留めず、知らん顔で次々通り過ぎていく。

「今、公園にいるんです。いつもの、練習している公園です」

気が付くと、飛鳥は話し始めていた。

電話の相手の面食らう様子が伝わってきたが、飛鳥は話し続けた。

「木漏れ日が綺麗《きれい》です。空は真っ青で、とても暑いけど、大きな木がいっぱいあるから、あたしのいるところは涼しいです」

飛鳥はゆっくりと周囲を見回した。

「あたし、あの人と初めて一緒に舞台に立って分かったんです。あの人には全然敵《かな》わない。一瞬、あの人と同じ場所にいるような錯覚をしたんですけど、たまたまあの人があたしを連れていってくれただけで、あたしは自力であそこまで行けたわけじゃない。力は雲泥の差だって分かったんです。あたしはうんと遠い道を歩いていかなきゃ、あの人のところに行けないって」

飛鳥は、相手が聞いているかいないかお構いなしで話し続けた。

相手は、じっと飛鳥の声を聞いている。

「子供が噴水浴びています。凄《すご》くはしゃいでいて、楽しそう。あの子はこの瞬間、世界に触れたことに興奮してるんでしょうね。冷たい水の気持ちよさや、光が当たって水がきらきらしていることだけが今のあの子の世界の全てで、近くで見守っているお母さんのことも、他の子供のことも、なんにも気付いていない。遠くでこうやってあたしがあの子を見ていて、あの子のことを話していることも知らない。今は噴水とあの子だけが世界の全てなんじゃないかって」

林を抜けてきた風が頬を撫《な》でる。

そう、風のこの心地好《よ》さもあたしだけのもの。

「あたし、ずっと空手やってました。子供の頃からずっと。強いはずだったんだけど、初心者みたいな子に負けちゃったんです。怪我までして、入院しました」

飛鳥は携帯電話に話し掛けながらゆっくりと歩き出した。

近くの花壇を囲む石に腰掛ける。

「お兄ちゃんは、あたしが恐怖を知らないって言うんです。おまえは何も怖くない。だから、弱いって言ったんです。あたしには意味が分からなかった。ずっとその意味を考えてました」

電話の向こうで、相手が煙草に火を点《つ》けるのが分かった。

飛鳥は、最初の一服を吸い、息を吐き出す音を聞く。

「それに、高校時代の友人にも言われました」

「なんて？」

そう聞かれ、飛鳥は一瞬絶句する。

「その子もお芝居やってるんです。いろいろ教えてもらいました。で、龍子は言うんです。あんたは分析するけど、見ていない。分析するんだけど、客観視はできない。だけど、あんた本当は客観的な人なんだって。変でしょう？　矛盾してると思いませんか？　あたし、そう言ったんだけど、そう、あんたは矛盾してる人なんだって龍子は言いました」

「で、君は自分のことをそうは思わないんだね？」

穏やかな声がそう聞いてくる。

飛鳥は一瞬黙り込んだ。

「それが、よく分からないんです。ただ、兄にも龍子にもそう言われた時は、とっても不安になりました。もしかして、あたしは何か間違ってるんじゃないかって。何かとても大事なことを誤解してるんじゃないか、知らないんじゃないかって」

目の前を、犬が駆け抜ける。

全身の筋肉をフルに動かし、弾丸のように、犬が走り抜けていく。

「でも、今もとても不安なんです。あたしは何かが欠けてるんじゃないか。あの人と舞台に立って、ますますそう感じるようになったんです」

飛鳥の声は、徐々に小さくなり、自信のない声になっていった。

「分からないんです。どうしたらいいのか」

沈黙が降りた。

遠くで寛《くつろ》ぐ人の喧騒《けんそう》や、車のクラクションの音が響いてくる。電話の相手に、あの音は伝わっているだろうか、と飛鳥はちらっと考えた。

「分かりたいのかな？　それとも、知るのが怖いかな」

相手は考えながらゆっくりとそう尋ねた。

飛鳥は携帯電話を耳に当てたまま何度も首を横に振る。

「それもよく分からないんです」

再び沈黙が降りる。

しかし、飛鳥も相手も、沈黙を苦痛とは感じていなかった。この沈黙は、未来へと続いていた。何か不穏で波乱に満ちた未来を予感させる、意味のある沈黙であるということを互いに感じていたのだ。

「じゃあ、ここに来ればいい」

長い沈黙のあと、声はそう言った。

「ここに来れば、きっと分かる」

飛鳥は小さく笑った。そして、ふたことみこと事務的な言葉を交わすと、礼を言って電話を切った。

飛鳥は大きく溜息《ためいき》をつき、もう一度空を見上げた。

空に大きく枝を張った木々が、高いところで吹く風に揺れている。

飛鳥はもう一度小さく笑った。その笑みには、戸惑いと恐れが混ざっていたので、その表情はかすかに引きつっているように見えた。

「おーい、練習始めるぞーっ」

遠くで新垣の声がした。

飛鳥はパッとそちらを向くと、少し前までの会話など何もかも忘れてしまったかのように、快活に駆け出していった。


浅虫温泉、と書かれたマグカップが目の前にどんと置かれた。

神谷は驚いたように顔を上げる。

いつのまにか、ぼんやりしていたのだ。

「すまん、ありがとう」

「どういたしまして」

ひらひらと手を振って作業に戻る友人に頭を下げてから、神谷はほっと一息ついて窓の外に目をやった。

あれからほんの数ヵ月。ここで、初めて佐々木飛鳥を目にしてから、たったの数ヵ月しか経っていない。

神谷にはそのことが信じられなかった。ごみごみとした広場に、申し訳程度に残されている街路樹は、今やうんざりするほど濃い緑の影を落としている。

窓の外では、今日も、残暑厳しい夏の強い陽射しを浴びて、他人に無関心な老若男女が思い思いに行き交っていた。

その数ヵ月で、佐々木飛鳥も、神谷自身も大きく運命が変わった。

神谷は、原稿用紙の上のちびた鉛筆を見下ろす。消しゴムのかすでいっぱいの机。

またここに来てしまったのは、怖いからだった。

あの凄《すさ》まじい高レベルのオーディションが終わって、いよいよお尻《しり》に火が点いた。既に構想はまとまり始めていたはずなのに、書き始めると、東響子と佐々木飛鳥のブランチが目の前に生々しく浮かんできて、筆が止まってしまうのだった。

あんな女たちが演じる芝居を書くなんて。

二人が台詞《せりふ》を読むところを想像すると、身体が震えてくる。これまでだって、TVで大女優に脚本を提供してきたはずなのに、こんなプレッシャーを感じたことはなかった。TVの場合、あまり自分のものという感じがしない。あれはTV局のものだ。編集され、さまざまな意向が働き、いつしか自分が知っていたものとは別のものになっていたりする。

筆は進まなかった。

イメージばかりが肥大して、台詞が浮かばない。

時間ばかりが過ぎていく。

神谷は恐ろしくなった。

あれだけ避けていた歴史ものも考えるようになった。こそこそと後ろめたい気分でネタを探し、資料を調べておずおずと書き出した。それでも不安で、やがて、他にも何本か並行して原稿を書き、一つの作品が行き詰まった時の保険を掛けるようになった。そんな自分に自己嫌悪を覚えたものの、これまでにない不安がさざなみのように心を襲ってくるので、あたふたと自己保身に走ってしまうのだ。

脚本が上がるのは、早ければ早いほどいい。そういう彼自身の信念も仇《あだ》となり、彼は徐々に追い詰められていった。

芹澤は、時々連絡してきて、例の飄々《ひょうひょう》とした口調で、世間話をした。

佐々木飛鳥には重大な問題があると言っていた彼は、時々彼女を連れ出しては、何かレッスンをしているらしい。

芹澤自ら役者を指導したなんて話はこれまで聞いたことがない。いったいどんなレッスンをしているのだろうか。

神谷は、気になってたまらなかった。それは谷崎や影山も同じだったらしく、三人でしめしあわせて、こっそり見に行ったことがある。

しかし、町外れの道場に行った三人はあっけに取られた。

芹澤は、飛鳥に空手を習っていたのである。

それは、ほとんど祖父と孫の世界で、高度な演技レッスンを想像していた彼らは、素直に型の習得に励む芹澤と、容赦なく指導する飛鳥を見て唖然《あぜん》とした。

「何してるんですか、芹澤さん」

影山が恐る恐る尋ねると、芹澤はフンと鼻を鳴らした。

「見れば分かるだろ、空手だよ、空手。最近身体にキレがなくなってきたから、健康のためにね」

「そりゃ、見れば分かりますが」

影山は絶句した。芹澤はしっしっと手を振る。

「冷やかしに来たんなら、帰った帰った。次の生徒さんが来るからね」

「次の生徒？」

確かに、夕暮れ時を迎え、「こんにちはー」と、ぞろぞろと若い女たちが入ってくる。

華奢《きゃしゃ》で、空手をやるようには見えない娘たちだ。護身術でも習っているのだろうか。

しかし、柔軟体操を始めた娘たちの動きは、どう見ても空手ではない。

あっけに取られて見ていると、彼女たちは踊り始めた。身体は細いが、よく見るとしなやかな筋肉がついているのに気付く。

その道場は、空手道場とモダンダンス教室を兼ねていたのである。

そして、いつのまにか、さっきまで見事な型を披露していた飛鳥は、彼女たちに混ざって踊っていた。楽しそうな、自由な踊り。セミプロだという娘たちの間でも、彼女は違和感がなく、身体も柔らかい。

「飛鳥ー、また誰かの真似してるだろ」

芹澤が不満そうな声を出す。

「分かりますー？」

踊りながら飛鳥が叫ぶ。

「誰だ？」

「一応、ローラン・プティ風を狙ってるんですけど」

「ふうん」

谷崎が「えっ」と呟《つぶや》いた。

「モダンバレエまで観てるのか」

「凄《すご》いんですよ、飛鳥は。バレエのビデオとか観せると、すぐに振り付け覚えちゃうんですから」

近くで休んでいた娘があっけらかんと言った。

「振り付け。なるほどね」

影山は頷《うなず》いた。神谷も納得する。他人の演技をすぐに覚えてしまえるのだから、振り付けだって覚えられるはずだ。それにしても、モダンダンスとは。

芹澤は、汗を拭《ぬぐ》いながらのんびりと飛鳥のダンスを眺めている。

やはり、単なる空手教室だけでなく、何か魂胆があって彼はここに飛鳥と一緒に通っているのだ、と神谷は確信した。

芹澤と飛鳥の間に強い絆《きずな》が築かれているのが羨《うらや》ましく思え、同時に焦りも感じた。

帰り道、三人は毒気を抜かれ——いや、新たに衝撃を受けていた。

「もしかして、とんでもないことをやっているのかもしれないな、あの人たちは」

谷崎が呟く。

「彼女の壁はどうなったのかね。あれが壁なのかな」

顔を見合わせ、首をひねる。

「ところで、どうなんだ、ホンは」

影山が、探るように神谷の顔を見る。神谷はうなだれた。

「まだなのか」

「悩んでる」

影山は同情と不安を滲《にじ》ませる。

「タイトルは決まったのか？　そろそろポスターの準備もしなきゃならん」

「それが一番の問題だな」

二人は、どちらからともなく腕組みをした。

「神谷さんは、タイトルから入る人？　後からつける人？」

「両方だ。でも、えてしてタイトルが決まらないと、内容もついてこないことが多い」

「ま、励ましたからってどうなるもんでもないと分かってるけど、気を楽にな」

影山が気の毒そうに、ぽんと肩を叩《たた》いた。


その感触が、今も肩に残っている。

あれから数日、仕事が全く進まないことに業を煮やした神谷は、久しぶりにこの事務所にやってきたのだった。

しかし、窓辺で悪戯《いたずら》書きをしているだけで、やはり何も進まないのである。

神谷はマグカップのコーヒーを飲み干し、苛立《いらだ》たしげな声を出すと、大きく背伸びをして立ち上がった。

「あら、お出かけ？」

机に向かうボブカットが振り返る。

「うん。ちょっと気分転換」

「気を付けて」

神谷はちらっと手を挙げて、事務所を出た。

夏の残滓《ざんし》が街のそこここに張りつき、うんざりする熱気を放っている。

今年もまた夏が終わる。

神谷はぶらぶらと歩き出した。ごみごみした喧騒《けんそう》。夕暮れの疲労が漂い、飲食店の換気扇から食べ物の匂いが流れ出していた。

ふと気が付くと、近くの劇場に足が向かっている。

逃れたいと思っていても、やはり逃れられない。

神谷は一人、苦笑した。

劇場の前で看板やポスターを見るのは、若い頃から、いつも彼を奮い立たせる手段だった。魅力的なタイトル。俳優の写真。前衛的なイラスト。芝居のポスターにいつもわくわくしてきたし、その中に自分の名前を見るところを夢想した。

未《いま》だに彼の中には、芝居に対する甘酸っぱい憧憬《しょうけい》のようなものがある。

そのことを確認できたものの、自分を奮い立たせることはできず、神谷は落胆して劇場の入口を離れた。

あてもなく、とぼとぼと歩き出す。こんなとき、冴《さ》えない中年男の散歩に間を持たせるのは煙草と決まっている。

神谷は背中を丸めて煙草に火を点《つ》けると、のろのろと歩き出した。

ふと、町角《ちまた》の花屋に目が留まった。

最近、巷に増えたものに花屋がある。どこにそんなに需要があるのかと思うが、意外と潰《つぶ》れないところを見ると、それなりに売れているらしい。

何軒も花屋を目にしたはずなのに、そこで彼の足を止めたのは、店先に漂っているどこか涼しげな空気だった。

コスモスの花。

小さなピンクのコスモスが、店先で秋を先取りしていた。儚《はかな》げな花、ゆるやかな曲線を描く茎と葉。その風情が、目に涼しさと新鮮さを感じさせたらしい。

花に心を動かした自分が珍しくて、神谷はコスモスに近づいた。

が、近くにもう一回り小さく茶色い花があることに気付く。

名札を見ると、そこには「チョコレートコスモス」と小さく書かれていた。

パッと見には、コスモスだということにも気付かない。背景に溶け込んでしまい、花だということも見過ごしてしまいそうだ。まさに、茶褐色のコスモス。可憐《かれん》な名前である。

へえ、こんな花があるんだ。

神谷はしげしげと見入った。

昔から、こんな儚げで小さな花に「宇宙」とは、大層なスケールの名前がついているなと思っていたものだ。

ほんの少し、残暑が紛れたような気がして、神谷は再び歩き出した。

なのに、頭の中から、揺れる茶色のコスモスが離れない。どちらかといえば貧相な、ピンクのコスモスにも敵《かな》わない花なのに。

ふと、今年のトニー賞の授賞式での、演出賞を受賞した男の台詞《せりふ》が唐突に脳裏に蘇《よみがえ》った。

神谷はその台詞にいたく感動したのだった。

「世界中のどこよりもリスキーな場所なのに、世界一安全な永遠の小宇宙、ブロードウェイに感謝します」

神谷は、煙草の灰を落とすことも忘れ、その台詞を反芻《はんすう》した。

忘れていた衝動が、身体の底で蠢《うごめ》き始める。

そうだ、舞台はいつだって小宇宙。そこには悠久の時間が流れ、貴族の城も、大海原も現れる。過去も未来も、思いのまま。舞台にはいつも俺たちの全てがある。

神谷は突然立ち止まった。後ろを歩いていたビジネスマンが、驚いてつんのめる。

しかし、神谷は自分が立ち止まったことにも気付かず、後ろの人間は怪訝《けげん》そうな顔で彼を追い抜いていった。

そして、女たちも自分の中に宇宙を持っている。

神谷は胸の中で呟く。どんな宇宙よりも広い、女だけの血でできた宇宙を。

女たちは、どんなものにだってなれる。母にも、娘にも、恋人にも、妻にも、聖女にも、娼婦《しょうふ》にも、巫女《みこ》にも、魔女にも。

神谷はくるりと振り返り、速足で歩き出した。元来た道を引き返す足取りは、それまでとは打って変わってしっかりしている。

頭の中では、店先で見た褐色のコスモスが揺れていた。

それは、どんどん増えていく。神谷の中の野原で、百本、いや、千本の花が揺れていた。

過去から降る雨、未来から吹く風に揺れ、どこまでも広がっていく。

そう、彼女たちは時空を行き来する。彼女たちにはいつだってそれが可能なのだ。軽々と時を超え、あらゆる関係性を持って生命を繫《つな》ぎ続ける。

息を切らしながら事務所に戻ってきた神谷を、部屋の中のスタッフが驚いた目で見つめていたが、彼はまっしぐらに窓辺の椅子に駆け寄り、どしんと腰掛けるとちびた鉛筆を手に取った。


これが彼女たちの芝居のタイトルだ。

彼は最初のページに力強く書き付ける——チョコレートコスモス、と。

文庫版あとがき

オーディションの話を書きたい。

『チョコレートコスモス』はそう思ったことがきっかけで生まれた。

初めて週刊誌で連載をすることになった時、念頭にあったのは子供の頃に浴びるほど読んだ漫画雑誌だった。いつも「いったいどうなるの？」という絶妙な場面で終わる連載漫画。最後のページの「以下次号！」「○月×日発売の○月号につづく！」という文言にやきもきさせられたものである。

週刊誌なんだから、やっぱり次回への期待があるスリリングな展開のものにしなくっちゃ。わくわくして「この先どうなるの？」という話。そこで浮かんだのはあの国民的少女漫画、美内《みうち》すずえ先生の『ガラスの仮面』。連載第一回からリアルタイムで読んできた私は、あのワクワク感を再現したいと思ったのだった。

『ガラスの仮面』では、北島マヤが受けるオーディションの場面と、劇中劇の場面が圧倒的に面白い。よし、ほとんどがオーディションの場面、みたいな小説を書こう。

そう決めてからが大変だった。ミュージカルのオーディションを見せてもらったり（この時のオーディションで主役を射止めたのは、今も着実に活躍の場を広げておられる大塚千弘さんである）、芝居の稽古《けいこ》を見せてもらったり、役者さんにアンケートをお願いしたり。

役者さんというのは実に不思議な人種であり、今も興味はつきない。

その一方で、いろいろ見せてもらっていて、新たに関心を持ったのは、演出という仕事であった。私のように、仕切ったり他人に指示したりするのが大嫌いという人間にとって、最初から最後まで決断の連続で、ひたすら指示し続ける演出家という人たちは誠に信じがたい存在である。

が、そんなことは言っていられなかった。芝居の小説を書き、オーディションの場面を書くからには、作者も劇中劇を脚色し、「演出」をしなければならないことに気付いたからである。

とにかく必死だったし、無我夢中だった。私の好きなサキの短編『開いた窓』を脚色できたのは楽しかったし、『ララバイ』や『目的地』の設定を考えるのも面白かった。『欲望という名の電車』に至っては、いったい何度読み返したことか。しかし、「演出する」という視点で戯曲を読んでみたことは、非常に興味深い体験だった。戯曲の読み方に新たな視点が加わって、その後大きな財産になったのだ。

それにしても、天才を描くのは難しい。佐々木飛鳥がどんどん制御不能のモンスターになっていくようで、書きながら困惑した。全くもって、天才は凡人には理解しがたいものである。今も続編『ダンデライオン』で彼女とつきあっているが、この先彼女がどうなっていくのか、芝居を続けてくれるのか、私にも皆目見当が付かないのだ。

『ダンデライオン』は、『チョコレートコスモス』では梶山巽が書きかけだった『戦争と電話』の上演場面から始まる。佐々木飛鳥とのつきあいは、構想だけはある第三部『チェリーブロッサム』まで続く予定であるが、今後のなりゆき次第である。

二〇一一年四月

恩田　陸

付記

本文中、以下の文献より引用させて頂きました。

新潮文庫『日はまた昇る』

（アーネスト・ヘミングウェイ作／高見浩訳）

新潮文庫『欲望という名の電車』

（テネシー・ウィリアムズ作／小田島雄志訳）

「開いた窓」は『ザ・ベスト・オブ・サキ』サンリオＳＦ文庫・中西秀男訳を参考にいたしました。

著者

本作品はフィクションであり、実在の人物、団体とは一切関係ありません。

初出　「サンデー毎日」二〇〇四年六月二十七日号～二〇〇五年八月七日号
単行本　毎日新聞社二〇〇六年三月五日

チョコレートコスモス

恩《おん》田《だ》 陸《りく》

平成23年 6月25日　初版発行
令和3年 6月25日　19版発行

発行者●堀内大示

発行●株式会社KADOKAWA
〒102-8177　東京都千代田区富士見2-13-3
電話　0570-002-301（ナビダイヤル）

角川文庫 16872

印刷所●株式会社暁印刷
製本所●株式会社ビルディング・ブックセンター

表紙画●和田三造

●お問い合わせ
https://www.kadokawa.co.jp/（「お問い合わせ」へお進みください）
※内容によっては、お答えできない場合があります。
※サポートは日本国内のみとさせていただきます。
※Japanese text only

ISBN978-4-04-371003-4　C0193

角川文庫発刊に際して

角川源義

第二次世界大戦の敗北は、軍事力の敗北であった以上に、私たちの若い文化力の敗退であった。私たちの文化が戦争に対して如何に無力であり、単なるあだ花に過ぎなかったかを、私たちは身を以て体験し痛感した。西洋近代文化の摂取にとって、明治以後八十年の歳月は決して短かすぎたとは言えない。にもかかわらず、近代文化の伝統を確立し、自由な批判と柔軟な良識に富む文化層として自らを形成することに私たちは失敗して来た。そしてこれは、各層への文化の普及滲透を任務とする出版人の責任でもあった。

一九四五年以来、私たちは再び振出しに戻り、第一歩から踏み出すことを余儀なくされた。これは大きな不幸ではあるが、反面、これまでの混沌・未熟・歪曲の中にあった我が国の文化に秩序と確たる基礎を齎らすためには絶好の機会でもある。角川書店は、このような祖国の文化的危機にあたり、微力をも顧みず再建の礎石たるべき抱負と決意とをもって出発したが、ここに創立以来の念願を果すべく角川文庫を発刊する。これまで刊行されたあらゆる全集叢書文庫類の長所と短所とを検討し、古今東西の不朽の典籍を、良心的編集のもとに、廉価に、そして書架にふさわしい美本として、多くのひとびとに提供しようとする。しかし私たちは徒らに百科全書的な知識のジレッタントを作ることを目的とせず、あくまで祖国の文化に秩序と再建への道を示し、この文庫を角川書店の栄ある事業として、今後永久に継続発展せしめ、学芸と教養との殿堂として大成せんことを期したい。多くの読書子の愛情ある忠言と支持とによって、この希望と抱負とを完遂せしめられんことを願う。

一九四九年五月三日

角川文庫ベストセラー

ドミノ　恩田陸

一億の契約書を待つ生保会社のオフィス。下剤を盛られた子役の麻里花。推理力を競い合う大学生。別れを画策する青年実業家。昼下がりの東京駅、見知らぬ者同士がすれ違うその一瞬、運命のドミノが倒れてゆく！

ユージニア　恩田陸

あの夏、白い百日紅の記憶。死の使いは、静かに街を滅ぼした。旧家で起きた、大量毒殺事件。未解決となったあの事件、真相はいったいどこにあったのだろうか。数々の証言で浮かび上がる、犯人の像は――。

メガロマニア　恩田陸

いない。誰もいない。ここにはもう誰もいない。みんなどこかへ行ってしまった――。眼前の古代遺跡に失われた物語を見る作家。メキシコ、ペルー、遺跡を辿りながら、物語を夢想する、小説家の遺跡紀行。

夢違　恩田陸

「何かが教室に侵入してきた」。小学校で頻発する、集団白昼夢。夢が記録されデータ化される時代、「夢判断」を手がける浩章のもとに、夢の解析依頼が入る。子供たちの悪夢は現実化するのか？

雪月花黙示録　恩田陸

私たちの住む悠久のミヤコを何者かが狙っている……！　謎×学園×ハイパーアクション。恩田陸の魅力全開、ゴシック・ジャパンで展開する『夢違』『夜のピクニック』以上の玉手箱!!

角川文庫ベストセラー

私の家では何も起こらない　恩田陸

小さな丘の上に建つ二階建ての古い家。家に刻印された人々の記憶が奏でる不穏な物語の数々。キッチンで殺し合った姉妹、少女の傍らで自殺した殺人鬼の美少年……そして驚愕のラスト！

青に捧げる悪夢　岡本賢一・乙一・恩田陸・小林泰三・近藤史恵・篠田真由美・瀬川ことび・新津きよみ・はやみねかおる・若竹七海

その物語は、せつなく、時におかしくて、またある時はおぞましい――。背筋がぞくりとするようなホラー・ミステリ作品の饗宴！　人気作家10名による恐くて不思議な物語が一堂に会した贅沢なアンソロジー。

約束　石田衣良

池田小学校事件の衝撃から一気呵成に書き上げた表題作はじめ、ささやかで力強い回復・再生の物語を描いた必涙の短編集。人生の道程は時としてあまりにもハードだけど、もういちど歩きだす勇気を、この一冊で。

美丘　石田衣良

美丘、きみは流れ星のように自分を削り輝き続けた……平凡な大学生活を送っていた太一の前に現れた問題児。障害を越え結ばれたとき、太一は衝撃の事実を知る。著者渾身の涙のラブ・ストーリー。

恋は、あなたのすべてじゃない　石田衣良

〝自分をそんなに責めなくてもいい。生きることを楽しみながら、恋や仕事で少しずつ前進していけばいい〟――思い詰めた気持ちをふっと軽くして、よりよい女になる為のヒントを差し出す恋愛指南本！

角川文庫ベストセラー

妖精が舞い下りる夜　小川洋子

アンネ・フランクの記憶　小川洋子

刺繍する少女　小川洋子

偶然の祝福　小川洋子

夜明けの縁をさ迷う人々　小川洋子

人が生まれながらに持つ純粋な哀しみ、生きることそのものの哀しみを心の奥から引き出すことが小説の役割ではないだろうか。書きたいと強く願った少女は成長し作家となって、自らの原点を明らかにしていく。

十代のはじめ『アンネの日記』に心ゆさぶられ、作家への道を志した小川洋子が、アンネの心の内側にふれ、極限におかれた人間の葛藤、尊厳、信頼、愛の形を浮き彫りにした感動のノンフィクション。

寄生虫図鑑を前に、捨てたドレスの中に、ホスピスの一室に、もう一人の私が立っている——。記憶の奥深くにささった小さな棘から始まる、震えるほどに美しい愛の物語。

見覚えのない弟にとりつかれてしまう女性作家、夫への不信がぬぐえない妻と幼子、失踪者についつい引き込まれていく私……心に小さな空洞を抱える私たちの、愛と再生の物語。

静かで硬質な筆致のなかに、冴え冴えとした官能性やフェティシズム、そして深い喪失感がただよう——。小川洋子の粋がつまった粒ぞろいの佳品を収録する極上のナイン・ストーリーズ！

角川文庫ベストセラー

愛がなんだ　角田光代

ＯＬのテルコはマモちゃんにベタ惚れだ。彼から電話があれば仕事中に長電話、デートとなれば即退社。全てがマモちゃん最優先で会社もクビ寸前。濃密な筆致で綴られる、全力疾走片思い小説。

いつも旅のなか　角田光代

ロシアの国境で居丈高な巨人職員に怒鳴られながら激しい尿意に耐え、キューバでは命そのもののように人々にしみこんだ音楽とリズムに驚く。五感と思考をフル活動させ、世界中を歩き回る旅の記録。

恋をしよう。夢をみよう。旅にでよう。　角田光代

「褒め男」にくらっときたことありますか？　褒め方に下心がなく、しかし自分は特別だと錯覚させる。ついに遭遇した褒め男の言葉に私は……ゆるゆると語り合っているうちに元気になれる、傑作エッセイ集。

薄闇シルエット　角田光代

「結婚してやる」と恋人に得意げに言われ、ハナは反発する。結婚を「幸せ」と信じにくいが、自分なりの何かも見つからず、もう37歳。そんな自分に苛立ち、戸惑うが……ひたむきに生きる女性の心情を描く。

幾千の夜、昨日の月　角田光代

初めて足を踏み入れた異国の日暮れ、終電後恋人にひと目逢おうと飛ばすタクシー、消灯後の母の病室……夜は私に思い出させる。自分が何も持っていなくて、ひとりぼっちであることを。追憶の名随筆。

角川文庫ベストセラー

元気でいてよ、R2-D2。　北村　薫

「眼は大丈夫?」夫の労りの一言で、妻が気付いてしまった事実とは(「マスカット・グリーン」)。普段は見えない真意がふと顔を出すとき、世界は崩れ出す。人の本質を巧みに描く、書き下ろしを含む9つの物語。

八月の六日間　北村　薫

40歳目前、雑誌の副編集長をしているわたし。仕事はハードで、私生活も不調気味。そんな時、山の魅力に出会った。山の美しさ、恐ろしさ、人との一期一会を経て、わたしは「日常」と柔らかく和解していく——。

赤×ピンク　桜庭一樹

深夜の六本木、廃校となった小学校で夜毎繰り広げられる非合法ファイト。闘士はどこか壊れた、でも純粋な少女たち——都会の異空間に迷い込んだ彼女たちのサバイバルと愛を描く、桜庭一樹、伝説の初期傑作。

推定少女　桜庭一樹

あんまりがんばらずに、生きていきたいなぁ、と思っていた巣籠カナと、自称「宇宙人」の少女・白雪の逃避行がはじまった——桜庭一樹ブレイク前夜の傑作、幻のエンディング3パターンもすべて収録!!

砂糖菓子の弾丸は撃ちぬけない
A Lollypop or A Bullet　桜庭一樹

ある午後、あたしはひたすら山を登っていた。そこにあるはずの、あってほしくない「あるもの」に出逢うために——子供という絶望の季節を生き延びようとあがく魂を描く、直木賞作家の初期傑作。

角川文庫ベストセラー

少女七竈と七人の可愛そうな大人　桜庭一樹

いんらんの母から生まれた少女、七竈は自らの美しさを呪い、鉄道模型と幼馴染みの雪風だけを友に、孤高の日々をおくるが——。直木賞作家のブレイクポイントとなった、こよなくせつない青春小説。

道徳という名の少年　桜庭一樹

愛するその「手」に抱かれてわたしは天国を見る——エロスと魔法と音楽に溢れたファンタジック連作集。榎本正樹によるインタヴュー集大成「桜庭一樹クロニクル２００６—２０１２」も同時収録!!

無花果《いちじく》とムーン　桜庭一樹

無花果町に住む18歳の少女・月夜。ある日大好きな兄が目の前で死んでしまった。月夜はその後も兄の気配を感じるが、周りは信じない。そんな中、街を訪れた流れ者の少年・密は兄と同じ顔をしていて……!?

ＧＯＳＩＣＫ—ゴシック—　全9巻　桜庭一樹

20世紀初頭、ヨーロッパの小国ソヴュール。東洋の島国から留学してきた久城一弥と、超頭脳の美少女ヴィクトリカのコンビが不思議な事件に挑む——キュートでダークなミステリ・シリーズ!!

ＧＯＳＩＣＫｓ—ゴシックエス—　全4巻　桜庭一樹

ヨーロッパの小国ソヴュールに留学してきた少年、一弥は新しい環境に馴染めず、孤独な日々を過ごしていたが、ある事件が彼を不思議な少女と結びつける——名探偵コンビの日常を描く外伝シリーズ。

角川文庫ベストセラー

きりこについて　西　加奈子

きりこは「ぶす」な女の子。小学校の体育館裏で、人の言葉がわかる、とても賢い黒猫をひろった。美しいってどういうこと？　生きるってつらいこと？　きりこがみつけた世の中でいちばん大切なこと。

炎上する君　西　加奈子

私たちは足が炎上している男の噂話ばかりしていた。ある日、銭湯にその男が現れて……動けなくなってしまった私たちに訪れる、小さいけれど大きな変化。奔放な想像力がつむぎだす不穏で愛らしい物語。

今夜は眠れない　宮部みゆき

中学一年でサッカー部の僕、両親は結婚15年目、ごく普通の平和な我が家に、謎の人物が5億もの財産を母さんに遺贈したことで、生活が一変。家族の絆を取り戻すため、僕は親友の島崎と、真相究明に乗り出す。

夢にも思わない　宮部みゆき

秋の夜、下町の庭園での虫聞きの会で殺人事件が。殺されたのは僕の同級生のクドウさんの従妹だった。被害者への無責任な噂もあとをたたず、クドウさんも沈みがち。僕は親友の島崎と真相究明に乗り出した。

あやし　宮部みゆき

木綿問屋の大黒屋の跡取り、藤一郎に縁談が持ち上がったが、女中のおはるのお腹にその子供がいることが判明する。店を出されたおはるを、藤一郎の遣いで訪ねた小僧が見たものは……江戸のふしぎ噺9編。

角川文庫ベストセラー

氷菓　米澤穂信

「何事にも積極的に関わらない」がモットーの折木奉太郎だったが、古典部の仲間に依頼され、日常に潜む不思議な謎を次々と解き明かしていくことに。角川学園小説大賞出身、期待の俊英、清冽なデビュー作！

愚者のエンドロール　米澤穂信

先輩に呼び出され、奉太郎は文化祭に出展する自主制作映画を見せられる。廃屋で起きたショッキングな殺人シーンで途切れたその映像に隠された真意とは!?大人気青春ミステリ、〈古典部〉シリーズ第2弾！

クドリャフカの順番　米澤穂信

文化祭で奇妙な連続盗難事件が発生。盗まれたものは碁石、タロットカード、水鉄砲。古典部の知名度を上げようと盛り上がる仲間達に後押しされて、奉太郎はこの謎に挑むはめに。〈古典部〉シリーズ第3弾！

遠まわりする雛　米澤穂信

奉太郎は千反田えるの頼みで、祭事「生き雛」へ参加するが、連絡の手違いで祭りの開催が危ぶまれる事態に。その「手違い」が気になる千反田は奉太郎とともに真相を推理する。〈古典部〉シリーズ第4弾！

ふたりの距離の概算　米澤穂信

奉太郎たちの古典部に新入生・大日向が仮入部する。だが彼女は本入部直前、辞めると告げる。入部締切日のマラソン大会で、奉太郎は走りながら心変わりの真相を推理する！〈古典部〉シリーズ第5弾。